PAMELA MURTAS

DESTINI

DAS PENTAKEL
DER MACHT

Bibliografische Information der Deutschen Bibliothek:
Die Deutsche Bibliothek verzeichnet diese Publikation in der
Deutschen Nationalbibliografie; detaillierte bibliografische
Daten sind im Internet unter *http://dnb.ddb.de* abrufbar.

Impressum
© 2018 Pamela Murtas
Umschlagabbildung:
Pamela Murtas
Satz, Layout und Umschlaggestaltung:
Achim Czogallik, München
Herstellung und Verlag:
BoD - Books on Demand, Norderstedt
ISBN 978-3-7460-4137-7

VORWORT

Die historischen Fakten und Spekulationen sowie die historischen Charaktere, die in diesem Buch erwähnt werden, wurden vom Autor großzügig interpretiert und mit fiktiven Charakteren und der Handlung des Romans eng verbunden. Daher fällt dieses Buch nicht in die Kategorie historischer Fachliteratur.

Das Mädchen zitterte vor Aufregung. Hatte man sie bemerkt? Ihr Herz pochte wie wild, als sie nach Luft rang. Sie schwitzte unter dem groben Baumwollstoff ihrer Tunika, die sie nicht gewohnt war und die sie nun geradezu unerträglich fand, doch nur so getarnt hatte sie sich unter das Volk mischen können, ohne unnötig aufzufallen. Langsam spähte sie hinter dem großen Tonkrug hervor, hinter dem sie sich versteckt hatte. Die beiden Männer waren stehen geblieben und unterhielten sich angeregt, stets darauf bedacht, dass niemand ihre Konversation mithören konnte, obwohl keine Menschenseele weit und breit zu sehen war. Nein, die aufgescheuchten Tauben schienen sie nicht misstrauisch gemacht zu haben. Amun sei Dank, sie atmete erleichtert auf. Was wollten die Männer nur in dieser abscheulichen Gegend?

Nachdem sie heute Vormittag beobachtet hatte, wie Amun Hapuseneb, ein Oberpriester und Enkel des einstigen Tjatis Imhotep, die Tempelschule unauffällig verlassen hatte, war sie ihm gefolgt. Es war äußerst ungewöhnlich, dass er sich ohne Sänfte, Sklaven und Bedienstete fortbewegte, zumal er eine längere Strecke zurücklegte. Sein merkwürdiges Verhalten in den letzten Tagen hatte sie ohnehin schon misstrauisch gestimmt. Des Öfteren war ihr aufgefallen, wie Hapuseneb den Mitregenten Menkhepere im Palast aufgesucht hatte, obwohl er als hoher Beamter nicht mehr tätig war, und mit ihm äußerst konspirativ getuschelt hatte, wie sie fand.

Menkhepere, der Stiefsohn der Königin, war ihr ohnehin schon unsympathisch. Er war im Amuntempel priesterlich erzogen worden und war für lange Zeit ein unscheinbarer Charakter, den die Königswürde keineswegs zu interessieren schien. Seitdem er jedoch seine militärische Ausbildung in Men-Nefer hinter sich gebracht hatte, hatte er sich verändert. Vor allem aber seit seiner Feldzüge. Auch die Gesellschaft des

Feldhauptmanns Thute schien ihm nicht zu bekommen. Jedenfalls war Menkhepere im Gegensatz zu ihrer Herrin, der Prinzessin Neferure, die sie eher wie eine Freundin behandelte als wie eine Dienerin, arrogant und abwertend zu seinen Bediensteten. Was er nun wohl gemeinsam mit dem Priester im Schilde führte?

Am Amuntempel vorbei, hatte Amun Hapuseneb dann den Hauptweg eingeschlagen, der beidseitig von Bäumen bepflanzt war und von steinernen widderköpfigen Sphinxen bewacht wurde. Ihre ausdruckslosen Augen waren dem Mädchen früher stets unheimlich gewesen, doch heute schenkte sie ihnen kaum Beachtung. Schließlich hatte der Priester den Tempelbereich verlassen und erreichte einige Zeit später ein größeres Anwesen, das durch seine hohen Mauern kaum einsehbar war. Wohnte hier nicht der Bruder Senmuts? Im Gegensatz zu dem einstigen Vermögensverwalter der Königin Hatschepsut war dessen Bruder Pairi ein missgünstiges Individuum. Ihr war zu Ohren gekommen, dass auch er einen Teil dazu beigetragen hatte, dass Senmut in Ungnade geraten war. Der einstige »Aufseher der Rinder« hatte durch seinen Bruder an Autorität gewonnen und war zu Wohlstand gelangt. Er überwachte hin und wieder im Auftrag des Bauleiters Amenhotep die Tempelarbeiten, wenn dieser anderweitig beschäftigt war.

Ein Diener trat dem Priester entgegen und eilte gleich darauf ins Haus. Kurz danach erschien auch schon Pairi, tauschte einige Worte mit Hapuseneb und gemeinsam gingen sie dann los. Vorbei an den glanzvollen Häusern und Gärten der wohlhabenden Familien Wasets, weg von den Tempeln und Palastmauern in Richtung Osten, über staubige Wege, die das trockene Land durchquerten, bis hin in die Talsenke zur Arbeitersiedlung. Durch den Eingang hindurch betraten sie die Hauptstraße, an die weiß bemalte und aus Lehmziegeln erbaute Häuser grenzten. Die Türen waren rot bemalt, mit Holzriegeln versehen, und an ihnen konnte man die Namen der jeweiligen Bewohner lesen.

Während der Abwesenheit der Männer, die als Handwerker im Amuntempel oder mit dem Bau des Tempels der Hatschepsut westlich des heiligen Flusses beschäftigt waren, betätigten sich die meisten ihrer Frauen als Priesterinnen oder Sängerinnen. Heute jedoch war ein Schiff aus Kusch eingetroffen, das allerlei an kostbarer Ware mitgebracht hatte, von der ein Teil, welcher für das königliche Haus uninteressant war, auf dem Markt verkauft wurde. Kaufleute mit fremdartigen Kleidern und unverständlicher Sprache zogen die Aufmerksamkeit neugieriger Einheimischer auf sich, hier und da wurden Stoffe verkauft, Gewürze aller Art wurden angepriesen, so mancher Gemüsehändler machte lauthals auf seine Ware aufmerksam, während einige Frauen sehnsüchtig prachtvoll glitzernden Schmuck beäugten. Haustiere und allerlei Kurioses, was aus fernen Ländern kam, konnte man hier heute finden. Ruderer, die ihren Lohn erhalten hatten, waren schon angeheitert von Wein und Bier, auch Seeleute, die nach tagelanger Reise festen Boden unter den Füßen hatten, amüsierten sich nun ausgiebig in den Schenken. Und auch mancher durstige Kaufmann, der vom Hafen bis hierher gekommen war, suchte nach abgeschlossenem Geschäft ein Wein- oder Bierlokal auf, während andere geschäftige Menschen weiter ihrer Arbeit nachgingen, Haustiere umherliefen und nackte Kinder unbeschwert spielten.

Dann bogen die beiden Männer in eine Querstraße ein, in der es durchaus ruhiger war, bis sie die ärmste Gegend des Ortes erreicht hatten, welche abgelegen lag, fern von der belebten Hauptstraße und weit weg von den lieblichen Düften der Paläste und Tempel. Anstelle von Myrrhe, Weihrauch, exotischer Pflanzen und wohlriechender Öle breitete sich hier ein recht übler Geruch aus, der durch Dreck, Abfälle und Fäkalien verursacht wurde. Wenngleich in der Arbeitersiedlung vorwiegend privilegierte Handwerker lebten, welche die Gunst des Pharaos genossen, wohnten in dieser Gegend jene, die es deutlich schwieriger hatten. Teils waren es einfache Arbeiter, die hart für ihren Lohn schufteten. Doch auch so mancher Fellache lebte hier, denn wenn der göttliche Hapi das kostbare Flusswasser ansteigen ließ, so gab es für sie in den Feldern wenig zu tun.

Hier fiel selbst die schlichte Tunika des Mädchens auf, denn jene, die in den hiesigen, kleinen Lehmhütten hausten, waren kaum bekleidet und dreckig. Weit mehr jedoch stach das weiße Gewand des Priesters hervor und dessen eingeölte, glänzende Glatze. Seine Armreifen und der Halsschmuck funkelten in der Sonne. Pairi hingegen fiel mit seinem freien Oberkörper und den knappen Leinen um seine Lenden weniger auf, obwohl auch er mit Schmuck behangen war, eine Perücke trug und einen gepflegten und wohlgenährten Eindruck hinterließ.

Das Mädchen bemühte sich, einen gewissen Abstand zu wahren. Allmählich wurde die Hitze unerträglich, ihr Hals brannte vor Durst, und ihre Füße schmerzten in den Sandalen. Für gewöhnlich bewegte auch sie sich mit einer von Sklaven getragenen Sänfte fort, doch die Verfolgung ließ dies unmöglich zu.

Plötzlich blieben Hapuseneb und Pairi stehen. Schnell huschte das Mädchen hinter einen großen Krug und versteckte sich flink. Dabei scheuchte sie ein paar Tauben auf. Nachdem sie sich ziemlich sicher war, nicht bemerkt worden zu sein, und sich ihr Herzschlag beruhigt hatte, bemühte sie sich angestrengt, etwas von der Konversation mitzubekommen, die die beiden Männer noch immer führten.

Das armselige Haus aus Lehm und Stroh, vor dem sie nun standen, gehörte demnach einem einfachen Arbeiter, einem jener Fellachen, welche zur jetzigen Jahreszeit »Achet«, in der die Flussschwemme die Landarbeiten verhinderte, beim Bau des Tempels der Hatschepsut halfen und welcher den Befehlen der Männer Pairis unterlag. Dieser hatte soeben an die verkommene Haustür geklopft, und kurz darauf wurde ihm von einem verängstigt aussehenden Mann geöffnet, der misstrauisch nach allen Seiten blickte, bevor er seinen Besuchern Einlass gewährte.

Kaum, dass die Tür sich schloss, pirschte sich das Mädchen auch schon heran und hielt gebannt ihr Ohr an die Tür. Was sie dann vernahm, war unglaublich!

Neferure hatte gerade gebadet und die verschiedenen Düfte, die sich im Zimmer verbreiteten, waren eine wahre Wohltat nach dem Besuch im Armenviertel der Arbeitersiedlung. Auch das Zimmer wirkte prunkvoller denn je mit den aus Rosengranit verzierten Säulen, dem goldenen Baldachin und dem edlen Ebenholz aus fernen Ländern. Die Wände wie auch der Boden waren bunt bemalt. Lapislazuliblau, Gold und Rot stießen dabei hervor, und hier und da befanden sich edle Ziergegenstände aus den verschiedensten kostbaren Materialien.

Sie lächelte sanft, als sie das Mädchen erblickte, und gab ihren Bediensteten mit einer kurzen Geste zu verstehen, dass sie gehen sollten. Die Prinzessin hatte schon besorgt auf das Mädchen gewartet und ihr trotz aller Neugierde die Zeit gelassen, damit sie sich erst einmal waschen und umziehen konnte, da ihr Anblick offensichtlich erschreckend sein musste.

»Nun, Merit, erzähl schon, wo warst du?«, fragte Neferure ungeduldig.

Das Mädchen blickte in das anmutige Gesicht der Tochter Hatschepsuts. Obwohl sie ihre dunklen Augen nach dem Bad nicht mehr frisch mit der wertvollen Khol-Schminke umrandet hatte und nun keine Perücke trug, war sie dennoch eine makellose Schönheit. Durch ihre kostbaren Leinen schimmerte ein sinnlicher Körper hindurch, der nach edlen Salben duftete und verführerisch glänzte. Merit hingegen gelang es trotz aller Bemühungen nicht, ihrem Aussehen etwas Damenhaftes zu verleihen, obwohl ihr, dank der recht hohen Position ihrer Familie, alle Mittel zur Verfügung standen. Aber gerade ihrer etwas rebellischen und wilden Art war es zu verdanken, dass Neferure

9

sie ins Herz geschlossen hatte und sie nicht wie eine Dienerin, sondern eher wie eine Schwester betrachtete.

Beide Mädchen hatten vollstes Vertrauen zueinander, und beide hatten sie gemeinsam, dass sie Menkhepere nicht sonderlich leiden konnten und sie daher dessen eigenartiges Verhalten in der letzten Zeit argwöhnisch beobachtet hatten. Wenn er gerade einmal nicht auf einem Feldzug oder einer Expedition war, traf er sich heimlich mit Hapuseneb und dem Tjati Amunuser. Auch dieser war eine weitere unheimliche Figur des Palastes, der Hatschepsuts vollstes Vertrauen genoss, dem Merit jedoch nur ungern begegnete. Sie fing an, ihr heutiges Abenteuer zu berichten:

»Ich verfolgte Amun Hapuseneb, der sich mit Pairi, dem Bruder Senmuts, traf. Gemeinsam gingen sie dann in die schlimmste Gegend der Arbeitersiedlung, wo sie einen Fellachen trafen, der seit Neujahr am Tempel deiner Mutter arbeitet. Es scheint, als habe er Unglaubliches entdeckt! Ganz in der Nähe des Tempels Mentuhoteps muss er eine bisher unbekannte Kammer ausgegraben haben. Er schaufelte einen Eingang frei und drang ein, wohl in der Hoffnung, auf irgendetwas Wertvolles zu stoßen. Als er jedoch im Inneren war, fiel ihm sogleich auf, dass es sich um etwas Außergewöhnliches handeln musste. Die Wände waren beschriftet, doch kann er nicht lesen. Trotzdem meinte der Fellache, dass dies keine gewöhnliche Schrift war. Dann, als er sich weiter umsah, geschah es! Ein grelles, grünlich schimmerndes Licht erhellte den Raum, und Seth erschien ihm, um ihm das Geheimnis der Kammer zu offenbaren.«

Merit unterbrach ihre Erzählung und blickte verheißungsvoll auf ihre Herrin. Wie erwartet machte sich in Neferures feinen Gesichtszügen ein fassungsloser Ausdruck bemerkbar, dann schaute sie ungeduldig auf das Mädchen und forderte sie auf, fortzufahren.

»An der Ostwand ist eine Kobra abgebildet. Nur bei genauer Betrachtung fällt auf, dass ihr Auge aus einem wertvollen und äußerst empfindlichen Material besteht. Seth offenbarte dem Mann, wie es gelingt, sich durch einen bestimmten Mechanismus dieses Auges Zutritt zu einer weiteren Kammer zu verschaffen, die den Stein der Macht aufbewahrt.«

Wieder hielt Merit inne.

»Den Stein der Macht! Und? Gelang der Mann zu dieser zweiten Kammer?«, fragte Neferure ungeduldig.

»Nein. Er war so verängstigt durch die Offenbarung Seths, dass er die Flucht ergriff und ohne innezuhalten bis zu seinem Haus geflohen ist, wo er seiner Frau völlig verstört berichtete, was ihm widerfahren war. Diese suchte sofort Amun Hapuseneb auf und berichtete ihm von der Vision ihres Mannes. Der Priester war anfangs etwas skeptisch, wurde aber schließlich doch von der Angst der Frau überzeugt, die er mit dem Tod bestrafen würde, sollte es sich um eine Lügengeschichte handeln. Dann suchte er Pairi auf, der für den Fellachen und die Arbeiten am Tempel verantwortlich ist, um sich gemeinsam mit ihm das Ereignis aus dem Munde des Arbeiters anzuhören.«

»Ob er wahrhaftig Seth gesehen hat?«, fragte Neferure verängstigt.

Die Vorstellung der göttlichen Figur, die den Körper eines Menschen hatte und den Kopf eines undefinierbaren Tieres, ließ ihr einen Schauder über den Rücken laufen. Einst eine sehr angesehene Gottheit, die gemeinsam mit Horus den König schützte und Segen spendete, war dieser Wüstengott nach und nach in Verruf geraten. Schon seit jeher galt er als der neiderfüllte Bruder des Osiris, dem späterem Herrscher der Unterwelt, der gemeinsam mit seiner Schwester und Frau Isis über die Erde herrschte. Hasserfüllt tötete Seth seinen Bruder, der jedoch durch seine Schwester wieder zum Leben erweckt wurde. Horus, der Sohn von Osiris und Isis, wollte seinen Vater rächen, und so ereignete sich eine fürchterliche Schlacht zwischen Seth und Horus, der diese am Ende gewann und dadurch zum König der Erde wurde, verkörpert durch den Pharao. Seitdem Seth von den fremden

Völkern, den »Heqau-Chaswet«, die Kemet einst eroberten, als Hauptgott angesehen wurde, stand er letztlich als Symbol des Bösen und wurde zum Feind des Volkes.

»Merit, wenn dies tatsächlich der Wahrheit entspricht, so ist womöglich meine Mutter in Gefahr. Seth beneidet Horus um seine alleinige Führung über Kemet.«

Das Mädchen blickte in die verängstigten Augen ihrer Herrin und begriff, was diese meinte.

»Deine Mutter verkörpert Horus, ich weiß. Deswegen hat dies noch lange nichts zu bedeuten. So schnell gerät Kemet schon nicht in Gefahr. Es ist zu einem mächtigen Land geworden und Hatschepsut ist eine gute Herrscherin«, versuchte sie Neferure zu beruhigen.

»Warum aber interessieren sich gerade Hapuseneb und Pairi für diese Geschichte?«, fragte die besorgte Prinzessin weiter.

»Weil man es ihnen berichtete«, war die prompte Erklärung Merits.

»Nur Hapuseneb wurde unterrichtet. Er aber hat es nicht von Nöten gehalten, meine Mutter zu informieren, sondern hat sich Pairi anvertraut. Sicherlich weiß auch Amunuser schon Bescheid und sobald Menkhepere eintrifft, wird auch er unterrichtet, dessen bin ich mir sicher!«

»Nun übertreibe doch nicht gleich! Vielleicht ist ja gar nichts an dieser Geschichte wahr, und wenn tatsächlich eine weitere Kammer existieren sollte, so ist es doch fragwürdig, ob es wahrhaftig einen solchen Stein gibt.«

»Merit, ich habe ein sehr ungutes Gefühl, und du weißt genau, dass ich noch nie falsch lag! Ich will meine Mutter nicht beunruhigen, aber ich muss versuchen, Senmut über alles zu unterrichten.«

Merit schaute misstrauisch und meinte:

»Du willst Senmut einweihen? Aber er ist doch vom Hofe verbannt worden!«

»Ach, du kennst doch die Launen meiner Mutter. Niemand

weiß genau, was er damals verbrochen hat und wieso er in Ungnade geraten ist, aber Hatschepsut ist auch keine einfache Person. Er ist zwar hier am Hofe unerwünscht, aber ich bin mir sicher, dass er morgen an der Prozession teilnehmen wird, ansonsten werde ich ihm einen Boten senden. Merit, er ist der Einzige, dem wir vertrauen können!«

»Oh, die Prozession! Ich vergaß sie beinahe. Gerade dann wird Pairi sich den Ort zeigen lassen. Amun Hapuseneb wird ihn natürlich nicht begleiten können.«

Die Prinzessin seufzte und meinte:

»Und ich werde dich nicht begleiten können. Hatschepsut will mich morgen an ihrer Seite. Menkhepere ist ziemlich verärgert darüber. Er meint, man würde mir mehr Aufmerksamkeit schenken als ihm, obwohl er doch legitimer Mitregent ist und an ihrer Seite stehen müsse, nicht aber hinter ihr. Sag, traust du es dir zu, Pairi zu beschatten?«

Merit war ein wenig verblüfft. Auch sie sollte eigentlich an der morgigen Prozession teilnehmen. Würde es die Götter nicht verärgern, wenn sie nicht erscheinen würde? Womöglich würde man ihre Abwesenheit bemerken und ihr später unangenehme Fragen stellen. Als hätte Neferure ihre Gedanken erraten, meinte sie versichernd:

»Sei unbesorgt, Amun wird es dir schon verzeihen. Schließlich geht es um das Wohl Kemets und das der Herrscherin. Sollte man nach dir fragen, so fällt mir schon etwas ein. Du könntest eine Magenverstimmung oder ein anderes Leiden vortäuschen. Also, wirst du es schaffen?« Flehend blickte sie auf das Mädchen, die ihr keinen Wunsch hätte abschlagen können und ihrer Herrin versichernd zunickte.

2 ERWACHEN

Mit einem Mal war sie hellwach. Ihr schwarzes, seidiges Haar klebte im Nacken und an der verschwitzten Stirn. Einen Augenblick lang lag sie regungslos da, blickte mit ihren katzenartigen Augen in die Dunkelheit und überlegte kurz, dann warf sie schwungvoll die Bettdecke zur Seite und richtete sich auf. Sie spürte, wie der kalte Schweiß ihren glühenden Rücken hinunterlief. Noch in Gedanken vertieft begann sie, mit einer Locke zu spielen, bis sie endlich aus dem Bett glitt und lautlos ihr Zimmer verließ. Mittlerweile kannte sie die Villa Mounts so gut, dass sie das Licht im Korridor nicht einzuschalten brauchte. Barfüßig tappte sie in die Küche, um sich eine Flasche Wasser aus dem Kühlschrank zu nehmen.

Sie hatte gerade den ersten Schluck getan, als sich plötzlich von hinten eine Hand auf ihre Schulter legte. Der zweite Schluck ging völlig daneben, erschrocken fuhr sie um sich, bekam einen Hustenanfall und blickte dabei wütend auf den Schatten hinter ihr.

»Ed, bist du verrückt geworden, mich so zu erschrecken?!«, keuchte sie, während sie ein weiterer Hustenanfall überkam.

»Entschuldige, Nirvin. Ich wollte dich nicht erschrecken.« Solitario, wie Edoardo auch genannt wurde, versuchte ernst zu bleiben, bekam aber kurzerhand einen kräftigen Faustschlag gegen seine Bauchmuskeln verpasst, was ihn noch mehr amüsierte.

»Aua! Du bist ja noch stärker geworden! Ich sollte dich wohl wieder bei deinem alten Spitznamen Selvaggia, die Wilde, nennen!«

»Warum schleichst du dich denn mitten in der Nacht an?«

»Ich bin doch dein Beschützer, schon vergessen? Als Tilmid stets zu deinen Diensten!«

Nirvin blickte tadelnd auf ihren Freund, dann schloss sie die Kühlschranktür, wodurch die Küche in totaler Dunkelheit versank.

»Du hast dich mal wieder die halbe Nacht lang mit Hieroglyphen beschäftigt?« Doch das Mädchen kannte die Antwort bereits. Seitdem sie letzten Sommer aus Ägypten zurückgekommen waren, hatte Edoardo neben seiner Leidenschaft zum Pferdesport eine neue entdeckt, die Ägyptologie. Auch Nirvin beschäftigte sich damit, aber Edoardo schien regelrecht davon besessen.

»Ja, so langsam habe ich den Durchblick. Aber jetzt ist es wohl doch an der Zeit, schlafen zu gehen.«

»Es ist ja auch erst halb zwei! Du, Ed, ich hatte wieder einen Traum!«

»Schon wieder?«

Das Gesicht des Jungen nahm einen ernsten Ausdruck an, den die Dunkelheit jedoch verbarg. Er nahm Nirvin bei der Hand und tastete sich zum Küchentisch vor, wo er einen Stuhl für das Mädchen und einen weiteren für sich herbeirückte.

»Steht er im Zusammenhang mit den anderen Träumen?«

Er konnte sich nicht erklären, was diese merkwürdigen Träume zu bedeuten hatten. Sie waren seit Nirvins vierzehnten Geburtstag in Erscheinung getreten.

»Ich denke schon. Es kommen zwar andere Personen vor, aber es geht erneut um den Stein der Macht.« Nirvins Stimme bebte vor Aufregung.

Edoardo schloss Nirvins Hände in seine. »Morgen setze ich mich gleich mit Doc in Verbindung. Das kann doch kein Zufall mehr sein! Aber nun erzähl schon, was genau hast du denn geträumt?«

Selvaggia berichtete dem Jungen ausführlich von ihrem Traum, der sich in Kemet, dem einstigen Ägypten abspielte und seiner damaligen Hauptstadt Waset, dem antiken Theben. In der letzten Zeit plagten sie häufig seltsame Träume, in denen es immer wieder um einen eigenartigen Stein ging. Es handelte sich hierbei um ein außergewöhnliches Amulett mit unsagbaren Kräften, das dem Anschein nach durch die altägyptische Geschichte wanderte.

Edoardo hörte Nirvin aufmerksam zu, ohne sie zu unterbrechen. Als sie schließlich alles berichtet hatte, überlegte der Junge kurz, dann meinte er nachdenklich:

»Du hast also von Hatschepsut und ihrer Tochter Neferure geträumt. Hattest du gerade etwas über sie gelesen oder so?«

»Nein, Ed. Ich weiß kaum etwas über sie. Soweit ich mich erinnern kann, war Hatschepsut der erste weibliche Pharao. Ansonsten weiß ich rein gar nichts über sie.«

»Neferure war, wie schon gesagt, ihre Tochter. Du erwähntest Menkhepere. Das war Thutmosis der Dritte, der Stiefsohn, Ehemann und Nachfolger Hatschepsuts. Senmut hingegen war der Favorit der Königin, ihr Vertrauter, Vermögensverwalter des Amun, Oberhaushofminister, Baumeister und eine Art Tutor der Neferure. Einige behaupten sogar, dass er und nicht Thutmosis der Zweite der Vater der Prinzessin war. Tjati, so nannte man den Wesir, also handelt es sich bei Amunuser um den damaligen Wesir. Die Arbeitersiedlung war vermutlich Deir el-Medina. Nirvin, wie ist es nur möglich, dass du von alledem träumst, wenn du kaum etwas darüber weißt?«

»Keine Ahnung. Aber das Unheimliche an diesen Träumen ist, wie lebendig sie mir erscheinen. Es kommt mir jedes Mal vor wie eine Zeitreise. Diesmal war es, als wäre ich dieses Mädchen, Merit. Es erschien mir alles so real, ich konnte die verschiedenen Gerüche wahrnehmen, den Baumwollstoff der Tunika spüren und, wäre ich ein Künstler, so könnte ich dir jeden einzelnen Gesichtszug der Prinzessin und ihrer Dienerin malen. Die Straßen, Tempel und der Palast waren mir so vertraut. Allmählich macht es mir Angst.«

Edoardo spürte, wie das Mädchen zitterte, und rückte mit seinem Stuhl näher, um sie zu umarmen.

»Keine Angst«, meinte er aufmunternd, »es wird sich für alles eine Erklärung finden. Ich bin mir sicher, dass Doc uns weiterhelfen kann. Komm, versuchen wir nun zu schlafen.«

Kurze Zeit später schrieb Edoardo eine E-Mail an Alexander,

besser bekannt als Doc, den Deutschen, den sie letzten Sommer kennengelernt hatten und der schon seit Jahren in der Wüste Ägyptens lebte. Er war einer der wichtigsten hohen Tilmidi, dem sich der Junge stets anvertraute, wenn es Fragen oder Probleme bezüglich Nirvin und ihrer Bestimmung gab. Edoardo hatte seine Rolle als erster hoher Tilmid mit dem Auftrag, Nirvin zu beschützen und beizustehen, äußerst ernst genommen. Er war zwar erst fünfzehn Jahre alt, doch das Abenteuer letztes Jahr hatte ihn schon frühzeitig erwachsen werden lassen. Genauestens berichtete der Junge nun von den Träumen, die Nirvin in letzter Zeit plagten und die immer intensiver zu werden schienen. Glücklicherweise hatte es die moderne Technologie ermöglicht, dass es neuerdings sogar in Docs Beduinenlager möglich war, per Internet zu kommunizieren.

Die Antwort ließ nicht lange auf sich warten. Alexander hatte sich kurzgefasst, und seine wenigen Worte beunruhigten Edoardo. »Wir müssen uns treffen. Ich werde alles in die Wege leiten«, war die kurze Nachricht.

Nirvin lag noch einige Zeit lang wach und wälzte sich unruhig von einer Seite auf die andere. Edoardo hatte sich zwar alle Mühe gegeben, sie zu beruhigen, doch sie hatte bemerkt, wie besorgt auch er war. Aus dem schrägen Dachfenster ihres Zimmers, das sich genau über ihrem Bett befand, konnte sie direkt auf den Mond und auf die Sterne blicken. Sie hatten etwas Beruhigendes und Friedliches, etwas das dem Mädchen half, endlich einzuschlafen.

Sie war Pairi und dem Fellachen mit Mühe über den heiligen Fluss Iteru gefolgt, hatte die Totenstadt hinter sich gelassen, um über gefährliche Pfade hinauf in die Berge zu gelangen. Die Sonne schien heiß und erbarmungslos, als wolle sie Merit bestrafen. Ängstlich hörte sie mehrmals das Aufheulen der Schakale und hielt es für eine Warnung Anubis, die Toten in Frieden zu lassen. Des Öfteren schreckte sie zusammen, als der Wind die wilden Büsche bewegte, da sie jedes Mal befürchtete, von Räubern und Plünderern überfallen zu werden. Sie betete zu Amun und den anderen Göttern, auf dass sie ihr beistehen würden und sie vor Skorpionen und Giftschlangen verschonten. Als sie schließlich das Tal erreichte, in dem die einstigen großen Herrscher ihre ewige Ruhe gefunden hatten, achtete sie darauf, unbemerkt an den Wachen vorbeizukommen, die jedoch zu ihrer Erleichterung unachtsam waren und sich über den mitgebrachten Wein von Pairi hermachten.

Kurz nachdem sie den beiden Männern in den engen Gang, der hinter dem frei gegrabenen Einstieg lag, hinterhergestiegen war, hielt sie inne und verfolgte aufmerksam, was sich in der Kammer zutrug. Ihre Angst war enorm und mit äußerster Vorsicht spähte sie hinein. Der verängstigte Fellache war hinter Pairi stehen geblieben, als wolle er sich hinter dessen kräftigem Körper verstecken.

Pairi hingegen schien keineswegs beängstigt, sondern betrachtete wie besessen die in den Stein gemeißelte Kobra an der Ostwand, die unverkennbar Wadjet, die Landesgöttin Ta-Mehus, darstellte und zu deren Seiten sich jeweils in perfekter Symmetrie zwei Aspisvipern befanden. Das Zentrum des Auges der Uräusschlange war aus einem seltenen Material, das rötlich schimmerte und durchsichtig war. Das Haupt der Schlange wurde von einer goldenen Sonnenscheibe geziert, in dessen Zentrum das Udjat-Auge abgebildet war, also das geheilte Auge des Horus, ein Schutzsymbol. Es hatte den Anschein, als wollten die Schlangen einen kostbaren Schatz behüten.

Dann fiel Merits Blick auf die Decke, die ein nächtliches Firmament in Form der Himmelsgöttin Nut darstellte, welche die zentrale Figur Thots umschloss. Eine weitere göttliche Gestalt erstreckte sich am oberen Wandabschnitt über der Uräusschlange, es handelte sich um Nechbet, die Geiergöttin und Landesgöttin Ta-schemaus. Die beiden Schutzgöttinnen des Pharaos schienen sich einen Wachposten zu teilen. Im Gegensatz zu Horus und Seth bildeten sie eine Einheit und symbolisierten eine friedvolle Union Kemets.

Was äußerst seltsam erschien, waren die merkwürdigen Schriftzeichen an den Wänden, die das Mädchen nicht entziffern konnte. Diese Darstellungen unterschieden sich von jenen, die Merit vertraut waren. Nur den Ibis, der am Anfang und am Ende dieser unbekannten Zeichen abgebildet war, konnte sie dem Gott Thot zuordnen. Noch nie hatte sie solch eigenartige Symbole gesehen. Das konnte nur aus göttlicher Hand entstanden sein! Sie musste an die geheimen Papyrusrollen denken, von denen man behauptete, dass sie von Thot geschrieben wurden. Ob auch diese Zeichen von ihm stammen? Ihr wurde immer mulmiger zumute. Der Gott der toten Sonne Thot galt auch als Herr der Magie. War dies vielleicht eine Art magische Formel? Stand die Kammer womöglich unter einem Zauber?

Am liebsten wäre sie weggerannt, doch ein klirrendes Geräusch erweckte ihre Aufmerksamkeit, und sie blickte zu Pairi, der soeben das Auge der Uräusschlange zersplittert hatte. Wie konnte er es nur wagen, dieses äußerst seltene und wertvolle Material so zu beschädigen! Sie sah, wie der Mann einen kleinen ringförmigen Gegenstand aus einem Hohlraum hinter dem zerschmetterten Auge entnahm und diesen dann in eine unscheinbare, kreisförmige Einbuchtung des Udjat-Auges einfügte. Dann drehte er kurz an dem goldenen Ring, bis dieser hörbar einrastete.

19

Kaum dass dies geschehen war, ertönte ein heftiges Poltern, als wolle das Gewölbe zusammenbrechen, und Merit war sich sicher, dass Pairi nun endgültig den Zorn der Götter erweckt hatte. Sie wollte schon aus dem Gang stürmen, als sich plötzlich die Ostwand auftat und eine weitere Kammer freigab. Die Männer verschwanden hinter dem verbliebenen Teil der Ostwand. Merit huschte leise hervor und spähte um die Ecke. Es handelte sich um einen schlichten Raum, an dessen Wänden die Symbole verschiedener Götter abgebildet waren. Zwei von ihnen standen im Mittelpunkt: Horus und Seth. Seth jedoch war stark beschädigt, als hätte man versucht, sein Bildnis zu zerstören. An der Deckenwand war abermals Nechbet dargestellt, diesmal größer und gefährlicher wirkend. Inmitten des Raumes befand sich eine goldene Figur, die abermals Wadjet darstellte, und erneut waren links und rechts von ihr zwei Aspisvipern erkennbar, die ebenfalls aus purem Gold bestanden.

Das Maul der Kobra war weit geöffnet und offenbarte einen goldenen Gegenstand, dessen außergewöhnliche Form an einen Stern erinnerte. Schon hatten die gierigen Hände Pairis danach gegrapscht und mit großen Augen betrachtete der Mann das Objekt. Dann drehte er sich zu dem Arbeiter, dem die Angst abzulesen war. Schweißperlen liefen seine Stirn hinab, und mit dem Blick eines Opfertieres schaute er scheu zu Pairi.

»Öffne es!«, befahl ihm dieser und händigte dem terrorisierten Mann den sternförmigen Behälter aus. Der Mann schüttelte panisch den Kopf, doch Pairis strenger Blick war durchaus überzeugend. Langsam nahm der Mann den merkwürdigen Gegenstand entgegen, und nach einigem Zögern öffnete er ihn.

Merit hatte in diesem Moment verängstigt die Augen geschlossen, doch als sie diese nun langsam öffnete, sah sie erleichtert, dass keine Dämonen befreit worden waren. Der Arbeiter übergab Pairi einen außergewöhnlichen, mehrkantigen Stein, der grünlich schimmerte. Pairi betrachtete ihn zufrieden und gab dem Arbeiter ein Zeichen, den Raum zu verlassen. Merit begriff, und schnell eilte sie durch den Gang ins Freie, um sich hinter einem Felsbrocken zu verbergen.

Kurz darauf trat Pairi hervor, blickte sich bedachtsam nach allen Seiten um, dann lief er schnellen Schrittes davon. Das Mädchen wartete noch eine Weile verwundert, dann kroch sie aus ihrem Versteck hervor und fragte sich, wo der Fellache blieb. Sie fasste allen Mut zusammen und betrat erneut den Gang zur Kammer. Leise schlich sie bis hin zur ersten Kammer und lauschte hinein. Entsetzt schrie sie auf.

Da lag der Arbeiter, hinterrücks erstochen! Also schreckte Pairi nicht einmal vor einem Mord zurück! Erst jetzt begriff das Mädchen, in welch gefährliches Abenteuer sie sich begeben hatte und welchen Wert dieser Stein haben musste, dass man für ihn sogar zu einem Mord fähig war. Plötzlich fiel ihr Blick auf etwas Glänzendes, was der Mann noch immer fest in seiner Hand hielt. Sie erschrak, als sie eine Stimme vernahm, die wie ein Gedanke in ihrem Kopf entstand, ihr aber doch fremd war. Es war eine Frauenstimme, warm aber bestimmend:

»Nimm die Hülle des Steines an dich, Merit! Er muss wieder dort hinein und gut verwahrt werden, sonst ist er eine Gefahr für Kemet! Finde den Heka-Stein und lege ihn wieder zurück in sein Behältnis! Er darf keinesfalls in machtgierige Hände geraten!«

»Wer spricht da?«, waren die einzigen Worte, die das verängstigte Mädchen herausbrachte.

»Hab keine Angst! Ich bin Wadjet, die Schutzgöttin des Pharaos, und ich bin hier, um den Heka-Stein zu schützen. Ich bin die Wächterin des Tages, Nechbet ist die Wächterin der Nacht. Seth ist wieder stark geworden und wird für erneute Unruhen sorgen. Von Anbeginn hat der Heka-Stein in falschen Händen Unheil gebracht. Er war für jene gedacht, die damit gerecht umzugehen vermochten, doch nun sollte er besser fern von menschlichen Händen aufgehoben werden. So geh, Merit, und verhindere das größte Unheil!«

Das Mädchen hatte kaum ein Wort verstanden und stand wie gelähmt vor der Leiche des Fellachen. Dann nahm sie allen Mut zusammen, ergriff das goldene, sternförmige Behältnis und rannte hinaus, ohne sich nochmals umzudrehen.

Kurze Zeit darauf erstrahlte in der geheimen Kammer ein grelles Licht. Die goldene Kobra schien zu glühen und auch die beiden Vipern leuchteten hell auf. Plötzlich verwandelten sich die drei Tiere, und aus Gold wurde Fleisch und Blut. Geschwind glitt eine Kobra ins Freie, gefolgt von zwei kleinen Aspisvipern. Knapp nach Sonnenuntergang erhellte sich die Kammer abermals und ein dunkler Schatten flog hinaus. Der Geier machte sich auf in Richtung Waset.

Merit war so schnell gerannt, dass sie Pairi schon bald eingeholt hatte. Er stand bei einem der Wachposten, denen Merit vorher gerade noch rechtzeitig ausgewichen war. Am heutigen Tage war die Kontrolle glücklicherweise reduziert, da sich am derzeitigen Festtag viele der Wächter nach Hause und zur Prozession begeben hatten, und die zurückgebliebenen waren immer noch reichlich vom Wein Pairis berauscht.

»Sorge dafür, dass die Leiche verschwindet, und lass es nur alle wissen, dass dies die Strafe für alle Grabschänder ist. Wer nochmals dabei erwischt wird, der wird gepfählt und an die Stadtmauer gehängt, nachdem ich ihm persönlich Ohren und Nase abgeschnitten habe. Nimm dir ein paar Männer und kümmere dich darum, dass der Einstieg ein für alle Mal verschüttet wird. Das Grab wurde bereits geplündert. Es ist daher ratsam, es wieder unter dem Sand verschwinden zu lassen, bevor sich der Zorn der Götter auf uns richtet.«

Der Wächter nickte kurz und entfernte sich von Pairi. So ein Lügner, dachte das Mädchen erbost. Nicht nur, dass er die geheime Kammer als geplündertes Grab ausgab. Er hatte sogar noch die Unverschämtheit, einen Mord zu rechtfertigen, indem er Lügen über den armen Mann verbreitete. Grabplünderer! Es hatte vor Kurzem Vorfälle gegeben, wo Ausländer, die den hiesigen Totenkult nicht kannten und respektierten, sich skrupellos an Grabbeigaben vergriffen hatten. Dieser Fellache aber war hiesiger Abstammung und wäre sicherlich niemals zu solch einer Tat fähig gewesen, dachte sie empört.

Sie wusste nun, wie gefährlich Pairi war und welches Risiko sie einging, ihn weiterhin zu verfolgen, aber sie durfte den Stein nicht mehr aus den Augen verlieren.

Die welligen, silbergrauen Haare und der lange Bart glänzten rötlich im Schein der aufgehenden Sonne. Er rückte seine Brille zurecht, die seine dünne, längliche Nase hinuntergerutscht war. Seine faltige Hand rieb nachdenklich die runzelige Stirn.

Doc war beunruhigt. Die Nachricht, die er gestern Nacht von Edoardo erhalten hatte, bestätigte, dass sie schon bald tätig werden mussten. Letztes Jahr hatte der Junge gemeinsam mit Nirvin den ersten Papyrus erhalten und Alexander hatte ihnen schon damals mehr verraten, als er eigentlich beabsichtigt hatte. Er war davon überzeugt gewesen, dass bis zur Offenbarung des zweiten Papyrus noch viel Zeit vergehen würde, aber er hatte sich getäuscht.

Nadim, der Großvater Nirvins, besser bekannt als Mohamed Al Halabi, war dem Geheimnis gefährlich nahe gerückt. Seit einiger Zeit hatte sein Interesse für Nirvin und den ersten Papyrus nachgelassen, dafür aber beauftragte er verschiedene Forscher mit neuen Ausgrabungen an verschiedenen Fundorten archäologischer Bedeutung. Zurzeit waren seine Männer in Deir El-Bahari beschäftigt. Sicherlich würden sie auf die geheime Kammer Mentuhoteps stoßen, aber nützen würde es ihnen nicht viel. Trotzdem schien der alte Nadim irgendwie über den Stein Bescheid zu wissen. Es war also nur eine Frage der Zeit, bis er auf die richtige Spur stoßen würde.

»Ismael«, rief er seinen stummen Schützling zu sich. Wüstenfuchs war gerade erst von einem seiner Ausflüge in die Wüste zurückgekehrt. Er trug seinen Falken Horus bei sich, der ihn während seiner Touren stets begleitete. Der Junge lächelte Alexander zu und setzte sich neben ihn.

»Ismael, mein Junge, wie alt bist du nun? Sechzehn? Ach, mit Sicherheit! Jedenfalls bist du alt genug, um eine wichtige und verantwortliche Aufgabe zu übernehmen.«

Doc klopfte Wüstenfuchs auf die Schulter und der Junge schaute aufmerksam und erwartungsvoll auf den älteren Mann.

»Ich werde wohl für einige Zeit verreisen, und jemand muss sich um unser Lager und unsere Männer kümmern. Dies hier ist schließlich der zentrale Ausgangspunkt der Tilmidi. Bisher habe ich mich um alles gekümmert und die Leitung gehabt. Nun überlasse ich dir das Kommando.«

Der Junge blickte überrascht auf Alexander und gestikulierte heftig.

»Natürlich bist du in der Lage, die Verantwortung zu übernehmen. Wir werden in ständigem Kontakt zueinander stehen, schließlich haben wir doch auch Internetverbindung. Ich würde dich ja mitnehmen, aber ich brauche hier jemanden, auf den ich mich verlassen kann.«

Wüstenfuchs blickte skeptisch auf Doc und gestikulierte erneut.

»Wohin ich reise? Ich muss unsere beiden Freunde treffen. Edoardo und Nirvin brauchen Hilfe. So wie es scheint, ist es bereits so weit. Die Prophezeiung ist eingetreten: Al Kabiras Träume haben eingesetzt. Ich muss ihnen daher die wichtigsten Dinge erklären, damit sie den zweiten Papyrus finden. Durch ihn werden sie dann genau erfahren, um was es geht. Sie wissen schon weitaus mehr über die Angelegenheit Bescheid, als sie denken.«

Ismael gab abermals deutliche Zeichen mit seinen Händen.

»Ja, natürlich könnte auch ich ihnen alles erzählen, aber du weißt, was im ersten Papyrus erwähnt wird. Zum richtigen Zeitpunkt wird Nirvin aufgeklärt werden. Dies ist Aufgabe des kundgebenden Textes und nicht meine, so will es die Prophezeiung, und daran werde ich mich halten, mein Junge. Alles zu seiner Zeit.«

Wüstenfuchs nickte langsam und dachte an die ehrenvolle Aufgabe, die Doc ihm gerade anvertraut hatte. Er würde den Mann nicht enttäuschen! Natürlich war er auch besorgt um ihn, Nirvin und Edoardo. Hoffentlich würde alles gut verlaufen. Auch der Gedanke, bald ohne Doc im Beduinenlager zurückzubleiben, behagte ihm recht wenig, aber nun konnte er zeigen, was er von Alexander gelernt hatte.

Sie fand Neferure am See des Gartens des goldenen Hauses, im kühlen Schatten eines Baumes sitzen. Ihre Füße erfrischte sie im Wasser und spielte dabei verträumt mit einer der zugehenden Lotusblumen, die das Wasser schmückten. Bunte Fische tummelten sich darunter und das Schilf bewegte sich leicht im aufkommenden Abendwind. Merit atmete genüsslich den Duft der exotischen Pflanzen, der Akazien und der Myrrhe ein, denn sie vermochte immer noch den staubigen und modernden Geruch der Totenstadt in ihrer Nase wahrzunehmen.

Die Prinzessin schien müde von der Zeremonie. Sie trug noch immer die Perücke mit den vielen Zöpfen, in die Senmut einst goldene und blaue Verzierungen eingearbeitet hatte. Ihr Hals war mit einem prächtigen goldenen Halskragen geschmückt, der mit Türkisen verziert war. In der Mitte war das Udjat-Auge erkennbar, das unter einer Sichel von einem Skarabäus vorwärtsgeschoben zu werden schien und somit gleichzeitig die Wanderung des Mondes symbolisierte.

Als sie Merit erblickte, gab sie einem Diener ein Zeichen, etwas zu trinken zu bringen. Dann schickte sie die Bediensteten fort, und als Merit Anstalten machte, für die Fächerträgerin einspringen zu wollen, nahm Neferure ihr den Fächer ab.

»Lass das und setz dich. Du bist doch keine Fächerträgerin!« Sie schenkte Merit einen aufmunternden Blick und fügte hinzu: »Eigentlich wollte ich schon gebadet haben, aber ich war viel zu neugierig. Also, erzähl schon, was ist passiert?«

Merit berichtete ihrer Herrin ausführlich ihr Erlebnis, erwähnte aber erst einmal nichts von der Hülle, die sie an sich genommen hatte, und der Stimme Wadjets, die zu ihr gesprochen hatte, denn sie befürchtete, Neferure würde ihr keinen Glauben schenken. Dafür informierte sie die Prinzessin über das grausame Handeln Pairis, der einen weiteren Mann getroffen hatte, einen skrupellosen Händler aus Kusch. Ihm hatte er die Anweisung erteilt, die Frau des Arbeiters aus Waset verschwinden zu lassen.

»Bei Amun!«, meinte Neferure entsetzt. »Wir müssen das verhindern! Wahrscheinlich wird er sie umbringen, oder in irgendeinem fremden Land verkaufen!«

»Es ist zu spät«, meinte Merit leise. Ihre Stimme bebte vor Wut. »Der Mann ist bereits losgegangen.«

»Vielleicht weiß Senmut Rat. Da kommt er!«

Ein noch gut aussehender Mann mittleren Alters gesellte sich zu ihnen. Er begrüßte höflich die Prinzessin und mit einer kurzen Geste Merit. Er trug Leinen guter Qualität, seine Arme waren mit Kupferringen behangen und sein Gesicht akkurat geschminkt. Neferure überließ es Merit, die Ereignisse zu schildern.

»Ich schäme mich für meinen Bruder! Er sollte von Kemet verbannt werden. Was geht hier nur vor?«

»Ich halte es für unangemessen, meine Mutter zu informieren. Wir sollten erst herausfinden, was die Männer vorhaben und was es mit diesem Stein auf sich hat«, meinte Neferure.

»Ich habe da eine Ahnung, bin mir aber nicht ganz sicher. Ich habe von einem Talisman der Pharaonen gelesen, der ihnen außergewöhnliche Kräfte verleiht. Es heißt, König Narmer, der Eroberer des Nordens, habe einst die besten Magier, Weisen und Priester zusammengerufen, um gemeinsam mit ihnen sämtliche Götter zu beschwören, damit sie ihm zu Weisheit, Macht und Heil verhelfen. Er hatte mit ihnen ein Abkommen, in dem er gelobte, die Maat aufrecht zu erhalten, stets das Beste für Kemet und seine Bewohner zu erstreben und das Land zu vereinen. Narmer nahm eine Hand schwarzer Erde auf, und die Götter hauchten hinein und gaben einen Teil ihrer göttlichen Essenz frei, wodurch sich die Hand voll Erde in einen dunklen Stein verwandelte. Seine Form soll angeblich zwei Pyramiden gleichen, die an ihrer Basis vereint sind. Sie symbolisieren Ta-Schemau und Ta-Mehu, die eine Einheit bilden. Die gemeinsame Basis dieser vereinten Pyramiden ist fünfeckig. Thot verriet Narmer die magischen Worte, die auf einem Papyrus festgehalten wurden und welche die Kraft des Steins entfachen sollten. Wadjet, die Kobragöttin, war die Wächterin des Papyrus und Nechbet, die Geiergöttin, war die Wächterin des Steins. So entstand der Heka-Stein, der Stein der Macht und Magie, durch welchen die göttlichen Essenzen entfacht werden.

Lange Zeit hat er den nachkommenden Königen geholfen, doch dann hat Chasechemui die Anhänger Horus und die des Seth vereint, um die Unruhen religiöser Natur zu bekämpfen. Dies hat sich irgendwie auf den Heka-Stein ausgewirkt und ihn aus dem Gleichgewicht gebracht, indem die Essenzen des Horus und des Seth aufeinandertrafen. Maat steht für Gerechtigkeit und Ordnung, doch nun wurde diese Ordnung durcheinandergewirbelt, denn beide Götter stehen seit jeher im ewigen Kontrast, und Seth strebt nach Macht, er ist der Herr des Chaos. Sich mit Horus den Thron zu teilen, kommt für ihn nicht in Frage. Sobald sich ein Pharao extrem machtbegierig erweist, maßlos nach Ruhm strebt und nur aus eigenem Interesse handelt, nutzt Seth die Gelegenheit, um die Kontrolle über den Stein zu erlangen. Er wird dem Pharao Macht und Ruhm bescheren, doch dies trägt seine Konsequenzen mit sich: Unruhen werden aufkommen, das Blut Unschuldiger wird fließen und Kemet wird in Gefahr schweben. Seth ist bekanntlich der Gott der Heqau-Chaswet, also der Feinde Kemets. Das Land ins Verderben zu treiben könnte womöglich ein Plan Seths sein. Kämen fremde Völker an die Macht, so würde er mit größter Wahrscheinlichkeit auf den Thron der Götter kommen.«

»Du meinst also, dass der Stein aus der Kammer wahrhaftig der Heka-Stein ist?« fragte Neferure besorgt.

Senmut nickte mit ernstem Blick und Merit fragte:

»Aber wie ist der Stein in die Kammer gekommen? Eigentlich müsste Hatschepsut ihn doch besitzen!«

Senmut schüttelte den Kopf und erklärte:

»Ein Weiser namens Ipuwer kam zu Hofe, um den König vor dem Bösen im Stein zu warnen. Chasechemui bekam es mit der Angst zu tun, als Ipuwer ihm erklärte, dass er mit seiner Tat die Götter verärgert hatte und dass der Heka-Stein nun keinesfalls in die falschen Hände geraten durfte. Als Chasechemui im Sterben lag, wies er seine Tochter an, den Stein der Macht und den Papyrus mit in sein Grab legen zu lassen und vertraute ihr das Geheimnis des Steines an, berichtete ihr aber auch von den Mahnworten des Weisen. Seine Tochter aber befolgte nicht seinen Befehl und bewahrte den Heka-Stein und den Papyrus auf, bis ihr Mann Nebka an die Macht kam. Ihm und seinem Bruder Djoser vertraute sie ihre Schätze an, in der Hoffnung, dem Lande damit etwas Gutes zu tun.

Nun, einige Zeit ging auch alles gut, doch das Streben nach Macht einiger darauffolgender Könige und Gouverneure der Gaue erweckte erneut die Aufmerksamkeit Seths, sodass es zu andauernden Unruhen kam, bis Kemet plötzlich in drei Gebiete aufgeteilt war. Angeblich sollte erneut ein Weiser namens Ipuwer seine Mahnworte ausgesprochen haben, doch diesmal schenkte keiner seiner Warnung Aufmerksamkeit. Interessant ist, dass man inzwischen glaubt, dass Ipuwer kein gewöhnlicher Weiser war, sondern die Inkarnation der Gesamtheit der Götter, die vor Seth warnten. Er erschien immer nur bei Vollmond, und man sagt, dass dies der günstige Moment wäre, um sich der wachsamen Augen Seths zu entziehen. Die tote Sonne schwächt den Wüstengott und verleiht Thot alle Macht.«

»Aber was ist mit dem Heka-Stein?« Merit hatte stets hohen Respekt vor Senmut, doch sie konnte ihre Neugierde nicht bändigen.

Senmut lächelte milde, als er den erschrockenen Gesichtsausdruck des Mädchens sah, die sich erst jetzt ihres ungestümen Verhaltens bewusst wurde.

»Dazu wollte ich gerade kommen, Merit. Als Mentuhotep an

die Macht kam, schenkte er den Worten Ipuwers Gehör. Er versöhnte sich wieder mit den Göttern und bevorzugte es, ohne die Hilfe eines Steines zu regieren. Er vereinte Kemet und lies den Stein der Macht an einem geheimen Ort aufbewahren, von dem bisher niemand wusste. Wadjet sollte ihn mithilfe Nechbets hüten. So wurde aus Wadjet die Hüterin des Tages und aus Nechbet die Hüterin der Nacht. Den Papyrus hingegen bewahrte er weiterhin auf und vermachte ihn seinem Nachfolger. Der Stein hatte ohne den Papyrus keine Macht und der Papyrus ohne den Stein ebenso wenig.«

»Das würde ja bedeuten, dass der Papyrus hier im goldenen Haus aufbewahrt sein müsste!«

Neferure blickte tadelnd auf Merit, die sich schnell mit der Hand auf den Mund fasste, doch die Prinzessin lächelte schon wieder und meinte:

»Senmut, nimm es Merit nicht übel. Sie ist ein wenig übermütig, aber genau das schätze ich an ihr.«

»Schon gut, Neferure. Es stimmt ja auch, was sie sagt. Der Papyrus befindet sich in der Tat hier im Palast, im Besitz Hatschepsuts. Sie war so geschickt, ihn Thutmosis abzunehmen, als sie die Regentschaft übernahm, mit der Begründung, dass er zu jung für solche wertvollen Schriften wäre. Er sollte erst einmal im Amuntempel ausgebildet werden und im »Haus des Lebens« das Schreiben und Lesen erlernen. Später dann kam die militärische Ausbildung. Solange er sich für Feldzüge und Eroberungen interessierte, blieb ihm keine Zeit, sich mit komplizierten Texten zu befassen. Das überlasse er besser den Gelehrten, so die Worte unserer Königin.«

Nun war es Neferure, die ungeduldig wurde:

»Aber wo ist dieser Papyrus? Ich habe noch nie davon gehört, geschweige denn, ihn zu Gesicht bekommen! Senmut, du musst es doch wissen. Keiner steht Hatschepsut so nahe wie du!«

Der Vertraute der Königin senkte einen Augenblick verlegen die Augen, dann erklärte er:

»Ich erwähnte bereits, dass der Stein dem Brauch nach von dem amtierenden Pharao an seinen Nachfolger weitergegeben wurde. Dies gilt auch für den Papyrus. Dieser Brauch ist etwas sehr Persönliches, der nur die Regenten betrifft und von dem die Öffentlichkeit nicht erfahren soll. Es ist bereits viel zu viel durchgesickert und sei es nur als Legende. Selbst die Heqau-Chaswet und zahlreiche andere Völker drangen in Kemet ein, um den sagenhaften Stein in ihren Besitz zu bringen. Ich denke, dass nicht einmal Thutmosis Menkhepere aufgeklärt wurde. Hatschepsuts Vater, Thutmosis Akheperkare, hatte lediglich seiner Tochter das Geheimnis anvertraut. Aber es ist gut möglich, dass Menkhepere etwas ahnt. Amunuser ist Sohn des Tjati Amtiu und war schon zu Zeiten des Thutmosis Akheperkare am Hofe tätig, und auch Amun Hapuseneb könnte als Enkel des Tjati Imhoteps einiges in Erfahrung gebracht haben. Dies würde auch erklären, weshalb die drei in letzter Zeit so konspirativ sind.

Mit dem Papyrus allein konnte man nichts anfangen, aber nun, da der Stein womöglich aufgetaucht ist, ändert sich alles. Neferure, deine Mutter, hat die Schriftrolle gut versteckt, sei unbesorgt. Ich werde später mit ihr reden, wenn sie mich empfängt, und sie warnen, von nun an besonders vorsichtig zu sein. Mir wäre lieber, sie über das, was vorgefallen ist, in Kenntnis zu setzen. Ich weiß, du willst sie nicht beunruhigen, aber sie ist schließlich unser Pharao und muss informiert werden. Ich denke kaum, dass sie Menkhepere oder einen seiner Verbündeten zur Rede stellen wird. Sie ist zwar ein wenig selbstherrlich, aber auch eine kluge und selbstbewusste Herrscherin und wird sich richtig verhalten. Erst einmal müssen wir sicher sein, dass es sich wirklich um den Stein der Macht handelt, dann sehen wir weiter. Ich werde der Königin zur Beobachtung raten, vor allem aber muss sie auf der Hut sein. Sie vertraut Amunuser viel zu sehr, dabei traue ich ihm kein bisschen. In letzter Zeit ist Hatschepsut häufig krank. Es würde mich nicht wundern, wenn er irgendetwas damit zu hat. Ich glaube, dass er schon seit Längerem ein falsches Spiel treibt. Hauptsächlich ihm habe ich es zu verdanken, dass ich in Ungnade gefallen bin!«

»Eifersüchtig auf dich war er ja schon immer. Aber schön, wenn du meinst«, seufzte Neferure. »Ich werde mich darum bemühen, dass sie dich empfängt. Es ist schon ein Wunder, dass du überhaupt hier hereingekommen bist.«

»Oh, ich kenne mich bestens aus. Es gib da so manch geheimen Weg, den nicht einmal ihr kennt! Im Übrigen habe ich auch noch einige, wenn auch wenige Verbündete.« Munter zwinkerte er den beiden Mädchen zu.

Kurz darauf ließ Neferure sich von Merit in den Palast begleiten. Sie dankte ihrer treuen Freundin und verabschiedete sich für die Nacht. Als Merit den Palast verlassen wollte, stieß sie beinahe mit einer Gruppe Leibwächter und einem kräftigen Mann zusammen, dessen zarte Gesichtszüge in völligem Widerspruch zu seinem Charakter standen.

»Pass doch auf, du dummes Ding«, fauchte Thutmosis Menkhepere sie an, hastete aber schnellen Schrittes weiter. Merit atmete erleichtert auf und blickte den Männern hinterher. Warum er es wohl so eilig hatte? Sie zögerte einen Moment, dann nahm sie die Verfolgung auf.

Der kleine Kerl lachte vergnügt und brachte dabei einen Gold-zahn zum Vorschein, als Nirvin und Edoardo erschöpft von ih-ren Pferden stiegen. Er rückte seinen Cowboyhut zurecht, unter dem sein graues, langes Haar zum Pferdeschwanz gebunden war.

»Das war sehr gut, meine Lieben!«, meinte er zufrieden und humpelte auf die beiden zu. »Im Clubhaus wartet jemand auf euch. Also beeilt euch ein wenig mit dem Absatteln.«

Nirvin und der Junge schauten sich kurz fragend an, bevor sie sich um ihre Pferde Sultano und Libeccio kümmerten. Galliera stand auf der Weide gegenüber, und ein hübsches kleines Fohlen tollte um sie herum. Tefal war gerade mal einen Monat alt, aber schon jetzt war zu erkennen, dass die kleine braune Stute sich zu einem prächtigen Tier entwickeln würde. Schnell waren die Pferde abgezäumt und auf die Koppel gestellt. Keiner bemerkte den Falken, der sich am Ende des Zaunes niedergelassen hatte.

»Doc!«, kam es wie aus einem Mund geschossen, als die bei-den Freunde ihren Bekannten aus der Wüste erblickten. Alexan-der lachte munter und bat sie an seinen Tisch, der sich in einem separaten Eckchen des gemütlichen Reiterstübchens befand.

»Grüße euch, meine Freunde.«

Das Mädchen fiel dem Mann um den Hals, und auch Edoar-do umarmte ihn erfreut.

»Wie um alles in der Welt kommst du denn hierher?«, war das Erste, was aus Nirvins Mund kam.

»Edoardo hat mir geschrieben und hat mir von deinen Träu-men berichtet. Das machte mir ein wenig Sorge, und so habe ich beschlossen, euch einen Besuch abzustatten.«

»Und wie bist du in den Reitstall gekommen?«, fragte Edoar-do überrascht.

»Ach je, das frage lieber nicht! Eine sehr charmante junge Dame hat mich hier hergefahren, nachdem ich euch nicht zu

Hause angetroffen habe. Aber ihre Fahrweise! Ich bin ja Schlimmes gewöhnt, doch diese Frau übertrifft die Fahrkunst jedes Ägypters!«

»Oh, Maria hat dich hergefahren? Wo ist sie?«

»Ja, richtig! Das war ihr werter Name. Sie traf sich mit einer gewissen Barbara. Ich denke, sie wollten ausreiten. Aber nun zu uns. Nirvin, du hast also ungewöhnliche Träume?«

»Ja. Ich glaube, es fing nach meinem Geburtstag an. Erst waren es nur undeutliche Fragmente, doch dann wurden diese Träume immer deutlicher und intensiver. Es sind mehr als gewöhnliche Träume, so real und lebendig. Mir scheint es fast, als würde ich all dies tatsächlich erleben.«

»Hm, an was kannst du dich erinnern? Wie war der erste Traum?«, wollte Alexander wissen.

»Der war sehr schemenhaft. Erst sah ich nur eine Hieroglyphe. Ein Auge.«

»Das Udjat-Auge oder das Auge des Re?«, wollte Doc wissen.

»Ist das nicht dasselbe?« Nirvin schaute verwundert auf den Mann.

»Keineswegs, meine Liebe. Das Auge des Re ist ein Sonnensymbol und wird als rechtes Auge dargestellt. Das Udjat-Auge, welches auch als das linke Auge des Horus bekannt ist, wurde im Kampf von Seth ausgerissen, doch von Thot geheilt. Es symbolisiert daher Magie und steht in Beziehung zum Mond. Auch wird es mit der Mathematik in Zusammenhang gebracht. Aber nun erzähl uns weiter von dem ersten Traum, Nirvin.«

»Was es für ein Auge war, weiß ich nicht mehr. Jedenfalls verwandelte es sich plötzlich und teilte sich in zwei ineinander verschlungene Leinenstränge und zwei erhobene Arme. Es sah anfänglich aus wie eine Hieroglyphe, dann aber nahmen die Leinen die Gestalt zweier Vipern an. Diese verwandelten sich in zwei schwarze, fünfkantige Pyramiden, die grün aufleuchteten, als sie an ihrer Basis miteinander verschmolzen, sodass sie zu einem kantigen, schwarzen Stein mutierten, der sich auf eine der erhobenen Hände legte. In der anderen Hand erschien eine Papyrusrolle. Nun waren mehrere Männer anwesend, davon war einer wohl ein König. Es waren jetzt seine erhobenen Arme. Er betete verschiedene Götter an.«

»Du hast vermutlich von einem der ersten Könige Ägyptens geträumt.«

»König Narmer, der Eroberer des Nordens, ich weiß, Doc. Die Erklärung dazu bekam ich neulich von einem weiteren Traum geliefert. Dieser König hatte mithilfe der Priester, Magier und Weisen die Götter um Macht, Weisheit und Segen gebeten und dabei gelobt, es für das Wohl Kemets, also für Ägypten, erhalten zu wollen. Die Götter verliehen ihm dazu den legendären Heka-Stein, und dazu bekam Narmer einen außergewöhnlichen Papyrus von Thot, dem Gott der Magie und des Mondes.«

»Oder besser gesagt, der toten Sonne. So nannten die alten Ägypter den Mond. Es heißt, Thot habe die legendären Schriften auf die Erde gebracht, geheimnisvolle Papyri, die die Fähigkeit haben, die Sterne zu deuten und die Zukunft vorauszusagen. Diese Papyri wurden angeblich in geheimen Bibliotheken aufbewahrt oder gingen verloren.«

»Sehr gut, Edoardo. Und Nirvin, wie ich sehe, bist du tatsächlich durch deine Träume aufgeklärt worden«, meinte Alexander zufrieden.

Das Mädchen schaute für einen kurzen Augenblick misstrauisch und meinte:

»Es stimmt also? Diesen König hat es tatsächlich gegeben?«

»Ihn schon, aber noch nie zuvor habe ich von diesem …, wie nennst du es noch? … Heka-Stein gehört«, meinte Edoardo.

»Das hätte mich auch gewundert, mein Junge«, meinte Doc und fügte hinzu: »Der Heka-Stein, der Stein der Götter und Magie, der in späteren Zeiten auch das »Pentakel der Macht« genannt wurde, ist so etwas wie eine Legende. Die Hieroglyphe für Heka, also für Magie, ist durch zwei ineinander verschlungene Flachsstränge dargestellt. Man kann sie auch als zwei ineinander gewundene Schlangen deuten. Dieses Symbol schwebt über den ausgestreckten Armen einer Person. Dieses Zeichen ist wiederum die Hieroglyphe für die Ka-Seele. Wirklich erstaunlich, dass Nirvin davon geträumt hat. Aber dies scheint wiederum die Legende um Nirvin zu bestätigen, denn, wie auch euer Papyrus erwähnt, hat sie die Gabe, Dinge und Ereignisse aus der Vergangenheit in Träumen mitgeteilt zu bekommen. Eines Tages wirst du sogar in der Lage sein, durch Träume in die Zukunft sehen zu können, Nirvin. Wie deine Mutter. Na ja, jedenfalls wurde dieses Pentakel der Macht von den Göttern erzeugt, um dem herrschenden König beizustehen und sein Land erfolgreich zu regieren, auf dass die Maat, wie sie es nannten, gewährleistet wurde. Maat, das bedeutete so viel wie kosmische Ordnung aller Dinge, die Gerechtigkeit und das Gute. Ohne sie würde die Welt im Chaos untergehen. Und wer wurde im Laufe der Zeit als Gott des Chaos definiert?«

»Seth!«, meine Nirvin. »Also ging später irgendetwas schief, als Chasechemui an die Macht kam und die beiden Reichsteile vereinte, wodurch Horus und Seth gleichgestellt wurden.«

Doc nickte zustimmend.

»Ja. Ihr wisst sicherlich über die Mythologie beider Götter Bescheid. Während die zahlreichen Wesenszüge des Himmelsgottes Horus stets positiver Natur waren, so erlitt das Wesen Seths eine negative Veränderung. Einst war er eine der höchsten Gottheiten Oberägyptens, ein gutartiger Gott der Toten. Als Ägypten vereint wurde, verlor er seine alleinige Macht, da Horus in den Vordergrund rückte. Trotzdem blieb er bedeutend und wurde Horus gleichgestellt. Einst war er Beschützer des Regenten, wurde mit Reinigungsriten verbunden und spendete Segen. Er war aber auch der Hauptgott der Hyksos, also der Heqau-Chaswet, wie sie damals genannt wurden, und die Gottheit anderer fremder Invasoren. Daher geriet er in Verruf und wurde zu einem widerstrebenden Gott. Eine sehr ambivalente Figur also, daher auch letztendlich Gott des Chaos, aber auch der Unwetter und der Wüste und darum des Verderbens. Andererseits war er aber auch Schutzgott der Oasen.«

»Das wissen wir bereits, Doc«, erklärte Edoardo ungeduldig, doch Alexander hob seine Hand und fuhr fort:

»Gewiss. Aber ich erwähnte es erneut, da dies ein äußerst bedeutender Faktor ist.«

»Die Gleichstellung der beiden Götter hat den Stein der Macht aus dem Gleichgewicht gebracht.«

»Die Gleichstellung vielleicht nicht, Nirvin, aber der dadurch verursachte Machtverlust Seths und die fortschreitende Durchsetzung Horus, der zunehmend ins Zentrum rückte und Seth immer überlegener zu werden schien. Die Gottheiten gerieten in Unruhe und Seth wollte die alleinige Herrschaft. Er strebte so sehr danach, dass er die Machtbegierde einiger Pharaonen ausnutzte. Nicht umsonst benannten sich auch Beamte mit militärischen Funktionen nach ihm. Sie erhofften dadurch seinen Segen bei Feldzügen und Eroberungen. Was sie aber alle nicht wussten, war, dass Seth sich mit ihren Feinden verbunden hatte. Zunächst hatte es den Anschein, als verschaffe Seth dem Pharao und seinen Männern den ersehnten Triumph, doch plötzlich kam unerwartet der Fall in die Tiefe. Seth war immer noch zornig auf jene, die ihn von seinem Thron vertrieben hatten, und, obwohl es den Anschein hatte, als verhelfe er zu militärischen Erfolgen, so hatte jedoch keiner der Pharaonen ihn erneut als Hauptgott ernannt. Anders jedoch verhielten sich die Hyksos und weitere Invasoren fremder Länder, die ihn verehrten. Ihnen offenbarte er sich und verriet ihnen das Geheimnis der ägyptischen Herrscher und des Pentakels der Macht. Immer wieder lockte der Heka-Stein zahlreiche fremde Völker nach Ägypten, ob es nun Asiaten, Griechen oder Römer waren.«

»Doc! Das würde ja bedeuten, dass dieser Talisman durch die ägyptische Geschichte gewandert ist! Gibt es ihn noch?« Edoardo konnte seine Neugierde kaum noch bändigen.

»Nun, ich darf euch nicht allzu viel verraten«, lachte Alexander. »So viel jedoch sei euch offenbart: Dein Großvater, Nirvin, stammt von den Hyksos ab.« Verheißend blickte der Mann auf die ungläubigen Augen seiner jungen Freunde. »Deine Träume, Nirvin, sind Hilferufe der Götter, wenn man das so sagen kann. Nadim Al Halabi sucht schon lange nach den Geheimnissen der Vergangenheit, auch er weiß mit Sicherheit von der Legende des Pentakels der Macht. Ich bange allmählich um den Papyrus. Daher solltet ihr ihn besser in Sicherheit bringen.«

»Du meinst d e n Papyrus?!«

»Den Papyrus Thots, ja, Nirvin!«

»Soll das heißen, es gibt ihn tatsächlich?«

Aber das Mädchen bekam keine Antwort, denn Edoardo bohrte bereits ungeduldig weiter:

»Was ist mit dem Heka-Stein? Nirvin hat also tatsächlich von diesem Pentakel geträumt? Wo befindet es sich?«

»Darüber reden wir ein anderes Mal. Nun kommen wir erst einmal zu eurer bevorstehenden Reise!«

Mit diesen Worten lenkte Alexander geschickt vom Thema ab und verkündete den beiden Freunden, wohin es gehen würde.

Es war nicht einfach gewesen, Thutmosis Menkhepere zu folgen und zu belauschen. Unauffällig war sie an den ersten Leibwächtern vorbeigekommen und hatte gesehen, wie sich der Mitregent Hatschepsuts mit Hapuseneb getroffen hatte. Auch Amunuser hatte sich zu ihnen gesellt. Weitere Anwesende wurden dann hinausgeschickt, und so musste auch Merit das Weite suchen, um nicht aufzufallen. Doch sie wusste, wohin sie gehen musste. Der anliegende Raum hatte eine Schwachstelle. Wenn man das Ohr an den richtigen Punkt anlegte, so konnte man ein Gespräch hinter der Mauer belauschen. Durch einen winzigen Schlitz war es sogar möglich hineinzuspähen. Dies hatte Merit gemeinsam mit Neferure oftmals ausgenutzt, um private Gespräche zu belauschen. Damals war es ein lustiger Zeitvertreib, den sie Senmut zu verdanken hatten, da er es war, der ihnen die geheime Stelle verraten hatte. Von solchen »Spionen«, wie er sie nannte, würde es mehr geben, als sie sich hätten vorstellen können, hatte er ihnen verschwörerisch erklärt. Aufgeregt hielt sie den Atem an und horchte.

»Hatschepsut wird langsam größenwahnsinnig. Schlimm genug, dass eine Frau regiert. Sie hat diese gewaltigen Obelisken errichten lassen, auch wurden zahlreiche Kapellen erbaut, schön, doch nun plant sie auch noch, der Götter Gunst mit diesem riesigen Tempel zu erschmeicheln. Solch einen Ruhm verdient sie doch nicht! Aber sie hat es ja schon damals gewusst, wie sie die Priesterschaft günstig stimmen würde. Die Tochter Amuns, pah!

Die Wut des Priesters war unverkennbar. Seitdem er aus dem Amt getreten war, da er Hatschepsuts Ansichten nicht teilte, schien er noch mehr auf Streitigkeiten aus. Nun aber war es der Tjati, der das Wort ergriff:

»Beruhige dich, Hapuseneb. Schließlich wissen wir, dass du in der Lage wärst, die Königin eigenhändig zu erwürgen, nachdem sie dir das Amt des Tjati verweigert hat, nach alledem, was sie dir zu verdanken hat. Schließlich ist es vor allem dein Verdienst, dass sie an die Macht gekommen ist. Das ist doch wohl der wahre Grund, weshalb du nicht mehr tätig bist«, meinte Amunuser und sah vergnügt, wie der Priester purpurrot anlief. Aber prompt konterte er auch schon:

»Und? Was ist mit dir? Du bist zwar der Tjati, aber alle Anerkennung für das, was auch du vollbracht hast, gebührt immer nur Senmut. Bist du es denn nicht leid? Keines der vielen Denkmäler, an deren Bau du beteiligt warst, wird dir zugeschrieben. Hatschepsut spielt doch nur mit dir. Glaubst du etwa an all ihre Versprechungen, mit denen sie dich um den Finger wickelt?« Hapuseneb schaute triumphierend, als er erkannte, ins Schwarze getroffen zu haben.

»Damit ist nun endgültig Schluss! Der Stein ist endlich in unserem Besitz. Ich werde sehen, dass ich an den Papyrus komme. Mich um den Finger wickeln zu lassen, wie du erwähntest, Hapuseneb, hat auch etwas Gutes: Hatschepsut vertraut mir, da dürfte mein Vorhaben nicht allzu schwer sein. Es ist an der Zeit, dass Kemet von einer starken Hand geführt wird, die außer Denkmälern und Expeditionen auch in der Lage ist, allen fremden Ländern Furcht vor dem Glanze der Waffen Kemets und seiner Männer einzuflößen. So langsam werden wir nämlich zum Gespött in aller Munde. Hatschepsut mag reinen Blutes sein und Thutmosis war nach dem Tode seines Vaters noch zu jung, doch wenngleich er Sohn der Nebenfrau des Pharaos ist, so ist er unser rechtmäßiger Pharao und dies seit dem Tode des mächtigen Thutmosis Aacheperenre. Dieser war ein großer Krieger, wie schon sein Vater Thutmosis Aacheperkare, der das Reich von Kusch eroberte und wie sein Sohn in Wawat eindrang. Und Ahmose war es, der die alten Landesgrenzen wieder herstellte und die Heqau-Chaswet vertrieb. Aber seitdem Hatschepsut regiert, werden die fremden Völker langsam eigensinnig und verbreiten das Gerücht, Kemet unterläge einer Frau.

Dies wurde lange genug toleriert! Und auch ich habe genug mit mir spielen lassen. Es ist nun an der Zeit, einen Schlussstrich zu setzen!«

»Ja«, pflichtete Thutmosis ihm bei, »ich bin unsere bedeutungslosen Streitzüge leid. Meine Männer respektieren mich zwar, aber ich weiß sehr wohl, was hinter meinem Rücken getuschelt wird. Und selbst unsere Gegner machen sich über mich als hoffnungslosen Nebenregenten lustig. Sie verlassen sich auf Hatschepsuts Friedfertigkeit. Außerdem werden sie mitbekommen haben, dass sie gesundheitlich angeschlagen ist. Das beunruhigt mich. Wir sollten dem Feind zuvorkommen, bevor er übermütig wird. Das Reich von Naharain wird zu einer ernstzunehmenden Bedrohung. Die Zahl seiner Verbündeten nimmt zu, und es ist höchste Zeit, etwas dagegen zu unternehmen. Daher habe ich bereits einige Pläne. Wir müssen den Feind noch vor der Grenze unseres Landes schlagen. Neue Tribute und Kriegsbeute werden demnächst unsere Schatzhäuser füllen. Die Bogenschützen aus Ta-Seti warten nur darauf, für mich zu kämpfen, meine Männer sind bereit, unsere Waffen wurden verbessert, der Eroberung Assurs steht nur noch Hatschepsut im Wege. Aber ich werde schon dafür sorgen, dass sie bald in Vergessenheit gerät. Nichts gegen ihre Denkmäler und Bauwerke, aber ein Pharao sollte noch einiges mehr vollbringen. Hapuseneb, was ist jetzt mit dem Stein?«

»Ich werde Pairi später treffen. Er hat gewisse Forderungen.«

»Forderungen?« Amunuser blickte misstrauisch.

»Ja, er stellt Ansprüche, will eine angesehene Position im Palast, dieser Erpresser!« Der Priester war sichtlich gereizt.

»Hm, einerseits kann man jemanden wie ihn immer gut gebrauchen, andererseits lasse ich mich ungern erpressen. Was für eine Position gedenkt er denn am Palast einzunehmen? Ich gebe es nur ungern zu, aber die Fähigkeiten seines Bruders hat er bei Weitem nicht. Lass dir den Stein aushändigen, Hapuseneb, versichere ihm eine hohe Position hier am Hofe, dann sorge dafür, dass er ein für alle Mal verschwindet. Wie, das überlasse ich dir. Wir treffen uns morgen erneut und dann will ich im Besitz des Steines und des Papyrus sein.«

Mit diesen Worten wandte sich Thutmosis ab. Merit fuhr erschrocken zurück, denn der Mitregent Hatschepsuts schaute durchdringend in ihre Richtung. Der Priester nickte zufrieden und blickte verschwörerisch zu Amunuser. Dann verließen die drei Männer den Raum, und das Mädchen atmete erleichtert auf. Plötzlich jedoch schreckte sie auf, als jemand sie am Arm packte. Verängstigt wandte sie sich um und blickte in tiefdunkle Augen, die von Khol-Strichen umrandet waren.

»Senmut! Ich dachte schon …«

»… sie hätten dich erwischt. Besser, wir verschwinden von hier, bevor uns wirklich noch jemand bemerkt.«

Der Mann packte das Mädchen und zog es entschlossen hinter sich her. Als sie das goldene Haus verlassen hatten und im Garten einen ruhigen Ort gefunden hatten, wendete sich Senmut an Merit:

»Du hast also das Gespräch mitbekommen?«, fragte er.

Merit nickte und berichtete dem Mann, was sie vernommen hatte.

»Ich war bereits bei Hatschepsut. Sie war jedoch ziemlich abweisend. Ich komme nicht mehr an sie heran. Sie hat mich fast ausgelacht, als ich ihr von den Ereignissen geschildert habe, und mir zu verstehen gegeben, dass sie schon gut auf sich aufpassen kann. Dann hat sie mich von ihren Leibwächtern rausschmeißen lassen. Na ja, sie wird wohl wissen, was sie tut. Vielleicht haben wir uns ja auch nur in etwas verrannt und machen uns unnötige Sorgen.«

»Senmut, ich habe Euch vorher nicht alles erzählt.« Sie spürte, dass sie dem Mann ihr Geheimnis anvertrauen konnte. »Als ich in der Kammer war, sprach plötzlich eine Stimme zu mir, es war Wadjet, und sie verlangte, dass ich verhindere, dass der Stein in die falschen Hände gerät. Ich sollte dieses Behältnis hier an mich nehmen und dafür sorgen, dass der Heka-Stein wieder wohlbehalten hineinkommt.«

Etwas verlegen holte Merit die sternförmige Schutzhülle hervor. Senmut öffnete sie und betrachtete das Innere. Das Behältnis war aus purem Gold. Sowohl der obere als auch der untere Teil war in der Mitte mit einer spitz zulaufenden Einbuchtung versehen. Dieser Hohlraum war für den Heka-Stein vorgesehen. In der Vertiefung des unteren Teils war ein eingraviertes Udjat-Auge zu erkennen. Senmut holte tief Luft, dann meinte er:

»Die Kobragöttin hat mit dir gesprochen? Merit, sie hat dich für den Heka-Stein verantwortlich gemacht, das ist ein großer Vertrauensbeweis! Du musst nun alles dafür tun, um den Stein zurückzubekommen, und wir werden dich dabei unterstützen. Das ist unsere Pflicht für das Wohl Kemets! Nun gibt es wirklich keine Zweifel mehr: Der Stein der Macht ist gefunden, und Seth giert erneut nach Macht!«

»Senmut, eines verstehe ich nicht. Vorhin erwähntest du Wadjet als die Hüterin des Papyrus und Nechbet als die Hüterin des Steines.«

»Ich verstehe schon, worauf du hinaus willst. Eigentlich hätte Nechbet zu dir sprechen müssen, aber siehe: Am Anfang war Wadjet zwar die Wächterin des Papyrus, während Nechbet den Stein hütete, durch die Vereinigung Ober- und Unterägyptens jedoch wurden auch diese beiden Göttinnen vereint, und anders als Horus und Seth teilten sie sich ihre Aufgabe, indem sie gemeinsam als Wächterinnen amtierten. Wadjet verkörpert die Sonne und ist daher Wächterin des Tages über Papyrus und Heka-Stein, während Nechbet die Sonne der Nacht darstellt und damit nachts aufpasst. Außerdem war es vor allem der Stein, den sie in Form von Statuen oder Abbildungen behüten mussten, solange sich dieser ungeschützt und fern vom Pharao befand. Den Papyrus verwahrte ja bisher der Pharao selbst, also bestand weniger Gefahr, da sie ihm stets zur Seite stehen.« Er schaute Merit inständig an und fügte dann hinzu: »Nun aber mache ich mir ernsthafte Sorgen. Seth bringt Unheil. In den Sternen steht es geschrieben. Es wird sich in nächster Zeit vieles ändern. Unruhen kündigen sich an.«

Zufrieden zog er die Tür hinter sich zu. Es war nicht schwer gewesen, die Königin zu hintergehen. Die sonst so misstrauische und kluge Frau hatte keinen Verdacht geschöpft, als er ihr das Bier gebracht hatte. Kurz zuvor hatte er das Mittel untergemischt, und dieses hatte sofortige Wirkung gezeigt. Schnell war Hatschepsut in einen Tiefschlaf gefallen. Und an den Papyrus zu gelangen hatte sich als ein Kinderspiel entpuppt. Mit der kostbaren Schriftrolle unter dem Gewand versteckt, eilte der Tjati nun in sein Gemach.

Daniel Mount lehnte sich in seinem ledernen Bürosessel zurück, faltete die Hände ineinander und zog sie nachdenklich an seinen Mund, während er in den vorwurfsvollen Gesichtsausdruck von Roby Lex blickte. Der »Spürhund«, wie der Privatdetektiv auch genannt wurde, lief im Arbeitszimmer des Geschäftsmannes auf und ab, während er sich Daniels Bedenken schweigend anhörte. Nun aber war er stehengeblieben, strich sich über seinen Schnurrbart und mit kritischem Blick fragte er dann mit seinem starken amerikanischen Akzent:

»Du vertraust deinem Sohn also immer noch nicht?« »Natürlich vertraue ich Edoardo. Aber diese plötzliche Idee mit diesem Alexander verreisen zu wollen? Da steckt doch mehr dahinter! Ich kenne diesen Mann gerade mal seit gestern, und ehrlich gesagt erinnert er mich an den Messias eines apokalyptischen Fantasyfilms.«

»Sag mal, mein Lieber, fängt das schon wieder an wie letztes Jahr?« Lex hob eine Augenbraue.

»Das hat doch gar nichts mit vernachlässigter Vaterrolle zu tun, falls du darauf anspielst, eher das Gegenteil!« Daniel wirkte empört.

»Ich dachte nur, du hättest begriffen, dass dein Sohn verantwortlicher und reifer geworden ist. Du solltest ihm mehr zutrauen. Was sagt Maria eigentlich dazu?«

Daniel rollte die Augen und stöhnte:

»Ach, hör mir bloß auf, von ihr habe ich ja noch mehr Vorwürfe bekommen als von dir!«

Lex schmunzelte bei der Vorstellung an die temperamentvolle Römerin, der es stets gelang, ihren Ehemann um den Finger zu wickeln.

»Sag mal, Daniel, dein Arbeitszimmer hatte ich viel schlimmer in Erinnerung. Das Parkett ist immer noch dasselbe, aber diese grässlichen Möbel sind ja verschwunden. Ich nehme an, Kriminalhauptkommissarin Maria Morgana hatte auch hier ihre Hände im Spiel. Übrigens hast du mir noch gar keine deiner kostbaren Zigarren angeboten!«

Mount warf Lex einen bösen Blick zu, schmunzelte aber kurzerhand, dann kramte er kopfschüttelnd eine ganze Schachtel teurer Zigarren aus einer Schublade und warf sie dem Privatermittler zu.

»Nimm sie ruhig alle, ich habe mit dem Rauchen aufgehört. Was die Möbel anbelangt: Die vorherigen gefielen mir nicht mehr. Was meinst du also? Soll ich meine Amerikareise abblasen und unsere beiden Rebellen begleiten?«

»Ach, jetzt verstehe ich, du bist sauer, da du schon den Urlaub geplant hattest!«

»Ach Quatsch, Lex, das ist es doch gar nicht. Na ja, vielleicht ein wenig. Aber ich kann es doch nicht verantworten, Nirvin und Edoardo einem mir völlig fremden Mann anzuvertrauen und sie Gott weiß wohin reisen zu lassen. Sie wollen mir ja nicht einmal verraten, wohin der Ausflug geht! Und ich dachte, Ed würde sich freuen, mal wieder seine frühere Heimat zu besuchen, von der er sich erst gar nicht trennen wollte. Außerdem …«

Doch Mount konnte den Satz nicht beenden, denn die Tür flog auf und hereingestürmt kam wie ein Wirbelwind eine wunderschöne Frau mit schwarzen, wilden Locken und grün-grauen Augen, in die man geradewegs hätte versinken können.

»Lex! Was führt dich denn hierher?!« Dann fiel die Hauptkommissarin dem alten Freund auch schon um den Hals, wobei sie das Telefon vom Schreibtisch ihres Mannes mitriss.

Roby lachte herzlich und umarmte sie.

»Maria! Na, wie ich sehe, hast du dich keineswegs verändert.«

»Keineswegs! Aber nun zu dir. Was verschafft uns die Ehre? Ach, ich ahne es schon. Daniel bangt um die Kinder und ihr Vorhaben!« Die Stimme Marias war weich und etwas heiser, und erst jetzt erkannte der Spürhund, wie sehr er die Gruppe des vergangenen Sommers vermisst hatte.

»Ganz genau. Aber unsere beiden Dickschädel lassen sich ja nichts ausreden. Also meint Daniel, er müsse seine Reise abblasen oder mich als Leibwächter einsetzen.«

»Was? Daniel, schäm dich!« Maria warf ihrem Mann einen tadelnden Blick zu, dann wandte sie sich erneut an Lex. »Weißt du, Roby, angeblich vertraut er Alexander nicht, was ich ganz und gar nicht nachvollziehen kann.« Kurz richtete sie sich an Daniel. »Hättest du dir ein wenig Zeit genommen, ihn besser kennenzulernen, so hättest du gesehen, dass Doc ein sehr netter und gebildeter Mann ist, der im Übrigen deinem Sohn und Nirvin letzten Sommer vermutlich das Leben gerettet hat.« Abermals wandte sie sich Lex zu. »Die Wahrheit ist aber, dass er eifersüchtig ist, da unsere beiden Freunde es bevorzugen, mit Doc auf einen kleinen Abenteuertrip zu gehen, als Daniel in die Vereinigten Staaten zu begleiten. Dabei hat er dort mehrere Geschäftstermine und daher kaum Zeit für die Kinder.«

»Maria, ich habe nur einige Termine. Danach können wir meinetwegen auf Sightseeingtour gehen.«

»Klingt ja wirklich abenteuerlich", brummte Lex.

»Ich finde ruhig, dass du deine Reise verschieben könntest, die Sommerferien sind schließlich lang genug. Außerdem solltest du Doc, Nirvin und deinem Sohn ein wenig mehr Vertrauen schenken.«

»Maria, du bist wirklich dickköpfig. Wie wäre es denn, wenn du gemeinsam mit Lex die Kinder und Alexander begleitest, schließlich hast du dir ja bereits Urlaub genommen. In der Zeit erledige ich meine Geschäftstermine, und ihr kommt dann einfach nach.«

Maria rümpfte die Nase, biss auf ihre Lippen, verschränkte die Arme und schwieg.

»Na ja«, räusperte sich Lex, dem die dicke Luft zwischen Mount und der Hauptkommissarin unangenehm war. »Ich werde mal mit Alexander reden und mir einen Eindruck über ihn verschaffen. Ich habe ihn damals zwar nur kurz kennengelernt, aber immerhin hat er wesentlich dazu beigetragen, dass Edoardo und Nirvin wieder wohlbehalten aus der Wüste kamen.«

»Er hat ihnen das Leben gerettet!«, war die kurze Bemerkung Marias.

Lex nickte und fuhr fort:

»Jedenfalls werde ich ihn fragen, ob es möglich wäre, dass auch wir mitkommen, wenn es dich beruhigt, Daniel.«

Daniel blickte erleichtert auf.

»Dank dir, mein Freund.«

Nirvin und Edoardo saßen auf den Marmorstufen, die hinab in den prächtigen Garten der Villa Mount führten. Der Junge raufte sich wütend seinen blonden Lockenschopf.

»Das ist mal wieder typisch für meinen Vater! Fehlt nur, dass wir nicht mit Doc verreisen dürfen! Wir sollten besser schon mal einen Plan schmieden, falls wir wirklich ausreißen müssen.”

»Nun beruhige dich doch, Ed, und übertreib doch nicht gleich. Versuch dich mal in seine Lage zu versetzen. Er kennt Alexander kaum, und nach all dem, was wir letzten Sommer durchgemacht haben, ist es doch verständlich, dass er Angst um uns hat. Er weiß, dass Großvaters Männer jederzeit erneut versuchen könnten, mich zu entführen. Schließlich weiß er ja nichts von den Tilmidi, die mich beschützen, und dass Alexander einer von ihnen ist.«

»Hm, da hast du wohl recht. Aber trotzdem …«

»Außerdem hat er sich ziemlich darauf gefreut, Maria und mir eure Heimat zu zeigen. Er dachte auch, er würde dir damit eine Freude bereiten, indem du mal wieder nach Hause kommst.«

»Inzwischen bin ich hier zu Hause. Dort würden all die Erinnerungen an meine Mutter wieder hochkommen. Davor habe ich ein wenig Angst, verstehst du?«

»Die Erinnerungen werden immer erhalten bleiben, aber natürlich verstehe ich dich.« Das heitere Gesicht Nirvins verdüsterte sich ein wenig, und in Gedanken versunken spielte sie mit einer Haarlocke.

Sie konnte Edoardos Bedenken gut nachvollziehen. Letztes Jahr in Ägypten war es ihr schließlich ähnlich ergangen. Stets musste sie dort an ihre Mutter denken. Auch eine Reise nach Sardinien, die Daniel Mount vorgeschlagen hatte, hatte sie vorerst abgelehnt, weil die Erinnerungen an Lupo sie dort sicherlich eingeholt hätten.

Edoardo schien die Gedanken des Mädchens zu erraten. Ein wenig verlegen meinte er:

»Entschuldige, Nirvin. Dir ergeht es genauso wie mir, ich weiß, aber …«, schnell wechselte er das Thema, »wir könnten die Amerikareise ja verschieben, allzu lange werden wir wohl nicht weg sein, und die Sommerferien sind ja lang genug.«

Das Mädchen nickte, dann fragte sie:

»Wo ist Doc eigentlich?«

Lex ist vorhin eingetroffen und wollte mit ihm sprechen.«

»Lex ist hier?«, fragte sie überrascht. »Na, dann haben wir ja doch noch Hoffnung, dass wir mit Doc losziehen dürfen!"

»Du meinst, das ist der Grund für Lex' Besuch?«, überlegte Edoardo.

»Aber klar doch, du Dummkopf!«, lachte Nirvin und sprang auf, um den Jungen bei den Händen zu packen und hochzuziehen, als eine fröhliche und wohlbekannte Männerstimme sie von einem der oberen Fenster aus begrüßte.

9 UMSTURZ

Es war zu später Abendstunde, als ein grauenvoller Schrei die Dienerschaft aus dem Schlaf riss, während Neferure bestürzt aus dem Gemach stürmte, in welchem sie einen grausigen Fund gemacht hatte. Verzweifelt befahl sie einer ihrer Bediensteten, Merit herbeizuholen.

Das Mädchen, das sich bereits schlafen gelegt hatte, eilte kurze Zeit später durch einen aufgebrachten Palast. Die Aufregung und das Wehklagen der Diener und Hofangestellten beunruhigte sie zutiefst, und eine schreckliche Vorahnung breitete sich in ihr aus, je näher sie Neferures Gemach kam. Als sie es schließlich betrat, fand sie die Prinzessin verzweifelt weinend auf ihrem Bett vor. Sie umarmte ihre Herrin, richtete sie auf und erschrak beim Anblick ihres Gesichtes. Die Augen waren gerötet, das anmutige Gesicht war leichenblass und verzerrt, ihre Perücke zerzaust.

»Oh, Merit, es ist aus!«, weinte sie.

»Was, um Amuns willen, ist denn passiert?«

»Ich war unruhig und all die vielen Gedanken in meinem Kopf raubten mir den Schlaf, also beschloss ich kurzerhand, meine Mutter aufzusuchen, um mit ihr zu reden. Irgendetwas stimmte nicht. Ein ungutes Gefühl beschlich mich bereits, noch bevor ich ihr Gemach erreichte. Es war so merkwürdig still. Alle hatten sich wohl schon zu Ruhe gelegt, jedenfalls war niemand da, selbst die Wachen nicht. Als ich in ihr Schlafgemach trat … ach, Merit, es war fürchterlich!« Erneut überkamen Neferure die Tränen, dann brachte sie alle Kraft zusammen, um weiter zu berichten: »Sie lag am Boden, Senmut über ihr. Sie sind beide tot! Ich denke, Senmut hat sich mit ihr versöhnt und wollte sie vor dem Angreifer schützen, doch sowohl er als auch meine Mutter fielen den Hieben eines Schwertes zum Opfer. Es muss wohl alles sehr schnell gegangen sein, denn sonst hätten sie doch um Hilfe gerufen.«

»Was? Das ist doch nicht möglich! Hat denn keiner etwas bemerkt?« Merit konnte es einfach nicht fassen, dass jemand imstande gewesen war, sich so einfach ins königliche Gemach einzuschleichen und einen Herrscher göttlichen Blutes zu ermorden.

»Die Dienerschaft schlief bereits und den Wachposten des goldenen Hauses ist nichts aufgefallen. Hatschepsuts Gemach wurde nicht bewacht.« Neferures Blick war leer, ihre Stimme tonlos.

»Wer hat es nur gewagt?« Merit war fassungslos.

»Ich weiß es nicht. Ich habe gehört, dass man Pairi abgeführt hat und exekutieren lässt. Angeblich fand man ein blutiges Chepesch-Schwert bei ihm. Doch ob er Komplizen hatte oder er überhaupt der Täter war, wage ich zu bezweifeln. Soviel ich weiß, wird dieses neuartige Schwert einzig von unserem Militär verwendet. Wie sollte Pairi sich solch ein Schwert besorgen, und woher sollte er wissen, wie man damit umgeht? Außerdem wäre er doch nicht so dumm gewesen, die Mordwaffe mit sich herumzutragen. Zwar hat er bereits gemordet, doch ist er wirklich dazu imstande, solch eine Waffe zielsicher einzusetzen und gleich zwei Leben auszuschalten? Senmut war sein Bruder. Nein, ich kann mir nicht vorstellen, dass er der Mörder ist. Dies war gewiss ein Mordkomplott, ausgeführt von jemandem, der gut mit diesem Waffentyp umzugehen vermag und der nicht allein agiert hat. Sicherlich stecken Hapuseneb und Amunuser dahinter.«

»Oder Thutmosis!«

»Das glaube ich nicht, Merit. Er ist kein Mörder, und ich bezweifle auch, dass er einen Mord an Hatschepsut beauftragt hat. Vielleicht mag er sich in letzter Zeit verändert haben, aber einst war er als Imutef-Priester äußerst friedfertig und zurückhaltend. Die Streitzüge haben ihn verändert. Mir scheint, als stünde er unter dem Einfluss Seths, wie ein großer Teil unseres Militärs.«

»Was redest du da?«

»Ist es denn nicht so? Seth will zurück an die Macht. Wer außer den fremden Völkern verehrt ihn noch? Unsere Soldaten und Heerführer!«

»Neferure, das sind alles Spekulationen. Aber nun sollten wir uns um deine Mutter und Senmut kümmern!«

»Wir können ihnen nicht mehr helfen! Der Arzt ist gerade eingetroffen und die Priester sind auch schon da. Man wartet nur noch auf die Träger, die meine Mutter ins Haus des Todes befördern werden.«

»Was sollen wir denn dann tun?«

»Thutmosis Menkhepere wird nun der neue Pharao sein. Unsere Aufgabe ist es jetzt, ihn zu schützen und ihm den Stein abzunehmen, damit wir Kemet vor großem Unheil bewahren.«

»Ist das dein Ernst? Du akzeptierst ihn als Regenten?«

»Uns bleibt keine andere Wahl.«

Die Worte Neferures waren trocken, ihr Blick leer. Sie hatte keine Tränen mehr.

»Eigenartig. Seht doch, der Stein erhellt sich! Man kann eine Figur darin erkennen.«

»Zeig mal, Amunuser. Tatsächlich! Das ist die Figur Anubis! Der Stein färbt sich orange!« Hapuseneb lief vor Aufregung rot an.

»Interessiert es denn keinen, dass Hatschepsut ermordet wurde?« Thutmosis Menkhepere hatte sich auf einen aus Elfenbein geschnitzten Hocker gesetzt und schaute von dem Tjati zum Priester. Dann fragte er: »Wer von euch war es?«

»Das spielt doch keine Rolle mehr. Du wolltest doch selber deine Stiefmutter vom Thron stürzen«, meinte Hapuseneb und strich über sein weißes Gewand.

»Ich wollte mithilfe des Steines an die Macht! Wie gerne hätte ich sie von Kemet verband! Außerdem war Hatschepsut ständig krank, und es war nur eine Frage der Zeit, bis sie die Herrschaft aberkannt bekommen hätte oder an ihrem Leiden verstorben wäre. Also, wer war es?«

»Beruhige dich, keiner von uns. Der Mörder hat schon seine gerechte Strafe erhalten. Du solltest dich nun auf die bevorstehende Zeremonie vorbereiten. Ich habe bereits veranlasst, dass die Priester sich um Hatschepsut kümmern. Die Träger werden ihren Leichnam in das Haus des Todes bringen, wo man ihn den Leichenwäschern und Balsamierern anvertrauten wird. Was aber sollen wir mit Senmut machen?« Amunuser blickte fragend auf Thutmosis.

»Das interessiert mich nicht. Er soll jedoch nicht in seinem vorgesehenen Grabmal bestattet werden. Das wäre eine glatte Unverfrorenheit. Gebt ihn meinetwegen den Krokodilen zum Fraße. Im Übrigen war er vom Hofe verbannt worden, er hatte hier also nichts verloren und hätte wissen müssen, dass er sein Leben aufs Spiel setzen würde, wenn er sich unerlaubten Zutritt verschaffen hätte.« Dann richtete sich Thutmosis an Amunuser. »Der Mörder ist also angeblich Pairi? Ich sah, wie er abgeführt wurde. Das habt ihr ja gut eingefädelt! Ihr habt ihn hinrichten lassen?«

Amunuser nickte und fügte hinzu:

»Das Volk soll seinen Sündenbock haben. Seine Leiche hängt bereits kopfüber an der Stadtmauer. Es wird gewiss nicht zur Verherrlichung Hatschepsuts kommen, doch würden wir dem Volk keinen Schuldigen präsentieren, so würden nur unnötige Unruhen aufkommen. Möglicherweise könnte man dich, Thutmosis, sogar für den Mörder halten.

Wir werden die siebzig Tage der Beerdigung respektieren, bevor du erneut gekrönt wirst, damit wir die Götter nicht verstimmen. Egal wie sehr sich ihr gesundheitlicher Zustand verschlechtert hätte, Hatschepsut hätte es niemals zugelassen, dass man ihre Herrschaft aberkennt, dessen bist du dir doch wohl im Klaren. Wer weiß, wie lange wir noch hätten warten müssen, während der Feind von Tag zu Tag an Macht gewinnt. Nur auf die Hilfe des Heka-Steins zu hoffen wäre falsch gewesen, und obendrein wäre es auch durchaus gefährlich gewesen, ihn gegen den amtierenden Pharao anzuwenden, da der Stein allein dem Herrscher dient. Demnach wäre der Versuch, Hatschepsut zu verbannen, erbärmlich gescheitert, und dies hätte nur zu unnötigen Unruhen geführt. Ein Land, in welchem Aufstände herrschen, ist ein schwaches Land und zieht unnötig die Aufmerksamkeit fremder Länder auf sich, die nur auf solch eine Gelegenheit warten.

Über Senmuts Leiche braucht man sich keine Gedanken zu machen. Er verdient es nicht, dass sein Körper für die Ewigkeit hergerichtet wird, die Krokodile werden glücklich sein über den leckeren Happen. Er ist ohnehin schon in Vergessenheit geraten. Was hatte er hier am Hofe überhaupt zu suchen? Es scheint ganz so, als habe er sich erneut mit Hatschepsut versöhnen wollen. Der Zeitpunkt, ihrer Regentschaft ein Ende zu setzen, war demnach genau richtig, denn Senmut hätte ein weiteres Hindernis dargestellt. Wir werden also nur ein geeignetes Grab für Hatschepsut benötigen, denn mit Sicherheit hat sie es nicht verdient, in der von ihr errichteten Ruhestätte beerdigt zu werden.«

»Schön, aber was erzählen wir Neferure und den anderen? Sie werden es nicht zulassen, dass die Herrscherin in ein kleines, düsteres Grab kommt, das eines Pharaos unwürdig ist«, meinte Thutmosis skeptisch.

»Offiziell setzen wir sie in ihrer Ruhestätte bei, später werde ich mich darum kümmern, dass der Leichnam dann an einen anderen Ort gebracht wird. Was Neferure betrifft, so lass die siebzig Tage der Beerdigung vergehen und nehme sie dann zur Frau. Sie kann sich nicht weigern, und sollte sie Schwierigkeiten bereiten, so wird schon dafür gesorgt werden, dass das Problem beseitigt wird.«

Thutmosis blickte lange in die Augen Amunusers, dann nickte er langsam.

— ❖ —

Die ganze Stadt hatte sich schon vor Sonnenaufgang versammelt, um an der Krönungszeremonie teilzuhaben. Aus dem Ritualpalast am Amuntempel vorbei war der Prozessionszug bereits zum Maat-Palast gezogen und am Iaru-See hatte die symbolische Reinigung stattgefunden. Dann hatte man sich erneut zum Amuntempel begeben, wo Thutmosis die neunmalige Salbung erhielt. Nun trug der Pharao die weißen Sandalen, hatte vom Zeremonienmeister das göttliche Ornat und die Zepter Anch und Was erhalten. Auch den Stab der fremden Länder hatte er empfangen und hatte dann Platz auf seinem Blockthron eingenommen, um die verschiedenen Kronen Ägyptens aufzusetzen, wie es das Ritual verlangte. Nun trug Thutmosis die straußenfederne Chepreschkrone, nahm das Nemes-Kopftuch entgegen und seine Titulatur wurde verkündet, wobei sein Nisubitiname von Men-kheper-re auf Men-kheper-ka-re geändert wurde. Dadurch hatte sich die Rolle des Mitregenten ein für alle Male erledigt

Im Allerheiligsten erhielt Thutmosis von der Priesterschaft eine erneute Salbung und aß das Harzbrot, welches das Symbol der Macht darstellte. Schließlich bestieg er den goldbeschlagenen Wagen, warf Amun Hapuseneb einen triumphierenden Blick zu und machte sich auf, um sich von der Menschenmenge bejubeln zu lassen. Von nun an war Thutmosis Menkheperkare alleiniger Herrscher über Kemet.

Was das Volk nicht ahnte, war die Tatsache, dass der Mord, der offiziell als Eifersuchtstat eines kranken Mannes ausgelegt worden war, in Wahrheit ein Mordkomplott war, in dem Pairi lediglich eine Marionette machtbegieriger Männer war. Siebzig Tage waren seither vergangen und schon bald würde Hatschepsut in Vergessenheit geraten.

Siebzig Tage lang war in dem orange gefärbten Heka-Stein die Figur Anubis erkennbar gewesen. Nun, da die Bestattung der

einstigen Königin beendet war, verschwand auch die Gestalt des Totengottes. Keiner sah, wie die schakalartige Figur von einer weiteren Erscheinung ersetzt wurde. Für kurze Zeit erschien Osiris, der Gott der Unterwelt, der die Essenz der verstorbenen Hatschepsut in Empfang nahm. Dann verfärbte sich der Stein. Das grelle Orange, das an die untergehende Sonne erinnert hatte, verfärbte sich und wurde purpurrot.

Der Frankfurter Flughafen hatte allen imponiert. Er war enorm, und bis sie endlich hinausgefunden hatten, hatten sie einen kilometerweiten Marsch hinter sich gebracht, und so war einiges an Zeit vergangen. Den Flug hatten sie gut überstanden und nun saßen sie in einem dunkelgrünen Kleinbus, der durch eine herrliche Landschaft des Taunus fuhr. Die Straße verlief durch grüne Laub- und Tannenwälder, durch gelbe Rapsfelder und saftige Wiesen. Der Himmel war strahlend blau und von weißen Streifen durchzogen, die von vorüberfliegenden Flugzeugen hinterlassen wurden.

Nirvin, die schlecht geschlafen hatte und während des Fluges nochmals an jenen furchtbaren Traum denken musste, der sie heimgesucht hatte und der ihr so real vorgekommen war, dass sie von tiefster Trauer erfasst wurde, vergaß allmählich die fürchterliche Nacht und blickte interessiert hinaus.

»Ich habe mir Deutschland irgendwie anders vorgestellt. Kalt und regnerisch, aber sicherlich nicht so sonnig und farbenfroh.« Maria schaute begeistert aus dem Fenster.

Am Flughafen waren sie von einem großen schlanken Mann mit Schnauzbart namens Tarek herzlich empfangen worden. Der gebürtige Ägypter wohnte schon seit vielen Jahren in Deutschland und war ein guter Freund Alexanders. Von Letzterem wussten Edoardo und Nirvin, dass auch Tarek ein Tilmid war. An seinem Unterarm befand sich die Tätowierung, die sie nun schon öfter gesehen hatten und die auch Edoardo trug. Offiziell führte Tarek ein ganz normales Leben, arbeitete als Programmierer, war mit einer deutschen Frau verheiratet, mit der er drei Kinder hatte. Seine geheime Mission aber war, den Ort zu überwachen, an dem der geheime Papyrus versteckt war. Außer Deutsch und Arabisch sprach Tarek auch fließend Englisch, sodass man sich in dieser Sprache verständigte, was Nirvin zwar noch ein wenig schwer fiel, aber nachdem sie sich im letzten Jahr sehr im Englischunterricht bemüht hatte, klappte es schließlich doch ganz gut.

Lex war in Gedanken versunken. Am vorherigen Abend hatte er sich mit Alexander zusammengesetzt, und dieser hatte ihm Unglaubliches preisgegeben. Der Spürhund hatte bereits viele Gerüchte um Nirvin und ihre Bestimmung gehört, doch bisher hatte er sie alle für Hirngespinste gehalten. Doch anscheinend gab es den legendären Papyrus tatsächlich, von dem er im vergangenen Sommer gehört hatte, als sie auf der Suche nach Nirvins Mutter gewesen waren. Das Mädchen war demnach tatsächlich im Besitz des wertvollen Dokuments, welches aber nicht das Einzige zu sein schien, wie ihm Doc erklärt hatte. Als Mythos bekannt war nur der erste Papyrus, die weiteren waren streng geheim und gut aufbewahrt. Mohamed Al Halabi hatte vergeblich gehofft, durch seine Enkelin an das wertvolle Dokument zu gelangen und dank dem daraus hervorgehenden Ruhm des Mädchens noch einflussreicher zu werden. Da Nirvin sich jedoch gegen ihn entschieden hatte, wollte der machtgierige Mann die Weissagung und somit die Hoffnung eines ganzen Volkes zerstören, da er in Nirvin und der Legende um sie eine Bedrohung für seine Person sah.

Das war aber lange noch nicht alles! Doc hatte Lex eine unglaubliche Geschichte erzählt, in der es um einen besonderen Stein mit übernatürlichen Kräften ging. Dazu gehörte einer der geheimen Papyri, welcher die dazu passende magische Formel beinhaltete. Allem Anschein nach musste Al Halabi etwas darüber wissen, denn es schien, als habe er das Interesse an dem ersten Papyrus verloren und nun mit neuen Ausgrabungen und Recherchen begonnen, wie man aus vertraulichen Quellen erfahren hatte. Beunruhigend aber war, dass Nirvin eigenartige Träume hatte, in denen es um das machtvolle Pentakel und Ereignisse der Vergangenheit ging.

Lex wusste nicht so recht, was er glauben sollte, aber Alexander war sehr überzeugend, und die Kinder wollten sich auf alle Fälle ins Abenteuer stürzen. Was also sprach dagegen, die Gruppe zu begleiten und ein Auge auf die beiden Freunde zu haben? Mit Docs Erlaubnis hatte er auch Maria ins Vertrauen gezogen. Sie hatte große Augen gemacht, war im ersten Moment skeptisch gewesen, aber hatte noch allzu gut die außergewöhnlichen Ereignisse des vergangenen Sommers in Erinnerung. Gemeinsam hatten sie beschlossen, Daniel noch nicht einzuweihen. Er hatte genug zu tun. Sie hätten ihn womöglich völlig unnötig beunruhigt.

Die Straße führte nun durch einige idyllische Dörfer, deren Häuser und Vorgärten einen sehr gepflegten Eindruck hinterließen. Dem Anschein nach hatte das herrliche Wetter die Menschen aus ihren Häusern gelockt. Einige pflegten eifrig ihre Anwesen, strichen Zäune, mähten den Rasen oder fegten die Straße. Hin und wieder kam der Gruppe auch ein appetitanregender Geruch entgegen, der auf so manchen gemütlichen Grillabend im Freien schließen ließ.

»Die Ferien haben gerade begonnen!«, bemerkte Tarek, als sie einer Gruppe fröhlicher Kinder begegneten, die auf ihren Fahrrädern unterwegs waren. »Meine Frau ist auch schon mit den Kindern verreist und besucht die Großeltern.«

Die Straße verlief weiter durch einen Wald und stieg an, bis sie ihr Ziel erreicht hatten. Es war ein kleiner Ort, der mitten in der Natur lag und von Feldern und Wald umgeben war. Auffallend war ein imposantes Gebäude, das sich am Rande nördlich des Dorfes erstreckte. Es schien schon älter zu sein, machte aber einen sehr gepflegten Eindruck in seinem strahlenden Weiß. Ein mittlerer Teil des Gebäudes unterschied sich mit seinen dunkelbraunen Dachziegeln von dem Rest des Komplexes, welcher mit rötlichen Dachziegeln versehen war. Außerdem verfügte der Bau über eine Unmenge von Fenstern.

»Vor mehr als hundert Jahren war dieser Gebäudekomplex eine Lungenheilstätte«, erklärte Doc. »Wenn ich mich recht entsinne, sollte er sogar einmal abgerissen werden. Heute steht das Gebäude unter Denkmalschutz. Verschiedene Räume dienten einst als Unterkunft für Aussiedler und Asylanten. Der Zauberberg, wie man das Gebäude heute nennt, wird nun von Künstlern beansprucht, aber auch andere verschiedene Tätigkeiten werden dort ausgeübt.«

»Genau«, pflichtete Tarek bei. »Mal abgesehen von verschiedenen Eigentumswohnungen gibt es dort auch ein Restaurant, einen Weinkeller, verschiedene Büroräume, Ärzte, Heilpraktiker und einiges mehr.«

»Irgendwie ist es seltsam«, meinte Maria und schaute sich um, als sie aus dem Auto stiegen. »Weit und breit ist ja niemand zu sehen! Was für eine unheimliche Stille. Man hört gerade mal die Vögel zwitschern!«

»Na ja, so ist es hier nun mal. Anders als in Italien oder Ägypten sind die Straßen hier weniger belebt. An öffentlichen Verkehrsmitteln fährt gerade einmal zu jeder Stunde ein Bus. Tagsüber fahren die Leute zur Arbeit und am Abend sitzen sie entweder vor dem Fernseher oder im Garten. Vielleicht machen sie auch mal einen Spaziergang oder plaudern mit dem Nachbarn. Aber so wie ihr es von Rom kennt, ist es hier wirklich nicht. Außerdem hält man sich hier meist an die Ruhezeiten. Im Winter ist es sogar noch stiller. Da kann man am manchen Tagen durch das ganze Dorf laufen, ohne einer Menschenseele zu begegnen oder etwas zu hören. Dann erinnert es wirklich an einen Geisterort. Auch die Uhren laufen hier für die meisten anders. Um zwölf Uhr isst man zu Mittag und gegen sechs Uhr gibt es Abendbrot. Daran halten sich zumindest die älteren Menschen. Ihr seid es sicherlich gewohnt, bis um neun Uhr noch unterwegs zu sein, und beginnt euer Abendessen, wenn man sich hier schon bettfertig macht. Aber in der Stadt oder in größeren Wohngegenden ist es auch wieder anders. Schließlich gibt es hier auch keine weiteren Geschäfte, Eisdielen oder Bars. Aber seid unbesorgt, die Häuser hier haben Augen und Ohren.

Spätestens morgen weiß jeder Bewohner, dass der Ort neue Besucher hat!«

Tarek lachte vergnügt und lud seine Gäste ins Haus ein.

Neferure öffnete aufgeregt den Schrein. Da war es! Der Stein der Macht leuchtete gefährlich in seiner dunkelroten Farbe. Sie hatte ihn kaum an sich genommen, als sie plötzlich jemand von hinten packte und mit aller Kraft wegschleuderte. Neferure verlor das Gleichgewicht und fiel mit voller Wucht gegen die Bettkante, wobei sie unglücklich mit dem Kopf gegen den seitlichen Marmorsockel prallte. Den Aufschrei Merits, die hinzugekommen war, vernahm sie wie aus der Ferne.

Bestürzt hielt sie sich die Hand vor den Mund und konnte nicht fassen, was sie da sah. Amun Hapuseneb hatte sich über Neferure gebeugt und betrachtete verwirrt das Blut, das aus einer fürchterlichen Kopfwunde floss. Weitere Flüssigkeit trat ihr aus Nase und Ohren. Der Priester drehte sich langsam um und schaute auf Merit. In seinen schwarz umrandeten Augen spiegelte sich purer Wahnsinn.

»Es war ein Unfall! Sie hätte nicht so neugierig sein dürfen und du auch nicht!«

Kaum dass er diese Worte ausgesprochen hatte, stürzte er sich auf das entsetzte Mädchen, umklammerte ihren Hals, und drückte mit beiden Händen zu.

»Was ist denn hier los?«

Ihr Schrei hatte Thutmosis herbeieilen lassen, der Hapuseneb von Merit wegstieß, bevor er bestürzt seine am Boden liegende Gemahlin erblickte.

»Sie wollte den Stein an sich nehmen! Als ich sie aufhalten wollte, ist sie gestützt. Wir können nichts mehr für sie tun, befürchte ich. Aber diese neugierige Zeugin müssen wir nun beseitigen!«

Hasserfüllt blickte der Priester auf Merit.

»Wie konntest du es wagen? Du hast die königliche Gemahlin getötet!«, fuhr ihn Thutmosis wütend an.

»Nein«, wisperte Merit leise und strich sich über ihren schmerzenden Hals. Sie kniete sich neben ihre Freundin und hielt ihre Hand. »Sie lebt noch! Schnell, ruft den Arzt!«

Neferures Augenlieder flackerten unruhig. Das Blut hatte die kostbaren Leinen ihrer Tunika rot gefärbt. Sie versuchte etwas zu sagen, doch Merit musste sich nah zu ihr heranbeugen, um sie zu verstehen. Nur mit viel Mühe brachte sie die Worte hervor:

»Beschütze den Stein und den Papyrus.«

»Was sagt sie?«, wollte Thutmosis wissen und beugte sich ebenfalls über seine Frau.

Mit allerletzter Kraft hörte er Neferure sagen:

»Nimm Merit zur Frau, sie soll meinen Platz einnehmen!«

»Ich soll was?!«

Doch Neferure antwortete nicht mehr.

Als sich Hapuseneb erneut auf Merit stürzen wollte, die noch immer die Hand ihrer Herrin hielt, geschah es. Ein Geier flog herein und stürzte sich auf den Priester. Hapuseneb wehrte sich verzweifelt gegen die harten Schnabelschläge des Tieres, während Thutmosis es kaum wahrzunehmen schien und noch immer fassungslos auf seine Gemahlin blickte. Merit wankte benommen zurück, bis sie verängstigt eine Ecke des Raumes erreichte, wo sie sich niederkauerte und mit beiden Armen ihre Beine eng umschlang.

Keiner hatte die Kobra bemerkt, die ebenfalls hereingeschlängelt war und sich nun gefährlich vor Thutmosis aufbäumte. Ihre Augen schienen zu glühen, als sie hypnotisierend auf den Mitregenten starrte. Thutmosis versuchte vergebens, ihrem Blick auszuweichen. Die Essenz Wadjets drang in ihn hinein, bis er mit einem Mal einen entsetzlichen Schrei ausstieß, wobei all das Böse, das sich in seinem Körper und seiner Seele eingenistet hatte, hinausströmte. Amunuser war herbeigeeilt, und nun ergriff der Blick der Kobra auch ihn. Als auch er von all dem Bösen befreit war, brach er zusammen.

So wie sie plötzlich erschienen waren, entschwanden beide Tiere erneut. Nur Merit vernahm die Stimme, die ihr befahl, den Stein an sich zu nehmen.

Nirvin wachte auf, wischte sich die verzweifelten Tränen weg, versuchte, sich zu beruhigen und machte sich in ihrem Bett ganz klein. Fest umklammerte sie ihr Kopfkissen, bis sie schließlich erneut einschlief.

Sowohl Amunuser als auch dem Pharao waren viele Erinnerungen gelöscht worden. Neferure erlag ihren Verletzungen und, abgesehen von Merit, konnte sich keiner den tragischen Vorfall erklären. Auch der grausame Tod Hapusenebs blieb ein Rätsel. Der Stein der Macht war ebenso aus dem Gedächtnis beider Männer erloschen, aber welcher der letzte Wunsch seiner Gemahlin war, daran erinnerte sich Thutmosis genau.

Als die treue Freundin Neferures mit Thutmosis vermählt wurde, erklärte es der Pharao als den Wunsch der Götter und verkündete den Namen seiner neuen Gemahlin: Merit-Re Hatschepsut II.

Keiner konnte ahnen, dass diese Frau bald die Mutter des zukünftigen Herrschers und die Hüterin des Heka-Steins sein würde.

Das ausgiebige Frühstück hatte alle gesättigt. Es hatte frische Brötchen mit leckerem Aufschnitt, deutschen Kaffee und Frühstückseier gegeben. Nirvin war als Letzte aufgestanden und machte einen erschöpften Eindruck. Sie berichtete den anderen von ihren nächtlichen Träumen und schilderte detailgetreu die dramatischen Ereignisse.

»Doc, was werden wir eigentlich als Nächstes tun?«, wollte Edoardo wissen.

Alexander hob die Hand und gab Edoardo ein Zeichen zu schweigen. Dann meinte er:

»Heute werde ich Maria und Lex die Gegend zeigen. Wir haben hier ganz in der Nähe einige sehr interessante Burgen und idyllische Städtchen. Ihr beide könnt euch ja derweil ausruhen. Es liegt ein Haufen Arbeit vor euch. Übrigens braucht ihr nicht mit dem Mittagessen auf uns zu warten, wir werden unterwegs eine Kleinigkeit essen.«

Edoardo und Nirvin schauten sich verwundert an. Was sollte das denn? Wieso wollte Alexander plötzlich die Gegend erkunden, anstatt sich um die Sicherstellung des Papyrus zu kümmern? Aber der Blick des Mannes verriet eindeutig, keine weiteren Fragen zu stellen. So waren Doc, Lex und Maria kurz darauf weggefahren und die Kinder waren mit Tarek zurückgeblieben.

»Ihr fragt euch sicherlich, wieso die anderen die Gegend erkunden, während ihr immer noch darauf wartet, eurer Mission nachzugehen.« Der Tilmid lächelte, als er die verwirrten Blicke der beiden Freunde sah, und fuhr fort: »Nun, es ist allein eure Aufgabe, das Schriftstück zu finden und in Sicherheit zu bringen. Ich bin der Wächter und damit der Verantwortliche für den Papyrus. Ich werde euch den Weg weisen. Danach müsst ihr alleine klarkommen. So steht es geschrieben, so wollen es die Götter. Es ist ratsam, dass ihr euch später etwas ausruht und euch erst heute Abend nach Sonnenuntergang auf die Suche macht. Wir haben Vollmond, und Thot ist im Besitz seiner ganzen Stärke. Er wird euch demnach schützen und die negative Energie Seths von euch fernhalten. Da ihr in die Nähe des Friedhofes kommt, wird er mit der Hilfe des Totengottes Anubis die Seelen der Verstorbenen friedlich halten, denn es ist nicht ratsam, die Aufmerksamkeit unruhiger Geister zu wecken.«

»Du glaubst an die alten ägyptischen Götter?«, fragte Nirvin ein wenig amüsiert.

»Oh, was ich glaube, zählt nicht viel, aber man sollte nicht unnötig leichtsinnig sein. Möglicherweise werden wir auf unserem Weg keiner Menschenseele begegnen, doch seid euch dessen sicher, dass es trotz dessen genügend aufmerksam beobachtende Augen gibt. Wir werden nun einen Spaziergang machen und euren Ausgangspunkt erreichen. Heute Abend werdet ihr von dort aus unauffällig eure Suche starten.«

»Unsere Suche?« Edoardo war ein wenig überrascht. »Ich dachte, der Ort an dem der Papyrus versteckt ist, wäre dir und Doc bekannt.«

»Jedem ist nur ein Teil des Rätsels bekannt. Eine genaue Angabe hat keiner von uns, schon aus Gründen der Sicherheit. Nur deine Mutter, Nirvin, kannte das ganze Geheimnis.«

»Und warum ist Doc mit Maria und Lex weggegangen?«, wollte Edoardo wissen.

»Nun, je weniger die beiden mit einbezogen werden, desto besser ist es.«

»Aber auf sie ist hundertprozentiger Verlass!«, meinte das Mädchen empört.

»Ich weiß, Nirvin. Kein Grund zur Aufregung. Versteh mich nicht falsch, aber je weniger Leute sich auf die Suche nach dem Papyrus konzentrieren, desto weniger laufen wir Gefahr, die Aufmerksamkeit des Feindes auf uns zu ziehen. Seth ist äußerst wachsam. Deshalb ist eure Mission streng geheim, diesmal sind nicht einmal die Tilmidi eingeweiht worden. Sie wissen zwar, dass ihr unterwegs seid, um eine wichtige Aufgabe zu erfüllen, aber wo und um was genau es sich dabei handelt, das wissen nur die wenigsten. Zurzeit sind sie vor allem damit beschäftigt, Al Halabi im Auge zu behalten, doch sollte Al Kabira in Gefahr schweben, so werden sie schnell vor Ort sein. Ich weiß, all dies mag albern klingen, aber lieber etwas zu viel Aberglaube, als den Fluch der Dämonen auf sich zu ziehen. Also, was ist, seid ihr bereit?«

Wedja hatte es geschafft. Amenhotep II, der Sohn Thutmosis III und Meritre Hatschepsuts, hatte Gefallen an ihr gefunden und sie als eine seiner Favoritinnen auserwählt. Dies war für eine Sklavin wie sie keineswegs einfach gewesen, aber all die Mühe hatte sich letztendlich gelohnt. Dies schuldete sie ihrer Mutter, aber vor allem ihrer Großmutter und deren Mann. Diese stammen ursprünglich aus Waset, waren zwar einfache Landarbeiter gewesen, aber dafür freie Leute, bis zu dem schrecklichen Tag, an dem das Schicksal alles verändert hatte.

Der Mann ihrer Großmutter hatte einst während einer Grabungsarbeit eine geheime Kammer gefunden, die einen außergewöhnlichen Stein verbarg. Durch Seth, der sich dem Mann offenbarte, erfuhr er, was es mit diesem mächtigen Stein auf sich hatte. Den Männern, denen er sich anvertraute, hatte er nicht verraten, wie viel er in Wahrheit über den Stein der Macht wusste, aus Angst, man könnte ihn als unliebsamen Mitwisser beseitigen. Dies aber hatte wenig genutzt, denn trotz allem wurde er ermordet. Ihre Großmutter hatte man weit weg von Waset gebracht und als Sklavin verkauft. Sie wurde geschlagen und misshandelt. Schließlich wurde sie schwanger und musste allein für ihre Tochter Sadhi sorgen und dafür noch härter arbeiten.

Sadhi wuchs als Sklavin auf und erfuhr schon bald von dem Geheimnis, welches das Leben ihrer Mutter verändert hatte. Nichts wollte sie mehr, als aus der Gefangenschaft heraus und sich für ihre Mutter rächen. Doch es gelang ihr nicht, und je mehr sie gegen ihre Situation ankämpfte, desto schlimmer wurde sie behandelt. Sadhi flehte Seth an, ihr zu helfen, und versprach ihm im Gegenzug, dafür zu sorgen, dass der mächtige Wüstengott seine Macht zurückerlangen würde. Seth schenkte ihr daraufhin eine Tochter, die sie Wedja nannte. Durch sie würde Sadhi ihren Racheplan ausführen können, und die Aufgabe ihrer Tochter würde darin bestehen, an den Heka-Stein zu gelangen und den Mitregenten und Sohn Thutmosis mit diesem mächtigen Objekt zu manipulieren.

Wedja hatte sich dies zur Lebensaufgabe gemacht, und sie hatte alles daran gesetzt, als Tänzerin aufzufallen und somit an den Hof des Pharaos zu kommen. Schließlich wurde sie von einem Händler mitgenommen, welcher sie in eine Gruppe fremdländischer Tänzerinnen integrierte, die als Tribut an den Sohn des Königs nach Men-Nefer gebracht wurden. Ihr Plan war aufgegangen, und tatsächlich hatte ihr reizvoller Tanz und ihr atemberaubendes Auftreten Amenhotep begeistert. Nicht zuletzt hatte sie es sicherlich ihrem exotischen Aussehen zu verdanken, dass der zukünftige Pharao von ihr hingerissen war. Ihre seidige Haut war dunkler als die der Frauen Kemets, ihre lockigen, dunkelbraunen Haare fielen ihr wild zu allen Seiten, aber das Besondere waren ihre lapislazuliblauen Augen, die, obgleich sie nicht geschminkt waren, jedermann in ihren Bann rissen und ihr einen stechend kalten Blick verliehen.

Es war ihr schließlich geglückt, in das Gemach des zukünftigen Pharaos zu gelangen, indem er sie hatte rufen lassen, damit sie einzig für ihn tanzte. Dabei hatte sie ihren verführerischen Charme spielen lassen, und mit ihrer geheimnisvollen Art hatte sie nun dem Sohn Thutmosis von dem Stein der Macht erzählt. Sie lachte, als sie sein verwundertes und ungläubiges Gesicht sah und meinte:

»Glaube mir, mein Liebster, deine Mutter hat dich all diese Jahre hintergangen. Sogar deinem Vater hat sie mit ihrer bösen Magie die Erinnerung genommen, denn er war im Besitz des Steines. Somit hat sie Kemet und den Pharao um Macht und Ruhm gebracht!«

»Du verdienst es, ausgepeitscht zu werden!«, rief Amenhotep. »Die Zunge sollte ich dir abschneiden lassen, um dein freches Mundwerk zu bändigen. Wie kannst du es wagen, so über meine Mutter zu reden! Und der Horus auf Erden ist ein geachteter

Pharao, ein glanzvoller Eroberer und Erbauer, den ganz Kemet und jeder Fremde respektiert. Ihm verdankt das Reich eine solch gewaltige Ausdehnung wie nie zuvor!«

Erbost hatte sich Amenhotep aufgerichtet, doch Wedja blieb gelassen liegen.

»Du glaubst mir nicht? Dann frage deine Mutter, aber hüte dich vor ihrer Magie!« Gelassen richtete sie sich auf und reichte Amenhotep einen Krug voll Bier. Dann ließ sie sich erneut auf das Bett des Pharaos fallen und meinte weiter: »Ich habe bereits dafür gesorgt, dass sie nicht mehr viel Schaden anrichten kann. Sie ist geschwächt, aber Vorsicht ist trotzdem geboten. Ich habe Seth um seine Hilfe gebeten, damit Meritre dich an nichts hindern kann. Sie bewacht die beiden Gegenstände streng, das ist ihre Aufgabe. Auch Wadjet und Nechbet behüten den Papyrus und den Stein. Aber sie werden dir nichts antun, denn du bist der zukünftige Pharao und schon jetzt Mitregent. In erster Linie haben sie die Aufgabe, den Pharao zu beschützen. Thutmosis ist alt, und seine Tage sind gezählt. Wenn er nicht mehr ist, so ist es für das Land wichtig, einen starken Pharao zu haben, der Kemet Sicherheit gibt und kein Erbarmen mit dem Feind hat. Seth war einst so großzügig und hat dafür gesorgt, dass Kemet dank der Heqau-Chaswet mit Pferd und Wagen, Bogen und Sichelschwert ausgestattet wurde und die Armee des Landes dadurch wesentlich stärker geworden ist. Dein Vater ist gewiss ein großer Eroberer, aber zu gutmütig mit den Fremden. Ihre Kinder lässt er an seinen Hof bringen und sie nach seiner Sitte erziehen, um treue Diener aus ihnen zu machen. Du aber wirst weitaus erbarmungsloser und mächtiger sein als er, vertrau mir. Bisher konntest du dich nur spielerisch beweisen, ob im Bogenschießen oder mit dem Streitwagen, im Rudern oder im Laufen. Es ist an der Zeit, dass du dein Talent in wichtigeren Aufgaben unter Beweis stellst! So, und nun kannst du deine Wachen rufen, mich meinetwegen auspeitschen lassen oder mir die Kehle durchschneiden, doch bitte höre auf meine Worte und nimm den Heka-Stein und den Papyrus an dich, sie gehören dem rechtmäßigen Pharao.«

Amenhotep schaute skeptisch auf das Mädchen, schwieg eine Weile unschlüssig und meinte schließlich:

»Ich werde mich mit Rechmire beraten. Er ist ein weiser Tjati und wird wissen, was zu tun ist.«

»Rechmire? Pah! Er ist Thutmosis treuster Mann, wie es schon sein Onkel und Vorgänger Amunuser war. Er wird den Pharao gewiss nicht hintergehen, um dessen Sohn dabei zu unterstützen, durch den Heka-Stein an die Macht zu gelangen.«

»Verrate mir eines«, Amenhotep schien beeindruckt von der Hinterlist und Aufgewecktheit dieser faszinierenden Frau. »Woher weißt du von all diesen Dingen? Für eine fremdländische Tänzerin, so scheint mir, bist du äußerst informiert über all das, was sich am Hofe abspielt.«

Wedja lächelte kalt und ihre blauen Augen funkelten gefährlich, als sie antwortete:

»Oh, ich weiß in der Tat mehr, als du erahnst. Ich habe die Gabe einer Seherin, und wenn du es wünschst, werde ich dir in Zukunft als treue Dienerin und Beraterin beiseite stehen. Seth wird uns beschützen, und all die Eroberungen Thutmosis, seine Bauten und die heldenhaften Erzählungen über ihn im Amuntempel werden im Vergleich zu deinen Taten kaum noch Geltung haben.«

Amenhotep blickte grübelnd auf Wedja. Dann meinte er:

»Ich soll mich also nicht einmal mit Rechmire beraten und den Pharao und meine Mutter hintergehen?«

»Oh, als würde es dir etwas ausmachen! Nichts wünschst du dir doch sehnlichster, als endlich das Land zu regieren. Verrate keinem unser Geheimnis, je weniger Leute von dem Heka-Stein wissen, desto besser ist es. Ich werde dir helfen, das genügt durchaus.«

Als Amenhotep ihr abermals widersprechen wollte, legte Wedja ihren Zeigefinger auf seine Lippen und mit einem leidenschaftlichen Kuss brachte sie den Mann zum Schweigen.

Meritre hatte erneut heftige Kopfschmerzen. So ging es schon, seitdem sie Waset verlassen hatte und nach Men-nefer gereist war, um ihren Sohn zu besuchen, der sich als Mitregent hier niedergelassen hatte. Schlimmer aber noch als der Schmerz war dieses Gefühl der Benommenheit. Sie hatte Schwierigkeiten, einen klaren Gedanken zu fassen, in ihrem Kopf erschien alles wie benebelt. Selbst als sie heute meinte, eine alarmierte Stimme zu vernehmen, war diese sehr unklar und kaum wahrnehmbar. Sie meinte, diese Stimme schon einmal vor langer Zeit gehört zu haben, aber viele ihrer Erinnerungen waren nur noch in Fragmenten erhalten und wirkten wie verschwommen. Sie meinte, die Worte »Heka-Stein« und »Gefahr« aufgeschnappt zu haben, von einem Papyrus war auch die Rede.

Für einen Moment hatte sie ein unbehagliches Gefühl. Sie setzte sich in ihrem Bett auf und griff sich an den Kopf, denn ein erneuter, heftig stechender Schmerz erfasste sie. Nur allmählich ließ er nach. Irgendetwas alarmierte sie, da war etwas, was in Gefahr war. Sie hatte die Aufgabe, es zu schützen, aber um was handelte es sich bloß? Doch erneut drang diese nebelähnliche Wand in ihren Kopf. Der Funke, der für einen Moment in ihren Augen aufgeflammt war, war erneut erloschen. Apathisch blickte Meritre ins Leere und legte sich zurück in ihr Bett.

»Was hast du ihr verabreicht?«

Amenhotep konnte nicht fassen, dass eine einfache Tänzerin in der Lage gewesen war, sich in die Gemächer der Gemahlin des

Pharaos zu schleichen und ihr heimlich ein Mittel einzuflößen, ohne dass es jemand bemerkt hatte.

»Oh, sei unbesorgt. In geringer Dosis ist es ungefährlich, es hindert sie nur daran, klare Gedanken zu fassen, und schlägt ziemlich heftig auf den Kopf«, erklärte Wedja gelassen. »Ihr Erinnerungsvermögen ist sichtlich geschwächt und somit kann sie uns nicht gefährlich werden.«

»Gefährlich werden? Sie ist meine Mutter!«

Amenhotep war wütend, doch das Verlangen nach Macht hinderte ihn daran, sich auf Wedja zu stürzen und seinem Zorn freien Lauf zu lassen. Das Mädchen kam keineswegs aus der Ruhe.

»Sie ist nicht nur deine Mutter, sondern auch die Hüterin des Heka-Steins, vergiss das nicht! Es wäre unmöglich, ihr die Gegenstände bei klarem Sinne wegnehmen zu wollen. Geh zu ihr, und schicke ihre Bediensteten hinaus. Dann wirst du ihr etwas zu trinken anbieten, aber vorher wirst du das hier untermischen.« Wedja drückte dem Mann eine kleine Ampulle in die Hand. Amenhotep schaute das Mädchen fragend an. »Keine Sorge, es ist kein Gift. Doch dieses Mittel wird Meritre dazu bringen, dir das Versteck der beiden Gegenstände zu verraten. Sofern sie diese in ihrem Gemach versteckt hält, und davon gehe ich aus, wirst du sie sofort an dich nehmen.«

»Irgendwie bin ich mehr und mehr der Überzeugung, dass man dir die Kehle durchschneiden sollte. Nicht nur, dass du die große königliche Gemahlin vergiftest, du wagst es sogar, mir Befehle zu erteilen?«

Amenhotep lachte angewidert auf und schüttelte den Kopf.

»Du bist auf meine Hilfe angewiesen! Außerdem sagte ich bereits, dass es kein Gift ist. Du hast dich doch sicherlich gefragt, wie ich deiner Mutter bisher das Mittel verabreichte? Nun, daran siehst du, dass ich zu allem fähig bin. Wie ich es schaffe, das lass mein Geheimnis sein. Vertrau mir, und ich werde dich zum mächtigsten aller Pharaonen machen. Dies ist dein Schicksal, so ist es bestimmt, seitdem dein Halbbruder Amenemhat gestorben ist. Danken brauchst du nur Seth, vergiss das nie, denn er will dich auf dem Thron haben.«

»Seth … er ist nicht gerade beliebt. Ist er es wirklich, der dich so mächtig macht, oder ist es einzig und allein Magie und Zauberei? Fürchtest du denn gar nicht Amun und den Zorn der Götter?«

Wedja lächelte kühl, denn sie merkte, welch großen Respekt Amenhotep vor ihr hatte, und antwortete verheißungsvoll:

»Seth gibt mir die Macht, vielleicht auch die Magie, wer weiß? Was kümmern mich die anderen Götter, wenn er mir doch zur Seite steht? Mein großer Pharao, habe keine Angst vor uns, denn wir sind deine Diener. Und nun geh und vollbringe es! Seth steht dir bei!«

Kurze Zeit später betrat Amenhotep das Schlafgemach seiner Mutter. Er schickte die Bediensteten hinaus und bereitete Meritre ein Getränk. Unauffällig fügte er dabei die Tropfen hinzu. Meritre wirkte benommen und blickte verstört auf ihren Sohn, als er ihren Kopf anhob, um ihr das Trinken zu erleichtern. Sie zögerte, als würde sie irgendetwas ahnen, aber sie war zu schwach, um sich ihrem körperlich überlegenen Sohn zu widersetzen.

Kaum hatte sie den Trunk zu sich genommen, war es wie ein Blitzschlag. Mit einem Male war die Erinnerung wieder da, tausend Szenen spielten sich in ihrem Kopf ab, der Schmerz war verschwunden, der Nebel aufgelöst. Alle Klarheit war wieder da. Sie blickte zu ihrem Sohn, der neben ihr Platz genommen hatte. Etwas an seinem Blick missfiel ihr, als er meinte:

»Nun Mutter, stimmt es, dass du dem Pharao jahrelang etwas verschwiegen hast?« Meritre blickte erschrocken auf ihren Sohn. Wer hatte ihm das Geheimnis verraten? Wer außer ihr wusste noch davon? Ohne es verhindern zu können, nickte sie. »Demnach wolltest du auch mir dein Geheimnis nicht anvertrauen?« Sie schüttelte den Kopf. Tränen liefen ihre Wangen hinunter, sie konnte nicht anders, sie musste wahrheitsgemäß antworten.

»Nun, heute wirst du mir verraten, wo der Heka-Stein und der Papyrus versteckt sind. Vorher jedoch will ich die ganze Geschichte erfahren.«

Langsam und wie in Trance begann Meritre ihrem Sohn von der Legende zu erzählen und wie sie einst mit Neferure dem Geheimnis auf die Schliche kam, wie sie alles dafür getan hatten, um Hatschepsut vor Thutmosis bösem Vorhaben zu schützen und in welcher Tragödie alles geendet hatte.

»So, nun weißt du alles, mein Sohn. Hüte dich vor der negativen Kraft Seths! Wer den Heka-Stein missbraucht, löst eine negative Energie in ihm aus, die am Ende nur Unheil und Verderben mit sich bringt. Du wirst auch ohne den Stein ein großer Pharao sein, so wie dein Vater und Hatschepsut.«

»Hatschepsut … Ich kann diesen Namen nicht mehr hören! Mein Vater war von Anbeginn der rechtmäßige Herrscher! Ich werde dafür sorgen, dass ihr Name ein für alle Mal gelöscht wird. Eine Frau als Herrscher wird niemals existiert haben! Und nun, Mutter, wirst du mir den Heka-Stein aushändigen, denn er gebührt dem rechtmäßigen Herrscher und nicht dir!«

Meritre unterdrückte erneute Tränen, es erschien ihr, als würde der einstige arrogante Menkhepere vor ihr stehen. Wie konnte er es wagen, Hatschepsut dermaßen zu erniedrigen? Sie versuchte, die Fassung zu bewahren, und richtete sich auf, um sich zum Kopfteil ihres Bettes zu wenden. Sie streckte sich bis hin zu der rechten Säule aus Rosengranit, die den Baldachin stützte. Die Säule war in der Mitte von einer goldenen Statue unterbrochen, die Wadjet darstellte. Als Meritre danach griff, stieß sie einen Schrei aus, denn das Gold hatte ihre Hände verbrannt.

»Wadjet versucht mich daran zu hindern, das Versteck preiszugeben. Dir wird nichts passieren, du bist der zukünftige Pharao. Dreh an der Figur, der Papyrus ist darin verborgen.«

Zögernd schaute Amenhotep auf seine Mutter. Durch Wedjas geheimnisvollen Trank sagte sie weiterhin die Wahrheit, also näherte er sich der Säule und griff vorsichtig nach der Statue.

Nichts geschah. Entschlossener packte er zu und drehte an der Figur, bis diese einen Hohlraum freigab. Er griff hinein und zog den wertvollen Papyrus heraus.

»Der Stein befindet sich in der anderen Säule.« Meritre deutete auf die linke Säule, die von der Figur Nechbets unterbrochen war.

Erneut drehte Amenhotep an der kleinen Statue, bis der Hohlraum zum Vorschein kam. Er griff hinein und erfasste etwas Goldenes, das an einen Stern erinnerte. Er zog den Gegenstand heraus und betrachtete ihn gebannt. Er öffnete den goldenen fünfzackigen Behälter, der einen glühenden Stein preisgab. Er leuchtete grünlich. Schließlich ließ er vom Heka-Stein ab und schaute auf seine Mutter, als sie tonlos erklärte:

»Ich habe versagt.«

Sodann brach sie tot zusammen.

Als Amenhotep kurz darauf das Zimmer verließ, bemerkte er den kleinen Jungen nicht, der die ganze Zeit hinter einer großen Truhe versteckt gekauert hatte. Immer noch hielt er die kleine hölzerne Figur des Schutzgottes Bes fest in der Hand, mit der er bis vor Kurzem gespielt hatte und die ihn, ohne dass er es wusste, soeben beschützt hatte. Alles, was sich zugetragen hatte, hatte der Junge mitbekommen.

Er packte sie bei den Haaren, zerrte sie herum und traf sie mit einer harten Ohrfeige, aber Wedja lachte nur triumphierend und betrachtete entzückt die Gegenstände, die Amenhotep kurz zuvor auf sein Bett gelegt hatte.

»Du hast sie doch vergiftet!«, beschuldigte er sie wütend.

»Vergiftet? Nein, mein Liebster! Sie ist an ihrer Verzweiflung gestorben. Du hast also den Heka-Stein und den Papyrus? Wunderbar! Nun steht uns nur noch Thutmosis im Weg, aber das dürfte kein Problem sein!«

»Wage es ja nicht …«

»Sei beruhigt, ich werde deinem Vater nichts tun. Wie denn auch, wenn er sich in Waset befindet? Aber wie ich hörte, geht es ihm seit einigen Tagen ziemlich schlecht. Du verstehst doch, dass dies einen Mann seines Alters ziemlich belasten kann.«

»Meinst du nicht, dass du ein wenig zu weit gehst? Vergiss nicht, wo du herkommst, du könntest schneller wieder dort landen, als du denkst. Und wenn du Pech hast, endest du auch noch schlimmer!«

»Oh, ich weiß. Aber ich glaube kaum, dass du es wagen wirst, mich wegzuschicken. Du brauchst meine Hilfe und das weißt du. Ohne mich wirst du nicht weit kommen.«

»An Selbstvertrauen fehlt es dir sicher keineswegs. Ich weiß nicht, inwiefern du etwas mit der Gesundheit meines Vaters zu tun hast und wie weit du noch gehen wirst, aber wage es ja nicht, mich mit deiner bösen Magie zu manipulieren. Eines jedoch sei gewiss: Ab dem heutigen Tag wird dein Name nicht mehr Wedja sein, sondern Sethnefer. Wahrlich, du bist eine Schönheit, aber eine teuflische!«

Wedja lächelte kühl und zwinkerte Amenhotep zu, bevor sie den Raum verließ.

Der Mann merkte nicht, wie sehr das Udjat-Auge, das sein Pektoral schmückte, glühte, denn es hatte alle bösen Kräfte Wedjas abgewehrt.

Thutmosis schwitzte erneut. Er hatte ein kühles Bad genommen, aber die duftenden Essenzen, die seine Diener ins Wasser gegeben hatten, bereiteten ihm ein unangenehmes Gefühl. Benommen stieg er aus dem Wasser. Es war dies der Moment, wo sein nackter Körper mit keinem seiner schützenden Amulette versehen war, sodass er von einem fatalen Schub der Magie Sethnefers ergriffen wurde. Für das Mädchen war es schwierig gewesen, dem Pharao mit ihrem Zauber zu schaden, da die magischen Kräfte, die Thutmosis schützten, durchaus wirkungsvoll waren und sie sich fern von Waset befand. Wenngleich es sie eine große Menge an mentaler Energie gekostet hatte, so war es ihr in den letzten Tagen jedoch gelungen, ihn zu schwächen. Jetzt war der Moment gekommen, wo sie für ihre Familie Rache nehmen konnte. Als sie verspürte, dass auch der letzte Hauch Leben den Pharao verließ, spürte sie eine befriedigende Genugtuung. Und sie wusste bereits, dass sie einen großen Teil dazu beitragen würde, dass Kemet die nächsten Jahre von einem machtgierigen und blutrünstigen Pharao regiert werden würde.

Nachdem Thutmosis und Meritre bestattet worden waren und Amenhotep II in Waset den Platz seines Vaters eingenommen hatte, folgten Jahre der Grausamkeit, vor allem für die Länder, die von den Truppen Amenhoteps heimgesucht wurden. Längst aber war der jetzige Pharao nicht so erfolgreich wie sein Vorgänger und musste einige Niederlagen einstecken. Seine Wut darüber ließ er an kleineren Dörfern aus, an denen er bei seinen Rückzügen vorbeikam. Gefangene wurden bis zum Tode gequält und getötete Fürsten zur Schau an die Mauern gehängt. Auch ließ Amenhotep Denkmäler und die Namenskartuschen der Hatschepsut zerstören, um den bewundernden Erzählungen über die Frau, die sich zum Pharao ernannte und seinen Vater dabei vom Thron verdrängt hatte, ein Ende zu setzen. Sie hatte kein Recht auf die Ewigkeit und sollte aus den Erinnerungen aller gelöscht werden. Selbst als eines Tages ein Weiser namens Ipuwer an den Hof kam, um Amenhotep vor der gefährlichen Macht des Steines zu warnen, ließ der Pharao den alten Mann qualvoll hinrichten.

Allein Sethnefer, die von den restlichen Frauen des königlichen Harems gefürchtet und gemieden wurde, beobachtete zufrieden, wie der Sohn des Mannes, den sie für das Schicksal ihrer Familie verantwortlich machte, dabei war, sich selbst zu zerstören. Er hatte den Heka-Stein missbraucht und nun richtete sich dieser gegen ihn.

Lediglich ein Junge wusste noch über den Stein der Macht Bescheid. Der Sohn einer Dienerin Meritres war zwar erst in jungem Alter, als er das Gespräch belauscht hatte, doch ihm war bewusst, welche Ausmaße der Stein in der Hand des Pharaos hatte. Also blieb er stets auf der Hut und fasste den Entschluss, den Heka-Stein eines Tages an sich zu nehmen und an einem sicheren Ort aufzubewahren.

14 ERKUNDUNG DER GEGEND

Am Vormittag hatte Tarek Edoardo und Nirvin die Gegend gezeigt und sie bis zum Waldrand begleitet, der an den Friedhof des Dorfes grenzte. Er führte sie zu den Denkmälern der Kriegsgefallenen und zeigte ihnen, wo der alte Friedhof gelegen hatte, der lediglich durch ein schlichtes steinernes Kreuz gekennzeichnet war. Dann unternahmen sie einen kleinen Spaziergang durch den Wald. Edoardo schien ein wenig enttäuscht, er hätte sich lieber die Heilstätte angesehen oder den auf der anderen Seite des Ortes liegenden Reitplatz. Nirvin hingegen schien Spaß an der Sache zu haben, erinnerten sie doch diese verwucherten Wege irgendwie an Sardinien, wenngleich die Natur hier komplett anders war. Hohe Laub- und Tannenbäume verdeckten die Sonne, saftiges Gras wuchs auf den Lichtungen, die mit bunten Wiesenblumen geziert waren, und hier und da lief ein Bach am Wegesrand entlang. Einmal überquerte ein Reh ihren Weg, schaute sie kurz neugierig an und verschwand leichtfüßig im Dickicht.

»Tarek, zugegeben, hier in der Natur ist es ja ganz nett, aber was sollen wir hier?«, wollte das Mädchen schließlich wissen.

»Ach, ich wollte nur einen kleinen Waldspaziergang mit euch unternehmen. Ich dachte, es gefällt euch vielleicht. Leider sind viele Wege zugewachsen, hier und da liegen Bäume quer. In dieser Gegend sind nicht allzu viele Spaziergänger unterwegs und wenn, dann benutzen diese meist nur die gut erhaltenen Wege. Dadurch verwildern die einst benutzten Trampelpfade, und die Forstwirtschaft ist hier leider ein wenig zu bequem, um den Wald mal auf Vordermann zu bringen.«

»Das ist mir schon aufgefallen. Wir sind bereits über zwei quer liegende Baumstämme geklettert und unter einem hinweggekrabbelt. Was soll das Ganze, Tarek?«

»Es ist wichtig, dass ihr euch hier ein wenig auskennt, glaubt mir. Ihr solltet versuchen, euch jeden einzelnen Pfad zu merken.

Auch bei Nacht solltet ihr euch zurechtfinden können. Zwar befindet sich der Ausgangspunkt eurer Mission am alten Friedhof, aber es schadet sicherlich nicht, wenn ihr euch hier zurechtfindet. Ich kann und werde euch nicht mehr dazu sagen. So, und nun wird's ein wenig bergauf gehen. Der Weg verläuft hier vorwiegend über felsiges Gestein. Gebt Acht, nicht auf das feuchte Moos zu treten, dort ist es sehr rutschig. An nassen Tagen hier an den Felsen hinunterzusteigen ist nicht ganz ungefährlich. Aber nun geht es erst einmal zum Rossertfelsen hinauf, dort ist eine Überdachung mit Bänken, wo wir eine Rast einlegen können. Es wird euch dort gefallen. Leider wandert heutzutage kaum noch jemand dorthin. Später wollte ich euch dann noch den alten Pionierweg zeigen.«

Edoardo seufzte, diese Geheimniskrämerei war er allmählich leid. Nirvin schaute ihn belustigt an und meinte:

»Ist es unserem feinen Herren hier schon wieder einmal etwas zu anstrengend und die Natur zu wild? Ich dachte, du hättest ein wenig dazugelernt und wärst auf Sardinien und in Ägypten letztes Jahr ein kleines bisschen auf den Geschmack gekommen. Du solltest dich freuen. Endlich mal wieder ein bisschen Abenteuerluft! Und ich dachte, du wärst ein Tilmid!«

»Bin ich auch, aber kein Dschungelkämpfer! Hier bräuchte man ein Buschmesser!«

Edoardo fluchte, als er am Gestrüpp hängen blieb, das über den Weg wuchs. Trotz alledem machte die Wanderung am Ende Spaß. Nach ihrer Rast in der Rosserthütte hatten sie den Aufstieg zum Rossertfelsen entdeckt und folgten dem Pfad hinauf zum Gipfel, wo sich ihnen ein faszinierender Rundumblick bot. Weiter ging die Wanderung zum naheliegenden Aussichtspunkt Eppoblick. Von dort aus erreichten sie den Nachbarort Eppenhain, wo sie den Atzelbergturm erklommen, welcher ihnen ein atemberaubendes Panorama in alle Himmelsrichtungen bot. Das Rhein-Main-Gebiet mit seinen zahlreichen Gebäuden und der Frankfurter Skyline war gut erkennbar, während man in der entgegengesetzten Richtung die waldreiche und hügelige Landschaft des Hintertaunus bewundern konnte. Von dort aus erreichten sie den alten Pionierweg, der kaum erkennbar war und sie wieder zu ihrem Ausgangspunkt führte. An einer Stelle hielt Tarek an und wies auf einen seitlich gelegenen Felsen, auf dem ein goldener Schriftzug lesbar war: *Hosemann=Felsen &Pi 25. 1913.*

»Ich rate euch dringend, hiervon ein Foto zu machen. Ich denke, wenn es auch nichts mit der jetzigen Mission zu tun hat, so wird es euch womöglich bald einmal hilfreich sein.«

Edoardo und Nirvin sahen ihn verwundert an, dann tat der Junge aber, wie ihm der Mann geraten hatte. So hatten sie den Vormittag verbracht, und nach einem leckeren Mittagessen, das aus Pfannkuchen und Apfelbrei bestand, hatten sie sich hingelegt, um für den Abend fit zu sein.

Ein lauter Aufschrei Nirvins riss Edoardo aus dem Schlaf. Im nächsten Moment war er bei dem Mädchen und weckte es behutsam. Nirvin erwachte und war im ersten Moment ein wenig durcheinander. Dann erinnerte sie sich langsam, wo sie sich befand und dass es noch Tag war. Als sie sich aufsetzte, blickte sie in das Gesicht Edoardos, der sich neben sie gesetzt hatte.

»Du hast mal wieder geträumt«, meinte er.

Sie nickte, und dann berichtete sie ihm von dem grausamen Tod Meritres, von der teuflischen Sethnefer und dem brutalen Amenhotep.

Maria, Lex und Doc waren erst vor dem Abendessen zurückgekehrt. Beim Abendbrot berichtete Maria begeistert von all den vielen Dingen, die sie erlebt hatten, und Lex fügte amüsiert einige Episoden hinzu, bei denen Marias Tollpatschigkeit mal wieder unschlagbar gewesen war. Sie hatte eine Tube Ketschup an der Würstchenbude verschüttet und ihre Klamotten dadurch verfärbt, hatte sich bei einem fremden Mann eingehängt, den sie für Lex gehalten hatte, und zu guter Letzt war sie mit einem Briefträger kollidiert, war dabei an dessen Handwagen hängen geblieben, der umkippte, und eine Vielzahl von Briefen verlor, die sich auf der ganzen Straße verteilten.

»Das kann doch wohl nicht wahr sein!«

Edoardo und Nirvin lachten vergnügt, während Maria rot anlief und sich auf die Lippen biss, bevor sie dem Spürhund einen Tritt verpasste, der übertrieben aufjaulte.

Die Kinder berichteten von ihrem Waldspaziergang und Nirvin von ihrem Traum. Schließlich gingen Maria und Lex zu Bett, denn waren ziemlich müde vom anstrengenden Tag. Doc riet den Kindern, sich auch noch für ein paar Stunden hinzulegen, bevor er sie wecken würde, damit sie dann zu ihrer Mission aufbrechen konnten.

»Nirvin, wieso hat das Pentakel eigentlich verschiedene Farben?«, wollte Edoardo wissen, als sie in ihren Betten lagen und das Licht ausgeschaltet war. Tarek hatte ihnen das Zimmer seiner Kinder zur Verfügung gestellt, und nun lag der Junge im oberen Teil des Etagenbettes und Nirvin im unteren.

»Genau weiß ich es nicht, aber ich denke mal, es ändert sich je nach Situation. Eigentlich handelt es sich ja um einen schwarzen Stein, der im friedlichen Ruhezustand grünlich schimmert. Nähert sich der Tod eines Pharaos, so färbt er sich orange wie die untergehende Sonne. Rot steht für Machtgier, Gefahr für den Pharao und das Land. Außerdem erscheint die Figur Anubis beim Tod und bei der Beerdigung eines Pharaos, Osiris hingegen bei seiner Auferstehung. Im Traum erkannte ich im Kern des Pentakels ein Symbol, die Hieroglyphe »Heka«, wie Doc uns erklärte. Sie ist Teil der ägyptischen Formel, die für Magie und Zauberkraft steht.«

»Ich dachte eigentlich, Heka wäre eine ägyptische Gottheit.«

»Ich vermute, nicht direkt. Zwar wird Heka auch personifiziert, doch kann man das nicht mit den anderen altägyptischen Göttern vergleichen.«

84

»Heka. Hm, das bedeutet wörtlich Aktivierung des Ka.«

»Das Ka, also eines der Seelenfragmente im alten Ägypten?«

»Ja, genau, Nirvin.« Edoardo seufzte. »Tja, wer weiß, wo sich das Pentakel jetzt befindet. Doc weiß doch sicherlich mehr darüber. Warum verrät er uns nichts?«

»Er wird seine Gründe haben. Für uns ist es nun aber erst einmal wichtig, den Papyrus in Sicherheit zu bringen.«

»Was es mit diesem Hosemannfelsen auf sich hat? Für die jetzige Mission ist er wohl nicht von Bedeutung. Verstehst du das?«

Das Mädchen aber gab keine Antwort.

»Nirvin?« Edoardo beugte sich vor, um auf das untere Bett zu schauen. Er sah, wie seine Freundin friedlich die Augen geschlossen hatte und regelmäßig und tief atmete.

15 DER NEUE WÄCHTER

Es waren bereits einige Jahre vergangen, seitdem Herikes hinter der Truhe gekauert hatte und Amenhotep II und Meritre belauscht hatte. Nachdem er Tiaa, der großen Gemahlin des Pharaos, gedient hatte, die ihn, wie einst schon Meritre, ins Herz geschlossen hatte, war er nun für den jungen Thutmosis IV zuständig. Dies hatte den Vorteil, dass er sich oft in der Nähe Amenhoteps befand und genau beobachten konnte, was der Pharao im Schilde führte.

Besonders interessierte es ihn, wenn sich dieser mit seiner Vertrauten und Seherin Sethnefer traf, die längst keine Tänzerin mehr war und im Frauenhaus so gut wie nur möglich gemieden wurde. Diese Frau war ihm geradezu unheimlich, und er mochte ihren intensiven und misstrauischen Blick nicht, mit dem sie ihn manches Mal anstarrte. Dann griff er stets unbewusst zu seinem Schutzamulett, und es war ihm, als würde dieses daraufhin glühen.

Von einer der Bediensteten wusste er, dass Sethnefer Amenhotep angeblich geraten hatte, ihn vom Hofe wegzuschicken. Doch da es keinen wirklichen Grund dafür gab und die königliche Familie äußerst zufrieden mit seinen Diensten zu sein schien, blieb er am Hofe.

Als Herikes sich eines Abends zur Ruhe gelegt hatte, erschien ihm plötzlich Nechbet. Erschrocken richtete er sich auf, als die Geiergöttin zu ihm sprach:

»Hab keine Angst, Herikes. Dir ist eine wichtige Aufgabe vorbestimmt, und zwar von dem Tage an, an dem du hinter der Truhe versteckt warst und der bösen Macht Seths verschont bliebst. Der Stein der Macht muss vor Amenhotep verwahrt werden. Der Heka-Stein ist dabei, ihm und dem Land mehr und mehr zu schaden, da er unter dem negativen Einfluss Seths steht. Hüte dich vor der Seherin! Sie ist die Dienerin Seths und traut dir nicht über den Weg. Behalte stets dein Schutzamulett an dir. Ich werde dich gemeinsam mit Wadjet schützen, sofern es uns möglich ist. So geh, finde das Amulett und den Papyrus und bring beides in Sicherheit. Du wirst der neue Wächter sein und diese Aufgabe an deine Nachkommen weitergeben. Da du dem künftigen Pharao nahe stehst, wird somit auch der Heka-Stein indirekt immer in seiner Nähe sein. Nur ein weiser Pharao wird in der Lage sein, selbst über den Stein zu verfügen. Der Wächter des Heka-Steins wird bestimmen, wenn es an der Zeit ist, ihn dem König zu übergeben.«

Dann verschwand die Geiergestalt. Herikes blieb noch lange Zeit wach, um über die Worte der Göttin nachzudenken.

In den darauf folgenden Tagen beobachtete Herikes genau die Gewohnheiten des Pharaos. Er musste einen geeigneten Moment abpassen, in dem er unbeobachtet in das Gemach Amenhoteps kommen konnte. Mehr Sorge aber bereitete ihm Sethnefer. Diese Frau war unberechenbar und verschwand so plötzlich, wie sie erschien.

Die Gelegenheit bot sich bald. An diesem Morgen begleitete der junge Thutmosis seinen Vater auf die Jagd. Herikes hätte mit ihnen gehen sollen, doch Tiaa bat ihn, am Hofe zu bleiben, um einige Vorbereitungen für das bevorstehende Fest am Abend durchzuführen. Herikes musste ein neues Pektoral des jungen Prinzen abholen, das für diese Gelegenheit angefertigt worden war. Außerdem bekam er von Tiaa die Anweisung, vorher noch einen Fächer, der im Gemach Amenhoteps aufbewahrt wurde, beizuholen, denn auch dieser war als Gabe zu dieser festlichen Gelegenheit für Thutmosis IV vorgesehen. Darauf waren die Szenen einer Jagd abgebildet, und die erfolgreichen Jäger waren der Pharao mit seinem Sohn. Dies war der Moment, auf den er gewartet hatte!

Mit gutem Gefühl betrat er das menschenleere Gemach des Pharaos. Den Fächer hatte er schnell gefunden. Nun aber galt es, auf der Hut zu sein und herauszufinden, wo der Stein versteckt sein mochte. Fieberhaft durchsuchte er jeden Winkel, doch nichts kam zum Vorschein. Dann fiel sein Blick auf etwas Unscheinbares in einer Ecke, das den Anschein eines Kanopenkruges hatte, der jedoch nicht den üblichen Kanopengöttern entsprach, sondern als Seth gestaltet war. Konnte es das sein? Einerseits war es äußerst ungewöhnlich, solch einen Krug in einem Zimmer aufzubewahren, andererseits war es ein ideales Versteck, denn niemand würde es so schnell wagen, den Aufbewahrungsort der Innereien eines Verstorbenen zu öffnen, zumal er auch noch Seth darstellte. Langsam näherte er sich der Figur. Er zögerte, denn immer noch hatte er Bedenken, den Krug zu öffnen. Entschlossen hob er schließlich den Deckel. Im ersten Moment konnte er nichts erkennen, doch dann sah er ihn. Es war der zusammengerollte Papyrus mit der magischen Formel! Wo aber war der Stein?

»Suchst du diesen hier?«

Die kalte Stimme ließ ihn erschrocken auffahren und schnell drehte er sich um, wobei der Krug umfiel und zerbrach.

»Oh, das wird Amenhotep gar nicht gern haben, und Seth erst recht nicht. Du hast seine Figur zerbrochen!« Sethnefer lächelte kühl und betrachtete gebannt den rot glühenden Stein in ihrer Hand, den sie aus einer sternförmigen Goldhülle genommen hatte. »Dachte ich es mir doch, dass man dir nicht trauen kann. Ständig habe ich Amenhotep vor dir gewarnt, aber mit diesem Stein hier fühlt er sich unantastbar und fürchtet niemanden. Ein Fehler, wie mir scheint.«

Die Seherin blickte bedrohlich auf Herikes, der sein Schutzamulett umklammert hielt und nicht recht wusste, wie er handeln sollte. Dann meinte er langsam:

›Der Heka-Stein ist nicht gut für unseren Pharao. Ich habe die Aufgabe von den Göttern erhalten, ihn vor diesen Gegenständen zu schützen.‹

»Götter? Sie alle fürchten nur einen, Seth! Und dieser will, dass der Stein der Macht in den Händen seines rechtmäßigen

Besitzers bleibt, was sicherlich du nicht verhindern wirst! Sobald mein Sohn Pharao sein wird, wird der Heka-Stein ihm gehören, und dann Gnade dem, der sich ihm und Seth in den Weg stellt!«

»Dein Sohn?«

»Oh ja, ich bin schwanger! Da es sich um Amenhoteps Sohn handelt, hat er allen Anspruch auf den Thron, zumal er seitens seiner Mutter göttlichen Ursprungs ist. Ich bin die Tochter Seths und das Kind ist sein Geschenk an Kemet. Sobek wird es heißen, und seine Macht wird unendlich sein. Seth aber wird der König aller Götter, und wehe dem, der sich weigert, dies zu akzeptieren!«

»Du bist ja völlig verrückt! Du glaubst doch nicht wirklich, die Tochter Seths zu sein! Im Übrigen steht schon der zukünftige Pharao fest. Thutmosis wird es sein!«

»Ach ja, dein Schützling. Ihn wollen wir doch nicht vergessen! Tja, ist er heute nicht auf der Jagd? Wie schnell kann da ein Unfall geschehen!«

»Du wirst es nicht wagen …«

»Ich? Was kann ich denn dafür, wenn sich ein tragischer Unfall ereignet?« Sethnefer blickte unschuldig, dann lachte sie auf und meinte: »Das Schicksal ist manchmal ziemlich grausam, findest du nicht? Sicherlich werden auch noch weitere potenzielle Kandidaten für den Thron dran glauben müssen. Leider kommt es schließlich allzu häufig vor, dass die Kinder Kemets vom plötzlichen Tode heimgesucht werden. Auch wenn du es nicht wahrhaben willst, aber ich werde diejenige sein, die dem Lande den zukünftigen Thronfolger schenkt, so will es Seth! Und nun kommen wir zu dir. Dein Talisman wird dich nicht ewig schützen können!«

Wie eine Furie stürzte sich Sethnefer auf Herikes. Er wehrte sich heftig, doch die Kette seines Schutzamuletts riss auseinander. Sethnefer entging es nicht, und triumphierend lächelte sie. Kalt blickte sie ihn an und hob eine Hand über ihn. Ein heftiger Schmerz durchdrang Herikes Körper, blind tastete er nach seinem Talisman und fand ihn. Sethnefer stieß wütend einen Schrei aus, als ihre Magie unterbrochen wurde. Sie versuchte erneut, Herikes das Amulett zu entreißen. Plötzlich erhellte sich der Raum, als Wadjet und Nechbet erschienen, um dem Jungen zu Hilfe zu eilen. Als Sethnefer sie erblickte, fauchte sie wild und begann, magische Worte zu murmeln, um sich vor dem Gluthauch des Feueratems Wadjets, und den scharfen Krallen und harten Schnabelschlägen Nechbets zu wehren.

»Bei Amun!«, keuchte Herikes und zog sich zurück, sein Amulett fest an sich gepresst. Einen Moment lang schaute er sprachlos den kämpfenden Gewalten zu, dann eilte er zu dem zerbrochenen Krug und griff nach dem Papyrus. Der Deckel, der die Form des Kopfes Seths hatte, lag direkt daneben. Plötzlich leuchteten die Augen der Figur auf, und ein gelblicher Nebel entstand, der einen Augenblick später die angsteinflößende Gestalt Seths enthüllte. Herikes wich zurück, stolperte und glitt zu Boden. Als Seth sein Zepter bedrohlich auf ihn richtete, kam jedoch ein überdimensionaler Falke aus dem Nichts und entriss der Gottheit seine Waffe. Horus! Dann flog das Tier wild um Seth herum und attackierte ihn mit Schnabel und Krallen, wobei er es gezielt auf die Augen abgesehen hatte. Wütend heulte Seth auf. Es war ein unheimlicher Laut, der direkt aus der Unterwelt zu kommen schien. Herikes blieb wie versteinert am Boden sitzen, als er die Stimme Nechbets vernahm:

»Herikes, nimm auch den Heka-Stein an dich! Beeil dich, wir können Sethnefers Magie nicht lange aufhalten!«

Der junge Mann besann sich und blickte sich nach dem Stein um. Er sah, dass Sethnefer ihn immer noch fest in ihrer Hand hielt. Mutig stürzte er sich auf sie und versuchte, ihr den Stein zu entreißen. Doch Sethnefer wehrte sich und entflammte einen grünen Strahl mit ihrer Magie, der fatal gewesen wäre, wenn ihn Herikes nicht mit seinem Amulett abgewehrt hätte. Der Strahl prallte ab und schlug zurück, wobei er Sethnefer direkt in den Unterleib traf. Der Aufschrei der Frau war fürchterlich. Sie verkrampfte sich, dann blickte sie auf und schaute ungläubig auf Herikes: »Mein Kind! Du hast mein Kind getötet! Wie konntest du es wagen!«

»Das hast du dir selbst zuzuschreiben!«, meinte Herikes, während er flink den Heka-Stein und dessen Behältnis ergriff, welches Sethnefer zuvor fallen gelassen hatte.

»Gut gemacht, Herikes, aber jetzt verschwinde von hier! Wir kümmern uns schon um Sethnefer«, hörte er Nechbet sagen, und er sah, wie Wadjet glühte und hypnotisierend auf Sethnefer starrte, die wie gebannt den Blick erwiderte.

Herikes warf noch einen letzten Blick auf die kämpfenden Essenzen der Götter im hinteren Teil des Zimmers. Er sah, dass nun auch Thot hinzugekommen war. Geistesgegenwärtig ergriff er den Fächer, der auf dem Bett lag, und eilte dann zur Tür hinaus, ohne sich nochmals umzudrehen.

Nachdem Herikes losgegangen war, um den Göttern zum Dank Opfer zu bringen, holte er das Pektoral des Prinzen ab und beauftragte den Goldschmied, ihm ein Kästchen anzufertigen, welches mit den Figuren Nechbets, Wadjets, Thots und Horus versehen werden sollte. Dort wollte er zukünftig den Heka-Stein und den Papyrus verwahren.

Zurück am Hofe war die ganze Dienerschaft in Aufruhr. Als er Tiaa das Pektoral übergab, erklärte ihm diese, was vorgefallen war. Sethnefer, die Seherin war von bösen Geistern heimgesucht worden, denn sie redete wirres Zeug, das keinen Sinn ergab. Außerdem war sie erblindet, ihre einst so wunderschönen blauen Augen waren nun farblos. Sie hielt sich ununterbrochen den Bauch und faselte etwas von Sobek, ihrem verlorenen Kind. Herikes wusste, dass diese Frau niemandem mehr schaden würde. Dem zukünftigen Herrscher drohte keine Gefahr mehr, denn die Götter hatten über die perfide Magie Seths triumphiert und Sethnefer bestraft.

Als Amenhotep an diesem Abend gemeinsam mit seinem Sohn Thutmosis heimkehrte und man ihm von den unerklärlichen Ereignissen berichtete, schien dieser sich nicht mehr an Sethnefer erinnern zu können.

»Sie war einst eine Tänzerin und wir haben sie im goldenen Haus aufgenommen?«

»Sie war eure Prophetin und persönliche Beraterin, mein Herr. Einst hieß sie Wedja, aber sie wurde in Sethnefer umbenannt«, erklärte der Tjati Amenope-Pairi dem Pharao.

»Ich dachte, du wärst mein Berater, Amenope. Was denn für eine Prophetin? Ich glaube nur an Fakten, ich brauche keine Seherin! Wie, sagtest du, war noch ihr Name, Sethnefer? Die Schöne des Seth? Eine Frau, die diesen Namen trägt, kann nichts Gutes bringen. Werft dieses Weib hinaus, soll sie ins Armenviertel gehen, um zu betteln. Du erwähntest, dass sie in meinem Gemach gewesen sein soll und dort einen Krug beschädigt hat?«

»Ja, Amenhotep. Einen eigenartigen Krug. Mir war er noch nicht aufgefallen.«

»Ich kann mich auch nicht an einen Krug erinnern. Vielleicht hat sie ihn ja mit hineingebracht. Wer weiß, was sie damit vorhatte. Werft die Tonscherben weg und seht zu, dass dieses Weib noch heute vom Hofe verschwindet!«

Keiner konnte sich diesen plötzlichen Erinnerungsmangel des Pharaos erklären. War Sethnefer doch stets eine seiner Favoritinnen und unantastbar gewesen. Doch schon bald stellten viele die Vermutung, die Prophetin habe Amenhotep all die Jahre in einem magischen Bann gefesselt und nun, da sich die Götter gegen sie gerichtet hatten, war dieser gebrochen. Einzig Herikes kannte die Wahrheit. Wadjet und Nechbet hatten nicht nur Sethnefer unschädlich gemacht, sondern auch dafür gesorgt, dass Amenhotep die Erinnerung um die Frau und den Stein der Macht verloren hatte. Der Pharao und seine Nachkommen waren gerettet, und Kemet stand nun eine ruhige und friedvolle Zeit bevor.

Tarek hatte sie geweckt und leise hatten sie sich aus dem Haus geschlichen. Die Straßenbeleuchtung war mittlerweile ausgegangen, doch das Mondlicht erhellte ausreichend den Weg. Es war mild draußen, trotzdem hatten sie ihre Jeans und Sweatshirts angezogen. Tarek hatte darauf bestanden, einen Rucksack mitzunehmen. Man konnte schließlich nie wissen, was man während eines nächtlichen Waldspaziergangs so alles finden würde, behauptete er unschuldig. Dass er damit den Papyrus meinte, war eindeutig.

Es war eine Vollmondnacht, die das Dorf kräftig erhellte. Die Stille, die es umhüllte, war fast unheimlich. Sie hatten die letzten Häuser des Ortes erreicht, die unweit des Waldes lagen. Tarek war stehen geblieben. Ein leichter Wind rauschte durch die Gräser und über das Laub hinweg. Die großen Schatten der Bäume bewegten sich gespenstisch im fahlen Licht des Mondes.

»So. Ab hier geht ihr allein weiter. Ich würde euch ja begleiten, aber es ist besser, wenn ich hier auf euch warte und die Straße im Auge behalte. Alexanders Informant hat uns vorhin gewarnt, dass Al Halabis Leute spitzbekommen haben, wo ihr seid. Wenn er eins und eins zusammenzählt, so wird er sich denken, dass der Papyrus hier irgendwo zu finden ist. Doc sorgt derweil dafür, dass einige Tilmidi bald zu uns stoßen werden und so für Verstärkung sorgen. Bis dahin gebührt allerhöchste Vorsicht. Von dieser geheimen Mission wussten bisher nur die wenigsten, um die Aufmerksamkeit Seths nicht unnötig zu erwecken, doch unter diesen Umständen ist es für uns besser, wenn wir bald Unterstützung bekommen. Ich werde hier auf euch warten. Und nun beeilt euch, die Zeit drängt.«

Tarek winkte die beiden weg und schaute sich besorgt um. Die Unruhe des Mannes missfiel Edoardo, doch er behielt einen klaren Kopf. Rasch nahm er Nirvin bei der Hand und zog sie davon.

Leise liefen sie die Straße weiter, bis sie den Waldweg erreichten, dessen weiße Kieselsteine gespenstisch unter dem fahlen Mondlicht schimmerten. Einige Meter weiter links von ihnen konnten sie schon das steinerne Kreuz erkennen, das den alten Friedhof kennzeichnete. Schnell hatten sie es erreicht.

»Und nun?«, wollte Nirvin wissen, denn keiner hatte ihnen erklärt, was sie eigentlich genau machen mussten.

»Ich weiß es nicht. Doc wollte uns keine genauen Anweisungen geben, und Tarek konnte oder wollte uns auch nichts sagen.«

»Übertreiben sie nicht ein wenig? Oder glaubst auch du an die böse Macht Seths?«

Edoardo hob zur Antwort nur die Schultern und betrachtete das Kreuz genauer. Irgendetwas war sonderbar daran. Das bleiche Mondlicht schimmerte geisterhaft durch ein Loch, das durch den unteren Teil des Kreuzes verlief.

»Was das wohl für ein eigenartiges Loch ist?« Auch Nirvin schien auf den merkwürdigen Hohlraum aufmerksam geworden zu sein.

»Vielleicht war hier einst die Figur Jesu angebracht. Dieses Loch liegt nicht allzu hoch. Womöglich würde es genügen, wenn ich auf das Podest klettere. Aber vielleicht wäre es einfacher, wenn ich dir eine Räuberleiter mache und du mal nachsiehst.«

»Hm«, meinte das Mädchen bedenklich, »drankommen würde man wohl auch so, aber um gut hineinsehen zu können, wäre es vielleicht bequemer, zumal das Podest brechen könnte. Hältst du das aus?«

Edoardo tat beleidigt:

»Aber klar doch, was denkst du denn? So schwer wirst du ja wohl nicht sein!«

Nirvin warf dem Jungen einen giftigen Blick zu, doch Edoardo hatte bereits den Rucksack abgenommen und die Hände zu einer Räuberleiter verschlungen, also schwang sie sich hoch, stützte sich mit einer Hand am Kreuz, mit der anderen an Edoardos Kopf und war schnell auf gleicher Höhe des Loches.

Der Junge schwankte zwar im ersten Moment ein wenig, dann aber beherrschte er sich gut und gab dem Mädchen ausreichenden Halt. Nirvin lehnte sich gegen das Kreuz, der Stein war kalt und rau. So gut es ging, spähte sie in das Loch, wobei sie sich immer noch strecken musste.

»Was siehst du?«, keuchte Edoardo.

»Bis jetzt gar nichts. Ich bräuchte eine Taschenlampe. Warte mal, ich werde das Loch untersuchen.«

Langsam führte Nirvin einen Finger in die Mulde und tastete Zentimeter für Zentimeter ab.

»Nirvin, vielleicht liegen wir ja falsch und hier ist gar nichts.«

»Tarek hat uns heute sicherlich nicht ohne Grund hierher geführt.«

»Aber wir waren auch am Friedhof weiter unten, an den Denkmälern der Gefallenen und am Rossertfelsen. Vielleicht sollten wir woanders suchen!«

»Aber hier waren wir auch! Und Tarek meinte, der alte Friedhof wäre der Ausgangspunkt«, beharrte das Mädchen.

»Schon möglich, aber vielleicht ist das Loch die falsche Stelle an der …«

»Warte mal, hier ist etwas!«

»Was denn?«, fragte der Junge gespannt.

»Ein Loch, ziemlich klein, ich bräuchte etwas … warte, vielleicht geht es hiermit.«

Nirvin griff nach dem Anhänger ihrer Kette, die sie von ihrer Mutter vermacht bekommen hatte und die sie stets bei sich trug. Der Anhänger war länglich und passte von der Breite her exakt in den Hohlraum, als wäre er dafür bestimmt.

»Nirvin, was tust du da? Ich kann dich nicht mehr lange halten!«

»Nur noch einen Moment, Ed!«

Konzentriert presste sie die Lippen zusammen und drehte ihren Anhänger, wie man es normalerweise mit einem Schlüssel tat. In diesem Moment jedoch taumelte Edoardo, er verlor das

Gleichgewicht, schrie kurz auf und dann lag er auch schon gemeinsam mit Nirvin am Boden.

»Ed, verdammt! Was sollte das denn?«, fragte das Mädchen wütend und rieb sich einen aufgeschrammten Arm.

»Das fragst du noch? Ich konnte dich nicht mehr halten! Au, tut mein Rücken weh!« Dann blickte der Junge auf das stabförmige Objekt, welches Nirvin in ihren Händen hielt. »Was hast du da?«

Auch Nirvin blickte auf das metallene Röhrchen. Es war nicht sonderlich groß, etwa so lang wie ein Kugelschreiber und hatte die Breite einer Cent Münze.

»Mit der Hilfe meines Anhängers habe ich es irgendwie herausziehen können. Es war so gut in dem Loch integriert, dass es mir vorerst überhaupt nicht aufgefallen ist. Aber was sollen wir damit?«

Der Junge kam näher und untersuchte den länglichen Gegenstand. »Hm, wie könnte man…? Warte mal, was ist denn das?« Vorsichtig kratzte Edoardo über die Oberfläche des Objekts.

»Was ist denn?«, fragte Nirvin neugierig.

»Sieh doch, es ist verschweißt!« Begeistert entfernte der Junge einen fest anliegenden Plastikschutz, der um den gesamten Metallzylinder verlief. Kurz darauf gelang es ihm dann, das Rohr in der Mitte aufzuschrauben. Aus seinem Inneren zog er etwas hervor, das aussah, wie ein Blatt Papier. »Der Papyrus!«, meinte Edoardo triumphierend.

»Nun mach schon!«, rief Nirvin ungeduldig.

Mit aller Vorsicht rollte der Junge das Pergament auf. Doch als er sah, um was es sich handelte, verwandelte sich sein strahlendes Gesicht in eine enttäuschte Miene. Nirvin schaute sich das Schriftstück an, das der Junge in der Hand hielt.

»Na ja, das wäre auch zu einfach gewesen«, meinte sie.

»Ich hätte es mir gleich denken können. Für einen Papyrus wäre dieses Röhrchen wohl viel zu klein. Was das wohl soll? Hier führt uns doch jemand an der Nase herum!«

Ungeduldig riss Nirvin ihrem Freund die kleine Schriftrolle aus der Hand und faltete verwirrt die Stirn. Sie las die Zeilen, die darauf verfasst waren und keinen wirklichen Sinn ergaben:

Eins liegt im Wald verborgen, in dieser Vollmondnacht,
es wird euch weiterleiten, doch bis dies ist vollbracht,
gedenket an die Helden, in Ehre fielen sie,
wo immer sie verstarben, vergessen sind sie nie.
Neun Krieger hatten Glück
und kamen erneut zurück.
Vier weitere blieben verschollen,
sind nie zurückgekommen.
Drei werden dafür sorgen,
dass noch vorm nächsten Morgen
des Rätsels Lösung ihr findet.
Bevor dies nun verschwindet,
merket euch die Ziffer!
Am hohlen Stein aus Schiefer
suchet erst den Baum
mit einem hohlen Raum,
der euch Durchblick verschafft,
dann habt ihr's fast geschafft.
Zur Rosserthütt' noch steiget,
ein jede Botschaft zeiget,
was hinter ihren Worten
in Wahrheit liegt verborgen.

»Verstehst du das?« Nirvin schaute Edoardo fragend an.

»Kein einziges Wort. Außerdem finde ich es mies gereimt. He, was soll denn das?« Der Junge deutete aufgeregt auf die Schriftrolle, und Nirvin ließ sie erschrocken fallen, als diese anfing zu qualmen und sich in Sekundenschnelle gänzlich auflöste.

»Nun verstehe ich wenigstens einen dieser merkwürdigen Sätze: Bevor dies nun verschwindet …«

»Ed, jetzt konzentriere dich doch mal! Wir müssen die Nachricht interpretieren!«

»Leider können wir sie aber nicht mehr nachlesen. An was erinnerst du dich noch?«

»Wir sollten uns eine Zahl merken, aber welche?« Nirvin kratzte sich grübelnd den Kopf.

»Das Schreiben erwähnte neun Krieger.«

»Aber auch von den vier Verschollenen war die Rede, und drei andere waren auch dabei.«

»Diese letzten drei waren wichtig. Sie sollen helfen, das Rätsel zu lösen«, meinte Edoardo.

»Also wird die Ziffer die drei sein. Aber vorsichtshalber merken wir uns auch die vier und die neun.«

»Nirvin, ich denke, die Spur führt zum Kriegsgefallenendenkmal!«

Edoardo sprang schon auf, als ihn das Mädchen zurückhielt.

»Der hohle Stein aus Schiefer wurde aber auch erwähnt und außerdem ein hohler Baum oder Hohlraum. Heute Morgen sind wir doch mit Tarek an diesem Felsbrocken vorbeigekommen, der diese Spalte hat, durch die man hindurchkriechen kann. Daher auch der Name hohler Stein. Von der Rosserthütte war ebenfalls die Rede.«

Edoardo überlegte kurz, dann meinte er:

»Zu der gehen wir zuletzt. Bis dorthin ist es schließlich ein ganz schöner Marsch. Aber du hast recht. Wir sollten vielleicht doch erst einmal zu diesem Felsen gehen. Er liegt ja nicht weit von hier!«

Nirvin holte sich ihren Anhänger zurück, dann machten sie sich auf den Weg zum hohlen Stein. Jedoch bemerkten sie nicht, dass jemand sie beobachtet hatte und ihnen auf einige Entfernung folgte.

In der Sonnenstadt Achet-Aton, die Echnaton der Sonnenscheibe
Aton geweiht hatte, hatte Prinzessin Merit-Aton den Platz ihrer
Mutter Nofretete als »Große Königliche Gemahlin« eingenommen
und war, nachdem ihr Vater und Pharao Echnaton verstorben war,
mit Semenchkare vermählt worden. Doch das Glück sollte nicht
lange währen, denn wie schon ihre anderen Schwestern so wurde auch Merit-Aton von der seltsamen Krankheit heimgesucht,
die schon den Rest ihrer Familie erleiden musste. »Der Fluch des
Seth«, so nannte ihre Dienerin die rätselhafte Krankheit und musste hilflos mit ansehen, wie ihre Herrin langsam zugrunde ging.

Als Merit-Aton verstarb und somit nur noch ihre Schwester
Anches-en-pa-Aton von den einst sechs Prinzessinnen überlebt
hatte, plante man eine erneute Hochzeit zwischen Semenchkare
und der letzten Tochter des Herrscherpaares Achet-Atons, damit
dieser den Platz als legitimer Pharao einbehielt.

Die Hochzeit stand kurz bevor, Anches-en-pa-Aton erhielt
den Titel »Erste Dame Ägyptens« und sogar Denkmäler, die
das zukünftige Königspaar darstellten, waren bereits angefertigt
worden. Doch je näher der große Tag rückte, desto schlechter
fühlte sich die Prinzessin. Besorgt stellte ihre treue Dienerin
Senjmen fest, dass auch sie die gleichen Symptome wie ihre verstorbenen Schwestern aufwies. Die Bedienstete war verzweifelt.
Sollte denn die ganze Familie ausgerottet werden und nicht le-
gitime Herrscher an ihre Stelle treten? War es wirklich der Fluch
Seths oder war es der Zorn sämtlicher Götter, die alle Nachkommen Echnatons beseitigen wollten? Seitdem der Pharao sich
radikal dem Aton-Kult zugewandt und somit Amun und allen
anderen Göttern den Rücken gekehrt hatte, ihre Tempel hatte
schließen lassen und die traditionellen Riten und Vorstellungen
um sie herum vermehrt verblichen, war es gut vorstellbar, dass
nicht allein Seth für das tragische Schicksal der Nachkommen

des Pharaos verantwortlich war. Allein Wadjet und Nechbet waren stets angesehen und taten alles, was in ihrer Macht stand, um die Königsfamilie zu schützen, doch gegen den Zorn aller weiterer Götter und den Fluch Seths schienen auch sie machtlos. Senjmen musste handeln. Würde sie damit gegen die Regeln verstoßen, so war es ihr egal, aber sie wusste, dass es nur eine Möglichkeit gab, Anches-en-pa-Aton zu retten.

Am Abend hatte sie das Kästchen herbeigeholt, das einst ihr Urgroßvater Herikes hatte anfertigen lassen und welches sich von den üblichen hölzernen Schmuckkästchen unterschied, da es aus purem Gold und mit wertvollen Steinen aus buntem Glas verziert war. Auf dem Deckel waren die silbernen Gestalten der Götter Horus und Thot, Nechbet und Wadjet dargestellt. Unter dem fahlen Licht des Vollmondes holte sie den Stein der Macht hervor. Dann nahm sie den Papyrus und eilte mit beiden Gegenständen zu ihrer Herrin. Die junge Prinzessin lag in ihrem Bett, bleich und verschwitzt. Sie war ungeschminkt und ihre Haare waren zerzaust, ihr Körper war in ein leichtes Leinentuch gewickelt. Das Mädchen blickte schwach auf Senjmen, als diese eine Bedienstete wegschickte, die neben der Prinzessin gesessen hatte, um sie mit kühlem Wasser abzutupfen.

Als Senjmen nun mit ihr alleine war, holte sie den Stein hervor, legte ihn Anches-en-pa-Aton auf die Brust und wollte grade damit beginnen, die Hilfe der einstigen Götter in Anspruch zu nehmen und um Verzeihung für das törichte Verhalten Echnatons zu bitten, als die Prinzessin mit heiserer Stimme fragte:

»Was tust du da?«

»Ich versuche, dich zu heilen«, erklärte Senjmen.

»Was ist das für ein Stein?«

»Das ist eine lange Geschichte. Bitte vertrau mir, ich werde versuchen, dir zu helfen.«

»Bist du so etwas wie eine Magierin?«

»Du solltest dich nicht allzu sehr anstrengen. Ich kenne mich nicht mit Magie aus, ich bin die Hüterin des Steins der Macht.«

»Der Stein der Macht? Ich habe schon davon gehört. Es heißt, er beinhalte die Macht sämtlicher Götter. Er ging aber irgendwann verloren.«

»Nein, er ist immer in der Nähe des Pharaos geblieben. Weißt du, die Götter, die dein Vater mit der Zeit mehr und mehr verleugnet hat, sind in Wahrheit genauso bedeutend wie Aton und sind tatsächlich durchaus mächtig.« Sie zögerte, als sie diese Worte ausgesprochen hatte, denn solch eine Äußerung gegenüber Aton im Hause Echnatons hätte durchaus ihr Leben kosten können. Doch als sie sah, dass Anches-en-pa-Aton sie bittend anblickte, fügte sie hinzu: »Was belästige ich dich mit diesem törichten Geschwätz, du bist doch noch viel zu jung, um über diese Dinge Bescheid zu wissen.«

»Vielleicht. Aber immerhin werde ich bald heiraten. Ich bin zwar noch jung an Jahren, doch ich denke, dass ich schon erwachsen genug bin, um dein Geheimnis zu erfahren und zu hüten.«

Senjmen war beeindruckt von so viel Reife eines noch so jungen Mädchens und meinte:

»Also gut. Ich werde dir die Geschichte erzählen.«

Sie begann, die Prinzessin über den Heka-Stein aufzuklären, wie er entstand und wie seine Kräfte durch die Vereinigung Kemets, das vorher in Ta-schemau und Ta-mehu eingeteilt war, in Konflikt gerieten und aus dem Gleichgewicht kamen, als Seth sich von Horus in den Hintergrund gedrängt fühlte. Sie berichtete von den Ereignissen, die sich seit dem Fund des Heka-Steins in der Nähe von Mentuhoteps Grabmal zugetragen hatten, und von ihren Vermutungen hinsichtlich der Todesfälle der königlichen Familie.

Eje, ein hoher Hofbeamter und Ratgeber des Pharaos, hatte aufmerksam zugehört und blickte nun triumphierend auf. Durch das Fenster, das vom abgelegenen Gemach Anches-en-pa-Atons auf eine friedliche Ecke im Garten gerichtet war und nicht allzu hoch lag, hatte Eje jedes Wort, das Senjmen gesprochen hatte, vernommen. Lange schon war er dem Stein der Macht auf der Spur. Gemeinsam mit Haremhab, dem Oberbefehlshaber des Heeres, hatte er vergeblich danach gesucht. Sie ahnten, dass es jemanden geben musste, der dem Pharao nahestand und über den Stein Bescheid wusste. Eine Zeit lang hatten sie sogar vermutet, dass der Pharao in dessen Besitz sei, doch dann war ihnen bewusst geworden, dass weder Echnaton noch Semenchkare von dem Heka-Stein erfahren hatten.

Senjmen also, wer hätte das gedacht! Würde es ihm gelingen, in den Besitz des Steines zu gelangen, so würde er der mächtigste Mann Kemets sein. Zwar hatte auch er um des Pharaos Willen Aton gehuldigt, doch dieser Wahnsinn musste nun ein Ende haben. Während ihm die angespannte Lage des Volkes Sorge machte, da es sich inständig weigerte, den alten Glauben abzulegen, um sich einem einzigen Gott zuzuwenden, der bisher als solcher nicht angesehen wurde, während die Priester und Beamte Wasets, die ihre Stellungen verloren hatten, für weitere Unruhen sorgten, so machte sich Haremhab Gedanken um Kemet, das komplett vernachlässigt wurde. Gebiete drohten, dem Reich verloren zu gehen, und das nur, weil der Pharao in einem Wahn lebte und ihn nichts anderes zu interessieren schien als Achet-Aton und sein neuer Glaube. Beide hatten erhofft, einen raschen Umsturz mithilfe des Heka-Steins herbeizurufen, doch in Wirklichkeit, so gestand Eje sich, ging es letzten Endes nur um eines: Macht.

Interessant war nun die Vermutung Senjmens, der zufolge hauptsächlich der Zorn Seths für die rätselhaften Erkrankungen der Prinzessinnen verantwortlich war. Seth, der, wie es schien, die Nachkommen Thutmosis bis auf den letzten vernichten wollte, da sie ihn als einen Dämon gleichstellten und weiterhin Horus und die anderen Götter vorgezogen hatten, ja am Ende gar Aton huldigten und nicht davor gescheut hatten, ihn ganz und gar abzuschreiben. Nicht einmal das Militär schenkte ihm mehr Beachtung. Über dem Königshaus schien demnach ein Fluch zu liegen, dem die Dienerin nun mithilfe des Heka-Steins und dem Beistand aller Götter ein Ende setzen wollte. Bisher hatte man den Zorn der Götter dafür verantwortlich gemacht, dass Nofretete nur weibliche Nachkommen gebar und sie alle auf seltsame Weise verstarben, um Echnaton für seinen falschen Gott zu bestrafen. Vielleicht aber war es wirklich der Fluch Seths, der auf der Königsfamilie lastete.

Nun gut, sollte Senjmen es eben versuchen. Es würde ihm schon noch gelingen, an den Stein zu kommen. Er war sich jedoch unsicher, ob er Haremhab die Neuigkeiten anvertrauen sollte. Sicherlich war Haremhab ebenfalls daran interessiert, den Unruhen im Land ein Ende zu setzen und vom Aton-Kult abzukehren, doch Eje würde ein würdigerer Diener Seths sein. Haremhab hatte zwar eine militärische Karriere hinter sich, was ihn eigentlich hätte zu einem Anhänger Seths machen müssen, doch der Oberbefehlshaber des Heeres blieb Horus treu, stammt er doch aus einem Ort, der Horus als Lokalgott feierte und dem er seinen Namen zu verdanken hatte. Nein, Haremhab war es nicht würdig, Besitzer des Heka-Steins zu werden! Seth aber würde ihm sicherlich beistehen. Auch wenn er lange nicht solch eine außerordentliche militärische Karriere wie Haremhab vorzuweisen hatte, so war er doch zumindest General der Streitwagentruppe und hatte große Ehrfurcht vor Seth. Er war ein geduldiger und intelligenter Mann. Seine Zeit würde noch kommen.

Anches-en-pa-Aton hatte aufmerksam zugehört. Leicht war es ihr gewiss nicht gefallen. Sie hatte die Augen geschlossen und sie nur manches Mal einen Spalt weit geöffnet, während sie hin und wieder schwach genickt hatte. Aber jedes einzelne Wort, das ihre Dienerin gesprochen hatte, hatte sie konzentriert aufgenommen. Würde sie mit dem Beistand Amuns und der anderen Götter wieder gesund werden, so würde sie ihnen für immer dankbar sein und sich ihnen erneut zuwenden.

Nun hatte Senjmen erneut den Papyrus zur Hand genommen und begann, die Formel zu zitieren, die sie Dank göttlicher Hilfe zu interpretieren wusste. Der Stein fing an, grell aufzuleuchten, ein leichter Rauch entfachte sich und umhüllte die Prinzessin, bis er wie aufgesaugt in ihrem Körper verschwand. Plötzlich setzte sich Anches-en-pa-Aton in ihrem Bett aufrecht, ihre Augen waren weit aufgerissen. Sie fing an, fürchterlich zu husten, wobei dunkler Rauch aus ihrem Mund entwich. Für den Bruchteil einer Sekunde meinte Senjmen, einen wütenden Schrei zu vernehmen. Schnell wich die düstere Wolke aus dem Zimmer und befreite Anches-en-pa-Aton von ihrem Fluch. Die Prinzessin war geheilt.

Semenchkare hatte soeben seinen Diener weggeschickt, als die dunkle Wolke ihn erreichte und in ihn eindrang. Qualvoll verzerrte Semenchkare das Gesicht, griff sich an seine schmerzende Brust und fiel tot zu Boden.

Was Senjmen nicht wissen konnte, war, dass der Stein zwar das Leben eines Mitglieds der Königsfamilie rettete, sich dafür jedoch ein anderes Leben nahm. In diesem Fall hatte es Semenchkare getroffen, der kein legitimer Nachfolger Echnatons war. Nun war Kemet ohne Pharao, doch schon bald entschieden die Priester und hohen Beamten, dass es von Vorteil war, den kleinen Stiefbruder Anches-en-pa-Atons als Thronfolger einzusetzen und ihn mit seiner Schwester zu vermählen. Tutanchaton war noch ein Kind, das man demzufolge beeinflussen vermochte und über das man außerdem bestimmen konnte.

»Sag mal, woher wusstest du eigentlich, dass man deinen Anhänger als Schlüssel benutzen kann?«, wollte Edoardo wissen,
während sie den Waldweg entlangliefen, der am hohlen Stein
vorbeiführte.

»Ich wusste es nicht, aber dies war der erstbeste Gegenstand
und er erschien mir geeignet. Aber irgendwie hatte ich es auch
im Gefühl, und etwas hat mich dazu gebracht, den Anhänger
wie einen Schlüssel zu benutzen.«

»Hm, eigenartig.«

»Was, mein sechster Sinn?«

»Nein, Nirvin. Wir hätten aber Tarek sehen müssen, als wir
eben zurück auf den Weg gekommen sind. Ich habe ein ungutes
Gefühl.«

»Jetzt mach mir keine Angst! Vielleicht hat er sich einfach ins
Dickicht zurückgezogen.«

»Schon möglich, aber trotzdem gefällt es mir nicht. Die Straße
ist gut überschaubar, und wieso sollte er sich den Umstand machen, hinter irgendein Gebüsch zu kriechen. Hoffentlich kommt
bald Verstärkung. Ich finde es plötzlich so unheimlich hier!«

»Mach dir mal keine Sorgen. Es wird schon alles gut gehen.
Siehst du, da ist auch schon der Felsen.«

Nachdem der Weg eine Kurve eingeschlagen hatte, erhob sich
ein größerer Felskoloss zu ihrer Linken. Einst war dieser Ge-
steinsbrocken ein beliebter Ort für Klassenfotos, auch kamen
hier viele Kinder her, um ihrer Fantasie bei abenteuerlustigen
Spielen freien Lauf zu lassen. Heutzutage aber war dies ein recht
einsamer Ort. Klassenfotos wurden, wenn überhaupt, auf dem
Schulhof aufgenommen und Computerspiele, Kino und Shop-
pingtouren waren viel interessanter als ein Ausflug in die Natur.

»Wir müssen einen Baum suchen, der einen Hohlraum verbirgt«, überlegte Nirvin.

»Na dann viel Spaß, an Bäumen mangelt es ja wirklich nicht!«
Edoardo blickte sich skeptisch um.

»Ed, komm mal her!«

»Was denn? Der Junge seufzte, trat dann aber zu Nirvin.

»Was fällt dir auf?«, fragte das Mädchen auffordernd.

»Nun ja, zu unserer Linken befindet sich der hohle Stein, zu unserer Rechten ein weiterer Felsen, dessen Name ich nicht kenne, im Hintergrund eine Schlucht und ein schlafendes Dorf, ansonsten stehen überall Bäume.«

»Schau doch mal genau hin! Zwischen dem hohlen Stein und dem anderen Felsen befindet sich ein Baum, der irgendwie anders aussieht als die restlichen.«

Edoardo blickte überrascht auf.

»Tatsächlich! Der Baum da, er sieht irgendwie aus wie ein verwunschener Baum aus dem Märchenbuch! Er hat einen anderen Stamm und sieht knotig und kräftiger aus als die anderen Bäume.«

»Er trägt auch keine Blätter!«, ergänzte Nirvin.

Wie auf Kommando rannten beide zu dem Baum hinüber, ohne Rücksicht auf den unebenen Boden zu nehmen, der ihren Lauf trotz der vielen Äste und Wurzeln nicht behinderte. Nirvin begutachtete den alten Baum, tastete gründlich den Stamm ab, dann scharrte sie Laub und Erde an der Wurzel beiseite, entfernte mit Leichtigkeit einen großen, flachen Schieferstein und blickte triumphierend auf.

»Ed, fühl mal, hier ist ein Hohlraum!«

Der Junge kniete sich neben das Mädchen und tastete ebenfalls den unteren Teil ab. Dann verschwand sein Arm in einem Spalt. Tief musste er sich hineinstrecken und achtete dabei nicht im Geringsten auf die Erde und das Laub, die sich dabei in seinen Locken verfingen.

»Und?«, fragte Nirvin ungeduldig, »ist da was?«

»Moment noch.«

Der Junge verzerrte angestrengt das Gesicht, dann richtete er sich auf und betrachtete argwöhnisch das Objekt, das er hervorgeholt hatte. Was sollte das denn?

»Eine Brille?«, fragte Nirvin enttäuscht.

»Eine Sonnenbrille!«, verbesserte Edoardo sie.

»Und was sollen wir mit einer Sonnenbrille bei Vollmond?«

»Ich weiß es nicht, Nirvin.«

Der Junge setzte die Brille auf, zog die Schultern hoch, da ihm nichts Ungewöhnliches auffiel, und nahm sie kurzerhand wieder ab.

»Befindet sich denn weiter nichts in diesem Hohlraum?«

Edoardo schüttelte den Kopf, und das Mädchen griff selbst in die Vertiefung, um sich zu vergewissern. Aber nach penibler Inspektion musste sie zugeben, dass der Baum nichts Weiteres verbarg.

»Von wegen Durchblick! Vielleicht hat irgendwer den Gegenstand entnommen und sich mit der Brille einen Scherz erlaubt«, meinte das Mädchen, doch Edoardo entgegnete ihr: »Das glaube ich nicht. Das ist ein gutes Versteck, und warum sollte jemand so etwas tun?«

Nirvin zog die Schultern hoch und schlug vor:

»Lass uns zu den Kriegsgefallenendenkmälern gehen, vielleicht bringt uns das weiter.«

Edoardo nickte, steckte die Brille in den Rucksack, erhob sich und folgte Nirvin, die bereits losgelaufen war. Kurze Zeit später erreichten sie einen unauffälligen Trampelpfad, der kaum erkennbar vom weiß gekieselten Waldweg hinab in Richtung Friedhof verlief und direkt an den Denkmälern endete.

Sie hatten Achet-Aton nun schon seit einigen Jahren verlassen und waren nach Men-nefer umgesiedelt. Aus Anches-en-pa-Aton, die sich gemeinsam mit dem jungen Pharao erneut dem alten Glauben zugewandt hatte und sich nun zu Ehren Amuns, dem König der Götter, Anches-en-Amun nannte, war eine hübsche junge Frau geworden, die immer noch das Geheimnis Senjmens hütete.

Tutanchaton, der nunmehr Tutanchamun hieß, war zu einem jungen Mann herangewachsen, der sich zum Ärgernis seiner Vertrauenspersonen, zu denen Eje und Haremhab zählten, immer weniger beeinflussen ließ. Besonders Eje, der als Tjati eine einflussreiche Machtposition besetzte, machte sich um die Aufmüpfigkeit des jungen Pharaos Sorgen. Tutanchamun ließ sich nicht mehr wie eine Marionette steuern, er hatte eigene Vorstellungen und Pläne für Kemet. Erst kürzlich hatte er einen von Haremhab geplanten Feldzug abgesagt, um neue Friedensabkommen mit fremden Völkern zu planen.

Nicht unbeteiligt an diesen Fantasien war Anches-en-Amun, die es stets für nötig hielt, ihrem König gute Ratschläge erteilen zu müssen, auf welche dieser mehr zu hören schien, als auf die aller anderen. Nach der Fehlgeburt ihres ersten Kindes hatte sich dies ein wenig gelegt, denn sie hatte sich zurückgezogen, doch nun war sie erneut schwanger und alle Trauer war vergessen. Das Königspaar war bester Stimmung und schmiedete unzählige Pläne für das Land. Die alten Tempel wurden wieder eröffnet und neue Bauten waren geplant.

Eje missfiel das Ganze. Keiner wusste, dass allein er für die Frühgeburt des ersten Kindes verantwortlich gewesen war. Er hatte fern von Kemet eine Pflanze gefunden, die eine Fehlgeburt verursachte und die niemand hierzulande kannte. Er hatte dafür gesorgt, dass man Anches-en-Amun einen Tee verabreichte, der aus diesem Gewächs gewonnen worden war. Er hatte die guten Kräfte dieser Pflanze gepriesen, die äußerst selten war und schwangeren Frauen Energie verschaffte. Nun würde er wohl erneut solch ein Gras auftreiben müssen. Ohne einen potenziellen Thronfolger würde alles einfacher sein.

Senjmen hatte den Heka-Stein und den Papyrus wieder gut verwahrt und an einen geheimen Ort gebracht, den nicht einmal Anches-en-Amun kannte. Sie selbst hatte es so gewollt, da sie der Meinung war, dass es das Beste für den Pharao wäre, wenn der mächtige Stein verborgen bliebe.

Eje hatte vergeblich versucht, das Versteck des Steines ausfindig zu machen. Er hatte die Hüterin Senjmen und die Wächterinnen Wadjet und Nechbet unterschätzt, und selbst Seth, um dessen Unterstützung er gebeten hatte, half ihm nicht sonderlich weiter. Er schmiedete deshalb weitere Pläne, um an die Macht zu kommen. Es durfte keinen Thronfolger geben, und auch der jetzige Pharao musste beseitigt werden, denn Eje konnte nicht ewig warten. Tutanchamun war jung, zwar ein wenig kränklich, aber dennoch hatte er mit ein wenig Glück noch einige Regierungsjahre vor sich. Außerdem wollte Eje von nun an die Dinge selbst bestimmen.

Er hatte einen neuen Streitwagen anfertigen lassen, prächtiger als alle anderen, Gold und Silber waren dabei im Überfluss verwendet worden. Es war ein außergewöhnliches Modell, das einzig und allein für den bevorstehenden Festzug vorgesehen war, da der Pharao von einer schweren Krankheit heimgesucht worden war und das hohe Fieber ihn sehr geschwächt hatte. Doch nun hatte er das Schlimmste überstanden und befand sich auf dem Wege der Besserung. Den Festzug wollte er keinesfalls versäumen. Der Wagen war demnach nicht wie die üblichen einachsigen Streitwagen, die von zwei oder gar drei Pferden gezogen wurden, sondern er war so konzipiert, dass man nur ein Pferd einzuspannen brauchte. Auch war er wendiger und viel angenehmer zu lenken, was für den Pharao von Vorteil war, denn er war zwar ein guter Lenker, aber beeinträchtigte ihn doch merklich seine Knochenkrankheit.

Einzig die Speichenräder waren noch nicht richtig befestigt worden, so hatte der Schmied Eje gewarnt, denn er benötigte bessere Nägel dafür, die er noch anbringen wollte. Doch gerade das ermutigte Eje zu seiner kühnen Handlung. Er konnte keine Zeit mehr verlieren. Die neuen Heilmittel des Arztes schienen zu wirken, und Eje konnte es nicht riskieren, dass sich Tutanchamun erneut von seiner Krankheit erholte. Noch am Vorabend hatte er dem Pharao daher von dem herrlichen Wagen vorgeschwärmt, den noch niemand zu Augen bekommen hatte und der speziell für den jungen Herrscher angefertigt worden war. Schließlich hatte er ihn verschwörerisch aufgemuntert, vor Tagesanbruch eine heimliche Runde zu drehen.

Das hatte der Pharao sich nicht zweimal sagen lassen, zumal er eine Vorliebe für Pferd und Wagen besaß und die ewige Bettruhe leid war. Noch vor Morgengrauen hatte Tutanchamun die Stallungen betreten und sich von Eje ein Pferd einspannen lassen. Berechnend hatte der königliche Berater einen jungen, unerfahrenen Hengst ausgesucht, der äußerst temperamentvoll und nervös war und den er die Tage zuvor ordentlich mit Hafer versorgt hatte. Es bereitete ihm einige Mühe, bis dass das Pferd eingespannt war. Nervös scharrte es mit den Hufen, sprang ungeduldig auf der Stelle herum und stieg mehrmals.

»Vielleicht sollten wir lieber ein anderes Tier nehmen. Du bist noch zu schwach und mit diesem hier kommt ohnedies nur Haremhab klar«, meinte Eje dann herausfordernd zu Tutanchamun.

»Du traust mir mal wieder wenig zu. Vergiss nicht, ich bin der Pharao, und mittlerweile komme ich besser mit dem Streitwagen klar als du, alter Mann!«, lachte der junge Pharao und bestieg den Wagen.

»Ich begleite dich zum hinteren Ausgang. Die Straße dort ist zwar nicht sehr breit, doch mit nur einem Pferd wirst du sie bequem befahren können. Ich will nicht, dass man den Wagen schon zu Gesicht bekommt. Er soll dem Volk erst zum Festtag vorgestellt werden.«

Eje führte das Pferd zum Ausgang, wobei er unauffällig die Zügel löste. Dann zog er den Riemen nach, der um den Leib des Tieres verlief und unter welchem er heimlich einen Dorn versteckt hatte. Kaum hatte er den Gurt kräftig angezogen, als das Tier sich panisch aufbäumte, sodann einen kräftigen Satz nach vorn tat und losstürmte, als würde es von Seth persönlich gesteuert werden.

Tutanchamun schrie auf, als er die Zügel anziehen wollte, diese jedoch locker auf dem Boden schliffen. Die höllische Fahrt war von kurzer Dauer, denn schon in der ersten Kurve gaben die Räder nach, die Achse brach, der Wagen prallte auf und überschlug sich, wobei der Pharao in hohem Bogen durch die Luft geschleudert wurde und hart auf dem steinernen Boden landete.

Eje eilte zu dem reglosen Körper Tutanchamuns, dessen Beine eine eigenartige Position angenommen hatten. Anscheinend waren sie gebrochen. Der Mann beugte sich über den Pharao und verärgert bemerkte er, dass dieser noch atmete. Ohne lange zu überlegen presste er entschlossen einen zerrissenen Stofffetzen auf Mund und Nase des jungen Königs, der sich kaum zu wehren vermochte. Und nur kurze Zeit später ließ Eje von dem leblosen Tutanchamun ab.

Aufmerksam schaute er sich um. Keiner hatte etwas bemerkt. So eilte er los, um das Pferd zurückzuholen. Er fand es schließlich mit weiß schäumendem Schweiß bedeckt und verängstigt zitternd unter einem Baum. Schnell befestigte er erneut die Zügel und lockerte den Gurt, um den Dorn zu entfernen. Dann rief er so verzweifelt wie möglich um Hilfe.

Es dauerte nicht lange und eine größere Schar von Priestern und Beamten kamen herbeigeeilt und versammelten sich erregt um die Unfallstelle. Der Arzt wurde gerufen, doch er konnte nicht mehr helfen. Schon bald zog man die ersten Schlüsse: Mal wieder hatte Tutanchamun sich nicht gedulden können und hatte trotz vorgeschriebener Bettruhe den neuen Streitwagen ausprobieren wollen, dessen Räder jedoch noch nicht richtig befestigt worden waren. Dies hatte fatale Folgen gehabt und dem jungen Pharao das Leben gekostet.

Den Friedhof erkannten sie schon aus einiger Entfernung, da er von vielen roten Kerzenlichtern beleuchtet wurde, die vereinzelt die Gräber erhellten. Edoardo war überrascht, denn er hatte sich einen Friedhof bei Vollmondnacht gruselig vorgestellt, doch die Ruhestätte verlieh widererwartend ein Gefühl von Ruhe und Frieden. Auch die steinernen Kriegsgefallenendenkmäler schimmerten hell im fahlen Mondlicht, sodass man die Inschriften deutlich lesen konnte. Die sieben Gedenksteine waren mit einer leichten Moosschicht bedeckt und halbkreisförmig angeordnet. Jeder von ihnen war mit der jeweiligen Jahreszahl gekennzeichnet, worauf die Namen und Daten der Kriegsopfer folgten.

»Was nun?«, fragte Nirvin unschlüssig, doch auch Edoardo schien ratlos zu sein. Da standen sie nun, mit einer Sonnenbrille bewaffnet und wussten nicht weiter.

»Ich setze noch einmal die Brille auf, wozu sollte sie sonst nützlich sein? Vielleicht verschafft sie mir ja tatsächlich den Durchblick« ,meinte Edoardo und Nirvin nickte zustimmend.

Kaum, dass der Junge die getönten Gläser vor die Augen gesetzt hatte, erhellte sich seine Miene und ein begeisterter Aufschrei schreckte das Mädchen auf.

»Was ist, was siehst du?«, wollte sie ungeduldig wissen und versuchte bereits, Edoardo die Brille abzunehmen, doch er verteidigte das gute Stück.

»Nirvin«, meinte er fasziniert »das ist einfach unglaublich!«

»Was denn? Spann mich doch nicht so auf die Folter! Ich will auch mal gucken!«

Endlich nahm der Junge die Brille ab und reichte sie ihr. Als Nirvin sie hastig aufsetzte, verschlug es ihr die Sprache. Einige der Namen und Daten, die auf den Denkmälern aufgelistet waren, erhellten sich phosphorartig und leuchteten in einem grellen Grün auf.

»Das sieht ja unheimlich aus!«, meinte das Mädchen und nahm die Brille wieder ab. »Was aber haben wir davon?«

»Keine Ahnung. Drei, vier und neun. Ich kann keinen Zusammenhang mit den beleuchteten Namen und Daten erkennen.« Der Junge kniete nieder.

»Drei, vier, neun … vier, drei, neun … neun, drei, vier …«, überlegte Nirvin.

»Neun, vier, drei. In keiner Reihenfolge ergibt das einen Sinn«, sagte Edoardo und schüttelte den Kopf, aber da packte ihn das Mädchen abrupt am Arm:

»Oh doch! Ich glaube, ich hab's! Ed, wie fing der Reim nochmals an?«

»Hm«, überlegte Edoardo. »Das war ein komischer Satz. Im Wald ist was verborgen …«

»Nein«, widersprach Nirvin, »wortwörtlich begann der Text so: Eins liegt im Wald verborgen … eins … verstehst du?« Ihre Augen leuchteten begeistert.

»Du meinst, es gibt noch eine weitere Ziffer?«

»Oh ja«, versicherte Nirvin voller Aufregung. »Und das ergibt dann: eins, neun, vier, drei. Neunzehnhundertdreiundvierzig!«

»Du glaubst …?« Kurz zögerte Edoardo, dann aber leuchtete es ihm ein. »Aber natürlich! Nirvin, du bist großartig!«

Begeistert tat er einen Schritt auf sie zu und umarmte sie. Nirvin errötete und meinte:

»Du wärst auch noch draufgekommen. Der erste Satz des Reims klang in der Tat recht merkwürdig. Er hat mich von Anfang an irritiert. Jedenfalls wissen wir nun, dass wir uns auf das Denkmal von neunzehnhundertdreiundvierzig konzentrieren müssen. Die Markierungen der anderen Steine sollen vermutlich nur ablenken.« Sie setzte erneut die Brille auf. »Drei Namen leuchten auf.«

»Drei werden dafür sorgen, dass wir des Rätsels Lösung finden, oder so ähnlich.«

»Genau, Ed. So stand es im Reim. Aber was sollen wir mit den Namen anfangen?«

»Hm. Mit den Namen vielleicht nichts, aber möglicherweise mit den Daten, die hinter den jeweiligen Namen angegeben sind. Jedenfalls kommen wir hier nicht weiter. Ich denke, wir sollten uns nun die Rosserthütte genauer ansehen.«

Mit diesen Worten zog der Junge einen Notizblock und einen Bleistift aus seinem Rucksack, notierte sich die aufleuchtenden Namen und die dazugehörigen Daten des Kriegerdenkmals 1943, dann machten sich die beiden Freunde abermals auf.

Es war eine längere und anstrengende Wanderung im Mondschein, die über unebene und steile Pfade führte. Wurzeln, Äste und Dornen schienen sie von ihrem Vorhaben abhalten zu wollen. Schließlich jedoch hatten sie ihr Ziel erreicht. Vor ihnen lag ein gewaltiger Felsen und zu seinen Füßen befand sich der überdachte Rastplatz.

»Hier wären wir nun. Und jetzt?«, schnaufte Nirvin.

»Hinter den Worten der Botschaft liegt etwas verborgen, so ungefähr hieß es.«

»Hm … die einzig erkennbare Botschaft ist dieses Schild dort.«

Das Mädchen deutete auf eine alte, hölzerne Tafel, die inmitten der Wand des Rasthäuschens an einen Holzbalken befestigt war und sich an die Besucher richtete.

Die Rosserthütte an ihre Gäste:
Gefällt's dir hier, so lass dich nieder
und strecke deine müden Glieder,
nimm auch 'nen kleinen Imbiss ein,
doch halte diesen Platz hübsch rein.

Tarek hatte sie auf das Schild aufmerksam gemacht und ihnen die Botschaft ins Englische übersetzt, als sie am Vortag hier gerastet hatten.

»Ich glaube nicht, dass uns das weiterbringt. Jedenfalls kann ich nichts mit diesem Spruch anfangen«, meinte Nirvin. »Vielleicht gibt es hier noch weitere Nachrichten?«

Doch Edoardo war schon auf eine Bank gestiegen, um die Holztafel mit einiger Mühe zu entfernen.

»Was tust du da?«, fragte Nirvin verwundert.

»Ich schaue, was hinter den Worten der Botschaft verborgen ist. Tarek hat uns nicht umsonst auf dieses Schild aufmerksam gemacht.«

Er reichte ihr schließlich die Tafel, doch als Nirvin die Rückseite betrachtete, war nichts darauf zu erkennen.

»Nicht dort. Reich mir mal die Taschenlampe.«

Nirvin gehorchte und schaute dem Jungen aufmerksam zu.

»Kannst du mir deinen Anhänger geben?«, bat er sie kurze Zeit später.

Das Mädchen griff zögernd nach ihrer Kette und reichte sie Edoardo. Anscheinend hatte der Junge etwas an der nun freigelegten Stelle des Holzbalkens entdeckt.

»Hier ist ein Loch«, meinte er und reichte Nirvin eine verrostete Schraube.

»Das ist ja ziemlich eigenartig. Du entfernst eine Schraube und entdeckst ein Loch«, bemerkte das Mädchen und Edoardo entging keineswegs ihr ironischer Tonfall.

»Die Schraube saß nicht fest, Nirvin. Dafür ist das Loch zu groß.«

Mit diesen Worten fügte er vorsichtig den Anhänger des Mädchens in die Vertiefung. Er schien abermals zu passen! Langsam drehte Edoardo daran, bis sie plötzlich ein Klicken vernahmen, dem weitere metallische Geräusche folgten. Erschrocken wichen sie zurück, als ein Teil der hinteren Steinmauer zu beben begann. Einer der Mauersteine, der sich unterhalb des Holzbalkens befand, an dem das Schild gehangen hatte, gab nun ächzend nach und trat etwa zwei Zentimeter aus der Steinmauer hervor. Edoardo zögerte nicht lange und zog den Mauerstein komplett heraus. Mit der Taschenlampe strahlte er nun in den hinterlassenen Hohlraum hinein.

»Wie bist du denn darauf gekommen?« Nirvin war sprachlos.

Gebannt starrte sie auf eine kleine Tastatur, die vom Strahl der Taschenlampe erfasst wurde.

»Keine Ahnung. Ich habe es einfach ausprobiert.« Auch der Junge war sichtlich überrascht. Er betrachtete das Zahlenschloss. »Ich glaube, wir brauchen nun unsere Daten«, überlegte Edoardo, während er Nirvin zu sich auf die Bank zog. Er deutete auf die Tastatur, die nun auch das Mädchen deutlich sehen konnte. Das Feld bestand aus zwölf kleinen Tasten. Die Zahlen gingen von null bis neun, außerdem war sowohl das Stern als auch das Rautezeichen vorhanden.

»Also tatsächlich die Daten«, meinte Nirvin fasziniert.

Edoardo hatte den Zettel bereits herbeigeholt und gab nun mit aller Vorsicht die Daten ein. Kaum war er damit fertig, als auch schon ein weiterer Mauerstein nachgab. Nirvin entfernte ihn eifrig, griff in die entstandene Öffnung und kurz darauf blickte sie andächtig auf das, was sie da in der Hand hielt.

»Der Papyrus! Nirvin, wir haben es geschafft«, jubelte Edoardo beim Anblick eines zylinderförmigen, durchsichtigen Behältnisses.

»Schokran!«, ertönte plötzlich eine raue Stimme hinter ihren Schultern, die beide Freude erschrocken auffahren ließ.

Als sie sich umdrehten, blickten sie in die böse funkelnden Augen eines schwarz vermummten Mannes, der blitzschnell handelte. Mit einem Mal hatte er den Papyrus an sich genommen, und als sich ein wütender Edoardo auf ihn stützte, sprangen zwei weitere düstere Gestalten aus dem Dickicht, die den Jungen packten. Nirvin kam ihrem Freund zu Hilfe. Sie sprang von der Bank aus auf einen Angreifer und schlug ihn, so fest sie konnte, doch sie war ihm unterlegen.

»Nirvin, pass auf! Der Typ haut mit dem Papyrus ab! Folge ihm, ich komme schon klar!«

Das Mädchen zögerte einen Moment. So wichtig dieses Schriftstück auch war, sie wollte ihren Freund nicht im Stich lassen. Plötzlich jedoch kam ein weiterer Schatten aus dem Dickicht gesprungen, der sich wütend knurrend auf die Männer stürzte.

»Lupo!«, rief Nirvin erleichtert. Sie warf einen letzten Blick auf Edoardo, bevor sie losrannte und die Verfolgung des Diebes aufnahm.

Der Hund, der ihnen bisher immer in Notlagen beiseite gestanden hatte und jedes Mal so rätselhaft verschwand wie er erschien, hatte einen der beiden Männer zu Boden gezerrt und ließ nicht von dem schreienden Mann ab. Edoardo hatte sich zwischenzeitlich von dem zweiten Angreifer befreit und ein größeres Holzstück ergriffen, mit dem er sich nun erfolgreich verteidigte. All seiner Wut ließ er freien Lauf, bis der Mann erschöpft am Boden lag.

»Euch schickt Al Halabi, nicht wahr?«, wollte Edoardo wissen, und schlug erneut zu, als er keine Antwort bekam. »Rede, oder ich lasse den Hund auf dich los!« Zur Bestätigung ließ Lupo nun von seinem Opfer ab und knurrte wütend in die Richtung des Mannes, sodass dieser verängstigt nachgab und bestätigend nickte.

Nirvin war dem Mann den Pfad hinunter gefolgt, der zu einem Rundweg führte. Der Dieb schien sich auszukennen. Irgendwie mussten Al Halabis Leute in Erfahrung gebracht haben, dass das Schriftstück in dieser Gegend verborgen lag. Dem Anschein nach hatten sie bereits ausgezeichnete Ortskenntnisse. Der Dieb verließ kurzerhand den Hauptweg, folgte verschiedenen Trampelpfaden, die bereits nahe der Häuser des Nachbarortes Eppenhain entlangführten. Dann aber entfernte er sich von der Siedlung und schlug einen verwitterten Weg ein, der erneut hinunter zum weiß gekieselten Spazierweg führte. Hier schlug er die Richtung ein, aus der sie gekommen waren. Mit ein wenig Glück würde Tarek ihn abpassen können, hoffte das Mädchen.

Doch als sie fast das Waldende erreicht hatten, vernahm man schon von Weitem den Lärm kämpfender Personen. Der Verfolgte blieb unschlüssig stehen, anscheinend wusste er nicht recht, was er tun sollte. Seine Verbündeten hatten alle Mühe, die eingetroffenen Tilmidi abzuwehren. Tarek erblickte Nirvin und den Mann, löste sich von der Gruppe und eilte auf sie zu. Der Mann wollte sich umdrehen und die Flucht ergreifen, doch das Mädchen war geschickt genug, ihm ein Bein zu stellen, sodass er stolperte und stürzte.

Der Mann schimpfte, als er dabei die Schriftrolle verlor und mit ansehen musste, wie Nirvin sie an sich nahm. Bei dem Versuch sich aufzurichten, hinderte ihn Tarek mit einem heftigen Faustschlag. Dann eilte der Tilmid zu dem Mädchen, legte ihr beide Hände auf die Schultern und blickte sie ernst an:

»Nirvin, wo ist Ed?«

»An der Rosserthütte«, schnaufte sie. »Er musste es mit zwei Gegnern aufnehmen. Ich muss zu ihm zurück!«

»Nein, wir kümmern uns schon um ihn. Du musst schleunigst weg von hier! Nimm den Papyrus und flieh in den Wald. Folge dem Weg, mit dem wir heute Morgen unseren Waldspaziergang begonnen haben. Erinnere dich, was ich euch auf der Lichtung erklärt habe. Die Männer Al Halabis haben mich überwältigt, sodass ich euch nicht mehr warnen konnte. Doch nun ist Verstärkung eingetroffen. Wir sind zwar in der Unterzahl, aber wir werden sie aufhalten können. Geh und bring den Papyrus in Sicherheit! Wir finden euch schon!«

Das Mädchen überlegte nicht lange und lief los. Sie hörte noch ein paar Schreie, doch sie drehte sich nicht mehr um. Ihr Herz pochte, ihre Beine begannen wehzutun und langsam ging ihr die Puste aus. Zwar lag der Weg, den Tarek ihr beschrieben hatte, weiter unten, doch sie konnte Edoardo nicht im Stich lassen. Erneut quälte sie sich daher den Trampelpfad hinauf, erreichte den Rundweg und lief so schnell sie nur konnte, doch ihre Beine zitterten bereits und mehrmals ging sie zu Boden. Sie biss die Zähne zusammen, raffte sich auf und hastete weiter, bis sie Edoardo direkt in die Arme lief.

»Nirvin! Geht es dir gut?«

Besorgt blickte der Junge auf Nirvin. Sie nickte.

»Wo sind die beiden Typen?«, keuchte sie außer Atem.

»Geknebelt und gefesselt, mit ihren eigenen Gürteln. Das habe ich vor allem ihm hier zu verdanken!«

Der Junge tätschelte dankbar den Hund, der freudig wedelte. Nirvin kniete sich erschöpft nieder und begrüßte Lupo. Sie drückte ihn fest an sich und streichelte ihn.

«Was ist mit dem Papyrus?«, fragte Edoardo besorgt und atmete erleichtert auf, als Nirvin ihm das zylinderförmige Behältnis übergab.

Vorsichtig öffnete der Junge es und zog langsam die wertvolle Schriftrolle heraus. Behutsam nahm er sie in die Hand und strich vorsichtig über sie, als er an all die großen Herrscher und Persönlichkeiten dachte, die sie lange vor ihm in den Händen gehalten hatten. Erstaunlicherweise war sie in einem hervorragenden Zustand. Kein solch antikes Schriftstück hätte sich jemals in solch einer ungewöhnlich guten Verfassung erhalten können. Womöglich war selbst das Material mit einem magischen Schutz versehen.

Nirvin hatte sich einigermaßen erholt und erhob sich. Neugierig blickte sie über Edoardos Schultern, als er die Schriftrolle ehrfürchtig aufrollte. Fasziniert betrachteten sie das, was zu Vorschein kam. Sonderbare Zeichen waren darauf abgebildet, die selbst Edoardo nicht verstand, obwohl er sich ausgiebig mit Hieroglyphen und den alten Schriften beschäftigt hatte. Lediglich einen abstrakten Ibis am Ende vermochte er zu erkennen, den er mit Thot in Zusammenhang brachte. Er meinte, auch noch Abstraktionen weiterer Gottheiten zu erkennen, nur die merkwürdigen Schriftzüge blieben ein Rätsel.

Vorsichtig rollten sie den Papyrus erneut zusammen, schoben ihn zurück in den Plastikzylinder und verstauten diesen im Rucksack. Dabei schilderte das Mädchen ihm von ihrer Verfolgung, von den Vorfällen am Waldrand und was Tarek angeordnet hatte. Gemeinsam machten sie sich auf und folgten eine Weile dem Rundweg.

»Warum kehren wir eigentlich nicht einfach zu Tareks Haus zurück?«, fragte Edoardo.

»Wenn Tarek mir gesagt hat, ich soll mich im Wald verstecken, so wird es schon seine Gründe haben, meinst du nicht? Sicherlich sind die Männer Al Halabis überall. Hast du dein Mobiltelefon dabei?«

»Nein. Ehrlich gesagt dachte ich nicht, dass ich es mitten in der Nacht brauchen würde.«

»Halb so schlimm. Tarek wird uns nicht ohne Grund zu diesem Waldweg geschickt haben. Er wird uns schon finden, und ich denke nicht, dass wir uns hier verirren werden. Allerdings sollten wir diesen Weg hier verlassen. Es wäre denkbar, dass wir ansonsten weiteren Feinden begegnen. Es ist einfach zu gefährlich, das Dorf zu erreichen. Al Halabis Leute scheinen die Gegend hier recht gut erkundet zu haben. Wir sollten besser den kleinen Pfad nehmen, den uns Tarek gezeigt hat. Er führt hinab und ist kaum erkennbar.«

Edoardo stöhnte. Der holprige Pfad war bei Tag schon schlimm genug gewesen. Ihn nochmals zu benutzen und obendrein noch bei Nacht entsprach gar nicht seinen Vorstellungen. Einige Male mussten sie über quer liegende Bäume klettern, oder unter Stämmen hinwegkriechen. Noch schlimmer aber wurde es, als sie den unterhalb verlaufenden Kieselsteinweg überquert hatten und den felsigen und verwucherten Pfad hinabkletterten, der steil an einer Felsgruppierung entlang in die Tiefe führte und durch das feuchte Moos glatt und schwer begehbar war. Einmal rutschte Edoardo aus und fiel auf den harten Felsboden, während Nirvin am Gestrüpp hängen blieb. Lupo schien das alles nichts auszumachen. Geschickt sprang er über jedes Hindernis, schnupperte mal hier mal da, spitzte ab und zu die Ohren, wenn er in der Nähe ein Geräusch vernahm, und hob die Nase in die Luft, wenn ihm der Wind den Geruch eines Waldtieres herantrieb. Schließlich aber stießen sie auf die kleine Lichtung, die sie bereits am Morgen aufgesucht hatten und die Tarek erwähnt hatte.

»Von dort aus sind wir heute Morgen gekommen.« Edoardo deutete in den dunklen Wald. Dann drehte er sich in die entgegengesetzte Richtung und meinte: »Tarek hat erklärt, dass der Weg dort hinten weiterführt.« Der Junge wies auf das Ende der Lichtung, wo zwar kein Weg erkennbar war, der Hund aber gezielt in genau diese Richtung lief, was die Kinder beruhigte. Sie folgten Lupo und erreichten einen engen Pfad, der sich durch einen immer breiter werdenden Wald schlängelte, der voller geheimnisvoller Geräusche war.

»Ed, ist das nicht unheimlich? Ich fühle mich hier wie im Zeitalter der Dinosaurier. Würde uns so ein Vieh über den Weg laufen, wäre ich kaum überrascht.«

»Nun mach mal halblang, Nirvin. Glücklicherweise müssen wir nur mit Anhängern des Al Halabi Clans rechnen.«

»Ein Dinosaurier wäre mir lieber. Wie weit gehen wir?«

»So weit uns dieser Weg hier bringt. Ich frage mich nur, wie Tarek uns hier finden will. Bist du sicher, dass dir niemand gefolgt ist?«

»Absolut! Die Tilmidi haben gute Arbeit geleistet.« Dann blickte Nirvin auf den Hund, der einige Meter vor ihnen an der Spitze trabte, so selbstverständlich, als kenne er sich hier bestens aus. »Findest du es nicht auch verrückt, dass Lupo erneut aus dem Nichts aufgetaucht ist?«

»Weißt du, Nirvin, allmählich wundert mich gar nichts mehr. Würden Wadjet oder Nechbet erscheinen, ich wäre keineswegs erstaunt!«

»Nun übertreibe mal nicht. Es genügt durchaus, wenn Tarek so abergläubisch ist. Wir hätten den Papyrus schon heute Morgen holen können, stattdessen haben wir all die Zeit vergeudet und müssen uns jetzt vor Al Halabis Leuten vorsehen und uns bei Nacht durch den Wald schlagen.«

»Vielleicht ist an der Sache doch etwas dran. Oder wie erklärst du dir sonst all diese Träume? Zuletzt hast du sogar von Tutanchamun geträumt!«

»Hm …« Nirvin hob die Schultern und blickte verlegen zur Seite, da sie keine Antwort parat hatte.

Erneut musste sie an ihre nächtlichen Visionen denken. Es war, als hätte sie während ihrer letzten Träume Anches-en-Amun verkörpert. Sie hatte deutlich die Symptome der Krankheit verspürt. Aber noch schlimmer war all das Leiden, das durch den Verlust ihrer Geschwister, ihres Kindes und ihres geliebten Gemahls verursacht worden war. Tief waren Trauer und Verzweiflung.

Sie liefen weiter, ohne ein Wort zu reden. Sie scheuchten eine Nachteule auf und sahen ein paar Rehe, welche die Flucht ergriffen, als der Hund ihnen einige Meter nachjagte. Schließlich erreichten sie eine asphaltierte Straße, die, wie sie vermuteten, für Waldarbeiter und Förster gedacht war.

»Und nun? In welche Richtung gehen wir?«, wollte Nirvin wissen.

»Lupo?«, fragte der Junge den Hund. Dieser blickte auf seine beiden Schützlinge, dann machte er sich auf und lief die Straße hinauf.

»Na toll! Ich wäre ja lieber bergab gegangen«, stöhnte Edoardo, machte sich aber dran, dem Hund und Nirvin zu folgen.

Die Straße stieg ziemlich steil an und brachte die Freunde zum Schnaufen. Schließlich erreichten sie eine Wegkreuzung. Links führte die Straße zu einem Natursteinwerk, rechts hingegen gabelten sich verschiedene Wanderwege. An einer gemütlichen Holzbank, die von einem Wanderverein gestiftet worden war, wie eine Inschrift besagte, setzte sich der Hund nieder.

»Was soll das?«, wunderte sich Edoardo.

»Anscheinend sollen wir hier warten. Also, setzen wir uns«, meinte Nirvin und gähnte.

Kaum hatten die beiden Platz genommen, als sie auch schon die Müdigkeit überkam. Sie redeten noch kurz über die Ereignisse und Nirvins Träume. Edoardo erklärte ihr, dass Ägypten einst in Ober- und Unterägypten geteilt war. Diese Teile waren bekannt als Ta-Schemau und Ta-Mehu, bevor sie dann als Kemet vereint wurden. Weiterhin erzählte er, dass die damalige Stadt

Achet-Aton nun als die Ruinen von Tell El-Amarna bezeichnet wurde und es sich bei Men-Nefer um das heutige Memphis
handle. Sie diskutierten nochmals über den Tod Tutanchamuns,
da Edoardo die Meinung der Wissenschaftler vertrat, wonach
der Pharao an Malaria verstorben war. Nirvin jedoch beharrte darauf, dass der Regent wohl an Malaria erkrankt war, dies
jedoch nicht die Todesursache war. Sie wusste, dass ihr Traum,
in dem es sich eindeutig um Mord handelte, der Wahrheit entsprach. Schließlich gab der Junge es auf, mit ihr darüber zu
diskutieren. Er lehnte sich zurück, ihm schmerzten die Beine.
Nirvin hingegen legte sich erschöpft auf die Bank, benutzte
Edoardos Schoß als Kopfkissen und einen Moment später fielen
ihr auch schon die Augen zu.

Der plötzliche Tod Tutanchamuns hatte besonders Anches-en-Amun getroffen, war er doch gerade dabei gewesen, den Kampf gegen die schwere Krankheit, die ihn so lange geplagt hatte, zu gewinnen! Das Mädchen hatte ihren Gatten sehr gemocht, wenngleich er mehrere Jahre jünger gewesen war als sie. Eje hatte versucht, sie zu trösten, doch sie mochte den Mann nicht und empfand sein Mitgefühl als Heuchelei. Hinzu kam, dass er plötzlich Ansprüche auf den Thron stellte, da das Land nicht ohne Herrscher bleiben konnte.

Desto erboster war Eje, als er herausfand, das Anches-en-Amun ohne sein Wissen schon einiges in Gang gesetzt hatte, um einen neuen Ehemann zu finden. Er hatte daher schnell gehandelt, nutzte die günstige Gelegenheit, da Haremhab noch nicht von seiner derzeitigen Expedition zurückgekehrt war, und berief sich auf den Beschluss des Götterrates, ihn als Nachfolger des verstorbenen Pharaos zu ernennen. Eje hatte auch dafür gesorgt, dass der fremde Prinz, der schon auf dem Weg nach Men-Nefer war, um Anches-en-Amun als Gattin zu nehmen, mit samt seinem Gefolge von einer Räuberbande überfallen und getötet wurde. Nun stand seiner Macht als zukünftiger Pharao nichts mehr entgegen.

Einen weiteren Schicksalsschlag musste die Tochter Echnatons kurz darauf erleiden. Kaum, dass sie mit dem neuen Pharao verheiratet war, verlor sie zum zweiten Mal ihr Kind. Man hatte dies dem vielen Stress und Leid zugeschrieben, welchen die junge Frau hatte ertragen müssen. Keiner ahnte, dass jedoch Eje dahintersteckte.

Eines Morgens ließ er Anches-en-Amun zu sich rufen, um mit ihr etwas unter vier Augen zu besprechen. Seine Gemahlin erschien, oder besser der Schatten der einst so hübschen Frau. Ihr Gesicht war bleich und eingefallen, die geschminkten Augen ausdruckslos. Selbst die Perücke, der kostbare Schmuck und die feinen Leinen, die sie trug, halfen keineswegs, das erschreckende Aussehen Anches-en-Amuns zu verbergen.

»Du hast mich rufen lassen«, sprach sie tonlos.

»Ja. Kommen wir gleich auf den Punkt: Nun da ich Pharao bin, habe ich ein Anrecht auf den Stein der Macht. Also, wo ist er?«

Anches-en-Amun schaute kurz auf. Das also war es, wonach Eje sich die ganze Zeit gesehnt hatte. Sie hätte es ahnen müssen. Ein leichtes Lächeln erhellte für einen kurzen Augenblick ihr Gesicht, als sie meinte:

»Tut mir leid, ich habe ihn nicht, auch weiß ich leider nicht, wo er sich befindet.«

»Das mag sogar stimmen, aber ich bin mir sicher, dass zumindest Senjmen weiß, wo er ist. Sieh zu, dass du ihn auftreibst. Noch heute vor der ersten Abendstunde will ich ihn in meinem Besitz wissen. Ansonsten wird es schlimme Konsequenzen für Senjmen und ihre Familie haben. Ich werde sie nämlich auslöschen, das verspreche ich dir! Sie hat kein Recht, etwas zu unterschlagen, das dem Pharao gehört. Das ist schlimmer als Diebstahl, und die Todesstrafe ist demnach vollkommen angemessen.«

Anches-en-Amun sah ihren Gemahl mit finsterer Miene an. Woher wusste er überhaupt so viel? Wie konnte er es wagen, die Hüterin des Heka-Steins dermaßen zu bedrohen?

»Glaube mir, der Stein ist am besten dort aufgehoben, wo er sich zurzeit befindet. Sicher kann er dem Pharao beistehen, aber er ist ein äußerst gefährliches Werkzeug, das nicht nur Macht erbringt, sondern auch Leid und Zerstörung, wenn man allzu gierig ist. Oder ist es eher die Angst, die dich bei dem Gedanken überkommt, wie wütend dein guter Freund Haremhab sein wird, wenn er zurückkehrt und feststellt, wie du ihn hintergangen hast? Wenn ich mich recht erinnere, strebte auch er danach, Pharao zu werden. Bist du ein guter und gerechter Herrscher, so wirst du keinen Stein benötigen, um erfolgreich zu regieren und dich vor dem Zorn Haremhabs und anderer zu schützen.«

»Das, liebe Anches-en-Amun, lass meine Sorge sein. Sieh zu, dass der Heka-Stein und der Papyrus bis zur ersten Abendstunde auftauchen und nun geh!«

Kaum hatte sie Eje verlassen, ließ sie nach Senjmen rufen. Sie traf sie im Garten, in der Nähe der Dattelpalmen und Feigenbäume, derer kühler Schatten an diesem heißen Tag von so manchem aufgesucht wurde, um sich auszuruhen.

»Gehen wir zur Laube hinüber«, meinte Senjmen, der die besorgte Miene Anches-en-Amuns nicht entgangen war. »Da sind wir ungestört, zurzeit hält sich dort niemand auf.«

In einer traubenbewachsenen Pergola aus Papyrusstängeln setzten sie sich nieder, und die königliche Gemahlin berichtete Senjmen, was geschehen war.

22 ERNEUTE REISE

Edoardo schreckte auf, als er ein Motorgeräusch vernahm. Auch er musste eingeschlafen sein, denn mittlerweile hatte sich der Himmel rosa gefärbt und es dämmerte bereits. Auch Nirvin rieb sich jetzt verschlafen die Augen und horchte auf. Beunruhigt stellte der Junge fest, dass der Hund verschwunden war. Dann sah er auch schon das näherkommende Auto und atmete erleichtert auf, denn das auffällige dunkelgrün des Kleinbusses war unverkennbar. Am Steuer saß Doc, neben ihm Lex und hinter dem Beifahrersitz war die dunkle Mähne Marias erkennbar. Der Wagen war noch nicht ganz zum Stehen gekommen, als die Frau auch schon besorgt heraussprang, kurz stolperte, zu den Kindern lief und sie fest an sich drückte.

»Alles in Ordnung?«, fragte sie besorgt und schien sichtlich erleichtert zu sein, als beide nickten. Auch Alexander und Roby Lex waren ausgestiegen.

»Wie habt ihr uns denn gefunden?«

Edoardo war verblüfft, aber Doc lachte vergnügt und meinte: »Schau mal ins Vorfach deines Rucksackes.«

Der Junge öffnete den Reißverschluss, griff in den leergeglaubten Vorderbereich und zog stirnrunzelnd eine kleine dunkle Box hervor.

«Was ist das?«, wollte er wissen, als auch Nirvin den rätselhaften Gegenstand begutachtete.

»Ein GPS-Tracker. Damit konnten wir euch orten«, kam die prompte Antwort von Lex.

»Schließlich sind wir nicht umsonst mitgekommen. Maria hat sich vor der Abreise von ihrem Kollegen Donas alle brauchbare Technologie mitgeben lassen.«

Edoardo lächelte bei dem Gedanken an den stotternden Computerforensiker Henry Donas, der ein wahres Computer- und Hightech-Genie war.

»Ihr habt es also?«, wollte Alexander wissen, worauf Edoardo nickte.

»Wo ist Tarek?«, fragte Nirvin besorgt.

»Keine Sorge«, beruhigte sie Alexander, »er hat eine unruhige Nacht hinter sich und ruht sich nun aus. Dann muss er wieder an seine Arbeit. Er lässt euch grüßen und wünscht gute Reise.«

»Gute Reise? Heißt das …?«

»Genau. Eure Mission ist hier erfüllt. Nun geht es weiter. Meine Informanten haben wichtige Neuigkeiten. Dein Großvater, Nirvin, ist dem Pentakel dicht auf den Fersen. Ihr müsst ihm unbedingt zuvorkommen, denn sollte es ihm gelingen, es vor euch zu finden, so besteht höchste Gefahr. Mit der Schriftrolle hattet ihr heute Nacht großes Glück, aber Al Halabi wird weiterhin darum bemüht sein, sich den Papyrus anzueignen. Das wäre das Ende!«

»Du meinst, dieser Stein existiert also definitiv? Das ist ja verrückt! Und wohin reisen wir nun?«, wollte Nirvin wissen.

»Das erklären euch Maria und Lex, nachdem ihr mich am Flughafen abgesetzt habt.«

»Du kommst nicht mit uns?« Edoardo war sichtlich enttäuscht.

»Ich werde zurückfliegen, da ich weitere Maßnahmen ergreifen muss, um die Tilmidi für den Notfall vorzubereiten. Es war eigentlich nicht vorgesehen, zu diesem frühen Zeitpunkt außer der Schriftrolle auch noch den Heka-Stein sicherzustellen. Ihr jedenfalls werdet mit dem Auto weiterfahren. Ich habe veranlasst, dass für euch ein Wagen am Flughafen bereitsteht.«

»Wieso fliegen wir nicht?«, wollte Nirvin wissen.

»Erstens wimmelt der Flughafen nur so von Al Halabis Leuten, sodass ich es für zu riskant halte, wenn sie mit solcher Leichtigkeit von eurem Reiseziel erfahren. Zweitens ist dieser Ort unbequem per Flugzeug zu erreichen.« Dann, während Maria und Lex bereits in den Wagen gestiegen waren, ging Alexander in die Hocke und gab den beiden Freunden ein Zeichen, sich dicht zu ihm zu beugen. Dann flüsterte er ihnen zu: »Schade, dass es an diesem Ort außer den Kapuzinern nur noch den Franziskanerorden gibt. Das andere Kloster… na ja. Fragt den buckeligen Greis nach Lupo, verstanden?« Sowohl Nirvin als auch Edoardo blickten sich fragend an, dann schauten sie verwirrt auf Doc. Was sollte das denn schon wieder heißen?

»Ach, schaut nicht so dumm. Ihr werdet des Rätsels Lösung schon finden«, meinte Alexander darauf hin vergnügt, erhob sich und zwinkerte ihnen lachend zu, bevor er die hintere Wagentür öffnete. »So, nun wird es aber allerhöchste Zeit.« Mit einer Geste forderte er seine Schützlinge auf, einzusteigen. »Machen wir, dass wir hier wegkommen, bevor wir noch Ärger bekommen. Schließlich ist dieser Weg hier nur für Waldarbeiter und Personal des Steinwerks gedacht.«

Sie stiegen in den Wagen und fuhren los. Diesmal saß Lex am Steuer, Maria auf dem Beifahrersitz, während sich Alexander zu den Kindern gesetzt hatte. Beruhigt stellte Edoardo fest, dass man auch an ihr Reisegepäck gedacht hatte.

»Doc?«, fragte Edoardo nach einer Weile. Er hatte den Papyrus aus dem Rucksack genommen und aufmerksam studiert. »Ich verstehe die Schriftzeichen nicht. Es handelt sich wohl kaum um Hieroglyphisch oder Hieratisch. Diese Schrift habe ich noch nie zuvor gesehen.«

»Nun, vielleicht aber bist du bereits auf eine ähnliche Schrift gestoßen. Sie wurde im Reich von Kusch, also Nubien benutzt, als dies noch zu den ägyptischen Provinzen zählte. Sie wurde von den ägyptischen Schriftzeichen abgeleitet und man nennt sie meroitische Schrift, die zwar entziffert wurde, aber unverständlich ist. Die Schriftzeichen dieses Papyrus weichen dennoch ein wenig ab, doch die Ähnlichkeit ist nicht abzustreiten. Rätselhaft ist nur, dass die meroitische Schrift wahrscheinlich erst im dritten Jahrhundert vor Christus entstanden ist, diese Schriftrolle jedoch viel älter ist. Aber wie ich bereits erwähnte, sind die Zeichen nicht eindeutig identisch. Nur wenige Menschen waren dazu fähig, die Formel zu interpretieren. Es bedurfte der Hilfe der Götter, selbst wenn es sich dabei um Seth handelte, der das Geheimnis der Schriftzeichen offenbarte. Doch nun tue mir bitte einen Gefallen und verstaue die Schriftrolle wieder gut im Rucksack, dass ihr sie mir ja nicht mehr aus den Augen lasst!«

Dann schwieg Doc und jeder versank in seine Gedanken. Besonders Edoardo grübelte vor sich hin. Nicht nur der Papyrus beschäftigte ihn. Was ihm keine Ruhe ließ, waren die verworrenen Worte Docs. Was hatte es mit dieser Andeutung auf ein Kloster auf sich, und warum sollten sie nach Lupo fragen?

Auch Nirvin war nachdenklich. Wo wohl die Reise hinführte? Ob sie das Rebus knacken würden? Würde es ihnen gelingen, den legendären Heka-Stein vor ihrem Großvater zu finden?

Senjmen blickte besorgt drein, als Anches-en-Amun ihr von den Forderungen und Drohungen Ejes berichtet hatte.

»Könnten wir ihm nicht einen falschen Stein geben? Er würde es doch nicht bemerken, schließlich kann er nicht wissen, wie der Heka-Stein genau aussieht«, schlug die Tochter Echnatons vor.

»Früher oder später würde er es bemerken. Das ist keine Lösung. Aber du bringst mich da auf eine Idee. Wir könnten ihm einen falschen Stein zukommen lassen und die Schriftrolle fälschen. Das wäre ein guter Zeitgewinn. Inzwischen könnte ich fliehen und meine Familie in Sicherheit bringen. Mein Mann ist bereits verstorben und wir sind kinderlos geblieben, doch sowohl meine Eltern als auch mein Bruder leben noch, sie werde ich in Sicherheit bringen müssen. Den Heka-Stein könntest du aufbewahren, so würde er für den Notfall in der Nähe des Pharaos bleiben. Nur um dich habe ich Angst. Eje ist zu allem fähig, dessen bin ich mir nun absolut sicher!«

»Was meinst du damit, Senjmen?«

»Ich wollte es dir nicht erzählen, um dich nicht zu beunruhigen, aber es ist wohl richtig, dass du es erfährst.«

»Senjmen, jetzt rede schon!«

»Nun, du weißt, dass mein Bruder Puiemre nicht nur Heiler ist, sondern auch als Priester bei der Bestattung Tutanchamuns dabei war. Als sein Körper gewaschen war und auf dem Balsamierungstisch lag, um die Organe zu entnehmen, fielen meinem Bruder einige Einzelheiten auf, die dem königlichen Arzt wahrscheinlich entgangen sind. Zwar hat der Pharao anscheinend mehrere Beinbrüche erlitten, doch ansonsten wies er keinen weiteren tödlichen Bruch auf. Im »Haus des Lebens« hatte man schon schlimmere Brüche behandelt. Was Puiemre jedoch beunruhigte war etwas anderes. Einige Merkmale deuteten darauf hin, dass Tutanchamun erstickt wurde. Mein Bruder erkannte einige typische Eigenschaften, behielt es jedoch für sich, da Eje sich merkwürdig verhielt und alles daran setzte, den Pharao so schnell wie möglich zu beerdigen. Dies berechtigte er mit der Erklärung, dass die Dämonen, die für die Krankheit Tutanchamuns verantwortlich waren und von der er noch bis zum Ende hin befallen gewesen war, neue Opfer suchen würden. Man hat ihn daher innerhalb sehr kurzer Zeit mumifiziert. Mein Bruder sagt, so schlecht wurde bisher noch niemand bestattet. Der Leichnam sollte so schnell wie möglich ins Grab kommen. Ich befürchte, Eje hat sich nicht einmal an die nötigen Riten und Zeremonien gehalten. Puiemre hat sich daraufhin mal im Stall umgesehen. Es erschien ihm eigenartig, dass allein zwei nicht gut befestigte Räder für alles verantwortlich sind, denn es benötigt an hoher Geschwindigkeit, um sie so schnell zu verlieren und einen solchen Überschlag zu verursachen. Also: Warum rannte das Tier dermaßen, und warum konnte man es nicht kontrollieren? Es ist doch unwahrscheinlich, dass Tutanchamun an diesem Morgen allein war. Er hat keines seiner Pferde genommen, sondern eines, das er nicht kannte und das unter anderem eine merkwürdige Wunde genau unter dem Bauchriemen aufweist, was doch ziemlich eigenartig ist. Woher wusste der Pharao, dass der Wagen bereits in den Stallungen war? Warum wollte er ausgerechnet am frühen Morgen damit fahren, und all dies, obwohl er noch krank und zu schwach dafür war? Dies sind natürlich alles nur Vermutungen, würde aber einiges erklären.«

»Du meinst, jemand hat Tutanchamun ermordet? Aber natürlich! Der Schmied erklärte, Eje habe als einziger gewusst, dass die Räder nur provisorisch befestigt waren, und Eje war an diesem Morgen als erster an Ort und Stelle. So besessen wie er auf den Thron war, würde ich ihm alles zutrauen. Er wollte es wohl nicht riskieren, dass Tutanchamun sich von seiner Krankheit tatsächlich erholt. Außerdem kam es ihm gerade gelegen, dass Haremhab zu dem Zeitpunkt außer Lande war, denn sonst wäre es für ihn alles andere als einfach gewesen, Pharao zu werden. Na ja, nun weiß ich wenigstens, welches womöglich die wahre Todesursache Tutanchamuns sein könnte und welch perfiden Gemahl ich habe. Und noch etwas, Senjmen! Hältst du es für möglich, dass ich durch ihn meine Kinder verloren habe? Er schien so erleichtert über meine Fehlgeburt und meinte, dass das Schicksal einen Nachkommen seines Fleisch und Blutes vorgesehen habe.«

»Nun, sicher ist es nicht, aber ich könnte es mir vorstellen. Anches-en-Amun, unter diesen Umständen werde ich dich keinesfalls allein am Hofe zurücklassen. Du schwebst in Lebensgefahr!«

»Ich werde nicht am Hofe bleiben, Senjmen. Wenn es euch recht ist, werde ich mit euch kommen. Und den Stein nehmen wir ebenfalls mit.«

»Was redest du da? Du bist die königliche Gemahlin!«

»Die königliche Gemahlin, dessen machtbesessener König über Leichen geht und keinen Anspruch auf den Thron hat. Und wenn er nicht mehr regiert, so wird sehr wahrscheinlich Haremhab seinen Platz einnehmen, der auch nicht viel besser ist. Ganz sicher werde ich nicht zulassen, dass einer von ihnen den Stein bekommt!«

»Also gut, Anches-en-Amun. Ich hoffe, du weißt, dass du somit auf dein bisheriges Leben verzichten werden musst und deine Identität löschen wirst. Ich werde mich bemühen, bis zur ersten Abendstunde einen passenden Stein gefunden und eine ähnliche Schriftrolle entworfen zu haben. Dann werde ich meine Familie informieren. Meine Eltern sind nicht mehr die jüngsten, aber sie sind stark und gesund. Mein Bruder wird uns auch begleiten. Halte du dich bereit, nachdem du den Stein abgegeben hast, und sei auf der Hut!«

»Ich denke, wir werden bestimmt ein Schiff finden, das noch heute abfährt«.

»Nein! Das wäre zu gefährlich und riskant. Die Personen an

Bord müssen eingetragen werden, und man sieht sich diejenigen genau an, die mitreisen wollen. An den Wachen werden wir also nicht vorbeikommen. Ich denke, dass heute Abend noch eine letzte Karawane Men-Nefer verlässt. Manche bevorzugen es, nachts zu reisen, da es nicht allzu heiß ist. Wir könnten uns ihnen anschließen. Zwar ist es sicherlich nicht sehr bequem, und wir werden auf eine Sänfte verzichten müssen, doch nur so erregen wir kein Aufsehen.«

»Gut, informiere dich genau und gib mir Bescheid, wann es losgeht.«

Die Frauen trennten sich. Beide waren angespannt und nervös, aber trotzdem waren sie voller Hoffnung und neuen Mutes.

Nachdem sie Doc am Flughafen abgesetzt und das Auto gewechselt hatten, ging die Fahrt weiter durch den Süden Deutschlands. Nach mehreren Stunden Autobahn, die an idyllischen Dörfern, grünen Wiesen, Wäldern und Tälern vorbeiführte, wechselte das Flachland vermehrt zu einer Berglandschaft, und schließlich erreichten sie Österreich. Nach einer kurzen Rast nahmen sie die Reise erneut auf. Auch hier war die Aussicht aus dem Fenster wunderbar. Auf einigen Bergspitzen lag noch ein wenig Schnee, und die einzig größere Stadt, an der sie vorbeikamen, war Innsbruck. Kurze Zeit später schlängelte sich die Autobahn durch die Berge Italiens, bis sie schließlich ihr Ziel erreichten. Edoardo und Nirvin wunderten sich, als der Beamte sie an der Zahlstelle der Autobahnausfahrt mit »Grüß Gott« begrüßte und sich mit »Pfiadi« verabschiedete.

»Wieso redet der Mann nicht Italienisch?«, wunderte sich Edoardo. »Das hörte sich fast so an wie Deutsch.«

»Nun«, erklärte Lex, »das war es in der Tat. Oder vielleicht sollte ich es besser als ein österreichisches Deutsch definieren. Ihr werdet merken, dass viele Leute hier Deutsch oder Ladinisch sprechen. Letzteres ist eine Sprache für sich, die man nur hier kennt. Ihr müsst wissen, dass dieser Teil Italiens einst zu Österreich gehörte, dann aber dem italienischen Staat unter Mussolini gestiftet wurde. Natürlich hat das viele Bewohner missgestimmt. Von einem Tag auf den anderen wurden sie Italiener. Daher behielten sie nicht nur ihre Sprache bei, sondern auch all ihre Traditionen und Gebräuche. Darauf legen sie viel Wert. Mittlerweile haben sich die nachkommenden Generationen natürlich angepasst, und so sprechen die meisten von ihnen auch Italienisch. Aber ihr werdet merken, dass dieser Ort ein ganz außergewöhnlicher ist, den man keinesfalls mit Italien vergleichen kann und der sowohl deutschsprachige als auch italienischsprachige Bewohner beheimatet.«

Kaum hatte Lex dies ausgesprochen, als ihnen auch schon die nächste Ausgefallenheit auffiel. Tatsächlich begrüßte sie ein zweisprachiges Schild, auf welchem man als Erstes las: Willkommen in Bozen!

Bozen war ein kleines, ordentliches Städtchen, kein Vergleich zu dem chaotischen Rom, wie Maria bemerkte. Ihr Hotel lag zentral, ganz in der Nähe von Busbahnhof und Dom. Es wimmelte nur so von Touristen. Ganze Horden kamen die Straße entlang vom Bahnhof aus in Richtung Innenstadt. Busse parkten vor dem Hotel, aus dem einige Gäste bewaffnet mit Rucksack und Fotoapparat eilten. Andere wiederum betraten das Hotel schwer bepackt, als hätten sie die Absicht, sich für längere Zeit in Bozen niederzulassen. Die Damen am Empfang hatten alle Hände voll zu tun. Trotzdem waren sie überaus freundlich und wiesen den vieren ihre Zimmer zu. Maria teilte sich eines mit Nirvin und Edoardo belegte ein Zimmer mit Roby Lex.

»Ist das nicht wie in alten Zeiten?«, meinte Maria fröhlich und erinnerte sich an den vergangenen Sommer, als sie sich in Hurghada ebenso das Zimmer geteilt hatten.

»Nur, dass ich diesmal darauf achten werde, mich nicht entführen zu lassen«, äußerte Nirvin spitz.

»Das will ich doch hoffen! Erinnere mich bloß nicht daran, sonst mache ich kein Auge zu!«

Die beiden machten sich frisch und trafen sich kurz darauf im Speisesaal zum Abendessen mit Lex und Edoardo. Alle waren ziemlich erschöpft von der langen Autofahrt, vor allem Lex und Maria, die abwechselnd am Steuer gesessen hatten, während Edoardo und Nirvin auf den Rücksitzen aus dem Fenster schauten oder ab und zu kurz einnickten. Das Mädchen hatte erneut geträumt und den anderen davon berichtet. Allerdings vertraute sie einzig Edoardo an, wie sehr sie sich Anches-en-Amun verbunden fühlte und wie die Gefühle der einstigen königlichen Gemahlin sich auf sie zu übertragen vermochten.

Das Abendessen war wunderbar hergerichtet und köstlich,

doch Lex bemängelte die kleinlichen Portionen, wie sie eben für eine Gourmetküche üblich waren. Dafür waren die Kellner sehr nett und gesprächig, sodass Edoardo einen von ihnen nach dem Kapuzinerorden fragte.

»Oh, gleich hier in der Nähe ist das Kloster. Ihr könnt morgen seinen herrlichen Garten besichtigen. Es liegt nicht weit vom Dom entfernt.«

»Gibt es da nicht auch noch einen anderen Orden?«, fragte Nirvin beiläufig.

»Den Franziskanerorden, ja«, erwiderte der Kellner, doch bevor er etwas hinzufügen konnte, schüttelte das Mädchen den Kopf.

»Ja, den kennen wir bereits. Es soll jedoch noch einen weiteren Orden geben.«

Ein wenig verwirrt betrachtete der Kellner Nirvin, dann erklärte er:

»Nun ja, früher hatten die Dominikaner hier ein riesiges Kloster. Irgendwann aber war es dem Niedergang geweiht, bis es schließlich gänzlich aufgegeben wurde. Ein großer Teil wurde im Laufe der Jahre zerstört. Viel gibt es da nicht mehr zu sehen. Da wäre zum Beispiel noch die kleine Kapelle. Aber sie wird nicht mehr benutzt, soweit ich weiß. Doch besichtigen kann man sie.«

»Wo befindet sie sich denn?«, wollte Edoardo wissen.

»In einem Teil des Klosters, das ans Konservatorium grenzt. Ich weiß nicht, ob das so sehenswert ist. Wenn euer Aufenthalt von kurzer Dauer ist, könnte ich euch ein paar Tipps geben, was sich zu besichtigen lohnt.«

»Danke«, meinte Nirvin höflich »wir kommen darauf zurück.«

Als der Kellner sich entfernt hatte, fragte Maria verblüfft:

»Seit wann interessiert ihr euch denn für Kloster? Hat das mit einer Mission zu tun?«

Sie war schon den ganzen Tag ein wenig eingeschnappt, hatte man ihr doch nicht einmal verraten, was sie überhaupt in Bozen erledigen sollten. Begleitet die Kinder nach Bozen, hatte Alexander sie gebeten, sie wüssten schon, was zu tun ist. Selbst die nächtliche Aktion hatte man ihr und Lex verschwiegen. Sie hatte gehofft, sich während der Deutschlandreise nützlich machen zu können. Auch hatte sie gedacht, dass der dortige Aufenthalt von deutlich längerer Dauer sein würde. Sie hatte noch gar nicht gewagt, Daniel zu informieren, dass sie bereits ein neues Reiseziel erreicht hatten. Und gewiss würde dies nicht ihr letztes sein, so vermutete sie.

Alexander waren ihre Zweifel und die Enttäuschung darüber, nicht sonderlich hilfreich zu sein, nicht entgangen. Tröstend hatte er ihr daher versichert, dass sie früher oder später sicherlich ihren Beitrag zur Mission leisten würde. Schließlich hatte sich ja auch der von ihr besorgte GPS-Tracker als nützlich erwiesen. Sie musste verstehen, dass man es mied, allzu viele Informationen preiszugeben, da dies sehr risikoreich war und zu viel auf dem Spiel stand, als dass man es sich hätte leisten können, unvorsichtig zu sein.

Lex hingegen hatte das Ganze gelassen genommen. Normalerweise war er als Privatermittler ständig in Aktion. So eine Abenteuerreise, in der er nicht allzu viel zu tun hatte, kam ihm gerade gelegen. Außerdem hatte er schließlich nur die Aufgabe, die Kinder zu begleiten. Natürlich würde er auch einspringen, wenn es vonnöten wäre. Aber warum den beiden unnötig den Spaß und das Abenteuer verderben?

»Wir werden uns dieses Dominikanerkloster morgen mal ansehen. Mehr weiß ich auch nicht, Maria«, meinte Edoardo tröstend.

Nach dem Abendessen schlenderten sie noch ein wenig durch die Stadt und gönnten sich ein Eis. Sie kundschafteten die Örtlichkeiten aus und entdeckten das Konservatorium. Hier würden sie gleich morgen früh ansetzen.

An diesem Abend hatte Anches-en-Amun einen geeigneten Moment abgepasst, in dem der Pharao von mehreren Leuten umgeben war. Haremhab war eingetroffen und hatte einiges mit Eje, den Priestern und einigen Beamten zu klären. Sie entschuldigte sich und gab Eje das wertvoll aussehende Holzkästchen, das den gefälschten Papyrus und den unechten Stein enthielt, die Senjmen besorgt hatte.

»Dies sind die Dinge, um die du mich gebeten hattest«, erklärte sie, als sie das Kästchen übergab.

»Das hättest du mir später übergeben sollen, wenn wir unter uns sind!«, zischte Eje ihr zu, doch die Frau hatte sich schon umgedreht und entfernte sich schnellen Schrittes.

Eje blickte ihr düster hinterher. Am liebsten hätte er sich zurückgezogen und seinen errungenen Schatz begutachtet, doch im Moment hatte er wichtige Dinge zu besprechen. Der Auftritt seiner Gemahlin hatte sowieso genug Aufmerksamkeit erregt. Würde er sich nun plötzlich zurückziehen, so wäre die Neugierde seiner Leute endgültig geweckt. Dies konnte er keinesfalls zulassen, war Haremhab doch schon misstrauisch genug. Der Heka-Stein musste also warten.

Anches-en-Amun war in ihr Gemach geeilt, hatte ihre Diener mit der Ausrede weggeschickt, fürchterliche Kopfschmerzen zu haben, und daher gebeten, für den Rest des Abends in Ruhe gelassen zu werden. Kaum aber war sie allein, zog sie ihre kostbaren Leinen aus, entfernte die glanzvolle Schminke, legte den wertvollen Schmuck, die Perücke und ihren goldenen Diadem ab, um sich mit weniger auffallenden Stoffen zu bekleiden, die Senjmen ihr besorgt hatte. Lediglich einen Armreif behielt sie an, den sie von ihrer Mutter geerbt hatte und der für die Königsfamilie Achet-Atons stand.

Dann verließ sie ihr Gemach, spähte vorsichtig nach allen

Seiten, um sicher zu gehen, dass niemand sie beobachtete. Leise huschte sie durch den Palast, aus dem goldenen Haus hinaus, vorbei an den gut gelaunten Wachen, die sich das von Haremhab mitgebrachte Bier bester Qualität schmecken ließen und sie nicht beachteten. Sie eilte durch den duftenden Garten, dessen Aromen in der Abendluft noch intensiver zu sein schienen. Schließlich verließ sie die weißen Mauern, warf noch einen letzten Blick in Richtung des südlich gelegenen Tempels des Stadtgottes Ptah, dem sie am heutigen Tage noch Opfer gespendet hatte. Sie lief am Hathor-Tempel vorbei und hastete immer weiter in Richtung Osten, bis hin zum Hafenbereich Peru-Nefer. Sie durchquerte das laute Wohnviertel der Ausländer, bis sie die Mauern der Handwerkersiedlung erreichte, von wo aus die Karawane loszog.

Ein junger Mann, dessen kahlrasierter Kopf und das weiße Gewand darauf hindeuteten, dass es sich um einen Priester handeln musste, stand gemeinsam mit einem Wächter vor dem Tor der Siedlung. Er winkte ihr zu, als er sie erblickte, und lief ihr kurzerhand entgegen. Anches-en-Amun zögerte einen Moment und blickte den Mann an, der ihr mit warmen Augen und freundlichem Lächeln erklärte:

»Ich bin Puiemre, der Bruder Senjmens. Ich soll dich abholen.« Er schaute kurz zu der Wache, dann fügte er flüsternd hinzu: »Dem Wächter habe ich erklärt, du wärst eine Verwandte, so wird er keine dummen Fragen stellen und dir nicht allzu genau ins Gesicht sehen. Tut mir leid, dass du bis hierher kommen musstest, aber die Gruppe zieht von hier aus los.«

»Mir tut es leid, dass ihr wegen mir solche Unannehmlichkeiten habt!«

»Darüber mach dir mal keine Sorgen, es ist gewiss nicht deine Schuld! Ein Heiler, der im Haus des Lebens ausgebildet wurde, findet überall zu tun, und als Mumienpriester habe ich den Gestank der Toten satt. Glaub mir, es ist nun mal wahrhaftig keine schöne Aufgabe. Aber jetzt lass uns gehen.« Der sympathische junge Mann hakte sich bei Anches-en-Amun ein und begleitete sie in die Arbeitersiedlung.

Anches-en-Amun betrachtete neugierig die kleinen weißgetünchten Häuser, die engen verstaubten Gassen und die verschiedenen Menschen, die ihnen begegneten. Es herrschte noch viel Betrieb auf den Straßen. Männer genossen ihren Feierabend bei einem guten Tropfen Bier, und Frauen plauderten, während sie noch die letzten Tätigkeiten erledigten, denen sie täglich nachgingen. Sie erreichten eine größere Menschengruppe, unter der sich auch Senjmen befand.

»Diese Familien werden heimkehren, einige folgen dem Fluss hinab in Richtung Iunu, andere ziehen in Richtung Waset, denn dort gibt es wieder viel zu tun. Ich denke, wir schließen uns der kleineren Gruppe an, die flussabwärts zieht. Dort, wo uns niemand vermuten wird, werden wir bleiben«, erklärte Puiemre.

Senjmen hatte sie erreicht und ließ sich von Anches-en-Amun schildern, wie die Übergabe des Kästchens erfolgt war. Sie atmete beruhigt auf, als sie erfuhr, dass der König zu beschäftigt gewesen war, um sich dem Heka-Stein zu widmen.

»Hoffentlich bemerkt er nicht gleich den Betrug. Wir sind bald zum Aufbruch bereit. Puiemre, du solltest dich nun umziehen und deinen Kopf bedecken. Dein Priestergewand würde zu viel Aufsehen erregen, wie auch dein kahlgeschorener Kopf ohne Bedeckung. Wir müssen als einfache Handwerkerfamilie durchgehen«, meinte Senjmen bedacht.

»Keine Sorge, ich habe sogar eine Perücke dabei.« Puiemre zwinkerte den beiden Frauen munter zu, dann entfernte er sich von der Gruppe und Senjmen stellte Anches-en-Amun ihren Eltern vor.

Kurze Zeit später brachen die Gruppen auf. Menschen mit all ihrem Hab und Gut, Kindern und Vieh zogen los. Die erste größere Gruppe ging flussaufwärts, die kleinere Gruppe, unter der sich Anches-en-Amun und Senjmens Familie befand, zog flussabwärts. Keiner ahnte, dass sich unter ihnen die königliche

Gemahlin und letzte Verbliebene der Königsfamilie Achet-Atons befand. Und noch etwas äußerst Wertvolles entfernte sich nunmehr der königlichen Residenz: der Stein der Macht.

Der Morgen hatte mit einem leckeren Frühstück im Hotel begonnen. Dann waren sie startklar. Edoardo hatte den Rucksack mit dem wertvollen Inhalt mitgenommen, und nun waren sie auf dem Weg zum Konservatorium. Es war ein herrlicher Tag. Der Himmel war strahlend blau und schon jetzt herrschte reger Betrieb in den Straßen. Eine Unmenge von Radfahrern war unterwegs, und Lex erklärte ihnen, dass es für die meisten Bewohner Bozens und Umgebung üblich war, sich per Fahrrad fortzubewegen, was in solch einem kleinen Städtchen äußerst bequem war, zumal es mehr Radwege als Bürgersteige zu geben schien. Auch die ersten Touristengruppen waren erneut in Aktion.

Als sie den Dominikanerplatz erreichten, wo sich auch das Konservatorium befand, herrschte jedoch weniger Betrieb. Sie betraten den Kreuzgang, der gleichzeitig der Eingang zum Konservatorium war und der viereckig um eine gepflegte Rasenfläche verlief. Über ihren Köpfen befand sich eine bogenartig gewölbte Decke in spätgotischem Stil, die an einigen Stellen mit zarten Fresken verziert war. Die Gestaltungselemente konnte man drei verschiedenen Epochen zuordnen, und ehrfürchtig bestaunte die Gruppe die Kunstwerke, während ein melodisches Geigenspiel vom Konservatorium her ertönte, welches ihre Schritte zu begleiten schien. Es erschien wie eine kleine Zeitreise, die von barocker, spätgotischer und Renaissancemalerei geprägt wurde. Über siebenhundert Jahre Geschichte steckten in den alten Steinen.

Die zentrale Grünfläche und der Kreuzgang waren von einer Mauer getrennt, welche durch Säulen oder bogenförmigen offenen Fenstern mit der Decke verbunden waren. Auch an den Wänden befanden sich zahlreiche Fresken. Die vier schauten sich um, doch wussten sie nicht weiter. Waren sie womöglich auf der falschen Spur?

»Wollen sie die Kapelle besichtigen?«

Alle fuhren erschrocken herum und blickten erstaunt auf den alten Mann, der, wie es schien, aus dem Nichts aufgetaucht war. Er hatte schneeweißes, dünnes Haar, das ihm in langen Strähnen bis zu den Schultern reichte. Sein blasses Gesicht war faltig, die Augen schimmerten hellblau und der Blick war gläsern. Sein Alter war nicht einzuschätzen, unübersehbar war jedoch der Buckel des Alten.

Sie folgten ihm und bewunderten die schlichte Kapelle, die, wie Maria fand, etwas Aufrichtiges wiedergab. Während andere Kapellen im Prunk und im Glanze kostbarer Materialien untergingen, so konnte man sich hier einzig und allein auf das Wesentliche konzentrieren.

»Schade, hier wird also kein Gottesdienst mehr gehalten?«, fragte sie. Der Mann schüttelte den Kopf.

Edoardo war sich immer noch nicht sicher, ob sie an der richtigen Stelle suchten. Er blickte auf Nirvin und sie verstand sofort, denn sie nickte ihm zu. Also fragte er zögerlich:

»Was ist mit Lupo?«

Der alte Mann schaute auf und etwas in seinen Augen erhellte sich. Eindringlich blickte er auf den Jungen, dann auf Nirvin.

»Die Schützlinge des Wolfes! Kommt!«

Er schaute einen Moment lang auf Maria und Lex. Dieser verstand, und prompt nahm er die junge Frau auch schon beim Arm, um die Kapelle gemeinsam mit ihr zu verlassen. Maria zögerte kurz, dann jedoch folgte sie dem Spürhund. Der Greis gab den Jugendlichen ein kurzes Handzeichen und lief schnellen Schrittes zu einer ausgestellten Nachbildung, welche eine weiße Miniatur des einstigen Bozens darstellte. Mit seinem von Arthrose gezeichneten knotigen Finger tippte er an die Stelle, an der sich beinahe unscheinbar eine Windrose befand, die nur mit dem N des Nordens gekennzeichnet war. Mit erstaunlicher Geschicklichkeit entfernte er die Vitrine, die das Miniaturmodell schützte, und meinte dann an das Mädchen gerichtet:

»N wie Nirvin. Ich nehme an, dir gebührt also die Ehre, es zu öffnen.«

»Was meinen sie?« Nirvin schaute den Greis verwirrt an.

»Nur zu, oder bist du nicht Nirvin?«

»Schon, aber …«

Das Mädchen zog die Schultern fragend hoch. Sie zögerte noch einen kurzen Augenblick, dann aber konzentrierte sie sich auf die Windrose. Vorsichtig ließ sie ihre Hand darüber gleiten, bis sie einen feinen Spalt ertastete, der um die Windrose herum verlief. Entschlossen behalf sie sich ihrer Fingernägel, um die deckelförmige Fläche abzuheben. Neugierig blickte sie in den entstandenen Hohlraum, griff behutsam hinein und zog eine Schriftrolle hervor, die jedoch nicht sonderlich alt zu sein schien, war sie doch mit moderner Tinte beschriftet und obendrein war das Verfasste in heutiger Sprache.

In Runkelstein,
dort liegt ein Schrein,
versteckt in tiefster Dunkelheit.
Bewacht am Tage, so nutz die Zeit
der Nacht und geh zur Pforte.
Hinab dann steig, such nach dem Schild,
entschlüssle diese Worte.
Den Stein entnehm, zur Kammer geh,
im grünen Schein sie liegt.
Ob Monster in der Dunkelheit,
der Tapfre sie besiegt.
Den Schlüssel dreh, sei klug und weis',
so öffnet sich die Wand,
ein weitrer Teil Vergangenheit
liegt nun in deiner Hand.

»Schon wieder so ein rätselhafter Reim. Ich würde nur zu gerne diesen komischen Verfasser kennenlernen«, meinte Edoardo, als Nirvin zu Ende gelesen hatte.

»Was genau sollen wir denn jetzt tun?« Das Mädchen hatte sich dem alten Mann zugewandt.

»Der Text spricht für sich. Folget den Angaben. Der Schlüssel dieses Rätsels wird unter Nut von dem Löwenwesen und dem Wolfsmenschen behütet, auch Re wacht darüber. Habt keine Angst vor der Dunkelheit, den unruhigen Geistern oder dem Wolf. Gehet, und handelt schnell! Das Pentakel befindet sich in großer Gefahr. Ich habe stets vor seiner Macht gewarnt, aber immer wieder wurden meine Worte missachtet. Es ist nun an der Zeit, dem endgültig ein Ende zu setzen, bevor es nach all den Jahren der Ruhe eine erneute Katastrophe herbeibeschwört.«

Der Mann wandte sich ab und ging auf den Ausgang zu.

»Warten Sie! Könnten Sie sich nicht ein wenig deutlicher ausdrücken?«, rief Nirvin ihm hinterher.

Der Mann blieb stehen und drehte sich zu ihnen um.

»Ich habe bereits alles Notwendige offenbart. Der Rest liegt nun an euch.«

»Sind auch Sie ein Tilmid?«, fragte Edoardo vorsichtig, da er keine Tätowierung an den Unterarmen des Alten bemerkt hatte.

»Tilmid?« Der Mann lachte belustigt auf. »Oh nein, mein Junge. Man nannte mich einst Ipuwer, aber das ist lange her. Es spielt keine Rolle, wer ich bin. Wichtig ist nur, dass ihr keine weitere Zeit verliert!«

Mit diesen Worten war der Mann hinausgegangen, während Edoardo und Nirvin sich ungläubig ansahen. Es konnte sich doch unmöglich um Ipuwer den Weisen handeln! Dann aber eilten auch sie die Tür hinaus, die prompt hinter ihnen zufiel. Sie blickten sich um, sahen aber nur Lex und Maria, die auf sie warteten.

»Wo ist er?«, fragte Edoardo verdutzt.

»Wer denn?« Maria schien nicht zu verstehen.

»Na, der Greis!« Nirvin blickte ungeduldig auf die begriffsstutzigen Erwachsenen.

»Also, hier ist niemand«, erklärte Lex. »Ich dachte, der Mann wäre mit euch zusammen.«

»Das war er auch. Aber gerade eben ist er hier aus dieser Tür gegangen.«

»Edoardo, das hätten wir doch bemerkt. Schließlich hatten wir doch die ganze Zeit die Tür im Auge«, beteuerte Maria.

»Und wo ist er dann hin?« Nirvin konnte es einfach nicht begreifen.

Edoardo kehrte zum Eingang der Kapelle zurück, doch bei dem Versuch, die Tür zu öffnen, war diese fest verschlossen. In diesem Moment kam eine ältere Frau vorbei, sah Edoardos Versuch und erklärte:

»Junger Mann, bedaure. Die Kapelle ist geschlossen. Demnächst soll sie erneut für vereinbarte Besichtigungen geöffnet werden, aber bis dahin kann man sie leider nicht betreten.«

Erstaunt blickten die vier der Frau hinterher, dann jedoch verstaute Edoardo das neue Schriftstück in seinem Rucksack, und ohne noch weiter über den rätselhaften Vorfall zu diskutieren, verließen sie das ehemalige Kloster, um ins Hotel zurückzukehren. Keiner sah die große weiße Eule, die sie von einem der Dächer aus aufmerksam beobachtete und schließlich davonflog.

Unterwegs machte Nirvin eine Entdeckung. Unter verschiedenen Straßenschildern erkannte sie einen unscheinbaren Wegweiser: Burg Runkelstein.

Sie waren nun schon mehrere Tage flussabwärts gezogen, wobei sie an verschiedenen Siedlungen vorbeigekommen waren, wo sich einige der Mitreisenden niederließen, wenn sie in einem dieser Orte heimisch waren. Zahlreiche Handwerker hatten zuvor schon den Fluss überquert, um nach Iunu zu gelangen. Dies war die Stadt, die dem Sonnengott Re geweiht war und wo die Arbeiter am Sonnentempel Arbeiten zu verrichten hatten.

Kurz nachdem sie nun an der Stadt Djedu vorbeigezogen waren, die den Totengott Osiris verehrte, bemerkten sie eine Staubwolke hinter sich, die sich rasch näherte. Die wenigen Menschen, die noch Teil ihrer Gruppe waren, flohen erschrocken in die Berge, doch Anches-en-Amun, Senjmen, Puiemre und die Eltern der beiden versteckten sich nicht, sondern folgten ihrem Weg. Wenn das Schicksal ihnen Böses wollte, so konnten sie sich diesem nicht entziehen.

Schon bald vernahmen sie das schnelle Hufgetrappel, und der Boden vibrierte, als die Streitwagen sie erreichten und umkreisten. An ihrer Spitze erkannte Anches-en-Amun ein wohlbekanntes von Narben gezeichnetes Gesicht. Es war Haremhab, der Oberbefehlshaber des Heeres. Er zügelte seine Pferde und versperrte der Gruppe den Weg. Dann blickte er zu Anches-en-Amun, erkannte sie und meinte:

»Für eine königliche Gemahlin seht ihr recht übel aus. Man erkennt euch in diesen schlichten und verstaubten Leinen kaum wieder. Eure Haut ist trocken, rissig und von der Sonne gezeichnet. Vermisst ihr nicht die wohlriechenden Öle, den Genuss eines entspannenden Bades, den königlichen Schmuck, die kostbaren Stoffe und die Zuwendung eurer Diener? Auch habt ihr gewiss Blasen unter den Füßen. Wäre denn nicht wenigstens eine Sänfte erforderlich? Wahrlich, nur die anmutigen Gesichtszüge eurer Mutter verraten noch eure Identität!«

»Ihr irrt euch. Ich bin keine königliche Gemahlin mehr, wenn ich es einst wohl auch gewesen sein mag.«

»Hm …« Haremhab blickte sie unschlüssig an, bevor er erklärte: »Ich habe den Auftrag des Pharaos, euch ausfindig zu machen und zurückzubringen.«

»Ihr dient einem Pharao, der den Thron an sich gerissen hat, wenngleich es ihm nicht zustand. Er hat nicht davor gescheut, den legitimen Herrscher zu ermorden, und dafür, so seid gewiss, werden die Götter ihn bestrafen.«

»Wie wagt ihr es, solche Beschuldigungen zu äußern?«

Doch bevor Anches-en-Amun dem aufgebrachten Offizier antworten konnte, war es der Priester, der das Wort ergriff:

»Mächtiger Haremhab!« Puiemre stellte sich vor Anches-en-Amun, seine Stimme klang entschlossen: »Wir alle werden diese Frau mit unserem Leben verteidigen, obgleich ich befürchte, dass dies nicht viel nutzen wird. Doch seid gewiss, dass Anches-en-Amun sich das Leben nehmen wird, sobald sich die Gelegenheit dazu bietet. Ich versichere euch, dass die Götter euch deswegen verfluchen werden, weil ihr sie, die im Gegensatz zu eurem König reinen göttlichen Blutes ist, in den Tod getrieben habt und an euren Waffen das Blut Unschuldiger kleben wird.«

Haremhab blickte auf Puiemre, den er erst jetzt erkannte. »Puiemre, befürchtest du denn nicht, du könntest den Zorn der Götter eher auf dich ziehen? Soviel ich weiß, sollte ein Priester wie du zweimal am Tage und zweimal die Nacht in einem heiligen See baden und seine Körperhaare entfernen, doch wie mir scheint, hast du dich seit Tagen nicht mehr bemüht, rein zu sein. Im Übrigen habe ich den Befehl, deine ganze Familie auszurotten.«

»Dann tue, was du tun musst, wenn es in den Sternen geschrieben ist, so soll es denn sein. Aber wisse, dass die Götter mir verzeihen, wenn ich auch nicht mehr rein sein mag, denn sie haben mir eine weitaus größere Aufgabe anvertraut. Und diejenigen, die uns Gewalt antun werden, werden für immer verflucht sein und auf ewig unruhige Ach-Wesen bleiben, denen der Zutritt in das Reich Osiris verwehrt bleiben wird!‹

»So sei es!«, pflichtete Senjmen ihm bei und auch Anches-en-Amun blickte auffordernd auf die Soldaten, deren sichtliches Unbehagen bei dem ausgesprochenen Fluch erkennbar war.

Auch Haremhab schien verunsichert, und als er einen Falken erblickte, der über ihren Köpfen kreiste, bevor er sich unmittelbar neben Anches-en-Amun auf einem Felsen niederließ und zu ihnen schaute, befahl er seinen Soldaten, sich zu entfernen, während er weiterhin vor der Gruppe stehenblieb. Als seine Männer außer Sichtweite waren, sprach er:

»Nun, Eje ist ziemlich verärgert, aber das kümmert mich herzlich wenig. Er hatte kein Recht auf den Thron, und im Gegensatz zu ihm wage ich es nicht, mein Schwert mit dem wahren königlichen Blut zu verschmutzen. Auch kann ich es nicht gegen diejenigen richten, die der königlichen Gemahlin Treue erweisen. Horus breitet schützend seine Flügel über euch. Ihm, dem ich meinen Namen zu verdanken habe, kann ich mich nicht widersetzen. So ziehet fort, sucht euch einen sicheren Ort, an dem man euch nicht finden wird, und gebt niemals mehr eure wahren Identitäten preis, denn wisset, dass ich Eje ausrichten werde, euch alle getötet zu haben und dass Anches-en-Amun schon längst von den wilden Tieren dieser gottlosen Gegend verspeist wurde. Sollte ich euch je wieder begegnen, so werde ich euch ein zweites Mal nicht mehr verschonen, und wenn es gar den Groll der Götter auf mich ziehen sollte. So gehet, bevor ich meine Meinung ändere, und mögen die Götter mit euch sein!«

Anches-en-Amun blickte ihn erleichtert an.

»Dank es dir Amun, großer Haremhab, und mögen es die Götter dir hoch anrechnen. Ich bin mir sicher, dass Eje nicht lange seine jetzige Macht genießen wird und dass du seinen Platz als gerechter Herrscher einnehmen wirst, um das Beste für Kemet zu tun.«

Haremhab nickte und fügte hinzu:

»Wenn es denn so kommen sollte, so wisset, dass ich nicht nur Eje, sondern auch euren Vater Echnaton, Semenchkare und euren Halbbruder Tutanchamun aus der Königsliste löschen werde, denn ihr Blut war von den Göttern verflucht, und sie waren es nicht würdig, als Gott auf Erden angesehen zu werden. Dies ist der Preis dafür, dass ich euch heute das Leben schenke. Dies ist der Preis, den ihr zahlt, um euer Blut vom Fluche der Götter zu befreien. Anches-en-Amun, das letzte Mitglied der Königsfamilie, das letzte Kind des verfluchten Königs Echnaton, ist heute offiziell gestorben. Doch gleich dem Osiris, so sollt auch ihr, Tochter des Re, auferstehen und von diesem Tag an Satre heißen. Denn Sat-Nesut, die Königtochter, ist gestorben und als Tochter des Re wiedergeboren.«

»So sei es denn«, erwiderte Anches-en-Amun.

Ihrer Stimme war ein wenig Wehmut zu entnehmen, doch Haremhab hatte schon seine Pferde angetrieben und verschwand eilends gen Süden. Anches-en-Amun aber fiel Senjmen weinend um den Hals, dankte ihr und ihrem Bruder für all den erwiesenen Mut und dafür, dass sie bereit gewesen wären, ihr Leben für sie zu opfern.

»Wir werden dir immer treu sein und an deiner Seite stehen, denn du bist unsere Königin«, meinte der junge Mann ernst.

»Oh nein, ich bin keine Königin mehr, aber ich habe weitaus mehr als Eje, denn ich habe wahre Freunde und den Beistand der Götter.«

Dann machten sie sich erneut auf. Doch es verging nicht allzu viel Zeit, und ein weiterer Wagen holte sie ein. Ein junger Offizier, der sich zuvor nicht unter den Männern Haremhabs befand, grüßte sie.

»Haremhab schickt mich. Ich sollte euch diese Papiere hier aushändigen und euch begleiten, da diese Wege nicht sicher sind. Eure Gruppe ist klein, Räuber und Plünderer lauern hinter jedem Busch und Felsen.«

Trotz seiner staubigen Leinen, der sonnengegerbten Haut

und seines wilden Aussehens hatte der junge Mann eine edle Ausstrahlung, die eines wahren Kriegers würdig war, ganz im Gegensatz zu den armseligen Begleitern Haremhabs.

Puiemre nahm die Papiere entgegen und sah, dass es sich um ein Dokument handelte, das Haremhab persönlich unterzeichnet hatte und das ihnen gewährleistete, an jedem Wachposten vorbeizukommen, ohne ihre wahre Identität preisgeben zu müssen. Misstrauisch begutachtete der Priester dann den Offizier, der jedoch einen freundlichen Eindruck machte. Trotz seines jungen Alters schien er das höchste Vertrauen Haremhabs zu genießen und schon höheren Ranges zu sein.

»So, du willst uns also allein eskortieren?«, lachte Puiemre schließlich amüsiert.

»Genauso ist es. Vielleicht wirke ich noch jung und unerfahren, doch ich versichere euch, dass ich schon einiges an Kenntnis gesammelt und so manchen Feind getötet habe. Haremhab schenkt mir höchstes Vertrauen und ist wie ein Vater für mich. Also, wohin reisen wir?«

»Na gut«, lachte nun auch Anches-en-Amun vergnügt. Ihre Augen hatten das einstige Funkeln wieder gefunden und beim Anblick des wild aussehenden Soldaten wurde ihr warm ums Herz »Folgen wir Horus!«, meinte sie, als der Falke sich in den Himmel erhob und ihnen den Weg flussabwärts nach Norden zu weisen schien. »Jedoch solltest du uns noch deinen Namen verraten, wenn wir dir vertrauen sollen. Ich bin Satre.«

Der Offizier lächelte sie an und erkannte, wie schön sie war.

»Mein Name ist Ramses und ich werde euch heil bis an euer Ziel geleiten.«

Noch am Nachmittag waren sie in den kleinen Bus gestiegen, der den Besuchern der Burg kostenlos zur Verfügung stand und vom Zentrum Bozens aus nach Runkelstein fuhr. Das alte Schloss lag auf einem ringsum geschützten Felsen weit oben über dem Fluss Talfer. Die vier hielten den Atem an, als der Busfahrer sicher die scharfen Kurven der engen Straße nahm, die zur Burg hinauf führte, und hofften inständig, dass ihnen kein anderes Fahrzeug entgegenkam. Dann betraten sie den Schlosshof, wo sich mehrere Besucher aufhielten. Viele saßen an den Tischen der Burgschenke und genossen das schöne Wetter.

Die vier beschlossen, das Innere des Gebäudes zu besichtigen, das von einem gotischen Stil geprägt war. Sie waren äußerst beeindruckt von den unzähligen Wandmalereien. Jagd- und Turnierszenen wurden dargestellt, sowie die königliche Tafelrunde König Artus und die tragische Liebesgeschichte von Tristan und Isolde, die alle Innenwände des Sommerhauses in Anspruch nahmen. Auch die Außenfassaden waren mit verschiedenen Fresken gestaltet. In jeden Holzbalken waren Verzierungen geschnitzt. Doch am meisten beeindruckte die sogenannte Badestube, deren blau bemalte Holzdecke den Sternenhimmel darstellte und die Sonne sowie den Mond personifizierte. Weiterhin war auf den Wänden eine Arkadengalerie gemalt. Männer in verschiedenen Positionen sowie vornehm gekleidete Damen waren abgebildet und auch verschiedene Tiere waren erkennbar, die ein kurioses Aussehen hatten.

Besonders zogen zwei Gestalten die Aufmerksamkeit Edoardos und Nirvins auf sich. Im Zentrum der Tierfiguren waren zwei seltsame Wesen dargestellt. Das erste glich einem Löwen, doch etwas stimmte nicht. Klar erkannte man die Gesichtszüge eines Menschen, die etwas Bestialisches und Wildes widerspiegelten. Die zweite Kreatur stellte auf den ersten Blick einen nackten Mann dar, der sich auf allen Vieren fortbewegte. Doch Nirvin bemerkte die Hände und Füße der Figur, die eher den Pfoten eines Wolfes glichen. Das bärtige und unheimlich aussehende Gesicht hatte etwas Schauriges an sich, auch der Oberkörper schien extrem behaart, als wäre dieses Wesen gerade dabei, sich zu verwandeln. Daher meinten die beiden Freunde, dass es sich um einen Werwolf handeln musste. Wieso sonst befanden sich diese Gestalten inmitten der Tiere? Edoardo musste an die Worte des Greises denken: Der Schlüssel wird von dem Löwenwesen und dem Wolfsmenschen behütet ... waren damit etwa diese Wesen gemeint?

»Denkst du, was ich denke?«, brach Nirvin die Stille.

»Hm, Ipuwer erwähnte in seinen Worten die altägyptische Himmelsgöttin Nut. Damit könnte die Decke mit dem Sternenhimmel gemeint sein. Und diese komischen Tiergestalten ... ich bin mir ziemlich sicher: Hier muss irgendwo der Schlüssel versteckt sein. Maria, Lex, ihr solltet besser zur Tür gehen und schauen, dass keiner kommt. Momentan ist zum Glück wenig los in der Burg.«

Die Erwachsenen taten bereitwillig, worum sie der Junge gebeten hatte. Dann ging Nirvin auch schon zielstrebig auf einen geschlossenen, kleinen Wandschrank zu, der in die Mauer der Burg integriert war.

»Warte, Nirvin! Wir sollten vorsichtig sein. Immerhin ist der Bereich abgegrenzt. Du könntest einen Alarm auslösen.«

»Außer Bewegungsmeldern, durch die das Licht der Räume eingeschaltet wird, sehe ich nichts Elektronisches. Ich werde achtgeben.«

Mit diesen Worten war sie auch schon behutsam wie eine Raubkatze unter die Absperrung hinweggeglitten und stand nun vor dem Schränkchen. Sie wartete einen kleinen Moment, doch nichts passierte. Also griff sie vorsichtig nach der Verriegelung der kleinen Pforte und öffnete sie langsam. Enttäuscht blickte sie zu Edoardo und wich zur Seite, damit auch er sehen konnte, dass die kleinen Regale des Schrankes nichts beinhalteten.

»Was ist denn das?«, fragte der Junge und deutete auf eine Eingravierung in dem Holz auf der Innenseite der Tür.

»Nichts Besonderes. Sieht aus wie zwei verschieden große Vierecke in deren Inneren immer kleiner werdende Vierecke gemalt sind.«

Auch Edoardo war unter der Abgrenzung hindurchgeschlüpft und betrachtete nun die kuriose Zeichnung.

Was sollte das nur darstellen? War es ein Hinweis? Aber sie suchten doch nach einem Schlüssel! Maria trat in das Zimmer.

»Was macht ihr da?«, rief sie erschrocken. »Es kommen Leute!«

Schnell schloss Edoardo die Schranktür und beide glitten unter der Absperrung hindurch, gerade noch rechtzeitig, bevor ein älteres Ehepaar die Badestube betrat.

Maria, Nirvin und Edoardo betrachteten mit scheinbar interessierten Gesichtern die weiteren Wandmalereien. Dann fing Edoardo einige Worte der beiden Besucher auf, die allem Anschein nach Engländer waren. Sie bestaunten das Parkett und

Edoardos Blick ging auf den Fußboden. Sein Herz tat einen wilden Satz, denn er entdeckte etwas Ungeheuerliches! Er stieß Nirvin in die Seite und mit den Augen deutete er in die Mitte der Badestube. Die ganze Zeit hatten sie auf einem dieser kurios gezeichneten Vierecke gestanden! Die rätselhafte Darstellung war nichts Weiteres als das Viereckmuster des Parketts dieses Raumes!

Endlich war das Paar weitergegangen, und Maria hatte erneut ihre Wachposition eingenommen.

»Das große oder das kleine Viereck?«, wollte Nirvin wissen.

Edoardo blickte empor zur Decke, wo die personifizierte Sonne lachte, die genau über dem Zentrum des großen Vierecks lag. Er deutete darauf und meinte:

»Und Re wacht darüber ... eine kuriose Form des ägyptischen Sonnengottes, doch es passt!«

Schon kniete das Mädchen in der Mitte des Fußbodens und Edoardo tat ihr gleich. Tatsächlich entdeckten sie einen kaum wahrnehmbaren Spalt, der sich um vier der Parkettbretter zog.

Es war keine einfache Aufgabe, doch schließlich gelang es ihnen mit der Hilfe eines Taschenmessers, den zentralen Teil des Holzbodens anzuheben. Dieser war, im Gegensatz zu den einzelnen Brettern des restlichen Bodenbelags, eine einheitliche Fläche von der Größe eines Zeichenblocks. Altes Gestein kam zum Vorschein, das an einer Stelle brüchig war. Rasch entfernten die beiden die losen Brocken und tatsächlich lagen sie richtig! Ein alt aussehender Schlüssel kam unter dem Schutt und Staub zum Vorschein. Nirvin nahm ihn behutsam an sich, während Edoardo bereits dabei war, den Boden erneut zu schließen, denn sie vernahmen von Weitem Stimmen, und diesmal erschien Lex mit warnendem Blick in der Tür.

Kurz darauf steckten die vier ihre Köpfe zusammen und berieten, wie es nun weiterging. Sie mussten nun nach dem Einlass suchen, von dem in der Schriftrolle die Rede war. Und nachdem sie jeden Winkel der Burg erkundet hatten, hatte eine große Falltür im Außenbereich ihr Interesse geweckt. Der in die Tiefe führende Einlass jedoch war mit einer aus massivem Holz bestehenden Pforte verriegelt und befand sich genau vor dem Besuchereingang. Den Freunden war ein kleines eingeritztes N aufgefallen, welches sie als ein weiteres Zeichen deuteten, erinnerte es doch an das N, das sie bereits zuvor in der Dominikanerkapelle gesehen hatten.

»Wir müssen uns hier irgendwo verstecken und warten, bis die Burg geschlossen wird«, meinte Nirvin und Edoardo fügte hinzu: »Maria und Lex, ihr solltet besser gehen, denn es ist sicherlich schwieriger, sich hier zu viert zu verstecken als nur zu zweit. Wir bekommen das schon hin.«

Maria wollte ihm gerade widersprechen, doch Lex hielt sie am Arm zurück, schüttelte den Kopf und sprach:

»Sie haben völlig recht. Es wird schwierig genug, ein geeignetes Versteck für zwei Personen zu finden und dem Winkel der Überwachungskameras auszuweichen. Wir werden draußen warten, sollte es Probleme geben, so können sie uns mit dem Mobiltelefon erreichen.«

Maria schaute skeptisch. »Du glaubst doch nicht wirklich, dass man dort unter der Erde Empfang hat! Was ist, wenn es da unten Schwierigkeiten gibt? Überhaupt habe ich meine Zweifel, dass sie es schaffen werden, diese schwere Tür aufzubekommen.«

»Wir beide werden zurück ins Hotel fahren und das Auto holen. Dann werden wir unten am Parkplatz auf die beiden warten. Hier oben vor der Burg wäre es zu auffällig. Wenn sie Hilfe benötigen, so ist es von Vorteil, wenn sie jemanden draußen haben. Wenn wir aber alle vier irgendwo unter der Erde in der Falle hocken, so haben wir ein wahres Problem.«

Maria sah ein, dass Lex recht hatte, seufzte, hob die Schultern und biss sich auf die Lippe. Wenn Daniel von alledem wüsste! Hoffentlich ging alles gut.

»Um achtzehn Uhr wird hier geschlossen. Seht zu, dass ihr bis dahin ein gutes Versteck gefunden habt! Ich nehme an, dass hier ein Wächter wohnt, wartet daher noch einige Stunden, bis alles ruhig ist und die Burg im Dunklen liegt. Edoardo, mit deinem Taschenmesser müsste es klappen, das Schloss zu öffnen. Es ist nicht sonderlich groß und dürfte problemlos aufzubrechen sein. Versucht dann die Falltür einen Spalt weit anzuheben und sie erneut hinter euch zuzuziehen, sobald ihr hindurchgekrochen seid. Hier, nimm diesen Zettel. Darauf habe ich die Überwachungskameras eingezeichnet, die ich ausmachen konnte. Einige Säle waren mit einem lautlosen Alarmsystem ausgestattet. Ich nehme an, es wird aktiviert, sobald hier geschlossen wird. Von daher meidet den inneren Gebäudeteil. Um zehn Uhr früh wird die Burg erneut für die Besucher geöffnet, spätestens dann werden wir hier sein und euch notfalls zu Hilfe kommen.«

Edoardo verstaute den Zettel in seiner Hosentasche, dann verabschiedeten er und Nirvin sich, um sich auf die Suche nach einem geeigneten Versteck zu machen.

Es gab zwar mehrere Nischen und auch das große Tor hätte einen guten momentanen Unterschlupf bieten können, doch da sie längere Zeit warten mussten, kamen diese engen Verstecke nicht infrage. Erneut durchquerten sie die Säle, in denen sich bereits kein Besucher mehr aufhielt. Dann liefen sie an der Außenfassade entlang, die mit dem Sommerhaus verbunden war und an eine geschlossene Tür grenzte, die zu einem Vorraum des Ausstellungsgebäudes führte, das jedoch zur Zeit geschlossen war. Ein Schild wies darauf hin, dass der Eintritt untersagt war.

Gerade als die beiden erneut zurückkehren wollten, schreckte sie ein lautes Gepolter hoch. Sie blickten hinunter in den Hof und sahen, was geschehen war. Der obere Teil einer Ritterrüstung, die vor der Burgschenke ausgestellt war, war umgefallen und daneben stand mit purpurrotem Gesicht Maria! Allem Anschein nach war sie gegen die Ritterfigur gestoßen und hatte es tatsächlich geschafft, diese teils umzuwerfen.

Edoardo zögerte nicht lange und nutzte den günstigen Moment, um sich mit aller Kraft die schwere verschlossene Tür vorzunehmen. Er hatte Glück, denn gegen alle Erwartung gab sie beim ersten Versuch nach. Nirvin blickte ihn vorwurfsvoll an, doch auf seine auffordernde Geste, ihm schnell hineinzufolgen, zögerte sie keineswegs. Kaum war auch sie hineingeschlüpft, machte der Junge auch schon die Tür hinter sich zu.

»Ist das nicht Einbruch? Lex hat uns ausdrücklich geraten, das innere Gebäude zu meiden! Was, wenn hier ein Alarm oder eine Überwachungskamera eingebaut ist?«, fragte das Mädchen besorgt.

»Dem Zettel nach war der Außenbereich nicht überwacht, und hier drin kann ich keine Kamera oder einen Alarmsensor entdecken. Ich vermute mal, dass lediglich die bedeutungsvollsten Säle und das Sommerhaus mit Alarm ausgestattet sind. Dies hier scheint mir ein unbedeutender, leerer Vorraum zu sein, womöglich sind die nächsten Türen besser verriegelt und eventuell mit einem Alarmsystem versehen. Ich schlage daher vor, wir bleiben hier, setzen uns einfach auf den Boden, verhalten uns ruhig und warten ab. Es ist wohl ratsam, nicht unnötig herumzulaufen und ungewollt auf sich aufmerksam zu machen.«

Nirvin stimmte zu und fragte dann:

»Meinst du, Maria hat die Ritterrüstung absichtlich umgeworfen, damit alle Anwesenden abgelenkt waren?«

Edoardo lachte auf und meinte:

»Ich kann mir kaum vorstellen, dass sie so etwas absichtlich machen muss. Jedenfalls hat sie sich den günstigsten Moment ausgesucht. Erinnere mich morgen dran, dass wir uns für diese Strategie bei ihr bedanken müssen!«

Nun lachte auch Nirvin, als sie sich das beleidigte Gesicht der Frau vorstellte, dann fragte sie:

»Wie gelangen wir eigentlich wieder in den Hof? Die Räume, durch die wir gekommen sind, können wir nicht mehr betreten.«

»Hast du nicht die Außentreppe draußen gesehen? Sie führt hinunter. Zwar war sie verschlossen, aber es wird wohl ein Kinderspiel sein, über die Absperrung zu klettern.«

Dann holte Edoardo sein Telefon bei, sendete Lex eine Nachricht, um ihm und Maria mitzuteilen, dass sie ein geeignetes Versteck gefunden hatten. Er stellte die Weckfunktion des Gerätes auf Mitternacht. Kurz darauf machten sie es sich so bequem wie möglich und verharrten geduldig im düsteren Raum der Burg.

In Begleitung von Ramses hatten sie den Fluss überquert, und die Wachposten hatten sie anstandslos passieren lassen, als sie das Schreiben Haremhabs gelesen hatten. Kurz bevor sie Per-Wadjet erreichten, jener Ort, der als Symbol des Hauses der Kobragöttin Wadjet galt und in dem sie sich niederlassen wollten, da der Falke in diese Richtung geflogen war, machten sie eine letzte Rast, und Puiemre erklärte ihnen, dass die Anhänger des Horus einst von Per-Wadjet aus losgezogen seien, um gegen die Verbündeten Seths zu kämpfen.

»Nun sagt bloß, dass auch ihr Seth verachtet!« Ramses schien sichtlich empört.

»Seth ist ein Dämon, der nichts Gutes verheißt«, beteuerte Satre.

»Nun, so denken viele, doch ich bin in Hut-Waret geboren, und dort ist es noch immer üblich, Seth zu verehren. Er ist kein Dämon, sondern ein Gott, der seine schützende Hand über die Oasen hält, Segen spendet und uns in Kriegen beisteht. Er ist derjenige, der Re während seiner gefährlichen Nachtreise durch die Duat vor Apophis schützt. Leider ist er mit der Zeit ungewollt in Verruf geraten. Aber er trägt nicht die Schuld dafür, dass auch die feindlichen Invasoren Kemets ihn verehrten.«

»Lass gut sein, Ramses, lass uns nicht streiten.«

Senjmen war ein wenig beunruhigt, denn bislang hatte sie geglaubt, der Offizier wäre ein guter Mann, der durchaus nicht auf der Seite des Bösen stand. Wusste er denn wirklich nicht, wie gefährlich Seth war und welchen Machteinfluss er auf einen ausüben konnte?

Satre hatte an jenem Tag ein eigenartiges Erlebnis. Sie hatten kurz zuvor Per-Wadjet erreicht, und die einstige königliche Gemahlin hatte den Ort erkunden wollen, als eine plötzliche Windböe den Staub aufwirbelte und ein kalter Wind aufkam, der sie frösteln ließ. Das nahe gelegene Schilf raschelte auf und sie meinte, eine kalte Stimme zu vernehmen, die zu ihr sprach:

»Anches-en-Amun, erhöre meine Worte. Verachte mich nicht, denn ich werde dir einen Sohn schenken, und du wirst ihn mir zu Ehren benennen. Solltest du mich aber weiterhin verachten, so wirst du nie wieder ein Kind gebären, und noch heute wird mein Zorn all deine Freunde vertilgen. Wirst du mich aber ehren, so sollen dein Sohn und auch seine Nachkommen große Herrscher über das Land Kemet werden, und das Blut deiner Familie soll nicht länger verflucht sein, sondern weiterhin in den Adern mächtiger Herrscher fließen.«

Satre fuhr auf, als sich eine Kobra drohend der Windböe näherte und sich gefährlich aufrichtete. Die Böe verschwand mit einem Mal, und ein Schwert schoss plötzlich an ihr vorbei und hub der Schlange mit einem gewaltigen Hieb den Kopf ab. Erschrocken drehte sich die junge Frau um und landete dabei direkt in den starken Armen von Ramses.

»Es ist gefährlich, sich Außerortes zu entfernen. Diese Schlange hätte dich mit ihrem Biss töten können!«

»Ich wollte mich gar nicht so weit entfernen, ich muss mich wohl verlaufen haben. Die Schlange hat mich nicht bedroht, da war etwas Seltsames ...« Doch sie beendete den Satz nicht und winkte stattdessen ab. »Ach, ich bin wohl nur müde. Danke, Ramses, dass du mir vermutlich das Leben gerettet hast.«

»Ich werde dich immer beschützen, das verspreche ich.«

So stark und erbarmungslos er auch im Kampfe sein mochte, so zärtlich und liebevoll blickte der Krieger nun auf Satre. Er streichelte kurz über ihre Wange, nahm sie dann bei der Hand und gemeinsam kehrten sie zurück.

An diesem Abend suchte ein gewaltiger Sandsturm den Ort heim, der alles verwüstete, was ihm in die Quere kam und viele Opfer forderte. Satre und ihre Freunde jedoch blieben wie durch ein Wunder verschont, und Senjmen dankte der Kobragöttin dafür, sie beschützt zu haben. Keiner wusste jedoch, dass es Satre zu verdanken war, dass sie alle unversehrt waren, denn die junge Frau hatte insgeheim Seth um Erbarmen gebeten und ihm versprochen, ihm zukünftig Ehre zu erweisen. Sie wusste, dass er es war, der zu ihr gesprochen hatte. Satre behielt die Offenbarung Seths für sich, denn sie hegte die Hoffnung, doch noch Mutter werden zu können, und fürchtete, dass Senjmen kein Verständnis gezeigt hätte und alles daran setzen würde, sie erneut zur Vernunft zu bringen.

Sie hatten sich schnell eingelebt, Puiemre hatte als Arzt viel zu tun, und Senjmen verdiente ihr Geld mit der Herstellung von Brot und Bier. Auch Satre wollte sich nützlich erweisen, doch ihre einstige Dienerin sträubte sich dagegen, denn das konnte sie ihrer Herrin nun wirklich nicht zumuten, zumal die junge Frau schon auf ihr einstiges königliches Leben verzichtet hatte. Also verbrachte Satre die Zeit mit den Opferspenden an die Götter, versank in den Erinnerungen an alte Zeiten und wartete sehnsüchtig auf den jungen Offizier, der für frischen Wind im Alltagsleben sorgte und ihr Herz erneut aufflammen ließ.

Ramses erwies sich mit der Zeit als ein wahrer Freund, der sie besuchte, so oft es ihm möglich war. Er berichtete nicht nur von seinem raschen militärischen Aufstieg und den zahlreichen Erfolgen, sondern informierte sie auch ständig über alle Neuigkeiten, die sich am Hofe zutrugen, was Eje oder Haremhab Neues planten oder worüber sie sich stritten. Zwar hatte Ramses sie nie nach ihrer wahren Identität gefragt, doch sowohl Satre als auch Senjmen waren davon überzeugt, dass er mit Sicherheit einen Verdacht hegte, wer sie in Wirklichkeit waren, denn vor allem Satre trat er mit sehr viel Respekt entgegen, doch zeigte er ihr auch seine Zuwendung. Und schließlich willigte sie ein, als er sie darum bat, seine Frau zu werden. Auf den Vorschlag Ramses, mit ihm zurück nach Men-Nefer zu ziehen, bat sie ihren Gemahl jedoch, sie weiterhin in Per-Wadjet wohnen zu lassen, denn sie hatte Haremhab ihr Wort gegeben und wollte es daher vermeiden, ihm oder gar Eje zu begegnen. Als Satre schwanger wurde und kurz davor stand, Ramses ihre wahre Identität zu offenbaren, als dieser seine Gemahlin erneut mit nach Men-Nefer nehmen wollte, winkte er jedoch ab und gab ihr ein Zeichen, nicht weiterzureden.

»Ich ahne etwas, meine Liebste, aber rede bitte nicht weiter, denn für mich bist du meine Satre und einer Frau königlichen Namens wäre ich nicht würdig. Wenn Amun es will, so schenkt er uns einen Sohn, und in seinen Adern wird göttliches Blut fließen. So bleibe denn hier in Per-Wadjet, wenn du es für das Beste hältst«, erklärte er.

Dann war es so weit. Satre gebar einen gesunden und kräftigen Jungen, und als sie seinen Namen preisgab, so beglückte sie Ramses, bestürzte jedoch Senjmen, denn der Name des Kindes war Sa-Re-Sethi Merenptah, Sohn der Sonne, der Mann Seths, geliebt von Ptah. Seth zu Ehren wurde er kurz Seti genannt.

Das Handy vibrierte und riss die beiden Jugendlichen aus dem Schlaf. Verwundert bemerkte Edoardo, dass sie allem Anschein nach schon eine ganze Weile geschlafen hatten, denn das Zimmer lag im Dunkeln, nur von außen her drang ein schwaches Laternenlicht durch das Fenster. Der Mond hingegen lag dicht umhüllt von dunklen, bedrohlich wirkenden Wolken.

»Wie spät ist es?«, wollte Nirvin wissen.

»Mitternacht. Zeit, für einen kleinen unterirdischen Ausflug. Bist du bereit?«, fragte er das Mädchen herausfordernd.

»Na klar! Dann mal los, worauf wartest du noch?« Nirvin zeigte sich selbstsicher wie eh und je.

Leise glitten zwei Schatten aus einem der oberen Räume. Lautlos bewegten sie sich vorwärts, kletterten mühelos über die Geländer, um das verriegelte Törchen zu umgehen, das zur Treppe hinabführte. Sie erreichten die Stufen und schlichen dann gezielt über den Hof, bis hin zur Falltür, die einer Pforte zur Unterwelt glich. Durch die laue Sommerluft fegte hin und wieder eine angenehm frische Windböe, ringsherum war es gespenstig ruhig. Eine unsichtbare Mauer schien die Burg von der Außenwelt abzuschirmen, denn nicht einmal von der Stadt her drang das geringste Geräusch. Eine weiße Eule, die sich auf der Burgmauer niedergelassen hatte, beobachtete lautlos, was sich im Hofe abspielte.

Schnell hatte Edoardo das Schloss aufgebrochen. Dann schaute er bedachtsam nach allen Seiten, doch niemand schien auf sie aufmerksam geworden zu sein. Nun umklammerte er entschlossen den eisernen Ring, um die eine Seite der schweren Falltür zu öffnen. Auch Nirvin packte zu, und schließlich war der Spalt breit genug, um ins Innere des Kellergewölbes zu gelangen. Erst huschte das Mädchen vorsichtig hinein, gefolgt von Edoardo, der die Falltür lautlos hinter sich zuzog und kurz darauf seine Taschenlampe anknipste.

Im Inneren war die Luft ausgesprochen frischer als im Burghof. Im Strahl ihrer Lampen erkannten sie eine steinerne Treppe, die in den Porphyrfelsen gemeißelt war und hinab in einen Weinkeller führte. Dort angelangt schauten sie sich um, bevor Edoardo fragend auf Nirvin blickte.

»Ich sehe hier kein Schild. Ich weiß auch nicht weiter. Vielleicht haben wir uns geirrt und die Pforte, die wir suchen, befindet sich ganz woanders«, überlegte sie frustriert.

»Nirvin, wir haben jeden Winkel der Burg abgesucht, zu der wir Zutritt hatten. Ich glaube nicht, dass wir falsch liegen. Wäre doch ein verdammter Zufall, wenn der Einstieg nicht absichtlich mit einem N markiert wurde.«

»Vielleicht hat sich hier im Laufe der Zeit einiges verändert, sodass die Pforte, nach der wir suchen sollten, nicht mehr erkennbar war.«

Das Mädchen blickte sich erneut um, dann warf sie den Strahl ihrer Taschenlampe auf eine alte und verstaubte, leicht gewölbte Platte, die an der Wand angebracht war, und ging nachdenklich auf diese zu. Sie tastete sie ab, dann versuchte sie, sie abzuhängen.

»Was tust du da?«, wollte Edoardo wissen.

»Frag nicht, sondern hilf mir lieber. Dieses Ding ist nicht gerade leicht.«

Der Junge schüttelte verständnislos den Kopf, doch er kam Nirvin zu Hilfe. Schon bald hatten sie es geschafft. Die verrostete Platte entpuppte sich als eine schwere, v-förmige Schutzwaffe, die Teil einer Ritterrüstung gewesen sein musste. Edoardo überlegte: Such nach dem Schild, das waren die Worte. War es möglich, dass ... Er betrachtete den Wappenschild genauer, und sein Herz begann zu rasen, als er die Oberfläche vom Staub befreite und die Wappentiere zum Vorschein kamen. Unter einem geierartigen Vogel ringelte sich eine Schlange empor. Stellten diese Figuren tatsächlich die altägyptischen Gottheiten Wadjet und Nechbet dar?

Nirvin schien keine Zweifel zu haben. »Na also, wenn das mal kein Wegweiser ist!« Ihre Augen leuchteten vor Begeisterung.

»Schon möglich. Aber wie geht es nun weiter? Ich sehe nirgends ein Schlüsselloch oder Ähnliches. Das da sieht aus wie ein zugemauerter Durchgang.«

Edoardo kratzte sich grübelnd den Kopf und deutete auf die Stelle, an der der Schild gehangen hatte. Im Gegensatz zum restlichen Gewölbe bestand dieser Teil der Wand nicht aus Naturstein. Es waren dagegen einige Mauersteine erkennbar, die dem Anschein nach dazu verwendet worden waren, einen Durchgang zuzumauern.

»Genau das ist es doch, wonach wir suchen«, triumphierte Nirvin übermütig. »Den Stein entnehme ... warte mal!« Sie trat einen Schritt auf die Wand zu und klopfte dagegen. »Siehst du! Dahinter scheint es hohl zu sein. Wir müssen die Mauer zum Einsturz bringen!«

»Du bist doch verrückt, Nirvin! Das ist viel zu gefährlich! Wenn dieses Loch zugemauert wurde, so ergibt sich doch die Frage, aus welchem Grund dies geschah. Wahrscheinlich droht Einsturzgefahr. Immerhin ist ein Teil dieser Burg schon einmal abgestürzt und hat dabei vermutlich Schäden in diesem Kellergewölbe verursacht.«

»Aber alles stimmt perfekt mit dem Reim überein.« Nirvin ließ nicht locker.

»Mag schon sein.« Edoardo blieb skeptisch. »Vielleicht aber irren wir uns.«

»Wie erklärst du dann, dass ausgerechnet eine Kobra und ein Geier die Wappentiere dieses Schildes sind?«, beharrte das Mädchen. »Es passt alles zusammen!«

Edoardo seufzte und gab der Hartnäckigkeit Nirvins schließlich nach.

»Also gut. Ich werde versuchen, die Wand zum Einsturz zu bringen. Hier, wo das Wappen hing, dürfte eine Schwachstelle sein. Aber halte du dich zurück, zur Not müssen wir schnellstens über die Treppe hinausfliehen.«

Er setzte seinen Rucksack ab, trat mehrmals entschlossen gegen die Wand, wobei er die Bewegung eines Karatekämpfers nachahmte, bis die Mauer abzubröckeln begann. Dann zog er entschlossen an einem lockeren Mauerstein, bis es ihm gelang, ihn komplett zu entfernen. Weitere Steine lösten sich nun mit Leichtigkeit, und Edoardo vergaß die schmerzenden Finger und Kratzer die er sich zugezogen hatte, als sich ihm plötzlich hinter der Wand ein dunkler Gang offenbarte.

jetzt war auch Nirvin herbeigeeilt und spähte durch das entstandene Loch. Sie half dem Jungen, weitere Steine zu entfernen, bis ein Durchgang entstanden war, der breit genug war, dass beide hindurchklettern konnten.

Kaum befanden sie sich auf der anderen Seite der Wand, betrachteten sie das steinerne Gewölbe, das einer Höhle glich. Es war fürchterlich kalt und feucht, die Luft roch modrig, von der Decke her tropfte es und auch die Wände waren an verschiedenen Stellen nass. Unwillkürlich musste Edoardo an eine Gruft denken. Es schauderte ihm bei diesem Gedanken, und wäre plötzlich ein Vampir erschienen, so hätte es ihn sicherlich nicht gewundert.

»Was nun?«, fragte Nirvin und erschrak über den unheimlichen Schall, der durch ihre Worte entstand.

»Folgen wir dem Gang, aber mit äußerster Vorsicht«, flüsterte Edoardo.

Lautlos liefen sie durch das tunnelartige Gewölbe. Ab und zu vernahmen sie unheimlich klingende Laute, die aus der Ferne zu ihnen drangen, und am liebsten wären sie weggerannt, da sie an die unruhigen Geister denken mussten, die der Greis des Dominikanerklosters erwähnt hatte. Ab und zu schreckten sie auf, als das feine Schlagen von Fledermausflügeln hörbar war und die Tiere so dicht an ihnen vorbeiflogen, dass sie deutlich den Windstoß spürten, der von ihrem Schwingen verursacht wurde. Schließlich endete der Gang, und sie erreichten eine Abzweigung mehrerer Gänge, die sich alle glichen. Nirvin griff nach

Edoardos Hand, denn die Dunkelheit, die hier herrschte, schien so fürchterlich, dass sie den Eindruck hinterließ, jedes Leben verschlingen zu wollen.

Der Junge leuchtete die verschiedenen Eingänge ab, die an ein Labyrinth erinnerten, und plötzlich erfasste der Lichtstrahl eine eigenartige Abbildung über einer dieser Öffnungen. Sie hatte eine verblüffende Ähnlichkeit mit der wolfsartigen Gestalt, die sie wenige Stunden zuvor im Wandgemälde der Badestube entdeckt hatten. Unter dieser Figur waren zwei Worte kaum leserlich in den Stein gemeißelt, doch Edoardo entzifferte sie, und seine Stimme bebte, als er die Worte leise aussprach: »Homo Lupus«.

Eje war nach knapp fünf Jahren seiner Regentschaft verstorben. Vergebens hatte er einen Stein angebetet und die sinnlosen Worte eines gefälschten Papyrus zitiert, bis ihn die Verzweiflung am Ende verzehrte wie die Pest ihr Opfer. Eje starb mit der fürchterlichen Überzeugung, von den Göttern verlassen worden zu sein, denn sie hatten ihm seinen falschen Glauben nie verziehen. Haremhab war kurz darauf zum Opet-Fest nach Waset gereist. Nachdem er als der Sohn des Horus seinen Anspruch auf den Thron forderte und nach der Befragung des Orakels die offizielle Zustimmung des Amun erhielt, wurde er schließlich gekrönt und ernannte seinen General Ramses zum neuen Tjati.

Nun, da Eje keine Gefahr mehr darstellte, bat Ramses den Pharao, seine Gemahlin Satre nach Men-Nefer holen zu können, um seinen Sohn Seti nach den Regeln des königlichen Hofes zu erziehen.

»Satre, sagtest du? Ist das jene Frau, der du einst ein Dokument aushändigtest, bevor du sie nach Per-Wadjet geleitet hast?«

»Ja, Haremhab. Sie weigert sich, nach Men-Nefer zu kommen, doch wenn du dem zustimmen könntest, so würde ich sie wahrscheinlich überreden können.«

»Nun, ich habe diese Frau einst gewarnt, mir nie mehr unter die Augen zu treten. Dies geschah, als Eje an der Macht war und die Dinge anders standen. Seitdem hat sich einiges geändert. Du weißt über ihre wahre Identität?«, fragte Haremhab vorsichtig.

»Ihre wahre Identität ist Satre, und etwas anderes will ich nicht hören.«

»Also gut, Ramses. Siehe, ich habe keine leiblichen Kinder, obwohl ich mir einen Sohn wie dich gewünscht hätte. Nun habe ich zwar alle Macht, doch was nützt sie mir, wenn mein Herz leer ist und meine Seele mich bereits verlassen hat, als meine erste Frau verstarb. Ich werde mich darum bemühen, dass ich wenigstens andere glücklich machen kann. So werde ich dich als meinen Sohn betrachten, wenn du es mir gestattest, und werde deiner Gemahlin Satre meinen Segen geben. Offiziell kenne ich ihre Herkunft nicht, und auch sonst soll niemand darüber Bescheid wissen, aber ich bin mir sicher, sie wird dir eine gute und würdige Frau sein. So geh und bringe sie hierher nach Men-Nefer, denn es schickt sich nicht, dass die Gemahlin des Tjatis und zweitwichtigsten Mann Kemets weit weg an einem unbedeutenden Ort verweilt. Ihr Platz ist an der Seite ihres Mannes. Und es wird Zeit, dass der kleine Seti mit dem Amt seines Vaters vertraut wird, denn er wird eines Tages an seine Stelle treten müssen.«

So geschah es, dass Anches-en-Amun als Satre zurück nach Men-Nefer kehrte. Natürlich war nicht nur ihr Sohn Seti dabei, sondern auch ihr Leibarzt Puiemre mit seiner Familie und ihre treue Dienerin Senjmen, die zwar nicht mehr die Jüngste war, doch immer noch über einen starken Willen und Charakter verfügte. Senjmen hatte zwar nie begriffen, weshalb ihre Herrin ihren Sohn Seti genannt hatte, und jedes Mal, wenn sie dieses Thema ansprach, schwieg Satre und wich ihr aus. Gerade deshalb war sie umso entschlossener, weiterhin gut auf die Tochter Nofretetes und den kleinen Seti Acht zu geben. Unter ihrem Gepäck befand sich ein goldenes Kästchen mit wertvollem Inhalt.

Die Jahre vergingen, und der neue Pharao brachte wieder Ordnung ins Land. Wenn er sich die letzten Jahre mit Eroberungen und der Verteidigung Kemets beschäftigt hatte, so kümmerte er sich nun um das, was im Lande selbst vor sich ging. Die letzten Spuren der Aton-Verehrung wurden vertilgt, sowie auch die Namen der letzten vier Regenten aus den Herrscherrollen gestrichen wurden. Tempel wurden erneuert und herrlicher den je gestaltet, die Autorität des Regenten wurde wiederhergestellt. Bei hohen Beamten ging der jetzige Herrscher gegen den Missbrauch ihrer Positionen vor, erstellte neue Gesetze, ließ

Verbrecher härter als zuvor bestrafen und sorgte dafür, dass jeder Bewohner Kemets fleißig arbeitete und somit für erneuten Wohlstand des Landes sorgte.

Dann kam der Tag, an dem Senjmen erneut die Göttern pries, denn Dank des Bündnisses zwischen Satre und Ramses würde die einstige reine königliche Blutlinie erhalten bleiben, da Haremhab offiziell verkündet hatte, Ramses zu seinem Nachfolger auserkoren zu haben.

»Habt keine Angst vor der Dunkelheit, den unruhigen Geistern und dem Wolf. Das hat Ipuwer doch gesagt, Ed, oder?«

»Schon, aber wenn ich mir vorstelle, dass ...«

»... dass wir womöglich einem Werwolf begegnen? Ich bitte dich!« Nirvin lachte belustigt auf.

»Das Monster aus der Dunkelheit, vielleicht ...«

»Ach, komm schon, Ed! Ich dachte, du glaubst nicht an solche Märchen!« Nirvin versuchte, gelassen zu wirken, doch auch sie konnte ihre Angst nicht verbergen. »Vielleicht sind die anderen Gänge ja weitaus gefährlicher. Aber bitte, wenn du meinst, zunächst diese erkunden zu müssen, so lass uns das tun. Ich aber glaube, der einzig gekennzeichnete Weg ist der richtige, und sowohl die Zeichnung als auch die Worte dienen dazu, unerwünschte Gäste abzuschrecken.«

Edoardo blickte unschlüssig auf Nirvin. Sollte sie recht haben?

»Also gut«, meinte er schließlich, nahm Nirvins Hand und machte sich auf, den Gang zu betreten, der als »Homo Lupus« gekennzeichnet war.

Die Luft schien immer kälter und feuchter zu werden. Auch der moderige Geruch betäubte ihre Sinne. Es schien, als würde der Gang nicht enden wollen. Immer tiefer führte er in das Erdinnere. Hinzu kam dieses unheimliche Heulen, das immer deutlicher zu vernehmen war. Plötzlich aber erhellte sich der Weg, und ein grünlich schimmerndes Licht drang aus einem vor ihnen liegenden Raum.

Abrupt blieb Edoardo stehen, und sein Herz begann wie wild zu schlagen. Auch Nirvin unterdrückte einen Aufschrei und packte den Jungen beim Arm. Im grünlich leuchtenden Glanz der Kammer erblickten sie eine riesige Gestalt, die reglos dazustehen schien und ihnen den Weg versperrte. Bös funkelnde

Augen starrten sie an, während weiße Reißzähne gefährlich im grünen Licht schimmerten.

Edoardo schob Nirvin hinter sich und trat langsam einen Schritt zurück. Erst dann fiel ihm auf, dass irgendetwas nicht stimmte. Die schreckliche Gestalt stand absolut reglos da, und da bemerkte der Junge, was nicht ins Bild passte. Obwohl die Bestie die Zähne fletschte, knurrte sie nicht. Auch ihre Regungslosigkeit war äußerst merkwürdig. Er stieß Nirvin noch weiter zurück und ging beherzt auf das Wesen zu.

»Was tust du da? Bist du denn völlig verrückt?!«, hörte er das Mädchen aufgebracht rufen.

»Einen Moment, Nirvin!« Er stand dem Monster direkt gegenüber, zögerte noch eine Sekunde, packte dann jedoch entschlossen den behaarten Arm des Wesens. Nichts geschah.

»Ed, ist diese Werwolfgestalt etwa unecht?«

»Allem Anschein nach ja. Das Vieh scheint ausgestopft zu sein. Der Arm ist hart, steif und kalt.«

»Aber … Moment mal!« Nirvins Blick erhellte sich. »Ich habe da einen Verdacht. Dieses Monster ist keineswegs ausgestopft, es ist von einem Künstler hergestellt worden!«

»Woher weißt du denn das schon wieder?« Edoardo schaute sie fragend an.

»Lupo hat mir mal von einem Künstler erzählt, der für den Film allerlei Horrorgestalten entwickelte. Besonders von einem Werwolf schien Lupo fasziniert. Er zeigte mir ein Bild von dem Monster, und dieses hier gleicht ihm bis ins äußerste Detail. Lupo erwähnte ständig, dass er die Figur unbedingt erwerben musste, sobald man keine Verwendung mehr für sie hatte.«

»Du meinst, Lupo steckt dahinter?«, fragte der Junge ungläubig.

»Dessen bin ich mir sicher!« Nirvin war kurzerhand hinter die Horrorfigur gehuscht, um sich einer dunklen Nische zu nähern, aus der das furchterregende Geheul zu dringen schien. «Dachte ich es mir doch! Siehst du?«, meinte sie dann, an Edoardo gewandt.

»Ich verstehe nicht, was du meinst.« Der Junge war ihr gefolgt, und nun sah auch er, was die Ursache des schaurigen Lärms war. In der Felswand befand sich ein etwa zehn Zentimeter breiter Schacht, durch den ein verrostetes altes Rohr sich den Weg ins Freie bahnte. Der Wind blies kräftig durch und verursachte das laute Aufheulen.

»Lupo hat einige Male ein Schloss erwähnt, das oftmals seinen Besitzer gewechselt hat«, erklärte ihm das Mädchen. »Als es für kurze Zeit Eigentum eines exzentrischen Geschwisterpaares war, rühmten sich diese, eine grauenvolle Bestie im Schloss zu halten. Sie erzählten jedem Bekannten, dass dieses dämonische Monster sein Unwesen im Kellergewölbe trieb, wo sie es eingesperrt hielten. Wahrscheinlich hatten die Geschwister dieses Rohr entdeckt, das vermutlich bei Sanierungsarbeiten angebracht worden war und im Felsen zurückgelassen wurde. Dies brachte sie auf diese verrückte Idee. Das fürchterliche Heulen, das in Wahrheit vom Wind erzeugt wurde, der durch das Rohr blies, erschütterte jeden Neugierigen, der den Mut erbrachte, sich dem Kellergewölbe zu nähern. Auch beteuerten einige, weitere unheimliche Geräusche vernommen zu haben. Für diese waren ebenfalls die Schlossbesitzer verantwortlich, die sich den Scherz gemacht hatten, an verschiedenen Stellen der Felswände, durch welche Luftzüge durchdrangen, verschiedene Windspiele aus Metall und Holz anzubringen. Diese klirrten und klapperten, was die Gäste der Geschwister zu der Überzeugung brachte, dass es in der Burg wahrhaftig spukt. Verstehst du jetzt, woher auch die weiteren Geräusche hier untern kommen?« Nirvin schaute erwartungsvoll auf Edoardo.

»Du meinst, Lupo hat dir tatsächlich von diesem Schloss hier erzählt?«

»Ja, ich bin mir absolut sicher. Sieh mal!« Der Strahl ihrer Taschenlampe erfasste nun die Kammer. Jetzt erst fiel Edoardo auf, dass die Wände mit Spiegelteilen verputzt worden waren. Außerdem funkelte die Felswand an verschiedenen Stellen eigenartig auf, als wäre sie bearbeitet worden. Nirvin erklärte:

»Mir ist da noch etwas eingefallen. Lupo erwähnte ebenfalls einen gespenstischen Raum, der angeblich grünlich leuchtet. Hier soll einst ein Alchimist heimliche Experimente mit phosphoreszierenden Materialien durchgeführt haben. Wie du schon bemerkt hast, so ist die Felswand an verschiedenen Stellen brüchig. Dies wurde vermutlich durch eine Schießpulverexplosion verursacht. Die Felswand wurde gesichert, doch an verschiedenen Stellen entstanden Spalten, die das Außenlicht hindurchfilterten. Dies nutzte unser Alchemist aus. Um den leuchtenden Effekt der Kammer beizubehalten, dessen Wände er mit phosphoreszierenden Materialien bearbeitet hatte, integrierte er zusätzlich Spiegelfragmente, die tagsüber das Sonnenlicht, welches durch einen oberen Spalt drang, auffingen und reflektierten. Dadurch wurde dieser Raum am Tage erhellt und konnte bei Dunkelheit leuchten. Was aber den Werwolf betrifft, so vermute ich, dass er noch nicht lange in dieser Kammer steht.«

»Das bedeutet also, Lupo war in diesem Kellergewölbe und hat dieses ausgestopfte Monster hergebracht? Wozu?«

»Das ist bestimmt nicht das Einzige, was er hier versteckt hat. Von dieser Figur hat er mir vermutlich absichtlich so vorgeschwärmt und mir ein davon Bild gezeigt. Sie sollte einerseits abschrecken, andererseits aber auch ein Hinweis für uns sein. Er wusste von unserer bevorstehenden Mission! Aus welchem Grund hätte er mir auch so oft von diesem Schloss erzählen sollen? Also, worauf warten wir noch? Suchen wir das Schlüsselloch!«

»Ja, du hast recht. Wir sollten uns nicht allzu lange in dieser Kammer aufhalten. Vermutlich sind die Materialien, die dieser Alchimist verwendet hat, radioaktiv.«

Im Schein der Taschenlampen untersuchten sie dann jeden Zentimeter, bis sie schließlich in einer unscheinbaren Nische tatsächlich ein passendes Loch fanden, in das der Schlüssel passte. Dann drehte Nirvin ihn, woraufhin ein Steinbrocken aus der Wand trat. Edoardo fiel auf, dass dieser Stein künstlich war,

denn er war so leicht, dass er ihn mühelos aus der Wand heraus-
heben konnte. Neugierig schauten er und Nirvin dann in den
dahinter liegenden Hohlraum und hofften insgeheim, das Pentakel gefunden zu haben. Tatsächlich erblickten sie etwas Glänzendes, und das Mädchen streckte ihren Arm in das Loch, um
den Gegenstand herauszuholen. Dann blickten beide auf das
goldene Kästchen, das mit Steinen aus buntem Glas verziert war.
Die silbernen Figuren Nechbets, Wadjets, Thots und Horus waren deutlich erkennbar.

»Das ist das Kästchen der Wächter des Heka-Steins! Los,
mach es schon auf! Ich will diesen Stein sehen!« Edoardo war
vor Aufregung völlig außer sich.

Dann aber breitete sich ein Ausdruck jeglicher Enttäuschung
über beide Gesichter, denn als Nirvin das Kästchen gespannt
und voller Ehrfurcht öffnete, war dieses leer. Der Inhalt bestand
lediglich aus einer länglichen und einer sternförmigen Einbuchtung, die mit weichem, rotem Samt gepolstert waren. Edoardo
schaute noch einen Moment ratlos, dann seufzte er ernüchtert,
holte den Papyrus aus dem Rucksack und legte ihn behutsam in
die längliche Einbuchtung. Er passte genau hinein.

»So viel Mühe, nur um ein dummes Kästchen zu finden!«
sagte Nirvin erbost.

»Nun, vielleicht ist auch dies ein wichtiger Bestandteil dessen,
was wir finden müssen, meinst du nicht? Weshalb hätte Lupo es
sonst so mühevoll versteckt?«

»Schon möglich. Ich hätte aber trotzdem lieber das Pentakel
gefunden!« Nirvin war frustriert.

»Ich doch auch. Aber zumindest scheinen wir erfolgreich gewesen zu sein, das ist doch schon mal was. Wenn ich mir vorstelle, dass Lupo einst hier war … Sicherlich war er nach vielen
Jahren der Erste, der das Gewölbe erneut betreten hat. Danach
folgten wir. Wie er wohl diese Figur hier hineingeschafft hat?«
Edoardo schien sichtlich beeindruckt.

»Jedenfalls wissen wir nun, dass sowohl er als auch Doc das

vollste Vertrauen meiner Mutter genossen«, stellte das Mädchen fest.

»Wie kommst du denn darauf, Nirvin?«

»Nun, es liegt doch auf der Hand, dass beide über den Verbleib des Papyrus und des Kästchens Bescheid wussten. Sie müssen diese Gegenstände also gemeinsam versteckt haben.«

»Du könntest recht haben. Sicherlich ist demnach Doc der Autor dieser Reime«, schlussfolgerte Edoardo.

»Aber wieso tut er so geheimnisvoll? Wenn diese Gegenstände wirklich in Gefahr schweben und tatsächlich so wertvoll sind, wie man behauptet, warum hat Doc dann nicht selbst diese Dinge verwahrt? Wieso wurden sie versteckt, und warum müssen wir danach suchen, und weshalb hat er noch nicht das Pentakel in Sicherheit gebracht? Sicherlich wird er doch auch dieses gemeinsam mit Lupo versteckt haben!«

»Das sind viele Fragen auf einmal, Nirvin. Sobald wir Alexander wieder sehen, wird er uns Einiges erklären müssen! Sicherlich bist du der Schlüssel zum Ganzen, aber in welcher Hinsicht, das weiß ich nun wirklich nicht! Doch nun lass uns zurückgehen, es wird höchste Zeit, hier hinauszukommen!«

Nachdem Edoardo das Versteck in der Mauer erneut verschlossen hatte, warfen sie noch einen letzten Blick in den einzigartigen Raum und auf die unheimliche Werwolfgestalt. Dann machten sie sich auf. Nachdem sie eine Weile gelaufen waren, zweigte der Gang jedoch plötzlich ab. Dies hatten sie auf dem Hinweg gar nicht beachtet.

»Und nun? Aus welcher Richtung kamen wir?«, wollte Nirvin wissen.

»Keine Ahnung. Wir waren vorher so beschäftigt, geradeaus zu schauen und uns in dieser verdammten Dunkelheit zurechtzufinden, dass ich diesen zweiten Zugang gar nicht bemerkt habe. Wir müssen wohl einfach einen der beiden Wege nehmen. Notfalls kehren wir wieder um.«

»Was ist, wenn einer dieser Wege direkt in eine Falle führt?«

»Das glaube ich nicht. Komm, lass uns den rechten Gang nehmen.« Edoardo ging entschlossen los. Nirvin zögerte, doch dann folgte sie ihm.

Der Gang verlief immer steiler in die Tiefe und schnell waren sich die Freunde einig, dass dies der falsche Weg sein musste. Doch als sie umkehren wollten, bemerkten sie mit Entsetzen, dass ihnen auf dem Rückweg erneut zwei Optionen zur Verfügung standen.

»Und nun? Entscheiden wir uns abermals für den falschen Weg, so werden wir niemals mehr herausfinden!«

Die Verzweiflung in Nirvins Stimme erschütterte Edoardo. Er nahm das Mädchen in den Arm, doch wusste auch er keinen Ausweg, und so konnten seine Worte nur wenig Trost spenden.

»Vielleicht sollten wir einfach weitergehen«, meinte er schließlich.

»Weitergehen? Und wenn dieser Weg ganz plötzlich endet? Kannst du mit Sicherheit sagen, dass die vorherige Weggabelung die einzige war? Wie konnten wir nur so dumm und unvorsichtig sein? Wir hätten viel besser darauf achten müssen, ob es bereits zuvor weitere Abzweigungen gab. Wenn dem so ist, so können wir ewig hier herumirren, bis wir verhungern und verdursten oder direkt in der Hölle landen!«

»Nirvin, nun beruhige dich!«

»Beruhigen? Verstehst du denn nicht? Dies hier ist ein verfluchtes Labyrinth!«

»Du denkst doch nicht wirklich, dass Lupo dich einer solchen Gefahr ausgesetzt hätte! Außerdem werden Maria und Lex nach uns suchen, sobald die Burg den Besuchern geöffnet wird.« Edoardo versuchte mühevoll die Ruhe zu bewahren, doch Nirvin machte es ihm nicht leicht, zumal sie nicht ganz Unrecht hatte.

»Riechst du das?«, meinte das Mädchen plötzlich und rümpfte die Nase. »Irgendwie stinkt es hier nach nassem Hund!«

»Nach was?!«, fragte Edoardo verdutzt, doch dann nahm auch er den strengen Geruch wahr.

Einen kurzen Moment später vernahmen sie ein kaum hörbares Geräusch, das näherzukommen schien. Es waren schnelle Schritte, aber keine menschlichen. Edoardo, der zuvor seine Taschenlampe ausgeschaltet hatte, um die Batterie zu schonen, als sie stehen geblieben waren, knipste sie wieder an, und der Strahl erfasst direkt den Umriss eines Hundes.

»Lupo?! Das ist nicht zu fassen! Dich schickt der Himmel!«, rief Nirvin erleichtert, als sie den vierbeinigen Freund erkannte.

Vom Fell des Tieres tropfte Wasser. Auch Edoardo atmete erleichtert auf. Es gab erneute Hoffnung, den Ausgang zu finden. Anders als erwartet schlug der Hund nicht den Weg ein, von dem sie gekommen waren, sondern wartete in der entgegengesetzten Richtung, dass man ihm folgte. Die Freunde zögerten keine Sekunde, denn sie hatten vollstes Vertrauen in Lupo.

Unendlich tief hinab schien der Gang sich zu ziehen, und tatsächlich gab es weitere Abzweigungen, doch der Hund ging entschlossen seinen Weg. Dann vernahmen sie ein weiteres Geräusch, das immer deutlicher wurde, und plötzlich sahen sie, um was es sich handelte: Sie standen am Ende des Ganges, der an dem gewaltigen Strudel eines Wasserfalls grenzte. Der Hund blieb stehen, blickte sich kurz um, dann sprang er mit einem Satz durch den kräftigen Wasserstrahl. Nirvin und Edoardo blickten sich einen Moment lang an, dann nahmen sie sich bei der Hand und taten dem Tier gleich.

Die Jahre vergingen, und das Land blühte unter der Führung Haremhabs langsam wieder auf. Als dieser starb und Ramses seinen Platz einnahm, bemühte der neue Herrscher sich, das Werk seines Vorgängers weiterzuführen. Seti, der bereits unter Haremhab Oberst war und erfolgreich seine militärischen Aufgaben ausübte, wurde von seinem Vater als Mitregent ernannt. Zu dieser Zeit war Seti bereits mit Tuja verheiratet, die ihm einen Sohn gebar und zu Ehren des Großvaters nannten sie den Jungen Ramses den Zweiten.

Leider verstarb der alte Ramses bereits nach zwei Jahren seiner Regentschaft und, nachdem Seti verkündet hatte, der Sohn Amun-Res zu sein, wurde er zum neuen Herrscher ernannt. Da er wusste, dass die Öffentlichkeit weiterhin nicht gut auf Seth zu sprechen war, mied er es, diesen als seinen Schutzgott zu verkünden, doch spendete er dem Gott regelmäßig Opfer, wie seine Mutter es ihn gelehrt hatte. Auch stellte er ihn den drei wichtigsten Reichsgöttern gleich, als er das Heer in vier Abteilungen einteilte, die Re, Amun, Ptah und Seth geweiht waren. Mit diesen Streitmächten leitete er weitere erfolgreiche Feldzüge. In Abedju ließ er eine riesige Tempelanlage erbauen und errichtete zwei Totentempel, sowie eine beeindruckende Säulenhalle im Amun-Tempel. Zahlreiche weitere Monumente trugen seinen Namen. Auch bemühte er sich, seinem Vater mit der Errichtung einer Kapelle Ehre zu erweisen. Er pries die Götter und war stets bemüht, im Tempel des Seth in Hut-Waret Opfer zu spenden, der noch unter Haremhab wiedererrichtet und vergrößert worden war. Dort erbaute er außerdem einen Sommerpalast.

Der kleine Ramses wurde schon in jungen Jahren mit den Aufgaben eines Heeresführers vertraut gemacht, und noch im Kindesalter erlebte er bereits die ersten Streitzüge. Er war erst fünfzehn Jahre alt, als sein Vater ihn als seinen Mitregenten einsetzte, und noch im selben Jahr wurde er bereits vermählt. Nefertari, die Enkelin Puiemres, wurde zu einer der Gemahlinnen Ramses, während Puiemres Enkelsohn Tia der Lehrer und Vertraute Ramses war.

Was dem jungen Ramses aber verschwiegen blieb, war die Existenz des Steins der Macht, der von seinen neuen Wächtern Tia und Nefertari gut aufbewahrt wurde. Beide hatten diese Aufgabe übernommen, als Senjmen im Sterben lag und sie Puiemre bat, die wichtige Aufgabe ihrer Familie an dessen Kinder zu übertragen, da sie selbst kinderlos geblieben war.

Allein Satre wusste noch von der Existenz des Heka-Steins. Als sie merkte, dass auch bald für sie die Zeit gekommen war, dem Reich Osiris entgegenzutreten, ließ sie nach der schönen Nefertari rufen, übergab ihr den königlichen Armreif, wie es einst ihre Mutter getan hatte, und vertraute ihr jenes Geheimnis an, welches sie noch niemandem zuvor preisgegeben hatte. Sie erzählte der jungen Frau von ihrer wahren Identität und der außergewöhnlichen Begegnung mit Seth und das Versprechen, das sie diesem gegeben hatte. Also bat sie darum, weiterhin dafür zu sorgen, dass man dem Gott stets Ehre erbrachte und warnte eindringlich vor der Macht des Heka-Steins.

»Der junge Ramses tut seinem Vater Seti gleich und ehrt Seth, sodass dieser momentan wohl gestimmt ist, doch ich befürchte, das wird nicht immer so bleiben. Bald wird Seth sich nicht mehr damit begnügen, vom Pharao gepriesen zu werden. Ich spüre bereits, dass er nach weiterer Macht strebt, denn ihm missfällt, dass Amun Re und Horus immer noch größere Ehre gebührt als ihm. Wenngleich das Volk ihm weiterhin misstraut, so eifert er dennoch danach, als König der Götter verehrt zu werden. Ramses wird ein guter Herrscher sein. Sorge stets dafür, dass er nicht allzu sehr nach Macht und Ruhm strebt. Es soll Frieden herrschen, nur so wird das Gleichgewicht des Heka-Steins bestehen.«

»Sei unbesorgt, Satre, du hast mein Wort, dass ich mich darum kümmern werde.«

So starb einige Tage später die Frau, die einst den Namen An-ches-en-Amun trug.

Als Ramses fünfundzwanzig Jahre alt war, starb auch Seti un-erwartet und vermachte die Regentschaft seinem Sohn. So re-gierte der junge Ramses mit der Hilfe seiner Mutter Tuja, seines Vertrauten Tia, des Tjatis Paser und seiner Gemahlinnen Ne-fertari und Isisnofret. All seine Streitzüge waren erfolgreicher als je zuvor. Schließlich jedoch wurde ein Friedensvertrag mit dem Reich Hatti unterzeichnet, wobei auch Nefertari einen großen Beitrag dazu leistete.

Die Denkmäler und Bauten, die Ramses der Große errichtete, waren kolossal, und ganz Kemet staunte über all den Prunk und Glanz. Seinen Vätern zu Ehren erbaute Ramses auch eine neue Hauptstadt. Ganz in der Nähe der kleinen Ortschaft Hut-Waret, zwischen Retjenu und Tameri wurde nun ein gewaltiger Regie-rungssitz gegründet, dessen Zentrum der Sommerpalast Setis war. Per-Ramesse, das Haus des Ramses, wurde zur zukünftigen Residenz des Königs.

Beinahe fünfzig Jahre herrschte Frieden. Seth schien wohl ge-stimmt, war doch die neue Hauptstadt dort errichtet worden, wo man ihn verehrte. Ihr südlicher Teil war nur ihm gewid-met, und der Tempel, der dort zu seiner Ehre errichtet wurde, war nach Meinung vieler noch prächtiger als der westliche des Amun oder der nördliche und östliche Teil, der Wadjet und Isis geweiht war.

Als Nefertari starb, vermachte sie den Heka-Stein ihrer treu-en Dienerin. Der Stein der Macht schien in Vergessenheit gera-ten zu sein, doch leider währte das Gute nicht allzu lange.

Der Sprung durch den Wasserfall gelang, und nach guten zwei Metern freiem Fall landeten Nirvin und Edoardo in den bewegten Gewässern der Talfer. Gerade noch sahen sie, wie Lupo aus dem Fluss kletterte, sich kräftig schüttelte, sie noch einmal kurz beobachtete, um dann hinter einem Gebüsch zu verschwinden.

»Ich hoffe nur, das Kästchen ist wasserdicht!«, meinte Nirvin, als auch sie sich aus dem Fluss hievten. Edoardo schaute sie besorgt an, nahm seinen Rucksack von den Schultern und öffnete ihn beängstigt. Dann aber atmete er beruhigt auf, als er überrascht feststellte, dass das Sweatshirt, in welches er das kostbare Kästchen gewickelt hatte, die meiste Feuchtigkeit abgefangen hatte. Die Schatulle war größtenteils trocken geblieben, und als er ihren wertvollen Inhalt begutachtete, so stellte er erleichtert fest, dass kein einziger Tropfen Wasser eingedrungen war.

Der Himmel hatte sich bereits ein wenig erhellt, in der Ferne vernahmen sie ein bedrohliches Donnern, das langsam näherzukommen schien. Rasch liefen sie den Rad- und Fußgängerweg entlang, der am Tage sicherlich für angenehme Spaziergänge genutzt und gewiss auch sehr in Anspruch genommen wurde. Doch zu dieser frühen Tageszeit war glücklicherweise noch niemand unterwegs, der die beiden klitschnassen Gestalten argwöhnisch hätte beäugen können.

Müde, durchnässt und durchgefroren erreichten sie schließlich den Mietwagen, in dem Lex und Maria vor sich hin dösten. Maria hatte sich die halbe Nacht Vorwürfe gemacht und noch nicht den Mut aufgebracht, sich mit Daniel in Verbindung zu setzen. Desto erleichterter war sie, als sie die erschöpften Gesichter Edoardos und Nirvins erblickte, als diese an die Wagenscheibe geklopft hatten.

»Wie seht ihr denn aus?! Ach, egal! Kommt, steigt ein, so fahren wir ins Hotel und ihr könnt uns alles in Ruhe erzählen. Ich hoffe, es hat sich wenigstens gelohnt!«

Maria war den beiden um den Hals gefallen, und auch Lex schien sichtlich erleichtert über das Eintreffen der zwei. Noch während der Fahrt berichteten die beiden Freunde von ihrem unglaublichen Abenteuer und wie sie dank der Hilfe Lupos ins Freie gefunden hatten.

»Dein Onkel wird sicherlich von diesem verborgenen Einstieg aus in die unterirdischen Gänge gelangt sein«, meinte Lex zu Edoardo. »Ich kann mir durchaus nicht vorstellen, dass man ihm den Eintritt mit solch einer Monsterfigur gewährt hätte.«

Nirvin nickte. »Lupo hatte eine ganze Sammlung antiker Mappen und Baupläne. Es sind hoch geschätzte Unikate dabei, die einen unsagbaren Wert haben und nun in einem Tresor aufbewahrt werden. Wahrscheinlich befindet sich auch der Grundriss der Burg und des Kellergewölbes darunter«, erklärte sie.

»Das wäre möglich. Ich glaube jedenfalls nicht, dass man über diese unterirdischen Gänge Bescheid weiß, denn schließlich wären sie eine beeindruckende Touristenattraktion«, äußerte sich Maria, und auch Lex hatte seine Theorie:

»Man hat doch sicherlich jeden Winkel der Burg untersucht. Eine zugemauerte Wand mit Hohlraum wäre den Experten doch wohl kaum entgangen. Ich vermute eher, dass man diese Irrwege mit Absicht zugemauert hat, weil man sich erstens sehr schnell verlaufen kann und zweitens mit Sicherheit eine Einsturzgefahr besteht. Schließlich hat die Burg in ihrer Vergangenheit schon so einiges miterlebt. Belagerungen, Explosionen, Brände … sogar die Nordwand des Sommerhauses ist schon einmal abgestürzt.«

»Wer weiß. Jedenfalls würde ich nur zu gerne dabei sein, wenn man unser Einstiegsloch entdeckt und dann diesem abscheulichen Werwolf begegnet.«

Kurze Zeit später trafen sie im Hotel ein. Noch herrschte wenig Betrieb, und während Maria und Lex die Empfangsdame ablenkten, huschten Edoardo und Nirvin unbemerkt in den Aufzug und verschwanden kurzerhand in ihren Zimmern, um die nasse Kleidung so schnell wie möglich loszuwerden.

Erst einen Tag später teilten die Lokalnachrichten mit, dass Unbekannte in den Keller der Burg Runkelstein eingedrungen waren, wo sie sich Zugang zu einen zugemauerten Gang verschafft hatten, der bislang unbekannt gewesen war. Es handle sich um ein ungewöhnlich großes Tunnelsystem, das einem Labyrinth glich und dessen Zweck und Ausmaß man noch erforschen müsse. Außerdem entdeckte man einen einzigartigen phosphoreszierenden Spiegelraum, in welchem die fremden Eindringlinge sich allem Anschein nach einen Scherz erlaubt hatten, denn hier wurde die sehr lebhaft wirkende Figur eines Wolfsmenschen entdeckt. Das kuriose Ereignis konnte man sich bislang nicht erklären.

Ramses der Große regierte sechsundsechzig Jahre, und als er in hohem Alter verstarb, übernahm sein Sohn Merenptah die Regentschaft. Auch er war bereits fortgeschrittenen Alters und seine älteren Brüder waren längst verstorben, als dass sie als Thronfolger hätten eingesetzt werden können.

Meritamun, der Tochter Nefertaris, wurde die Aufgabe der Wächterin des Steins der Macht anvertraut, als die treue Dienerin ihrer Mutter im Sterben lag. Leider jedoch wollte der Zufall es, dass Tapaja, eine Nebenfrau Amenmesses, der wiederum ein Sohn Merenptahs war, das Gespräch zwischen der alten Dienerin und Meritamun belauschte, als diese der Tochter Nefertaris den Stein übergab. Schnell erkannte Tapaja, wie viel Macht ihr der Heka-Stein hätte bescheren können. Sie erzählte ihrem Mann davon und überredete ihn, das Kästchen, dessen Versteck sie kannte, an sich zu nehmen.

Als Amenmesse schließlich im Besitz des machtvollen Steines war, zitierte er sodann die magischen Worte des Papyrus, pries die Götter und bat sie, seinen älteren Bruder zu vernichten, da dieser als Erstgeborener den Anspruch auf den Thron hatte und Amenmesse sich nicht mit dem Titel des Vizekönigs von Kusch zufriedengeben wollte. Auch wünschte er seinem Vater, dem amtierenden Pharao, den Tod. Er ahnte jedoch nicht, welche Ausmaße diese geäußerten Wünsche auf den Heka-Stein hatten, denn die Götter erzürnten sich sehr, da diese Form von Machtgier alle Maße übertraf. Ein Sohn göttlichen Blutes, der nicht nur seinem Bruder, sondern auch seinem Vater, dem Gott auf Erden, den Tod wünscht, um selbst an die Macht zu kommen!

Noch bevor der neue Tag anbrach, sahen die Bewohner Per-Ramesses mit Bestürzung, was geschehen war. Hapi, der die Flut des heiligen Flusses verkörperte, war dieses Jahr nicht erschienen, und nun blutete er! Das Gewässer, das zu dieser Jahreszeit hätte hoch ansteigen müssen, um somit den fruchtbaren Schlamm zu hinterlassen, war rot wie Blut! Niemand ahnte, dass dies durch eine Unmenge von Algen verursacht wurde, die sich in dem niedrigen Wasser des Flusses angesammelt hatten.

An diesem Morgen fand Amenmesse den reglosen Körper seiner Gemahlin inmitten des Sees seines Palastes. Auch hier war das Wasser rot gefärbt. Doch als Amenmesse bestürzt den leblosen Körper Tapajas herauszog, bemerkte er entsetzt, dass seine Gemahlin verblutet war. Ihre Pulsadern waren aufgeschnitten, und in ihrer steifen Hand hielt sie noch den Dolch, an dessen Griff eine Abbildung Seths erkennbar war. Vielleicht war Tapaja das erste Opfer erboster Götter, aber vielleicht war auch Seth nicht unbeteiligt an ihrem mysteriösen Tod. Jedenfalls war dies erst der Anfang einer schrecklichen Zeit, die viele unschuldige Opfer forderte.

Noch an diesem Abend erhob sich erneut das Klagen des Volkes. An der Wasseroberfläche des Flusses schwammen unzählige tote Fische. Niemand konnte wissen, dass die Vielzahl der rotfärbenden Algen Giftstoffe abstießen, die fatale Folgen für die Fische des Nils hatten. Der heilige Fluss hatte sich in einen Seuchenherd verwandelt, worauf auch weitere Wassertiere gestresst reagierten. Frösche schienen die Flucht zu ergreifen. Sie eroberten die Straßen Per-Ramesses und verursachten Unruhen in der ganzen Stadt.

Dadurch, dass sich kaum noch ein Fisch im Fluss befand und auch die Frösche das Weite gesucht hatten, gab es für die Larven der im Wasser entstehenden Stechmücken keinen natürlichen Feind mehr. Die Plagegeister quälten Mensch und Vieh, auch Stechfliegen, Flöhe, Läuse und allerlei Ungeziefer schienen von den außergewöhnlichen Umständen angezogen. Sie übertrugen Krankheiten. Und auch das kostbare Wasser des Flusses, von dem das durstige Vieh trank und das für die Bewohner Per-Ramesses eine Notwendigkeit war, war nunmehr so sehr verseucht, dass Mensch und Tier sehr bald erkrankten.

189

Per-Ramesse war geschwächt und beklagte unzählige Verluste. Hauptsächlich handelte es sich bei den Opfern um Alte, Kinder und Kranke, doch auch die Menschen, die an den unzähligen Bauten beteiligt waren, erkrankten und starben, denn jene, die hier schufteten, waren größtenteils Arbeiter fremder Länder, die für wenig Nahrung vieles leisten mussten. Ihr Missmut wuchs, denn sie wollten weg von diesem verfluchten Ort, doch das konnte Merenptah nicht zulassen, da er gerade jetzt auf jeden Arbeiter angewiesen war. Auch wollte er nicht, dass die Stadt seiner Väter in Verruf geriet, also weigerte er sich, jeden Fremden, der in Kemet arbeitete, ziehen zu lassen.

Doch die Götter waren weiterhin erbost, denn die Bewohner der Stadt sorgten sich lediglich um ihr verbliebenes Hab und Gut, anstatt den Göttern Opfer zu bringen. Aus der Ferne hallte laut der Groll Seths. Schwefel und Asche begannen, durch die Luft zu fliegen, der Himmel tat sich auf und riesige Hagelkörner übersäten das Land. Der Gott des Chaos und der Verwüstung tobte triumphierend in all seiner Macht, während die restlichen Götter das Volk endgültig verlassen zu haben schienen.

Dann glaubte man schon, dass Seth zur Ruhe gekommen war, doch eine unzählige Schar Heuschrecken, die von ihrem Kurs abgekommen waren und die alles fraßen, was rund um Per-Ramesse noch übrig geblieben war, kündigten das nächste Unheil an. Erneut grollte es in der Ferne, doch diesmal heftiger als die vorherigen Male. Seth schien an Macht gewonnen zu haben. Die Asche und der Schwefel, der schon Tage zuvor die Luft verunreinigt hatte, schien sich zu vermehren, und plötzlich fiel Per-Ramesse in totale Finsternis. Drei Tage lang hielt die Dunkelheit an, und die verzweifelten Bewohner der Stadt beteten zu ihren Göttern, denn sie befürchteten, dass Re sie nun endgültig verlassen hatte. Sie waren bereits in Sorge, dass ihnen das Reich Osiris vergönnt worden war und dass Seth sich mit Apophis, dem Schlangenmonster, welches die Sonnenscheibe Res vernichten wollte, verbündet hatte und sie nun im Reich der ewigen Finsternis willkommen geheißen hatte.

Doch es sollte noch schlimmer kommen. Der rechtmäßige Thronfolger Merenptahs verstarb infolge einer Infektion. Und nicht nur das königliche Haus trauerte. Viele Menschen beklagten den Tod ihrer Kinder, besonders auffallend daran war, dass es vor allem die Erstgeborenen getroffen hatte. Nun hatte man endgültig den Glauben an die Götter verloren, während Seth jetzt völlig zum Feind des Volkes mutiert war und als Verkörperung des Bösen angesehen wurde.

Nach einer heißen Dusche hatten sie sich erschöpft in ihre Betten fallen lassen, und erst gegen Mittag waren Edoardo und Nirvin erwacht. Das nächtliche Abenteuer hatte sie doch einiges an Anstrengung gekostet. Nun aber saßen sie gemeinsam mit Maria und Lex vor einem gemütlichen Café der Innenstadt und ließen sich ein Eis schmecken.

»Doc hat sich noch gar nicht gemeldet. Ich würde gerne erfahren, wie es nun weitergeht. Unsere Mission ist noch lange nicht beendet«, meinte Edoardo, während er in seinem Eisbecher herumstocherte.

»Ach ja, das hätte ich beinahe vergessen!« Lex drückte seine Zigarre aus, untersuchte kurz seine Hemdtasche und brachte ein zusammengefaltetes Papier zum Vorschein. »Das hat Doc mir für euch mitgegeben. Ihr solltet euch damit befassen, nachdem ihr die erste Aufgabe hier in Bozen hinter euch gebracht habt. Nun, ich nehme an, dass es nun an der Zeit ist.«

Der Junge wollte schon nach der Botschaft greifen, doch Nirvin war schneller. Sie faltete das Blatt auf, und einen Augenblick später runzelte sie die Stirn.

»Jetzt lies schon vor, Nirvin!«, forderte sie der Junge ungeduldig auf. »Lass mich raten, wieder ein Reim?«

Nirvin blickte ihn kurz an, schüttelte den Kopf, dann schob sie ihm den Zettel zu, und Edoardo las vor:

»Wenn ihr dies lest, seid ihr im Besitz eines weiteren Artefakts, der in enger Verbindung zu eurer Mission steht. Die Botschaft, die dieser gefundene Gegenstand beinhaltet, bedarf einer Übersetzung ins Englische. Sie ist Teil einer weiteren wichtigen Botschaft. Zerlegt man diese und formt daraus neue Worte, so findet man einen wichtigen Hinweis. Viel Glück dabei!«

Edoardo schaute kurz auf und zog verständnislos eine Augenbraue hoch.

»Hm, ein Reim wäre mir beinahe lieber gewesen. Er hätte uns ruhig ein paar weitere Informationen zukommen lassen können«, meinte er dann enttäuscht.

»Ach, da fällt mir ein, ich soll euch ja auch noch eine Nachricht von Tarek überbringen!« Maria schaute ermutigend auf Edoardo und Nirvin, dann verkündete sie: »Das Foto, ihr wüsstet schon welches damit gemeint ist, ist Teil einer Botschaft. Tarek war der Meinung, dass ich schon merken würde, wann der richtige Moment sei, euch dies mitzuteilen. Nun, mir scheint, dies ist jetzt der richtige Zeitpunkt!«

Edoardo und Nirvin blickten Maria verwirrt an. Jetzt verstanden sie rein gar nichts mehr! Nirvin las erneut die Information Alexanders, spielte dabei mit einer Haarsträhne, dann zitierte sie: »Sie ist Teil einer weiteren wichtigen Botschaft«, sie schaute auf, »und auch du, Maria, überbringst den Teil einer Botschaft.«

Maria strahlte und gestikulierte dabei mit ihrem Löffel.

»Genau! Ich nehme an, dass ihr einen Schritt weiterkommt, wenn ihr diese beiden Informationen zusammenfügt.«

Ihr Löffel fiel klirrend zu Boden, doch diesmal achtete keiner darauf. Dafür nickte Lex zustimmend und fügte hinzu:

»Maria könnte recht haben. Vorher jedoch solltet ihr das Kästchen unter die Lupe nehmen. Wie es scheint, enthält es einen Teil dieses Puzzles. Ich schlage daher vor, zurück ins Hotel zu kehren. Dort können wir den Gegenstand ungestört untersuchen.«

Sie hatten sich im Zimmer von Lex und Edoardo zusammengefunden und betrachteten nun das Kästchen, welches einst von einem Goldschmied Kemets für Herikes angefertigt worden war und zwei Gegenstände beinhaltet hatte, welche von unsagbarem Wert waren und das Schicksal des Landes äußerst beeinflusst hatten. Behutsam strich der Junge über die silbernen Figuren der antiken Götter. Er betrachtete das Innere des Kästchens, entnahm den Papyrus, doch er konnte keine Schriftzüge erkennen. Nirvin nahm nun die Schatulle ihrerseits in die Hand, doch auch sie fand keinen Hinweis. Vergebens untersuchten sie dann ebenfalls die Erwachsenen. Man diskutierte, versuchte den inneren Teil zu entnehmen, betrachtete erneut jeden Winkel, holte dann sogar die Sonnenbrille herbei, die von Edoardo und Nirvin am hohlen Stein gefunden worden war, doch nichts brachte sie weiter. Am Ende gaben sie auf und widmeten sich dem Foto, welches Edoardo am Pionierweg aufgenommen hatte.

»Tarek hat keinerlei Erklärung abgegeben. Er bestand lediglich darauf, den Felsen mit der Beschriftung zu fotografieren. Es würde uns im Laufe unserer Mission von Nutzen sein.«

Hosemann=Felsen &Pi 25. 1913

»Hm, das hört sich an wie ein Name. Pi 25 könnte für Pionier Nummer fünfundzwanzig stehen, dem folgt das Jahr«, überlegte Lex.

»Es hilft uns wohl kaum weiter. Wir brauchen den zweiten Teil der Botschaft, um die Nachricht zu verstehen.« Nirvin stand auf und klappte den Laptop zu, auf dessen Bildschirm sie das Foto des Hosemannfelsens betrachtet hatten. »Ich bin müde. Wir sollten etwas essen und dann schlafen gehen. Vielleicht kommen wir morgen weiter. Ed, versuch doch mal, Doc zu kontaktieren und bitte ihn um Rat.«

Der Junge nickte, und kurz darauf bereiteten sie sich für das gemeinsame Abendessen im Speisesaal vor. Erneut gab es ein köstliches Mahl, doch keinem wollte es so richtig schmecken. Alle waren sie allzu sehr in Gedanken versunken.

Maria beschäftigte nicht nur das Rätsel um das Kästchen. Sie hatte Daniel angerufen und ihm nur die halbe Wahrheit erzählt, dass sie immer noch unterwegs waren, doch wo und warum hatte sie ihm verschwiegen. Der Mann hatte ziemlich enttäuscht geklungen, denn er hatte noch gehofft, gemeinsam mit ihnen in die Vereinigten Staaten zu reisen. Nun aber wäre er alleine losgeflogen. Bereits am nächsten Tag wollte er abreisen, da er die geschäftlichen Termine nicht länger hätte hinauszögern können.

Auch Lex wirkte unruhiger als gewöhnlich. Er fragte sich, ob er richtig gehandelt hatte, indem er Edoardo und Nirvin nun schon zum zweiten Mal allein gelassen hatte und sie dabei doch mehr riskiert hatten, als ihm lieb war. Hinter dieser ganzen Geschichte schien tatsächlich viel mehr zu stecken, als er bisher vermutet hatte.

Nirvins Gedanken kreisten um das Kästchen und um den Schriftzug des Hosemannfelsens. Es ließ ihr einfach keine Ruhe, hatten sie doch bisher alle Enigmen lösen können. Sie spürte förmlich des Rätsels Lösung!

Ähnlich erging es Edoardo. Doch etwas anderes bereitete ihm Kopfzerbrechen. Er hatte Doc nicht erreichen können und ihm daher eine kurze E-Mail geschrieben. »Haben die Botschaft erhalten, doch kommen nicht weiter«, hatte er mitgeteilt. Er wollte es meiden, genauere Details preiszugeben. Die Antwort ließ nicht lange auf sich warten. Allerdings kam sie von Ismael: »Die Nacht bringt sicherlich Rat, mein Freund« war die kurze Antwort gewesen.

Edoardo lag schon einige Zeit im Bett und fand keinen Schlaf. Unruhig drehte er sich hin und her, während vom anderen Bett aus die regelmäßigen Atemzüge vom Spürhund vernehmbar waren. Schließlich stand der Junge auf und tastete sich zu dem kleinen Tisch auf dem das Kästchen stand. Er nahm es an sich, ging ans Fenster und zog den Vorhang zur Seite, sodass der Mond hindurchdrang und das Zimmer gespenstisch erhellte. Dann öffnete er die Schatulle erneut.

Im fahlen Mondschein konnte er es dann genauestens erkennen. Auf der Innenseite des Deckels leuchteten nun eindeutige Hieroglyphen auf! Sein Herz pochte schneller und seine Hände zitterten, als er sich auf den Stuhl sinken ließ und mit der Übersetzung der antiken Zeichen begann.

Der Mann sprach erneut zu der Menschenmenge, die sich um ihn versammelt hatte. Er hatte sich fern von Kemet jenem Stamm angeschlossen, den man Ysrjr nannte, doch welchen man hierzulande der Einfachheit halber dem Volk der Aperu zuordnete. Erst seit kurzer Zeit war er in die Stadt zurückgekehrt, aus der er einst geflohen war, nachdem er gemordet und das Vertrauen des Pharaos missbraucht hatte.

Wie er es bereits die vorherigen Tage getan hatte, so sprach er der Masse abermals Mut zu, und seine Worte schienen vermehrt an Macht zu gewinnen. Nicht nur Arbeiter und Sklaven des Volkes der Aperu waren unter ihnen, sondern auch Einheimische und Arbeiter der verschiedensten Länder. Die meisten von ihnen hatte er bereits überzeugt, wider den Willen Merenptahs aus Kemet zu ziehen. Die Worte dieses Mannes, den der Pharao für den Aufruhr verantwortlich hielt, bestärkten sie nur bei ihrem Entschluss, aufzubrechen, zumal dieser Mann nicht nur eine einst anerkannte Persönlichkeit des königlichen Hauses war, sondern auch beteuerte, sein Gott habe ihm den Auftrag erteilt, diese Menschen wegzuführen.

Der Tag neigte sich bereits dem Abend zu, als Merenptah diesen Mann namens Moses hatte zu sich führen lassen, um ihn anzuhören. Er hatte durchaus Verständnis für die Besorgnis des Volkes, doch konnte er nicht zulassen, dass Moses immer mehr Menschen beeinflusste und diese sich somit den Göttern Kemets abwandten, wo sie sowieso schon an ihnen Zweifel hegten. Auch glaubte er nicht daran, dass der Gott von Moses für all die eingetretenen Katastrophen verantwortlich war, wie dieser beteuerte. Wie schon Meritamun war auch er der Überzeugung, dass Seth seine Finger im Spiel hatte.

Sie war es auch gewesen, die dem Pharao geraten hatte, Moses anzuhören, nachdem dessen Bruder Aaron mehrmals vergeblich zwischen ihnen vermittelt hatte. Der Frau, die von allen als die Tochter und Gattin des mächtigen Ramses geehrt wurde, schenkte auch Merenptah gerne Gehör, und nun riet sie ihm eindringlich, diejenigen ziehen zu lassen, die fortgehen wollten. Er wusste natürlich auch, wie sehr Meritamun an diesem Mann hing, war er doch im königlichen Hause aufgewachsen, und sie war es gewesen, die mehr oder weniger die Mutterrolle übernommen hatte.

Schließlich hatte Merenptah nachgegeben, beteten doch immer mehr Menschen zu dem Gott Moses. Dies beunruhigte ihn zutiefst, denn er war der Überzeugung, dass gerade dies der Grund aller Unruhen und Plagen war. Seth und die anderen Götter waren erzürnt darüber, dass das Volk sich an einen fremden Gott wendete, anstatt sie zu preisen und ihnen Opfer zu bringen. Würden diese Ketzer und Viehhirten Kemet verlassen, so würde man die Götter wieder friedlich stimmen und sie würden erneut ihren Segen spenden.

»Also schön, Moses, da du hier am königlichen Hofe aufgewachsen bist, so werde ich dir einen letzten Gefallen erweisen, obwohl du einst in Ungnade fielst. Siehe, ich habe heute Nacht meinen Sohn verloren, der mir auf den Thron gefolgt wäre. Wenngleich du mich in der Vergangenheit bitter enttäuscht hast, so werde ich dir, der du wie ein Sohn für mich warst, heute wie ein Vater sein und deinem Wunsch nachgehen. Mir kam zu Ohren, dass die Angehörigen des Stammes Ysrjr ein Fest planen. Ich werde dir offiziell die Genehmigung geben, euer Passafest in dieser Nacht außerhalb der Mauern der Stadt zu feiern. Dies bietet gewiss eine gute Gelegenheit für euer Vorhaben. Was du tun wirst, das sei dir überlassen. Sorge dafür, dass Per-Ramesse nicht nur von diesem treulosen Pack befreit wird, das seine Götter verraten hat, sondern auch von dem ganzen Ungeziefer dieser Stadt, das nur weiteren Tod verbreiten wird. Siehe zu, dass du Amenmesse aus dem Weg gehst. Du warst ihm schon immer ein Dorn im Auge. Als du fort gingst, schien er besänftigt, doch nun, da du zurückgekehrt bist, gibst du ihm allen Grund, seinem Frust freien Lauf zu lassen. Wäre es nach ihm gegangen, so hätte ich dich schon damals töten lassen sollen.«

Meritamun war erleichtert darüber, dass der Pharao ihren Worten Gehör geschenkt hatte, hatte Amenmesse doch darauf bestanden, keinen einzigen Bewohner aus der Stadt ziehen und nur die Aussätzigen vertreiben zu lassen. Außerdem hatte er die Hinrichtung Moses gefordert. Noch nie war Amenmesse ein friedfertiger Mensch gewesen, und Moses hatte er ohnehin noch nie leiden können, doch seit dem Tode Tapajas fand der Sohn des Pharaos keine Ruhe mehr. Er schien jeden für den Tod seiner Frau verantwortlich zu machen und hätte am liebsten jeden auspeitschen lassen, der ihm in die Quere kam, und jeden Anhänger Moses bitter bestraft. Die Götter hatten ihn endgültig verlassen und Seth hatte ihn nun ganz in seiner Macht.

Meritamun hatte einen Entschluss gefasst. Heimlich hatte sie den Palast verlassen, war durch das herrschende Durcheinander der einst so prächtigen Stadt gelaufen, die von den tragischen Ereignissen gekennzeichnet war. Der Geruch von Krankheit und Verwesung begleitete die Frau, bis sie ihr Ziel endlich erreichte. Es war ihr nicht schwergefallen, Moses ausfindig zu machen. Er hatte gerade seinen Anhängern verkündet, dass sie den Segen des Pharaos hatten und sobald wie möglich aufbrechen würden. Er hatte sie aufgefordert, nur das Nötigste mitzunehmen, für reichlichen Vorrat an Wasser zu sorgen und ungesäuertes Brot vorzubereiten, das sich am längsten halten würde. Dann hatte er Aaron damit beauftragt, die Vorbereitungen für das Fest der Ysrjr zu treffen, bevor er sich Meritamuns Anliegen anhörte.

»Je schneller ihr euch aufmacht, desto besser«, beteuerte die Frau, als sie nun allein mit Moses war. »Amenmesse hat herausbekommen, dass euer Fest nur ein Vorwand ist, er ist sehr erbost über die Entscheidung Merenptahs, ich traue ihm nicht! Aber nun zu dem Grund, weshalb ich dich aufsuche. Ich weiß, dass ich nur dir vertrauen kann. Du musst wissen, dass es da einen besonderen Stein gibt ...«

Und Meritamun begann, Moses das große Geheimnis anzuvertrauen, das nur die wenigsten kannten. Der Mann hatte ihr aufmerksam zugehört und sie kein einziges Mal unterbrochen. Nachdenklich blickte er dann die Frau an und meinte schließlich:

»Du erwartest viel von mir, und ich bezweifle ehrlich gesagt, dass dieser Stein solch eine Macht ausübt. Auch denke ich nicht, dass deine Götter für die Plagen verantwortlich sind. Siehe, ich glaube an meinen Gott und an seine Macht, er steht über deinen Göttern und somit ist auch dein Stein wertlos. Doch weiß ich wohl, dass du es warst, die die Meinung des Pharaos beeinflusst hat und die ein gutes Wort für uns eingelegt hat. Für alles, was du für mich in der Vergangenheit getan hast, was du heute vollbracht hast und was dadurch die Zukunft bestimmen wird, werde ich dir den Gefallen erweisen.«

Meritamun blickte ihn dankbar an und fügte hinzu:

»Ich befürchte, Amenmesse wird bald bemerken, dass ich den Stein und den Papyrus erneut an mich genommen habe. Er wird keine Ruhe geben, bis er ihn wieder in seiner Gewalt hat. Ich weiß nicht, warum die Götter so erbost sind, seitdem er über den Stein verfügt. Ich nehme an, er hat etwas Schreckliches gefordert, denn nie hätten sie es zugelassen, dass die Stadt so erbarmungslos Seth überlassen wird. Seine Wünsche entsprachen gewiss nicht der Maat. Nun, du magst vielleicht nicht an Seth glauben, doch ich versichere dir, dass das Böse mächtiger denn je sein wird, sollte Amenmesse den Stein erneut in die Finger bekommen. Vielleicht wirst du dann bereits fern von Kemet sein und dein Gott wird eine schützende Hand über dich legen, doch kannst du es verantworten, dass die Zurückgebliebenen hilflos ins Verderben treiben?«

»Sei unbesorgt. Ich werde tun, wie du von mir verlangt hast. Aber warum schließt du dich uns nicht an? Wir werden das Passafest im Kreise der Ysrjr feiern, später werden jene hinzukommen, die mit uns ziehen wollen."

»Du weißt genau, dass mein Platz hier ist und ich immer meine Götter verehren werde.«

Der Mann legte liebevoll seine Hand auf den Arm Meritamuns, die sich abermals bedankte und dann ein goldenes Kästchen unter ihrem Gewand hervorzog, welches mit bunten kostbaren Steinen verziert war. Moses erkannte die silbernen Figuren der Götter Kemets, als er die Schatulle an sich nahm. Dann streifte sie ihren Armreif ab, den sie von ihrer Mutter geerbt hatte und den einst Anches-en-Amun als einzigen Gegenstand behalten hatte, der ihre wahre Identität preisgab.

»Diesen Armreif haben große königliche Gemahlinnen getragen. Er ist ein Talisman, und man sagt, die Essenz dieser außergewöhnlichen Frauen bliebe auf Ewigkeiten in ihm enthalten und verliehe ihm dadurch eine gewisse Macht. Um den Auftrag zu vollbringen, den ich dir anvertraue, solltest du ihn tragen, denn ohne die Magie der Herrscherinnen königlichen Blutes wird deine Aufgabe unmöglich sein. Dieser Armreif wird dir die nötige Autorität verleihen und dich vor dem Zorn Seths schützen, den du womöglich mit deinem Handeln auslösen wirst. Wenn es wahr ist, dass dich dein Gott auserwählt hat, so darfst du unbesorgt sein, denn demnach wärst du göttlichen Blutes wie der Pharao und somit berechtigt, das zu tun, worum ich dich gebeten habe. Doch dein Gott ist mir fremd und daher trage diesen Armreif, denn ihn werden unsere Götter anerkennen. Aber hüte dich vor Seth, mein Sohn!«

»Um den mache ich mir keine Sorgen, denn mein Gott ist mächtiger und steht mir bei. Trotzdem werde ich tun, wie du verlangst, das schulde ich dir.«

»Aus gutem Grund habe ich dich für diese Aufgabe auserwählt. Kein anderer würde sich wagen, es mit Seth aufzunehmen, und hätte zu viel Ehrfurcht vor einem Geschenk der Götter. Du aber fürchtest unsere Götter nicht und vertraust ganz auf deinen Gott. Wer weiß, vielleicht ist er wahrhaftig mächtig genug, um dich vor Seth zu schützen. Ich wünsche es dir von Herzen. Hab Dank, mein guter Moses, und möge dir die bevorstehende Aufgabe gelingen.«

Als Edoardo erwachte, fand er das Hotelzimmer leer vor. Verschlafen blickte er auf seine Armbanduhr und erschrak, als er sah, wie spät es war. Bald Mittag! Schnell sprang er auf, huschte ins Badezimmer und machte sich kurz darauf auf, seine Freunde zu suchen. Schließlich fand er sie in einem gemütlichen Teil der gepflegten Gartenanlage des Hotels, wo Nirvin gerade dabei war, von ihrem nächtlichen Traum zu berichten.

»Ed! Geht es dir gut?«, war die besorgte Frage Marias, die den Jungen als Erstes erblickte.

»Ja, alles in Ordnung. Ich hatte nur zu wenig Schlaf.«

»Siehst du, Maria. Wäre es nach ihr gegangen, hätte ich dich längst wecken sollen.«

Roby Lex fing sich einen giftigen Blick der Frau ein und schmunzelte vergnügt. Mit der Sonnenbrille und dem Baseballkap, das er heute gegen seinen üblichen Strohhut ausgetauscht hatte, glich der Spürhund jetzt einem typisch amerikanischen Touristen und weniger Charles Bronson. Nirvin hatte hingegen die Schatulle in Edoardos Hand erblickt und schaute den Jungen fragend an.

»Irgendeine Neuigkeit von Doc?"

»Nein."

Edoardos Blick aber verriet, dass er es kaum abwarten konnte, etwas loszuwerden.

»Was hast du?"

Das Mädchen wurde neugierig.

«Die Lösung!", platzte der Junge heraus.

Die drei schauten ihn verdutzt an, und bei diesem Anblick musste der Junge einfach lachen. Dann erzählte er voller Stolz, wie er auf des Rätsels Lösung gekommen war:

»Es hat mich die halbe Nacht gekostet, die Zeichen ins Englische zu übersetzen. Aber am Ende habe ich es geschafft! Hier ist die Botschaft.«

Während Nirvin den Deckel der Schatulle erfolglos auf die nächtlich erschienen Hieroglyphen untersuchte, zog Edoardo einen zerknitterten Zettel aus der hinteren Hosentasche seiner Jeans und legte ihn den dreien vor. Am Ende einiger durchgestrichener Wörter und allerlei unverständlichem Gekritze. stand ein deutlich geschriebener Satz:

»Thot the forgotten good god asks if wonders are not magic", las der Junge andächtig vor.

»Was soll das denn heißen? Wer ist Thot?«

Maria war sichtlich verwirrt.

»Thot ist ein altägyptischer Gott«, erklärte Lex, »doch ich verstehe den Sinn des Satzes nicht. Thot, der vergessene gute Gott, fragt, ob Wunder keine Magie sind. Ist er nicht der Gott der Magie?«

»Unter anderem", bestätigte Nirvin. »Ich glaube jedoch nicht, dass die Bedeutung des Satzes wichtig für uns ist, geht man mal davon aus, dass Edoardo überhaupt richtig übersetzt hat.« Der Junge schaute gekränkt, kam jedoch nicht dazu etwas zu erwidern, denn Nirvin fuhr unbehelligt fort: »Wie hat sich Doc in deiner Botschaft ausgedrückt, Lex? Zerlegt man die Worte und formt daraus neue, oder so ähnlich. Also müssen wir neue Wörter oder gar Sätze bilden, um die verschlüsselte Nachricht zu entziffern.«

»Du meinst, es handelt sich um eine Art Anagramm? Aber ja doch, das wird es wohl sein, Nirvin!«

Maria war sichtlich begeistert.

»Aber wie gehen wir vor? Sicherlich kann man unzählige Wörter bilden. In welcher Sprache sollen wir kombinieren?«, fragte Edoardo ernüchtert. Hatte er sich womöglich zu früh gefreut?

»Ich nehme an, auf Englisch. Und vergesst nicht, dass noch dieser Hosemannfelsen ins Bild passen muss. Er ist ein Teil der zu entschlüsselnden Botschaft«, erinnerte Lex.

»Warum nicht noch komplizierter?«, nörgelte Edoardo, doch Maria schien zuversichtlich und meinte:

»Wir sollten uns mit Henry in Verbindung setzen. Vielleicht kann er das Rätsel knacken.«

Doch sowohl Nirvin als auch Edoardo schüttelten energisch die Köpfe.

»Das ist viel zu riskant«, meinte das Mädchen. »Deinem Kollegen können wir sicherlich vertrauen, doch es wäre viel zu gefährlich, ihm das ganze Material zukommen zu lassen. Es gibt da Leute, die sich sehr für das interessieren, was wir gerade tun. Es wäre unverantwortlich, es ihnen so leicht zu machen, an unsere Informationen zu kommen. Nicht umsonst ist unsere Mission so kompliziert und voller kniffeliger Rätsel.«

»Hm, nun gut. Trotzdem können wir ihn um Rat bitten, ohne preiszugeben, um was es konkret geht. Als Computerforensiker kann er uns sicherlich helfen. Er ist dafür bekannt, die schwierigsten verschlüsselten Botschaften geknackt zu haben. Da kann keiner unserer IT-Forensiker mithalten«, meinte Maria stolz. »Wenn wir nur wüssten, wie es nun weitergeht, könnten wir direkt nach Rom fahren.«

»Leider wissen wir das aber nicht. Ich schlage also vor, Henrys Hilfe in Anspruch zu nehmen und noch einen Tag hier zu bleiben. So lange sind wir hier noch relativ sicher, denke ich.«

Die anderen stimmten den Worten von Lex zu, und während Nirvin fortfuhr, von ihrem Traum zu erzählen, machte sich Maria auf den Weg zur Telefonkabine des Hotels.

39 VERFOLGUNG

Die drei Skorpione hatte er schon einige Tage zuvor besorgt und dann heimlich in das Gemach des Pharaos gebracht, als niemand ihn beobachtete. Geschickt hatte er die Tiere dann in dessen Bett untergebracht. Er hatte an diesem Abend mit dem besorgten Pharao zusammengesessen und über die katastrophale Situation der im Chaos liegenden Stadt diskutiert, wobei er erneut vergebens versucht hatte, ihn davon abzuhalten, die Massenauswanderung zu genehmigen, und ihm sein Vorhaben auszureden, die Stadt aufzugeben, die im geheiligten Gebiet Seths lag. Er hatte ihm dabei immer wieder großzügig Wein eingeschenkt und dafür gesorgt, dass Merenptah müde und benommen vom Alkohol unachtsam schlafen ging. Nun hieß es, nochmals Geduld aufzubringen und zu warten.

Die Aufschreie der Dienerin weckten an diesem Morgen den ganzen Palast. Noch bevor man erfuhr, was überhaupt der Grund für solche Aufregung war, eilte Amenmesse hoffnungsvoll in das Gemach des Pharaos. Merenptah lag wie erwartet regungslos in seinem Bett, die Augen weit offen und das Gesicht schmerzverzerrt. Die Skorpione hatten ihren Zweck erfüllt. Amenmesse handelte schnell. Vorsichtig aber geschickt kontrollierte er das Bett und wurde schnell fündig. Rasch kümmerte er sich um die Tiere und schaffte es gerade noch rechtzeitig, sie in einem kleinen mitgebrachten Gefäß verschwinden zu lassen, als auch schon die ersten alarmierten Personen herbeigeeilt kamen und entsetzt feststellten, dass es stimmte, was die Dienerin erzählt hatte. Nun stand Amenmesse nichts mehr im Weg. Mit der Hilfe des Heka-Steins würde er der mächtigste Herrscher aller Zeiten werden! Der Pharao war tot, und Seth schien Horus erneut besiegt zu haben.

Amenmesse jedoch ahnte keineswegs, dass sich der Stein, der sich bereits orange gefärbt hatte und nun die Figur Anubis preisgab, nicht mehr in seinem Besitz befand, sondern sich bereits immer weiter vom Palast entfernte.

Ein weiterer Hieb traf Meritamun mit voller Gewalt.

»Zum letzten Mal, wo ist es?«

Sein Gesicht war wutverzerrt und mit hasserfülltem Blick schlug er erneut auf die hilflose Frau ein.

»Ich werde es dir nicht verraten, auch wenn du mich zu Tode prügelst.«

Die Wunden schmerzten, doch der Gedanke, den Heka-Stein fern von Amenmesse zu wissen, gab ihr neue Kraft.

»Nun, vielleicht sollte ich jemanden zu Tode prügeln, an dem dir etwas liegt?«

Der neue Pharao brach in rohes Gelächter aus, und Meritamun begriff voller Entsetzen, in welche Gefahr sie ihre Familie gebracht hatte.

»Es ist zu spät, Amenmesse. Der Stein der Macht ist bereits weit weg von hier, und du bist längst machtlos. Ich weiß genau, dass du hinter dem Tod Merenptahs steckst, das können die Götter nicht gutheißen, und mit aller Wahrscheinlichkeit hast du sie bereits schon zuvor so erbost, wodurch Per-Ramesse in Ungnade gefallen ist. Selbst Seth wird dir jetzt nicht mehr helfen können.«

»Das werden wir ja sehen! Ich kann mir schon denken, wem du den Stein gegeben hast. Wachen!«

Als man sie wegführte, bekam Meritamun noch mit, wie Amenmesse das Heer aufstellen ließ, um der von Moses angeführten Gruppe hinterherzujagen. Nun hatte er allen Grund dazu, den Auszug zu verhindern.

Moses hatte gemeinsam mit Aaron und seinen Anhängern bereits einen weiten Weg hinter sich gebracht. Unzählige Menschen, darunter Aperu, Einheimische und Fremde, hatten sich ihm mit all ihrem verbliebenen Hab und Gut angeschlossen und waren ihm durch die Wüste gefolgt. Nicht alle hatten die Absicht, Moses bis ans Ende seiner langen Reise zu folgen, doch fühlten sie sich unter solch einer Menschenmenge sicher vor Räubern und weiteren Gefahren.

Die Staubwolke, die dem Anführer bereits am Morgen aufgefallen war, war nun bedeutend näher gerückt. Moses hatte eine düstere Vorahnung. Es konnte sich nur um das Heer des Pharaos handeln, das mit schnellen Rössern näherrückte. Wenn dem so war, dann musste er den direkten Weg verlassen und versuchen, den Pharao zu verwirren, ansonsten gab es keinen Ausweg. Er hatte eine Idee, die zwar ein wenig riskant, aber wohl ihre einzige Chance war, sich in Sicherheit zu bringen. Er beschleunigte den Schritt und wies auch seine Anhänger an, ein wenig zügiger voranzukommen. Er bewegte sich geradewegs auf das große Wasser zu.

Amenmesse, der sein Heer persönlich leitete, blickte ein wenig ungläubig auf die bereits sichtbare Menschenmenge, die sich nun auf einer erhöhten Landbrücke fortbewegte, die mitten durch das große Wasser verlief. Zornig schnaubte er auf. Er war sich so sicher gewesen, Moses und die Aperu in eine ausweglose Falle getrieben zu haben.

»Los, folgen wir diesen Viehtreibern, Ketzern und Plünderern!«

Doch seine Männer zögerten, denn nicht nur, dass sie Respekt vor dem großen Wasser hatten, auch beteuerten einige unter ihnen, die diese Gegend kannten, dass sich das große Wasser zurückgezogen hatte. Das konnte nur ein Werk des Gottes Moses sein! Amenmesse prustete wütend, schnauzte seine Männer an und bezeichnete sie als feige Hunde, die nichts als Peitschenhiebe verdient hätten, und versicherte ihnen, dass er bereits unzählige Male viel größere und gefährlichere Gewässer besegelt hätte. Dann stieß er einen Kampfschrei aus, trieb ohne zu zögern seinen Streitwagen an und befahl seinem Heer, ihm zu folgen.

Moses blickte sich besorgt um. Er erkannte, dass die Staubwolke sich nun auch auf das große Wasser zubewegte, und hoffte, dass sein Vorhaben gelingen würde. Das Wasser begann bereits anzusteigen, teils lief die Gruppe schon im Feuchten, sie mussten sich beeilen. Ein wenig unbehaglich war es ihm schon bei dem Gedanken, die Menschen solch einer Gefahr ausgesetzt und sie über die Sandbrücke geführt zu haben, weit weg von dem sicheren Boden. Doch er hatte mit dem Gedanken richtig gelegen, dass die zahlreichen und heftigen Sandstürme der letzten Zeit die nicht sehr tiefe Stelle des großen Wasser trockengelegt hatten. Er hatte dieses Phänomen bereits zuvor erlebt, und gerade im richtigen Moment war es erneut aufgetreten. Auch hatte er den günstigen Moment abgewartet, an dem das Wasser sich zurückgezogen hatte. Wenn er mit seiner Berechnung richtig lag, so würde das Wasser sehr bald genügend ansteigen, um die schweren Streitwagen zu behindern.

Jetzt aber schienen auch seine Anhänger beunruhigt, denn sie hatten ebenfalls die bedrohliche Staubwolke bemerkt, und man munkelte bereits, dass Amenmesse Merenptah vom Thron gestürzt haben musste und sie nun verfolgen ließ. Doch nicht nur das war der Grund zur Unruhe. Man konnte sich nicht erklären, weshalb sich das Wasser zurückgezogen hatte. Es hatte eine Spur an Meeresbewohnern zurückgelassen, viele Menschen hatten noch nie einen Seestern gesehen, und auch war es unüblich, so viele Weichtiere außerhalb des Wassers vorzufinden. Kuriose Wasserpflanzen waren zum Vorschein gekommen, hier und da hatten sich Krebse an so manchem Fischkadaver zu schaffen gemacht. Als Moses sah, dass viele Menschen das Phänomen beängstigt beobachteten, sprach er ihnen Mut zu:

»Sehet, ich habe Gott darum gebeten, uns diesen Weg durch das große Wasser zu öffnen. Sobald wir hindurch sind, werde ich meinen Stock heben, und Gott wird den Weg erneut schließen, um uns so von unseren Verfolgern zu schützen. Also fürchtet euch nicht!«

Die Menschenmenge hatte sich zwar ein wenig beruhigt, doch es verging nicht allzu viel Zeit und erneut brach Unruhe aus, denn das Wasser begann anzusteigen und reichte bereits bis an die Waden, sodass man beschloss, sich überflüssigen Gepäcks zu entledigen, um rascher vorwärtszukommen, denn auch die Truppe Amenmesses rückte näher.

»Schneller, ihr unnützes Pack!«

Sie waren bereits dicht an die Gruppe herangerückt, man konnte schon ihre aufgebrachten Stimmen vernehmen.

»Mein Herr, seht ihr es nicht? Das Wasser!«

»Was ist damit?«, schnauzte Amenmesse.

»Es nimmt zu, wir sollten zurück, bevor es zu spät ist! Die Räder unserer Wagen werden im Schlamm steckenbleiben! Auch der Wind hat gewendet und wird stärker!«

»So ein Quatsch! Wir sind gleich an ihnen dran, sie sind schon fast am Ufer!«

Amenmesse jagte seine Pferde los.

Moses hatte Aaron erreicht, der das Ende des Zuges bildete.

»Es war sehr leichtsinnig von dir, diesen Weg hier zu nehmen und das große Wasser herauszufordern! Wir haben mächtiges Glück gehabt. Was hast du nun vor? Das Heer rückt näher.«

Aaron blickte besorgt auf Moses.

»Habe Vertrauen in unseren Gott! Sieh nur, der Wind hat die Richtung gewechselt, wir müssen uns beeilen, denn sollte er stärker werden, so wird auch das Wasser unruhiger. Ich werde mich notfalls zwischen meine Leute und das Heer stellen. Wir haben es fast geschafft, doch die Soldaten haben uns bald erreicht.«

»Du wirst nichts gegen sie ausrichten können, Moses.«

»Das lass mal meine Sorge sein. Wenn alles nach Plan verläuft, so werden sie nicht weit kommen.«

Nun erst bemerkte Moses voller Entsetzen, dass auch Aaron seinen Esel von einem großen Teil seiner Last befreit hatte. Da sie nun fast alle das Ufer erreicht hatten, durchsuchte Moses das verbliebene Hab und Gut seines Bruders, da auch sein Eigentum darunter war.

»Was suchst du?«, wollte Aaron wissen.

»Ein Kästchen, das ich für jemanden mitgenommen habe. Ich denke, auch dies ist ein Grund dafür, weshalb man uns so hartnäckig verfolgt.«

Aaron zeigte kein Verständnis.

»Wenn das so ist, hättest du es nicht mitnehmen sollen, es hätte uns einigen Ärger erspart Ich habe es ins Wasser geworfen, denn es war schwer und erschien mir nur ein unnötiges Schmuckstück.«

»Ich habe ein Versprechen gegeben, und außerdem hätte man auch dann kein Erbarmen mit uns, wenn ich nicht im Besitz dieser Schatulle gewesen wäre«, antwortete Moses verärgert.

Er konnte nicht mehr zurückkehren und nach dem Heka-Stein suchen. Das Wasser reichte bereits an die Knie, das Kästchen lag nun sicherlich schon auf dem Grund und war somit unerreichbar für machtgierige Hände und damit auch unschädlich. Mit der Zeit würde es vom großen Wasser vernichtet werden.

— ❖ —

Amenmesse musste verärgert mit ansehen, wie sich auch die letzten Flüchtlinge ans Ufer retteten. Seine Pferde aber hatten ihren Schritt trotz aller Peitschenhiebe verlangsamt. Völlig verunsichert, geschwächt und nervös versuchten sie mehrmals, sich den Kommandos ihres Herrn zu widersetzen. Der Wind hatte zugenommen, und immer unruhiger und bedrohlicher wurde das Wasser. Die Räder der Gespanne sickerten immer tiefer in den schlammigen Boden und verhinderten ein zügiges Weiterkommen.

Auch die Männer des Pharaos waren verängstigt, denn sie vertrauten dem Instinkt ihrer Tiere. Nun brach bereits Panik aus. Einige der Männer hatten schon vorher gewendet und versucht, zurückzukehren, völlig unbeirrt von den lautstarken Beschimpfungen und Androhungen ihres Königs. Die mutigsten waren geblieben und verzweifelten daran, ihre Tiere anzutreiben. Doch das Wasser stieg erbarmungslos. Die Tiere kämpften nun gegen die immer höher werdenden Wellen. Dann zog der schwere Streitwagen sie in die Tiefe, während die Männer panisch versuchten, gegen das Wasser anzukommen. Schließlich aber ergaben sie sich den Kräften des Wassers und fanden rasch den Tod.

Auch Amenmesse war machtlos gegen das unbändige Element. Bevor auch er ertrank, nahm er noch ein goldenes Schimmern wahr, das vom Grund des großen Wassers empor drang.

Agent Donas, Marias zuverlässiger Kollege, hatte Edoardo ein Computerprogramm zukommen lassen, das speziell von der Chiffrierabteilung des SISMI, dem militärischen Nachrichten und Sicherheitsdienst verwendet wurde, um verschlüsselte Botschaften zu entziffern. Schnell hatte der Junge den Durchblick und gab nun den ersten Satz ein: *Thot the forgotten good god asks if wonders are not magic.*

Die Buchstaben wurden durcheinander gewirbelt, und schon versuchte das Programm, neue Wörter zu formen, die zu einem Sinn ergebenden Satz führen würden. Doch nach einiger Zeit erschien das ernüchternde Ergebnis: *No match found.*

»Kein Treffer, und nun?«, fragte Edoardo enttäuscht.

»Probier's doch nochmal, aber gib auch *Hosemann=Felsen &Pi 25. 1913* ein. Vielleicht bringt uns das weiter?«

»Hm«, der Junge zog die Schultern hoch und tat, wie Nirvin vorgeschlagen hatte.

Erneut zerlegten sich die Wörter, und alle beobachteten angespannt den Bildschirm. Ein Fenster mit rotierendem Ladekreis hatte sich geöffnet, darunter erschien die Information: *Daten werden geladen.* Diesmal beanspruchte das Programm deutlich mehr Zeit. Endlich erschien das Ergebnis auf dem Bildschirm:

Go and find the nation of /Moses/ and /George/Paolo/ & /Tom/ knows the first secret.

No matches found for gghos112359=

The names are a suggestion.

»Der erste Satz klingt schon mal gut«, sagte Lex. »Das passt hervorragend zu Nirvins derzeitigen Träumen. Doch der Rest überzeugt mich nicht. Ich kann jedenfalls nichts mit den Namen anfangen.«

»Dann versuch's doch noch einmal«, schlug Nirvin vor, und Edoardo folgte ihrer Aufforderung.

Erneut verging einige Zeit, bis das Ergebnis erschien, doch es unterschied sich nicht recht viel vom vorherigen:

Go and find the photo of /Moses/ and /Elena/ & /Marion/ knows the first secret.

No matches found for oooggt112359=

The names are a suggestion.

»Das ist immer noch schleierhaft«, meine Nirvin. »Was ist eigentlich mit den Zahlen?«

»Dieses Programm ist wohl hauptsächlich für Buchstaben entwickelt worden. Zahlen erkennt es nur, wenn sie einer bestimmten mathematischen Reihenfolge oder einem logischen System folgen. Unsere Zahlen hier ergeben allem Anschein nach keinen mathematischen Sinn«, erklärte Lex.

Maria nickte zustimmend und meinte:

»Auch die Namen, die hier angegeben werden, schlägt das Programm lediglich vor. Offenbar gelingt es ihm nur annähernd, sinnvolle Sätze zu bilden. Es ist also keine hundertprozentige Sicherheit, dass die Ergebnisse stimmen. So kommen wir nicht weiter«.

»Also müssen wir mit unseren Köpfchen arbeiten«, meinte Lex.

Edoardo blickte gebannt auf den Bildschirm. Er hatte sich bisher noch gar nicht geäußert, und nun brachte er kaum hörbar ein einziges Wort hervor:

»Elena.«

»Du meinst, der Name stimmt? Oh, du glaubst ...?« Erst jetzt fiel Nirvin ein, dass Elena der Vorname seiner verstorbenen Mutter war.

»Ja, aber ich kann mir kein Foto meiner Mutter mit Moses erklären, und eine Marion kenne ich nicht.« Edoardo kratzte sich am Kopf.

»Ed, ich kann mir gut vorstellen, dass du dir wünschst, dass der vorgeschlagene Name stimmt und die Botschaft mit deiner Mutter zusammenhängt, doch sollten wir nochmals alle weiteren Namen und die restlichen Buchstaben unter die Lupe nehmen.«

Maria biss sich nervös auf die Lippen, denn sie wusste, einen wunden Punkt in Edoardos Seele berührt zu haben. Aber sie musste ihm klarmachen, dass er sich besser nicht darauf festlegen sollte, wollten sie die Botschaft richtig entziffern.

Glücklicherweise sah Edoardo dies ein. Und nun schrieb sich jeder von ihnen alle verbliebenen Buchstaben auf und fügte die vorgeschlagenen Namen hinzu. Dann machten sie sich daran, mögliche Wörter und Namen zu bilden. Es war beeindruckend, wie viele Wörter man aus den Buchstaben *oogggtmarionelenamoses* bilden konnte. Wörter und Namen wie going, Moslem, Elisa, Rita, Eleonora, Igor, Georg oder Norman entstanden, doch immer wieder blieben Buchstaben übrig. Es war einfach unmöglich!

»Man hätte es uns ruhig ein bisschen einfacher machen können«, beschwerte sich Nirvin.

»Also, so kommen wir nicht weiter«, sagte Edoardo. »Ich schlage vor, die Namen Elena und Moses stehenzulassen und es dann nochmals zu versuchen. Diese Namen könnten eventuell Sinn machen.«

Edoardo griff zu seinem Zettel und schrieb *oogggtmarion*. Dann konzentrierte er sich auf die letzten sechs Buchstaben und erhielt erst Norma, dann Ramon. Doch kaum hatte er diesen Namen vor sich, da durchfuhr ihn auch schon ein Geistesblitz. Schnell strich er die letzten beiden Namen durch und verwandelte die Buchstaben erneut: Roman.

Die anderen hatten bemerkt, dass der Junge plötzlich ganz außer sich war, und Nirvin beugte sich über seine Schulter, um zu sehen, was er herausgefunden hatte.

»Roman? Wer ist das?"

Edoardo war nun damit beschäftigt, die verbliebenen Buchstaben *ioogggt* zu sortieren.

»Ja!", schrie er euphorisch auf. »Roman Goggito ist es! So

214

kommt es hin. Und das Programm lag mit seinem zweiten Vorschlag beinahe richtig!«

»Wer bitte ist Roman Goggito?«, wollte Maria wissen.

»Roman Goggito ist ein berühmter Fotograf aus den Staaten. Ich nehme an, Daniel kennt ihn«, erklärte ihr Lex.

»Natürlich kennt er ihn!", versicherte Edoardo. »Meine Mutter war ein richtiger Fan von ihm. Oft hat sie seine Ausstellungen besucht und gemeinsam mit ihm Wohltätigkeitsveranstaltungen organisiert. Demnach lautet die Botschaft:

Go and find the photo of Roman Goggito & Elena – and Moses knows the first secret.

»Und was haben die Zahlen zu bedeuten?«, fragte Nirvin ungeduldig.

Edoardo betrachtete die Ziffern, dann glitt ein Lächeln über die nachdenkliche Miene.

»Das ist ein Datum! 31.12.95, das muss es sein! Es passt genau ins Bild! Das war das erste Silvesterfest meiner Mutter in den Staaten. Sie hat meinen Vater dort besucht. Er hatte bereits in einem dieser noblen Restaurants reserviert und war ziemlich sauer, als meine Mutter ihm offenbarte, ausgerechnet an diesem Abend eine Benefizgala veranstalten zu wollen. Sie hatte gerade den Künstler Roman Goggito kennengelernt und sich die Gelegenheit nicht entgehen lassen und mit ihm spontan diesen Event geplant. Mein Vater hat schließlich nachgegeben, und als es kurz vor Mitternacht war, hat meine Mutter meinen Vater heimlich nach oben aufs Dach geführt, obwohl dies strengstens untersagt war. Von dort aus hatten sie einen fantastischen Ausblick auf die Stadt. Und dies war bei Weitem das schönste Feuerwerk ihres Lebens, so erzählte es mir meine Mutter jedes Mal, wenn wir irgendwo ein Feuerwerk beobachteten. Noch in dieser Silvesternacht verlobten sich die beiden. Daher habe ich mir oft die Fotos dieser Veranstaltung angesehen und immer versucht, mir den Abend vorzustellen. Das Album ist mit diesem Datum gekennzeichnet.«

Edoardo strahlte bei den Erinnerungen an seine Mutter. Doch kurz darauf verblich das Lächeln und ein trauriger Gesichtsausdruck breitete sich aus. Nirvin griff tröstend nach seiner Hand und Maria legte ihren Arm um seine Schulter.

»Sehr gute Arbeit, Ed! Du könntest meinen Platz einnehmen, wenn ich in den Ruhestand gehe«, bemerkte Roby Lex anerkennend und heiterte den Jungen aufs Neue auf.

»Hoffentlich lösen wir bis dahin das Rätsel!«, meinte er vergnügt. »Ich schlage vor, wir kehren heim und nehmen uns das Fotoalbum vor. Irgendein Hinweis liegt in einem dieser Fotos verborgen!«

»Und was ist mit der zweiten Botschaft? Moses kennt das erste Geheimnis.«

»Das weiß ich auch noch nicht, Nirvin, das müssen wir noch herausfinden. Aber wenigstens ist die erste Botschaft eindeutig: Geht und findet das Foto von Elena und Roman Goggito.«

41 ZWEI BRÜDER

Der Junge hatte hinter den Felsen gekauert und beobachtet, wie Moses die Felshöhle betreten hatte. Leise war er hinter ihm hergeschlichen. Er hatte gehofft, den Gott Moses zu sehen. Osorkon war der Sohn eines Sklaven, jedoch waren sie keine Aperu und gehörten weder dem Stamm der Ysrjr an noch dem Volke Kemets. Sein Vater nannte seine Heimat das Land der untergehenden Sonne. Tjehenu, so der Name, lag demnach in der entgegengesetzten Richtung. Doch hatte seine Familie es bevorzugt, sich der Gruppe Moses anzuschließen, war es doch die einzige Möglichkeit gewesen, Kemet zu verlassen. »Du wirst ein freier Mann sein, mein Sohn und bald wirst du in unser Land zurückkehren. Es wird die Zeit kommen, in der unser Volk stärker sein wird als das Heer des Pharaos«, so die Worte seines Vaters. Nun beobachtete Osorkon, wie Moses etwas in einer der vielen Felseinbuchtungen versteckte. Handelte es sich vielleicht um eine Opfergabe?

Moses verließ die Höhle. Ihm war es unangenehm gewesen, den Armreifen weiter mit sich zu tragen. Er hatte das Gefühl, seinem Gott damit Unrecht tun. Nun, da sie Kemet verlassen hatten und er das Kästchen Meritamuns verloren hatte, wollte er sich auch dem letzten Gegenstand entledigen, der ihn noch mit dem königlichen Haus verband. Er war auf diese Höhle aufmerksam geworden und hatte sie für ein geeignetes Versteck gehalten. Jetzt würde es das Schicksal bestimmen, ob und wann der Armreif gefunden werden würde. Er war guten Gewissens, denn, obwohl er befürchtet hatte, dass sein Gott verlangt hätte, den ketzerischen Gegenstand der Ungläubigen zu vernichten, so hatte ihm eine nächtliche Vision für einen kurzen Augenblick die ferne Zukunft offenbart, und er wusste, dass er das Richtige tat. Nun konnte er sich voll und ganz seiner eigentlichen Aufgabe widmen, für die Gott ihn auserwählt hatte. Bald schon würden sie weiterziehen.

Osorkon hatte gewartet, bis der Mann zurück zur Gruppe gekehrt war, dann betrat er die Höhle. Drin war es angenehm kühl, und seine Augen hatten sich schnell an die Dunkelheit gewöhnt. Langsam tastete er sich hinüber in die Nische, in die Moses kurz zuvor gekrochen war. Obwohl die Dunkelheit hier am stärksten war, sah er den funkelnden Gegenstand in der Vertiefung des Felsgesteins. Vorsichtig griff er danach, und schon fühlte er kühles Metall in seiner Hand. Behutsam zog er es hervor und zuckte zusammen, als noch etwas aus der Felseinbuchtung fiel. Er taste danach und vermutete, dass es sich um einen Papyrus handeln musste.

Er nahm beide Gegenstände an sich, erreichte den Eingang der Höhle und spähte mit äußerster Vorsicht hinaus. Es war niemand zu sehen. Nun betrachtete er ehrfürchtig was er in den Händen hielt. Sofort war ihm klar, dass dieser Armreif kein gewöhnlicher war. Er war fein gearbeitet und, obwohl er nicht lesen konnte, erkannte er doch die Symbole des königlichen Hauses. Womöglich enthielt auch der Papyrus eine wichtige Botschaft. Er wusste, an wen er sich wenden musste. Sein Bruder würde ihm sicherlich dabei helfen.

Ramesseheqaiunu, der wie der einstige große Herrscher kurz Ramses genannt wurde, saß ein wenig abseits und schaute den Kindern beim Spielen zu. Der Junge war am Hofe aufgewachsen, wo sein Vater einen wichtigen Posten im Wagentrupp besetzt hatte. Doch als die Stadt von Chaos und Krankheit heimgesucht worden war, hatten die Götter seine Familie nicht verschont. Während sein Vater unter Anweisung Merenptahs auf einer Expedition im Reich Hatti unterwegs war, von der er bis heute nicht zurückgekehrt war, hatte Ramses mit ansehen müssen, wie seine Großeltern, seine Geschwister und seine Mutter erkrankten und vom Hofe gejagt wurden. Seine Mutter hatte darauf bestanden, dass er am Hofe zurückbliebe, damit wenigstens er verschont würde.

Widerwillig hatte er getan, wie sie ihm geheißen hatte. Von der alten Sapi, die ihn großgezogen hatte, wusste er, dass seine Familie nach dem Tode seines älteren Bruders zu Verwandten in ihren Heimatort gezogen war. Die alte Frau kümmerte sich rührend um ihn, zumal man auch ihn schließlich vom Hofe gejagt hatte, denn die Angst, dass auch er bereits verflucht war, war im königlichen Hause groß.

Es war schrecklich gewesen, die vertraute und sichere Umgebung zu verlassen, die Straßen Per-Ramesses waren zu einer unbekannten und unheimlichen Welt mutiert, die er nie zuvor als solche wahrgenommen hatte. Auch schmerzte der Verlust seiner Familie. Doch Sapi kümmerte sich weiterhin um ihn und sorgte mit ihren Zaubertränken dafür, dass er nicht erkrankte. Schließlich hatten sie entschieden, die Stadt zu verlassen, die ihrer Meinung nach verflucht war. Hinzu kam es, dass Gerüchte kursierten, denen zufolge Amenmesse den Pharao hintergehen würde und alle umbringen lassen wolle, die von dem Fluch der Götter befallen waren.

So waren sie mit Moses gezogen, doch war Ramses gleich als Außenseiter abgeschrieben, denn die meisten Jungen seines Alters waren Sprösslinge der aus fremden Ländern stammenden Sklaven und Arbeiter, oder sie waren Söhne der Bauern und Handwerker. Jedenfalls wollte keiner von ihnen etwas mit einem Jungen aus Per-Ramesse zu tun haben, der obendrein noch am Hofe aufgewachsen war.

Er blickte verwundert auf, als ein plötzlicher Schatten auf ihn fiel. Ein kleinerer Junge lächelte ihn an, doch dieses Lächeln missfiel ihm. Der größere Junge neben ihm hingegen verzog keine Miene. Er hatte etwas Bedrohliches in seinem Gesichtsausdruck.

»Wir müssen dich sprechen«, knurrte dieser mit einem sehr auffallenden ausländischen Akzent.

Ramses betrachtete die beiden misstrauisch. Er vermutete, dass die beiden dem Volke der Libu angehörten. Wahrscheinlich waren sie Geschwister, denn die Ähnlichkeit war unübersehbar. Ihre Hautfarbe war heller als seine, er schätzte die Jungen auf zehn und fünfzehn Jahre. Beide trugen sie einen schlichten Schurz, dessen ursprüngliche Farbe kaum noch erkennbar war. Ramses wusste nicht recht, ob dieser Stofffetzen oder die Haut der beiden schmutziger war. Nur die Zähne funkelten weiß, wie die Reißzähne eines gefährlichen Raubtieres.

»Was wollt ihr?«, fragte er gelangweilt und versuchte dabei, so gelassen wie nur möglich zu erscheinen.

»Mein Bruder Osorkon hat etwas gefunden. Du übersetzt uns!«

»Gefunden? Wohl eher geklaut. Wieso sollte ich euch diesen Gefallen erweisen?"

Ramses versuchte, so selbstbewusst wie möglich zu wirken. In der Tat schien sein sicheres Auftreten den älteren Jungen ein wenig zu verunsichern, doch dann zog er einen Papyrus hervor, der dem Anschein nach schon des Öfteren verwendet worden war. Wortlos streckte er ihn Ramses entgegen. Dann blickte er ihn erwartungsvoll an.

Ramses schaute dem Jungen einen Moment lang in die Augen, dann begann er, die Botschaft Moses zu lesen, und sein Erstaunen wurde von Zeile zu Zeile größer. Dies entging den Brüdern nicht, und der Ältere wurde unruhig.

»Nun sag schon, es geht um einen machtvollen Stein, das habe ich verstanden.«

»Hm, ja. Woher habt ihr den Papyrus?"

»Gefunden, sagte ich doch.«

»Und sonst habt ihr nichts gefunden?«

Die Brüder blickten sich kurz an und schüttelten entschlossen die Köpfe.

»Ich glaube aber, dass ihr noch etwas anderes gefunden habt. Im Übrigen ist dieser Papyrus sehr interessant.«

»Also gut. Osorkon hat einen Armreif gefunden, nichts Besonderes. Was ist damit?«

»Ach, der soll verflucht sein. Er bringt Unglück!«

Ramses hatte alle Mühe, ernst zu bleiben, denn der plötzlich erschrockene Gesichtsausdruck beider Jungen war höchst amüsant. Dann fuhr er fort:

»Wie es scheint hat Moses dem Pharao einen machtvollen Stein entwendet. Sicherlich war das Heer deshalb hinter uns her. Wer diesen Stein besitzt, der wird stärker sein als der Pharao und ein großer Herrscher werden. Leider hat Moses den Stein verloren und hat nun Angst vor der bösen Zauberei des Armreifs. Deshalb warnt er jeden mit diesem Schreiben vor der dämonischen Magie.«

Die Jungen schauten ihn misstrauisch an.

»Du lügst doch!", meinte der Bruder Osorkons.

»Warum sollte ich?"

Der Junge warf ihm nochmals einen argwöhnischen Blick zu, dann entriss er Ramses die Schriftrolle, packte seinen kleinen Bruder am Arm und machte sich davon. Er musste sich jemand anderen suchen, der die Schriftzeichen lesen konnte und dem er vertrauen konnte, doch vorerst wollte er den Armreif vorsichtshalber zurück in die Höhle bringen. Er wollte es nicht riskieren, von bösen Geistern heimgesucht zu werden.

Ramses Herz pochte und tausend Gedanken flogen durch seinen Kopf. Natürlich hatte er den wahren Inhalt der Schriftrolle verschwiegen, denn was er gelesen hatte, war ungeheuerlich. Der legendäre Stein der Macht! Also existierte er tatsächlich. Einst hatte ihm Sapi die Geschichte eines Steines erzählt, der einem guten Pharao beistand und einen machtgierigen Herrscher ins Verderben stürzte. Er musste ihn finden, denn wahrscheinlich hatte Moses ihn während der Flucht durch das große Wasser verloren. Vielleicht war es keine so gute Idee gewesen, den beiden vom Stein der Götter erzählt zu haben. Er musste in den Besitz des Papyrus kommen, doch vor allem musste er erst einmal die Brüder verfolgen. Denn wenn es ihm gelungen war, ihnen genügend Angst einzuflößen, dann würden sie sich nun als erstes des Armreifs entledigen.

Wie konnte das nur sein? Edoardo, Nirvin, Maria und auch Lex hatten das ganze Arbeitszimmer auf den Kopf gestellt, doch das Album war verschwunden.

»Vielleicht ist es ja ganz woanders«, meinte Nirvin schließlich.

»Nein, ausgeschlossen! Es war immer hier. Mein Vater achtet sehr auf Ordnung.”

»Wir können aber nicht ausschließen, dass es verlegt worden ist.«

Maria biss sich nervös auf die Lippen. Immerhin hatte sie viele Änderungen in der einst so sterilen Villa vornehmen lassen. In diesem Moment ging die Tür des Zimmers auf und ein steif wirkender, älterer Mann spähte hinein.

»Kann ich vielleicht behilflich sein?«, fragte er, ohne seine Haltung zu ändern.

»Frank, wir suchen ein Album. Das Fotoalbum der ersten gemeinsamen Benefizgala meiner Mutter mit dem Künstler Roman Goggito 1995.«

Edoardo schaute den Butler erwartungsvoll an.

»Roman Goggito?” Der Butler runzelte die Stirn, dann erhellte sich sein Ausdruck ein wenig. »Das ist doch der Fotograf, der vor einigen Monaten verstorben ist.«

»Verstorben?« Edoardo war fassungslos. »Das wusste ich gar nicht!«

»Nun ja, der Mann war schon lange krank, soviel ich weiß.«

»Und was ist nun mit dem Album?«, fragte Nirvin ungeduldig. Sie schien nicht sonderlich am Schicksal des Künstlers interessiert zu sein.

Frank blickte sie kurz irritiert an, als hätte er die Frage nicht richtig verstanden, dann besann er sich und antwortete:

»Das Album, ach ja. Daniel Mount hat mich darum gebeten,

sämtliches Material zusammenzusuchen, was mit dem Fotografen in Verbindung stand. Darunter waren in der Tat auch die Alben der verschiedenen Benefizveranstaltungen und auch das Album, das mit dieser Jahreszahl versehen war. Daran erinnere ich mich genau, da es das Lieblingsalbum Edoardos war.«

»Und wo ist dieses Material?«, fragte Nirvin weiter.

»Nun, soweit ich weiß, hat Daniel Mount es mit in die Vereinigten Staaten genommen, da die Familie des Künstlers eine Ausstellung zu seinen Ehren plant.«

»In die Vereinigten Staaten?!« Edoardo war entsetzt. Das bedeutete nur eines. Erneut würden sie verreisen müssen, und diesmal stand ihnen ein langer Flug bevor. »Wir sollten uns um die Flugtickets kümmern«, meinte er an Lex gewandt.

»Du willst nur wegen dieses Fotos nach Amerika?«, fragte Maria fassungslos.

»Anders geht es wohl nicht. Ich kann Doc schon seit Tagen nicht erreichen, und Wüstenfuchs ist auch nicht gerade hilfreich. Wir müssen die Aufgabe wohl oder übel alleine meistern. Außerdem wird mein Vater sich sicherlich freuen, uns zu sehen."

»Also schön." Lex legte seine Hand auf Edoardos Schulter. Auf ihn war wie immer Verlass.

»Da wäre noch etwas, was ich ihnen sagen wollte.«

»Frank, nicht jetzt! Ist es dringend?« Edoardo stand bereits in der Türschwelle.

»Na ja, eigentlich nicht. Es hat wohl auch Zeit bis zu ihrer Rückkehr.« Frank winkte ab und sein Blick wirkte erneut abwesend.

Noch am selben Abend saßen zwei Jugendliche, ein Privatdetektiv und eine Hauptkommissarin im großen Flieger, der Kurs Richtung Westen nahm. Keiner von ihnen ahnte, dass der Informant Al Halabis bereits in einer der hinteren Reihen des Flugzeuges saß und sie unauffällig, aber aufmerksam beobachtete.

Den Armreif an sich zu nehmen war ein Kinderspiel gewesen. Ihm war es tatsächlich geglückt, den beiden Brüdern Angst vor der angeblich bösen Magie des Schmuckstücks einzuflößen, sodass sie es in einer Höhle aufbewahrt hatten. Nun aber war die nächste Aufgabe eindeutig schwieriger. Er musste an die Schriftrolle gelangen. Sicherlich würden die Jungen eine weitere Person hinzuziehen, die ihnen den Inhalt des Papyrus bestätigte, denn er vermutete, die beiden nicht wirklich überzeugt zu haben. Deshalb hatte er den Tag damit verbracht, die Brüder zu beobachten. Sie hatten sich beraten, sich umgesehen und erneut beraten. Um was es genau dabei ging, konnte Ramses nicht beurteilen, da sie in einer fremden Sprache kommunizierten. Nun musste er aber handeln, denn die Gefahr, dass sie sich einer anderen Person anvertrauten, wurde umso größer, je mehr Zeit verging. Er musste sich etwas einfallen lassen.

Die drei Jungen zu überlisten, war einfacher gewesen, als er gedacht hatte. Er hatte schon länger beobachtet, dass die beiden Brüder sich hinter ihren Schultern über sie lustig machten und nicht besonders gut mit ihnen klarkamen. Zwar kamen auch die drei Jungen aus dem fernen Tjehenu, doch im Gegensatz zu den Brüdern gehörten sie nicht dem Volke der Libu an, sondern waren vom Stamme der Mashuash. Sein Vater hätte dies als die Schwachstelle des Feindes bezeichnet. Es wäre also einfach gewesen, sie gegeneinander auszuspielen. Als sich eine günstige Gelegenheit bot, hatte er den Ältesten von ihnen beiseite genommen und ihm erzählt, was die beiden Brüder über ihn und seine Freunde erzählten:

»Sie tuscheln hinter euren Rücken. Der Größere hat euch und eure Familien als eine Herde dummer Esel bezeichnet. Ein unterworfener Sklave oder Viehtreiber würde mehr Wert sein als ihr alle miteinander. Der Kleine lachte und pflichtete ihm bei.

Am liebsten würden sie euch mal eine Lektion erteilen, doch sich an euch die Hände schmutzig zu machen würde sie doch allzu sehr anwidern. Ich an eurer Stelle würde mir so etwas ja nicht gefallen lassen, aber ich wette, ihr traut euch ja doch nicht, den beiden mal so richtig eins hinters Ohr zu geben.«

»Das warte mal ab!«

Wutentbrannt sprang der Junge auf und rannte zu seinen Freunden. Kurz diskutierten sie miteinander, dann zogen sie los. Gemächlich folgte Ramses ihnen. Als die Dreiergruppe auf die beiden Brüder stieß, saßen diese erneut abseits und berieten sich. Besser hätte es kaum sein können. Mit einem Kampfschrei stürzte sich der Erste auf sie, so dass die beiden gerade noch aufspringen konnten, um wegzurennen. Entschlossen verfolgten die drei Jungen sie, und schließlich holten sie die beiden Flüchtenden ein. Eine wilde Rauferei begann.

Ramses beobachtete das Handgemenge kurz, dann erreichte er die Stelle, an der die Brüder kurz zuvor gesessen hatten. Tatsächlich hatten sie alles stehen und liegen lassen. Der wertvolle Papyrus lag einige Meter entfernt im Staub, anscheinend hatten sie ihn auf der Flucht fallen lassen. Behutsam nahm er ihn an sich und kehrte eilig zurück zum Lager.

Er fand Sapi ein wenig abseits sitzend vor. Ihre Augen waren geschlossen. Sie schien mit einem Male noch älter geworden zu sein. Die enorme Anstrengung der letzten Zeit schien sie doch mitgenommen zu haben.

»Du bist zurück, mein Sohn?«, fragte sie mit schwacher Stimme, ohne die Augen zu öffnen.

»Ja Sapi. Hier bin ich.« Er setzte sich neben sie und nahm ihre alte faltige Hand.

»Ach, mein Junge, mein Augenlicht wird immer schwächer. Doch ich weiß, dass du es geschafft hast.«

»Was habe ich geschafft?«

»Sie an dich zu nehmen.«

Der Junge stutzte. »Woher weißt du …?«

»Ich bin zwar alt, aber immer noch nicht dumm. Nun geh, Seth ist mir erschienen. Er hat dich für eine wichtige Aufgabe bestimmt. Gehe zurück zum großen Wasser und finde es wieder! Dann kehre zurück nach Per-Ramesse. Du wirst bald über Kemet herrschen, und die Nachkommen derjenigen, die dich einst vertrieben haben, sollen verflucht sein. Ihre Tage an der Macht sind bereits gezählt.«

»Du redest wirres Zeug, Sapi. Woher weißt du überhaupt von den Dingen, die ich an mich genommen habe? Woher weißt du, dass im großen Wasser etwas Wichtiges verborgen liegt? Ist es wahrhaftig der Stein, von dem du mir immer erzählt hast?«

»Stell nicht so viele Fragen. Mach dich lieber auf. Die Kinder Libus werden schnell genug bemerken, dass du sie ausgetrickst hast. Moses hat vor, morgen weiterzuziehen, er will den Berg erreichen. Es herrscht bereits Aufbruchsstimmung, und die Menschen sind zu sehr beschäftigt, als dass es jemandem auffallen würde, wenn du das Lager verlässt. So geh, nimm den Esel sowie den Dolch deines Vaters. Du bist längst kein Kind mehr, Ramses, und die bevorstehende Aufgabe wird endgültig einen Mann aus dir machen. Ich habe dir ein bisschen von dem ungesäuerten Brot bereitgelegt, damit du Proviant für die nächsten Tage hast, und einen Krug Wasser nehme auch mit. Du weißt, was du zu tun hast. Seth wird dich beschützen.«

»Er hätte besser meine Familie beschützen sollen!"

»Das hat er, du wirst sie wiederfinden! So ist es bestimmt, wie auch dein Schicksal geschrieben steht. Und jetzt geh endlich!"

»Ich werde sie wiederfinden, aber sicherlich nicht mehr im Reich der Lebenden! Und dich soll ich doch jetzt nicht etwa hier lassen?"

»Auch ich werde gehen, aber einen anderen Weg. Osiris wartet bereits auf mich.«

Die Alte wandte sich ab, und Ramses wusste, dass sie nichts mehr hinzufügen würde.

Kurze Zeit später verließ eine Gestalt, die einen Esel hinter sich herzog, unbemerkt das Lager. Zur gleichen Zeit suchten zwei übel zugerichtete Brüder verzweifelt nach einem Papyrus. Schließlich rafften sie sich auf und beschlossen, einen schweren Schritt zu tun. Sie mussten mit ihren Feinden reden.

Nirvin war fasziniert. Trotz aller Müdigkeit und Zeitumstellung schaute sie begeistert aus dem Fenster des dicken Chevrolets. Viele der Autos, die die breiten Straßen befuhren, hatte das Mädchen noch nie zuvor gesehen. Sie hatten bereits eine Stretch-Limousine überholt, und nun kamen sie an einem rotweißen Cabrio vorbei. Es handelte sich um einen alten Cadillac, an dessen Steuer ein farbiger Mann mit Rastalocken und auffälligem Hut saß, der zu lauter Bob-Marley-Musik sang, die aus dem Radio ertönte. Er lächelte dem Mädchen fröhlich zu, als er ihren neugierigen Blick auffing. Auch wurden sie von einer Gruppe Motorradfahrern überholt. Auf ihren Lederjacken konnte man deutlich den Namen der Gang lesen, der sie angehörten.

Die Straße entfernte sich von San Francisco und durchquerte nun eine trockene, leicht hügelige Landschaft. Nirvin hatte noch nie so viele Windmühlen gesehen. Schließlich erreichten sie den Ort, der einen mexikanischen Namen trug. Es schien eine ruhige Gegend zu sein, die vorwiegend von wohlständigen Bürgern bewohnt war. Vor den gemütlich aussehenden Häusern bewässerten die Sprenganlagen fleißig die gepflegten Vorgärten, hier und da wurde gemäht oder das Auto gewaschen, während Kinder vor den Häusern spielten.

»Mein Vater schien ziemlich enttäuscht. Am liebsten hätte er uns gar nicht erst dabei geholfen, ein Treffen mit Familie des Verstorbenen zu arrangieren«, meinte Edoardo, während er ebenfalls aus dem Fenster blickte.

»Das ist ja wohl verständlich.« Maria biss sich kurz auf die Lippen, dann fügte sie hinzu: »Erst einmal hast du ihm nicht erklären wollen, um was es überhaupt geht. Und im Übrigen war er fest davon überzeugt, dass wir seinetwegen hier wären, um den Rest des Tages mit ihm zu verbringen.«

»Aber er hat doch sowieso noch einige Termine. Bis heute Abend werden wir doch zurück sein, und dann können wir ja gemeinsam zu Abend essen«, erwiderte Edoardo mit entschuldigendem Blick.

»Soviel ich weiß, hat er bereits einen Tisch in meinem Lieblingsrestaurant reserviert. Das will ich auf keinen Fall versäumen!« Lex rieb sich seinen rundlichen Bauch bei dem Gedanken an die guten Speisen.

»Hoffen wir nur, dass wir bis dahin weitergekommen sind«, meinte Nirvin.

Nun fuhr der Wagen eine ziemlich steil verlaufende Straße hinauf, die an einer Villa endete, hinter der eine endlos erscheinende Golfanlage erkennbar war. Keine Frage, die Erben des berühmten Fotografen ließen es sich allem Anschein nach gut ergehen. Eine ältere Frau öffnete ihnen die Tür und bat sie mit starkem spanischem Akzent herein. Kurz darauf erschien eine blonde junge Frau, sie war elegant gestylt und hinterließ einen auffälligen Parfümgeruch einer teuren Marke. Kurz musterte sie die Besucher, dann gab sie ihnen die Hand, was jeder von ihnen als unangenehm empfand, da sie nicht den geringsten Händedruck ausübte.

»Ich habe zwar nicht viel Zeit für euch, doch wenn es mir möglich ist, dann werde ich euch helfen. Um was genau geht es denn?«

»Nun«, begann Lex. »Uns würde eigentlich nur eines der Alben interessieren, die Daniel Mount ihnen gegeben hat. Sie können es natürlich behalten. Wir wollten nur noch einmal eines der Fotos betrachten, auf denen auch die Mutter Edoardos zu sehen ist.«

»Oh, ich verstehe. Moment, bitte … Teresa!« Es dauerte einen Augenblick, dann erschien auch schon die Haushälterin, die sie empfangen hatte. »Teresa, seien Sie so gut und suchen sie das Material bei, das Daniel Mount uns hat zukommen lassen.« Die Frau nickte und verschwand eilenden Schrittes. »Nun, Sie kön-

nen hierbleiben, solange Sie möchten, und sich die Alben ansehen. Allerdings habe ich einiges an Material aussortiert, das
uninteressant ist. Teresa wird Ihnen jedenfalls zur Verfügung
stehen. Wie ich bereits erwähnte, habe ich noch einige Termine
und muss los. Sie kommen klar?«

Lex schien ein wenig verwirrt, doch Maria streckte der Dame
bereits ihre Hand entgegen, setzte ein übertriebenes Lächeln auf
und erwiderte:

»Aber natürlich, meine Liebe! Haben Sie besten Dank, wir
wollen Ihre kostbare Zeit natürlich nicht länger in Anspruch
nehmen!«

»Gut.« Dann verabschiedete sie sich auch schon, erteilte Teresa noch knappe Anweisungen und verließ eilig das Haus.

»Arrogante Kuh. Ich kann mir schon denken, welch wichtige Termine so eine hat«, murmelte Maria, als die Haustür zufiel
und nur noch die Duftwolke der Frau zurückblieb.

Der dunkle Dodge Viper hielt in einiger Ferne. Der Mann hatte beobachtet, wie eine blonde Frau das Haus eilenden Schrittes
verlassen hatte und mit ihrem roten Sportwagen davongebraust
war. Doch die vier hielten sich noch immer in dem Haus auf.
Er drückte die Zigarette aus, stieg aus dem Wagen und schaute
sich um. Vorsichtig schlich er sich an das Haus heran. Er spähte
durch eines der Fenster, doch er sah nur eine beschäftigte Haushälterin. Dann jedoch hatte er mehr Glück. Durch das Terras-
senfenster beobachtete er, wie die vier einen Karton durchwühl-
ten. Leider standen der Mann und die Frau mit dem Rücken
zu ihm gerichtet genau vor den Dingen, die sie in Augenschein
nahmen.

War das ein Buch, was sie da betrachteten? Was überhaupt
wollten sie im Hause des verstorbenen Fotografen? Er hatte einige Recherchen durchgeführt, doch hatte er keine Verbindung

zu Roman Goggito herstellen können. Das einzige, was er in Erfahrung bringen konnte, war, dass die verstorbene Mutter des Jungen den Künstler gekannt hatte. Doch konnte die Frau unmöglich in Beziehung zu dem Pentakel der Macht stehen oder sonst etwas mit der Sache zu tun haben. Nun aber richtete er erneut seine Aufmerksamkeit auf die vier. Sie schienen plötzlich aufgebracht zu sein. Hatten sie etwas Wichtiges entdeckt?

Er musste es erfahren!

Einige Tage waren bereits vergangen, als Ramses das große Wasser erneut erreicht hatte. In den heißen Stunden des Tages hatte er gerastet, während er nachts weitergezogen war. Nun da er erschöpft war, der Wasservorrat knapp wurde und das gesäuerte Brot zu Neige ging, wurde er von einem Fieber befallen, das ihn noch mehr schwächte. In diesem Zustand erschien ihm Seth zur sechsten Stunde.

»Ramses, mein Junge. Amenmesses unruhiger Geist verbirgt sich hier im großen Wasser, das vor dir liegt. Doch fürchte dich nicht, denn ich stehe dir bei. So finde den Heka-Stein und kehre zurück nach Kemet. In Per-Ramesse herrscht Chaos und Ungewissheit, denn man wartet vergebens auf einen Boten des Pharaos. Noch weiß keiner, was vorgefallen ist. So gebe dich als den Boten des Pharaos aus und lasse sie im Glauben, dass Amenmesse noch immer die Aperu jagt. So wird weiterhin Chaos herrschen, und das Land wird geschwächt. Sie haben mich verachtet, und ich, der Herrscher des Chaos, werde sie lehren, mich zu fürchten und erneut zu achten. Sie, die dich aus dem goldenen Hause vertrieben haben, verdienen es nicht besser. Das wird deine persönliche Rache sein, Ramses. Aber dich werde ich belohnen, denn es wird der Tag kommen, an dem du über Kemet herrschen und die letzten Nachkommen der Königslinie auslöschen wirst.«

Dem Jungen fröstelte nach dieser Offenbarung. Er fühlte sich noch schwächer und war durcheinander. Zwar hätte er sich liebend gern an jenen gerächt, die ihn aus seinem sicheren Heim vertrieben hatten, andererseits liebte er auch allzu sehr sein Land, als dass er es hätte verraten wollen. Konnte er Seth trauen? Seth, den er doch für das Schicksal seiner Familie verantwortlich gemacht hatte. Aber war es tatsächlich seine Schuld oder nicht vielmehr den Göttern zuzuschreiben, die ihn und die Kinder Kemets verlassen hatten? Trotz seiner Schwäche spürte er, wie die lang unterdrückte Wut in ihm aufkam. Plötzlich stieß er einen Schrei aus und brach ohnmächtig zusammen.

Als er wieder zu sich kam, war die Nacht bereits angebrochen. Langsam öffnete er die Augen und erschrak, denn eine riesige Kobra hatte sich vor ihm aufgebäumt. Instinktiv schreckte er zurück und stieß dabei gegen etwas, das sich bewegte. Er drehte sich um und erkannte mit pochendem Herzen, was es war: Ein weißer Geier blickte ihn mit neugierigen Augen an. Im fahlen Mondlicht wirkte er erschreckender denn je. Schnell ergriff er einen Stein und warf damit nach dem Tier.

»Ich sehe vielleicht schon so aus, doch ich bin noch lange nicht so weit, als dass du mich als Abendessen verspeist!«, rief er verärgert.

»Ramses, fürchte dich nicht vor uns.«

Verwundert drehte sich der Junge um, doch er wusste nicht, wer da gesprochen hatte. Stattessen sah er, dass die Uräusschlange von einem wundersamen Lichtschein umgeben war und das Tier sich veränderte. Es strahlte nun golden, während die Unterseite, wo die Haut zu einer Haube ausgebreitet war, rötlich, grün und blau schimmerte. Außerdem besaß es nun ein Flügelpaar, und der Kopf war jetzt der einer Göttin. Als Ramses erneut zu dem Vogel blickte, so war auch dieser von einem hellen Licht erfasst worden. Er strahlte ebenfalls golden und verwandelte sich in eine göttliche Gestalt, die einer Frau glich, wenngleich sie das Haupt des Geiers beibehielt.

»Wir sind es, Nechbet und Wadjet. Die Hüterinnen des Steines der Macht, die Schutzgöttinnen des Pharaos.«

»Ach, Schutzgöttinnen, ja? Aber Amenmesse habt ihr ins Verderben gejagt!«

»Amenmesse war kein rechtlicher Herrscher, sondern ein machtbesessener Mörder des rechtmäßigen Pharaos. Wir schützen den König, der rechtens ist und der seine Macht nicht missbraucht, denjenigen, der keiner Hilfe eines göttlichen Steines bedarf und dafür sorgt, dass die Maat besteht.«

»Wenn dieser magische Stein so gefährlich ist, warum wurde er dann von den Göttern für den Pharao erschaffen?«

»Er sollte die Kräfte der Götter vereinen und dem Pharao beistehen. Jedoch sollte er niemals von einem machtgierigen Herrscher missbraucht werden. Dazu wäre er auch nie imstande gewesen, wäre da nicht der negative Einfluss Seths, der sich gegen Horus und die anderen Götter gerichtet hat. Er hat den Stein aus dem Gleichgewicht gebracht und ihn somit in eine gefährliche Waffe verwandelt!«

»Und was wollt ihr nun von mir?«, fragte der Junge misstrauisch.

»Wir wissen, dass Seth dich beherrschen will. Du darfst dich ihm nicht unterwerfen! Hör nicht auf das, was er sagt!«

»Ach, aber ich soll euch hörig sein, jetzt verstehe ich!«

»Seth will Kemet ins Verderben treiben. Fremde Mächte werden das Land beherrschen! Dies wird wohl unvermeidbar sein, denn Seth ist zu stark geworden, und die Götter fühlen sich vom Volk verraten.«

»Nun, die Götter haben meine Familie im Stich gelassen und das Volk Kemets hat mir den Rücken zugewandt. Ja, sogar die Aperu wurden kurz vor ihrem Auszug mit Kostbarkeiten von ihren Nachbarn beschenkt, damit sie auch wirklich zogen. Aber mich hat man vom Hofe geprügelt, getreten hat man nach mir, wie nach einem Straßenhund. Sagt, wo waren da die Götter?«

»Die Götter waren stets mit dir, denn du hast überlebt. Nun haben sie dich für eine wichtige Aufgabe auserwählt. Im Übrigen solltest du nicht vergessen, wer so viel Unheil über das Land brachte.«

»Eine wichtig Aufgabe?" Die Neugierde schien nun stärker als das anfängliche Misstrauen.

»Ja, Ramses. Wir wissen, dass die bevorstehende Aufgabe keineswegs leicht sein wird, vor allem weil du immer wieder der Versuchung widerstehen musst, den verführerischen Worten Seths Gehör zu schenken. Es wird eine wahre Herausforderung werden. Doch nun hör genau zu: Der Heka-Stein befindet sich an einem von Moses sicher geglaubten Ort, doch ist die Gefahr zu groß, dass er nicht zuletzt durch Seth in falsche Hände gerät. Das Wasser ist tief und mächtig, kann jedoch bezwungen werden. Vergiss nicht, dass Seth die Winde beherrscht und er durchaus in der Lage ist, das große Wasser trockenzulegen.«

»War er es, der uns beim Überqueren des Wassers geholfen hat, oder war es der Gott Moses?«

»Nun, diese Frage werden wir dir nicht beantworten. Es gibt Dinge, die den Menschen besser verschwiegen bleiben sollten. Doch nun zu dir. Du wirst den Stein der Götter an dich nehmen. Du wirst den Moment abwarten, in dem das Wasser sinkt, wir werden dir beistehen und dir helfen. Du wirst der neue Wächter des Heka-Steins sein, den du hüten und sicher aufbewahren wirst.«

»Sollte ich ihn denn nicht besser zerstören?«

»Dies wäre zu riskant. Du würdest zwar somit Seth alle Macht rauben, doch das hätte zur Folge, dass auch die anderen Götter geschwächt würden.«

»Ich dachte, der Stein ist nur dafür gedacht, dem Pharao Macht zu schenken.« Ramses war durcheinander.

»Keine Macht, Ramses, nur die Hilfe der Götter. Der Pharao, der Gott auf Erden, wird gerade dadurch zu einem göttlichen Wesen. Doch der Stein wurde, wie schon gesagt, durch Seth aus dem Gleichgewicht gebracht. Er war ein Geschenk der Götter. Sie hauchten einen Teil ihrer Essenz hinein. Wenn du willst, bezeichne es als einen Teil ihrer Bas, wenngleich es bei uns Göttern ein wenig anders ist als bei euch menschlichen Wesen, die ihr zwar auch Ba und Ka besitzt, aber auch einen endgültigen Tod finden könnt. Götter hingegen können nur verschwinden, indem sie in Vergessenheit geraten. Jedenfalls opferten sie ein Fragment ihres Bas dem Pharao, wodurch sie auf einen wichtigen Teil ihrer Essenz verzichteten. Zerstört man daher den Stein, so riskiert man, dass man auch ihren Ba zerstört, und sie schwach werden. Du siehst, schon jetzt unterliegen sie den fremden Göttern, denn nur wenn der König ihnen absolut vertraut und fest an sie glaubt, so können unsere Gottheiten über all ihre Macht verfügen. Daher ist die Gefahr zu groß, dass ein machtsüchtiger Herrscher im Herzen erblindet und die Verbindung zu den Göttern bricht. Vertraut er nur noch Seth und unterwirft sich allein ihm, so schenkt er diesem alle Macht und schwächt die anderen Götter. Denn jener, der sich mit Seth einlässt, verschenkt seinen Ba für immer an ihn, und sein Ka wird dadurch ebenfalls zugrunde gehen. Er wird auf alle Ewigkeit verdammt sein, während Seth dadurch gestärkt wird. Er sammelt Bas, die ihm neue Energie verleihen. Wir Götter können ihn dann nur noch als eine Einheit bekämpfen. Dies führt jedoch dazu, dass unsere Essenzen mehr und mehr miteinander verschmelzen und zu einer Einheit werden. Verstehst du? Die Götter als einzelne werden verschwinden und werden nur noch als einzige Essenz agieren können.«

»Eure Macht ist also im Stein gefangen?«

»Ein großer Teil unserer Macht. Doch so lange auch Seths Essenz in diesem Stein gefangen ist, so ist es nicht allzu schlimm. Trotzdem wird er stärker, wenn er sich von den Bas seiner Opfer ernährt.«

»Kann man euren Ba nicht befreien?«

»Sie sind eine Gabe an den Pharao. Es steht daher nur einer göttlichen Macht zu, unsere Essenzen freizusetzen. Ohne das Einverständnis des Pharaos würde es jedem anderen das Leben kosten.«

»Und die Essenz Seths würde dann auch frei sein.«

»Ja, das Böse hätte endgültig freien Lauf. Aber ändern würde das nicht viel. Schließlich ist er auch jetzt mächtig genug, und die Essenzen des Guten wären ja ebenso frei. Aber nun ruh dich aus. Wenn du erwachst, dann wirst du dich besser fühlen, und du wirst mit der Suche nach dem Heka-Stein beginnen. Doch hüte dich vor den Schmeicheleien Seths!"

»Aber ...« doch Ramses konnte nichts Weiteres erwidern, denn das Licht wurde stärker und blendete ihn, eine gewaltige Müdigkeit überfiel ihn und er schlief ein. Die heilenden Kräfte Nechbets und Wadjets begannen bereits zu wirken.

Teresa zitterte am ganzen Leib. Der Eindringling hatte sie grob angepackt und nach hinten gezerrt. Nun spürte sie die eisige Spitze eines scharfen Messers, das der Mann, der sie im Würgegriff hielt, bedrohlich nah an ihre Halsschlagader hielt.

»Jetzt sag schon! Hablas! Comprende? Du verstehst wohl nur Spanisch? Was haben die vier hier gesucht?"

Die dunklen Augen des Mannes funkelten böse. Mehr konnte sie von seinem Gesicht nicht erkennen, da er eine Sturmhaube trug. Allerdings fiel ihr der sehr unangenehme Tabakgeruch auf, der von ihm ausging.

»Señor, bitte! Tun Sie mir nichts. Ich weiß nicht recht, was diese Leute gesucht haben. Sie wollten das Material des Künstlers nochmals sehen, das Señor Mount uns hat zukommen lassen!«

»Haben sie gefunden, wonach sie suchten?«

»Ich weiß es nicht. Aber mitgenommen haben sie nichts. Wenn sie wollen, zeige ich ihnen das Material. Ich habe es noch nicht weggeräumt.«

»Na dann, vámonos! Auf was wartest du noch?« Er ließ sie los, doch das Messer blieb auf sie gerichtet. »Venga, venga.«

Verängstigt führte Teresa den Mann in das Wohnzimmer, in dem noch vor kurzer Zeit Edoardo, Nirvin, Maria und Roby Lex nach dem Foto gesucht hatten. Sämtliches Material befand sich noch in einem Karton. Lediglich ein Album, das mit »Benefizgala Berkeley« tituliert und mit dem Datum 31.12.95 versehen war, lag auf dem Wohnzimmertisch. Der Mann stieß Teresa grob auf die Couch, ermahnte sie kurz mit einer bedrohlichen Geste, dann blätterte er hastig das Album durch. Plötzlich hielt er inne.

»Sie haben also nichts mitgenommen. Und was ist das?"

Der Eindringling hob das Album hoch und deutete auf die leere Seite. Deutlich erkannte man den leicht vergilbten Rand, der ein helleres Rechteck umgab. Bis vor kurzer Zeit musste hier noch ein Bild gewesen sein. Teresa wollte antworten, doch der Mann ließ sie nicht zu Wort kommen.

»Was enthielt diese Seite?«

»Ein Foto.« Zögernd näherte sich die Frau und deutete auf die noch vorhandene Beschriftung der Seite. »Roman Goggito und Elena Mount. Die Veranstalter vor dem ersten verkauften Foto des Abends.« Und leise fügte sie hinzu: »Elena Mount ist die verstorbene Mutter des Jungen, der hier war. Wahrscheinlich suchte er dieses Bild.«

»So viel Aufstand für ein Foto seiner Mutter? Jedenfalls haben sie nun was sie wollten.«

Wütend schleuderte er das Album fort, schaute nochmals kurz bedrohlich auf die Haushälterin und verließ dann eilenden Schrittes das Haus. Er hörte den Satz nicht mehr, den Teresa tonlos von sich gab: »

Aber das Foto fehlte doch bereits schon, als wir das Album erhielten.«

Enttäuscht waren sie in das Hotel zurückgekehrt. Alle hatten sie auf der Rückfahrt geschwiegen. Nun brach Edoardo die unangenehme Stille:

»Wie konnte sie nur? Dieses dumme Weib hat einfach das Foto meiner Mutter aussortiert und vernichtet! Dabei war sie es doch, die diese Veranstaltung organisiert hatte!«, schnaubte der Junge wütend.

»Nun werden wir nie des Rätsels Lösung erfahren!«, seufzte Nirvin.

Edoardo warf ihr einen bösen Blick zu:

»Ist das deine einzige Sorge?«

»Entschuldige, Ed, aber momentan ist unsere Aufgabe wichtiger als das Andenken an deine Mutter.«

Kaum hatte sie dies ausgesprochen, schluckte sie, denn Edoardo sah sie fassungslos an. Sein Gesicht war totenbleich.

»Und ich habe geschworen, mein Leben für dich zu opfern, als ich zum hohen Tilmid ernannt wurde. Ich weiß nicht, ob so jemand wie du das überhaupt zu schätzen weiß«, flüsterte er, und seine Stimme bebte.

Maria und Lex blickten ungläubig auf den Jungen. Sie hatten soeben das Hotel erreicht, und der Fahrer blickte unsicher auf seine Fahrgäste. Maria wollte gerade etwas sagen, doch Lex hielt sie zurück. Dies war eine Angelegenheit zwischen Nirvin und Edoardo. Dem Jungen standen bereits Tränen in den Augen. So bitter enttäuscht hatte er sich lange nicht gefühlt, und von Nirvin hätte er dies am wenigsten erwartet.

»Ed, ich ...« Doch der Junge hatte die Wagentür bereits geöffnet. Schnell sprang er hinaus, knallte die Tür hinter sich zu und verschwand im Hotel. »Entschuldige«, murmelte Nirvin leise, denn erst jetzt begriff sie, wie verletzend ihre Wortwahl doch gewesen war.

So hatte sie es nicht gemeint. Sie hatte den wunden Punkt des Jungen getroffen. Sie hätte wissen müssen, wie viel ihrem Freund an diesem Album gelegen hatte. Erst jetzt wurde ihr auch bewusst, dass Edoardo zwar immer begeistert von den Abenteuern war, die sie erlebten, doch hatte er eigentlich nie eine Wahl gehabt. Lupo hatte er das Versprechen gegeben, auf sie aufzupassen und den Tilmidi hatte er geschworen, Nirvin zur Not auch mit seinem Leben zu beschützen. Er hatte es sich nicht wirklich ausgesucht, erster hoher Tilmid ernannt zu werden. Sie hatte das alles für selbstverständlich empfunden, doch erst jetzt wurde ihr bewusst, wie ernst Edoardo diesen Schwur genommen hatte.

Seitdem sie sich nun kannten, waren sie unzertrennlich. Ob in der Schule, auf der Reitanlage oder in der Freizeit. Edoardo war zu ihrem wachenden Schatten geworden. Er hatte eingewilligt, sie nach Ägypten zu begleiten, und er war bereit gewesen, ihr auf der Suche nach dem Pentakel beizustehen und sich den damit verbundenen Gefahren auszusetzen. Stets war er da, wenn sie einen Albtraum hatte, traurig war oder Lupo nachtrauerte. Wie war sie nur die ganze Zeit egoistisch gewesen! Keinen Moment lang hatte sie sich gefragt, welche Edoardos Wünsche waren. Sie hatte es für selbstverständlich gehalten, dass er ihr half, den Stein der Götter ausfindig zu machen und das Rätsel um Al Kabiras Bestimmung zu lösen. Ihre Bestimmung, eine besondere Bestimmung.

Aber hatte nicht auch Edoardo eine Bestimmung? Sie war immer davon ausgegangen, dass er einfach dazugehörte, doch vielleicht erwartete ihn ja ein anderes Schicksal, welches genauso wichtig war. Auch war sie immer zu sehr mit der Trauer um Lupo und ihre eigene Mutter beschäftigt, als dass sie sich mal gefragt hätte, wie sehr wohl auch Edoardo seine Mutter vermisste. Er ließ es sich schließlich kaum anmerken, doch gerade jetzt war ihr bewusst geworden, welche Leere diese sicherlich großartige Frau im Herzen des Jungen hinterlassen haben musste. Maria war zwar ins Leben Daniels getreten und hatte sicherlich auch Edoardo ein wenig aufgemuntert, doch ersetzen würde sie Elena nie.

Schnell war sie aus dem Wagen gesprungen und hatte versucht, Edoardo einzuholen, doch der Junge war nirgends zu sehen. Nirvin vermutete, dass er auf sein Zimmer gegangen war, welches direkt an das von Daniel Mount grenzte. Diesmal teilte Edoardo es sich nicht mit dem Spürhund. Sie klopfte an die Tür.

»Ed, tut mir leid, wirklich! Das war echt dumm von mir, bitte entschuldige!« Sie wartete einen Moment, doch Edoardo gab ihr keine Antwort. Plötzlich fuhr sie herum, als sich eine Hand auf ihre Schulter legte.

»Nirvin, lass gut sein. Gib ihm Zeit. Er wird sich schon beruhigen.« Lex gab ihr einen versichernden Blick, dann fügte er hinzu: »Daniel hat angerufen. Er hat noch eine Kleinigkeit zu erledigen. Er kommt direkt ins Restaurant. Wir treffen ihn in einer Stunde. Ruh dich bis dahin ein wenig aus. Vielleicht kann Maria ja mit ihm reden.«

»Na schön«, betrübt machte sich Nirvin auf den Weg zu ihrem Hotelzimmer.

Edoardo lag reglos auf seinem Bett. Er hatte nicht auf Nirvins Klopfen reagiert und hatte auch Maria weggeschickt, als diese kurz darauf versucht hatte, mit ihm zu reden. Der Junge wollte allein sein, er war aufgewühlt und kämpfte gegen die gemischten Gefühle, die ihm Bauchschmerzen verursachten. Er hätte alles für Nirvin gegeben, doch nun war da diese bittere Enttäuschung, die noch schlimmer war als die Wut auf sie. Er dachte daran, wie er vor einem Jahr empfunden hatte, als er kein Verständnis seitens seines Vaters gefunden hatte und sich wie der einsamste Mensch auf dieser Erde gefühlt hatte. Damals hatte er in Erwägung gezogen abzuhauen. Auch jetzt fühlte er sich einsam. Sicher, da waren ja noch Lex und Maria, die er gerne hatte, doch war dies nicht dasselbe wie mit Nirvin oder seinem Vater. Sein Vater, der mal wieder so beschäftigt war. Natürlich hatte er sich gefreut, als sie eingetroffen waren, doch stand er mal wieder unter Zeitdruck.

Edoardo betrachtete den zerknüllten Zettel, den er noch immer in seiner Hand hielt. Es war die Nachricht, dass Daniel Mount sich verspätete und sie direkt im Restaurant traf. In diesem Moment fehlte ihm seine Mutter mehr denn je, und er verfluchte dieses ganze Abenteuer, in dem nun auch noch ein wichtiger Teil des Puzzles fehlte und der Weg zur Lösung aussichtslos schien. Wozu überhaupt all die Mühe? Er hatte es satt, und in diesem Moment fasste er einen Entschluss.

Es war wie ein Wunder gewesen. Kurz vor Sonnenaufgang war Ramses mit neuen Kräften erwacht, und er fühlte sich stärker denn je. Er sah, dass das Wasser sich zurückgezogen hatte und ging zögernd darauf zu. Zwar konnte er jetzt einen geraumen Teil der nunmehr wasserfreien Strecke begehen, doch wie es schien, so waren die Winde und Fluten seit Moses Überquerung sehr stark gewesen, sodass das große Wasser sich diesmal nicht gänzlich zurückgezogen hatte. Es bestand folglich keine Möglichkeit, die Strecke zu Fuß abzulaufen. Ramses musste schwimmen.

Am Rande des Wassers blieb er daher stehen, entledigte sich seiner wenigen Kleider und behielt lediglich sein Schutzamulett an. Vorsichtig ging er hinein. Wie aber sollte er nur einen solch kleinen Gegenstand in solch einer Menge Wasser finden? Dies war zwar die genaue Stelle, an der sie entlanggezogen waren, doch konnte das Kästchen von den Fluten abgetrieben worden sein. Er musste noch ein ganzes Stück in das große Wasser hineinwaten, bis dass es tiefer wurde. Ein scharfer, harter Grund schnitt in seine Füße. Als ihm das Wasser dann bis an die Brust reichte, hielt er sich die Nase zu und tauchte den Kopf unter, dann öffnete er mutig die Augen. Die Sicht war natürlich sehr verschwommen, doch trotzdem erkannte er die Umrisse einiger Fische, Pflanzen und Steine.

Ramses hatte zwar wie die anderen Jungen am Hofe neben Bogenschießen und anderen militärischen Disziplinen auch schwimmen gelernt, doch sonderlich gut war er darin nicht gewesen. Der Wunsch seines Vaters war es schon immer gewesen, dass auch er im Militärwesen Karriere machte, doch bisher hatte Ramses es vorgezogen, das bequeme Hofleben zu genießen. Und was das Schwimmen betraf, so hatte er sich am liebsten am See des Palastes lediglich erfrischt und mit seinen Freunden herumgealbert. Aber dieses viele Wasser hier bereitete ihm Angst. Es wirkte so mächtig und ihm war, als wäre er noch nie zuvor geschwommen.

Beherzt hielt er sich erneut die Nase zu und tat einen Satz hinein, tauchte hinab, trat dabei kräftig mit den Beinen und bewegte sich einige Meter vorwärts. Doch schnell kam er wieder an die Oberfläche, denn er musste Luft holen. So wird das nie was, dachte er. Er musste es erneut versuchen, aber ohne sich die Nase zuzuhalten. Er schnappte nach Luft, hielt dann den Atem an und tauchte erneut unter. Nun versuchte er, mithilfe seiner Arme vorwärtszukommen und den Schlag seiner Beine setzte er auch ein, wie er es gelernt hatte. Dann aber schluckte er von dem salzigen Wasser und bekam einen Hustenanfall. Er überlegte kurz, kehrte zurück ans Ufer und fand auch schon, wonach er suchte. Er nahm das Schilfrohr, kürzte es, watete erneut hinaus aufs Wasser, tauchte dann unter und versuchte, durch den hohlen Pflanzenstiel zu atmen. Er musste das Rohr zwar halten, doch ansonsten klappte es. So kam man einigermaßen vorwärts, doch wie sollte er den Heka-Stein finden? Es hätte Jahre dauern können, und wenn er Pech hatte, so würde er ihn niemals finden.

Noch immer in seinen Gedanken versunken, bemerkte er plötzlich einen rundlichen Schatten im Wasser neben ihm. Was war das? Er tauchte seinen Kopf ein und öffnete die Augen. Er erkannte den ovalförmigen Umriss eines Tieres, das er bisher nur an Land oder im Gewässer des heiligen Flusses gesehen hatte, doch war dieses bedeutend größer und ein wenig abweichend in der Form. Beängstigt dachte er, dass die Schildkröte als ein Feind Res angesehen wurde. Auch besaß sie angeblich die Fähigkeit, einen Toten daran zu hindern, ins Reich des Osiris zu gelangen. Es war höchst beunruhigend, und er deutete es weniger als ein Zeichen Nechbets und Wadjets, sondern vermutete, dass es sich um eine Inkarnation Seths handeln musste. Die Schutzgöttinnen hatten Ramses vor ihm gewarnt, andererseits wollte auch Seth, dass er den Stein der Götter fand, und sein Vater hatte diesen zwiespältigen Gott stets verehrt. Also entschloss er sich dazu, dem sonderbaren Tier zu folgen.

Er holte nochmals tief Luft, bevor er das Schilfrohr in den Mund schob, und schwamm in Richtung Schildkröte. Diese verharrte an einer Stelle, an der das Riff endete und das Wasser tief wurde. Es erschien Ramses, als würde sie fressen. Er tauchte nochmals auf, schnappte erneut nach Luft, um dann wieder unterzutauchen. Das Tier war nun so nah, dass er es hätte berühren können. Nun begann es, sich langsam fortzubewegen. Es schwamm dicht an den scharfen Kanten des harten Gesteins des Ufers, und schien sich nicht an der Gestalt zu stören, die ihm an der Oberfläche folgte. Ramses glitt so dicht an der kuriosen Felsformation vorbei, dass er einige Male die scharfen Kanten streifte und sich dabei Schürfwunden zuzog.

Die Schildkröte verließ nun das Riff und schien immer tiefer abzutauchen. Nun musste Ramses sich überwinden und die Felsen verlassen, die ihm bisher die Möglichkeit geboten hatten, ab und zu stehen zu bleiben und aufzutauchen. Sicher fühlte er sich keineswegs, in dieses bodenlos erscheinende Wasser zu tauchen. Je tiefer es wurde, desto trüber wurde es, sodass man meinen konnte, es wäre endlos. Ramses kostete es zweifellos viel Mut und Kraft.

Die Schildkröte tauchte ab und war kaum noch erkennbar. Doch dafür funkelte etwas direkt unter Ramses, und sein Herz machte einen Sprung: Das Kästchen!

Nun hieß es mutig sein, denn er hätte lange die Luft anhalten müssen, um so tief tauchen zu können. Ein letztes Mal atmete er ein, dann hielt er die Luft an und schwamm entschlossen los. Mit starken Zügen entfernte er sich von der Wasseroberfläche, und er begann, einen unangenehm schmerzenden Druck an den Ohren zu verspüren. Der Drang, erneut zu atmen, überkam ihn, doch er kämpfte dagegen an. Dann hatte er das funkelnde Objekt erreicht. Doch noch etwas befand sich auf dem Meeresboden. Mit Entsetzen erkannte Ramses die fürchterlich entstellte Leiche Amenmesses.

Schnell griff er nach dem Kästchen und wollte gerade auftauchen, als ihn etwas an seinen Füßen packte. Panisch zog und trat er mit aller Kraft, doch es half nichts. Er musste eine Hand zu Hilfe nehmen. Er sah zwar nicht, was ihn da gepackt hielt, doch er war sich sicher, dass es der Ka Amenmesses war, der ihn daran hindern wollte, das Kästchen an sich zu nehmen. Immer noch wild tretend versuchte er, sich mit der freien Hand zu befreien. Glitschige Schlingpflanzen riss er von seinen Füßen, doch dann ergriff seine Hand etwas Festes, Metallenes. Verschwommen erkannte er den Arm des Pharaos, und das, was er erfasst hatte, war nichts Geringeres als der königliche Armreif mit den Insignien des Herrschers. Mit letzter Kraft zerrte er daran und schaffte es, das Schmuckstück an sich zu nehmen.

Er merkte, dass seine Füße frei waren, und schwamm mit aller Kraft an die Oberfläche. Doch bevor er diese erreichte, tauchte ein neuer Schatten auf. Ramses erkannte den Umriss eines gefährlichen großen Raubfisches, der sicherlich von dem Blut seiner zahlreichen kleinen Schnittwunden angezogen worden war. Es fehlte nicht mehr viel bis zur Wasseroberfläche, doch gegen dieses Monster hatte er keine Chance. Nun schwand auch die letzte Kraft und der Drang zu atmen war größer als alles andere. Er schnappte nach Luft, doch füllten seine Lungen sich lediglich mit salzigem Wasser. Verzweifelt dachte er an das Kästchen, das er keinesfalls loslassen wollte. Auch presste er seine Hand um den Armreif.

as dann geschah, blieb dem Jungen ein Rätsel, da er das Bewusstsein verlor. Sein Körper erschlaffte und sank erneut in die Tiefe. Der Hai schnellte los. Doch wie aus dem Nichts erschienen zwei Delfine, die mit aller Kraft direkt auf den Raubfisch zuschwammen und ihn mit gewaltiger Wucht rammten. Das verwunderte Tier ließ von seiner Beute ab, während die Delfine den reglosen Körper des Jungen an die Oberfläche beförderten, um dann in Richtung Ufer zu schwimmen.

Das Geschrei einer Schar vorbeiziehender Wildenten ließ Ramses erneut zu sich kommen. Ein fürchterlicher Hustenanfall überkam ihn, er würgte und spuckte das salzige Wasser aus. Ihm war übel. Seine Haut juckte und er verspürte einen unangenehmen Druck hinter dem Brustbein. Er lag am Ufer des großen Wassers. Ein Falke saß neben ihm und schaute ihn neugierig an. Der Junge blickte sich verwundert um und fragte sich, wie er das Ufer erreicht hatte.

Neben ihm lagen das Kästchen und der Armreif. Er hustete noch einige Male und spuckte erneut salziges Wasser aus, dann betrachtete er sich das Schmuckstück genauer und streifte es sich über. Ehrfürchtig strich er über die Insignien und dachte belustigt daran, dass er nun schon im Besitz zweier königlicher Armreifen war. Er zog sich an und widmete sich dann dem Kästchen. Er stellte es vor sich, und achtungsvoll öffnete er es. Er entnahm den Papyrus und stellte überrascht fest, dass er unversehrt war. Kein einziger Tropfen Wasser schien in das Kästchen eingedrungen zu sein. Obwohl Ramses das Schreiben und Lesen gelernt hatte, war die seltsame Schrift des Papyrus recht ungewöhnlich. Er rollte ihn behutsam zusammen und legte ihn erneut zurück ins Kästchen. Dann entnahm er das sternförmige goldene Behältnis, das den Stein enthielt, öffnete es und betrachtete fasziniert den Inhalt. Irgendwie schien der Stein lebendig. Er war warm, als er ihn aus der Einbuchtung entnahm, und Ramses hatte den Eindruck, dass er pulsierte, als würde ein Herz in seinem Inneren schlagen. Fasziniert strich er über die fünf seitlichen Kanten, dann legte er Daumen und Zeigefinger an jeweils eine der pyramidenförmigen Spitzen und hob das wertvolle Stück gegen das Sonnenlicht. Der Stein war schwarz, doch als er ihn langsam drehte, vermochte der Junge ein leichtes Flackern grünlich schimmernden Lichtes zu erkennen.

Ein plötzliches Schnauben hinter ihm ließ ihn hochfahren. Erschrocken drehte Ramses sich um und blickte direkt in die neugierigen Augen eines Pferdes. Erstaunt betrachtete der Junge das Tier. »Wie kommst du denn hierher?«, sagte er, stand auf und näherte sich ihm behutsam. Ramses war sich nicht sicher, doch dieses Tier glich haargenau Hedj, einem der Hengste seines Vaters, den auch er schon oftmals vor seinen Streitwagen gespannt hatte. Konnte es sein, dass es sich um dasselbe Tier handelte? Vielleicht stand es nun einem anderen Offizier zu. Die Mähne war kurz geschnitten, der Schweif war gestutzt. Das Pferd wies einige bereits verheilte Verletzungen auf, es war dünn, doch trotzdem war es ein prächtiges Exemplar, wie Ramses es nur aus den Ställen des Palastes kannte. Das Fell schimmerte weiß, und noch waren Spuren alter Aufscheuerungen zu erkennen, wie es des Öfteren bei Pferden der Fall war, die vor den Streitwagen gespannt wurden. Allem Anschein nach gehörte es zu dem Heer Amenmesses. Es hatte wohl viel Glück gehabt und hatte sich wie durch ein Wunder gerettet. Der Junge strich über das glatte Fell des Tieres.

»Tja, ohne Wagen bist du recht nutzlos. Für die wenige Last, die ich mit mir trage, habe ich schon einen Esel. Schade eigentlich, mit dir wäre ich sicherlich schneller unterwegs. Und nun hau ab!« Er scheuchte das Tier mit einer Geste weg. Doch nach einem kurzen Sprung zurück kam das Pferd erneut an. »Ach, mach doch, was du willst!«, sagte Ramses und machte sich daran, den Dolch, den Sapi ihm mitgegeben hatte, an ein kräftiges Schilfrohr zu befestigen. Mit diesem selbstgefertigten Speer war es ihm dann gelungen, einen Fisch zu stechen, den er genüsslich verzehrte. Gestärkt und guter Laune war er dann aufgebrochen, den Esel hinter sich herziehend und gefolgt von einem hübschen weißen Hengst. Der Falke, der die ganze Zeit regungslos neben ihm verharrt hatte, war nun emporgeflogen und schien ihnen den Weg zu weisen. Ramses folgte ihm.

So erreichten sie eine kleine Oase, an der Chaestiu kampierten und wo sie sogleich von einer Schar Kinder umkreist wurden, die das kuriose Trio neugierig beäugten. Auch der Falke kam herbeigeflogen, und als Ramses seinen Arm ausstreckte, landete der Vogel zutraulich darauf. Ein Mann kam auf Ramses zu und musterte ihn aufmerksam. Mit einem kuriosen Dialekt fragte er ihn schließlich:

»Junge, wo kommst du denn her?«

Ramses überlegte schnell. Er wollte nicht verraten, dass er von der Gruppe Moses zurückgekehrt war, also antwortete er:

»Nun, ich komme von dem Heer Amenmesses.«

»Amenmesse?« Der Mann wurde stutzig. »Man erzählt, das Heer wurde von dem großen Wasser verschlungen. Soviel ich weiß, plant man, Setehimerienptah an die Macht zu bringen. «

»Aber nein! Das glauben vielleicht Moses und die Aperu. Doch in Wirklichkeit sind Amenmesse und seine Leute noch immer hinter ihnen her. Seht doch, der Pharao persönlich gab mir diesen Armreif. Damit man meinen Worten Glauben schenke!«

Der Mann nahm Ramses Arm in seine Hand und betrachtete ehrfürchtig den Armreif mit den Insignien der königlichen Familie.

»Wahrhaftig! Dies sind die Symbole, die für das Haus und Geschlecht des Pharaos stehen! Für einen Krieger scheinst du recht jung und siehst ziemlich verkommen aus. Und warum bist du überhaupt zu Fuß unterwegs?«

»Nun, mein Vater ist Wagenführer und ich sollte Erfahrung sammeln, um eines Tages an seine Stelle zu treten. Jetzt sollte ich zurück nach Per-Ramesse, um die Botschaft zu überbringen, dass das Heer nun durch die Wüste zieht, um den Berg Horeb zu erreichen. Der Streitwagen brach und ich befreite die Pferde, doch dieses dumme Tier verfolgt mich seitdem. Ich verkaufe es euch, wenn ihr wollt.«

»Was soll ich mit einem Pferd? Ich besitze keinen Wagen und dafür bräuchte man sowieso ein zweites Exemplar. Aber deinen

Esel würde ich kaufen. Er ist ein kräftiges Tier und sicherlich belastbarer als dieses knochige Pferd.«

Nach zwei Tagen Ruhepause, in denen man Ramses mit guten Speisen verwöhnt hatte, da man ihn von den Göttern begünstigt glaubte, zumal der Vogel, der als die Inkarnation Horus angesehen wurde, nicht von seiner Seite wich, zog der Junge nun wohl erholt und mit reichlich Proviant, der nun von einem weißen Hengst namens Hedj getragen wurde, weiter. Nach weiteren drei Tagen plagten den Jungen wunde Schwielen unter seinen Füßen, die noch von dem scharfen kantigen Boden am Meeresufer stammten. Doch wollte Ramses nicht unnötig Zeit mit einer weiteren Rast vergeuden. Er hatte eine Idee, die zwar ein wenig gewagt war, aber einen Versuch war es allemal wert.

Das Pferd lag in diesem Moment neben ihm. Vorsichtig stand er auf und streichelte über sein Fell. Dann schwang er behutsam ein Bein um den Körper des Tieres und setzte sich langsam auf seinen Rücken. Das Pferd drehte seinen Kopf, knabberte kurz an seinem Fuß und stand ruckartig auf, wobei Ramses sich an seiner dichten Mähne festhielt. Als Hedj dann stand, zögerte er kurz, dann jedoch setzte er sich in Bewegung. Schon nach kurzer Zeit merkte der Junge, dass er durch Gewichtsverlagerung, Schenkelhilfe und Beckenbewegung sowohl die Richtung als auch das Tempo beeinflussen konnte. Als er schließlich das nördliche Ende des großen Wassers erreichte, war er bereits vertraut mit dieser neuen Art der Fortbewegung. Auch hatte er sich den Teppich, den die Chaestiu ihm mitgegeben hatten, untergelegt, sodass er ein wenig bequemer sitzen konnte. Außerdem hatte er sich eine Zügelhilfe erdacht, durch die er Hedj noch besser kontrollieren konnte.

Auf diese Weise erreichte er einen kleinen Ort und erregte großes Aufsehen. Die Bauern und Handwerker vergaßen ihre Arbeit, Frauen und Kinder eilten herbei, denn selten nur bekamen sie Pferde zu Gesicht, doch die zogen dann die Streitwagen der Soldaten, aber nie hatten sie jemanden auf dem Rücken eines dieser Tiere sitzen sehen, der obendrein noch einen Falken auf seinem Arm trug.

Ehrfürchtig traten sie dem Jungen entgegen, als dieser abstieg und der Falke emporflog. Sie berührten ihn und murmelten aufgeregt vor sich hin. Ramses genoss diese Art von Bewunderung, dann befreite er seinen Arm von dem Leder, auf dem noch kurz zuvor der Falke gesessen hatte, und offenbarte somit den kostbaren Armreif des Pharaos. Erneut erzählte er die Geschichte, die er bereits den Chaestiu und anderen Leuten aufgetischt hatte, denen er begegnet war. Er wusste genau, welche Reaktion er damit hervorrief. Sofort brachte man ihm Speise und Trunk, ehrte den Falken mit fleischigen Leckerbissen, sorgte für sein Pferd und bereitete ihm ein bequemes Nachtlager.

Als er am folgenden Tag erwachte, saß jemand neben ihm an seinem Lager. Erschrocken fuhr er auf und hatte schon den Dolch in seiner Hand.

»Langsam, mein Freund, ich tue dir schon nichts. Allerdings bist du mir eine Erklärung schuldig. Du sagtest, Amenmesse schickt dich.«

»So ist es!«

»Hm, eigenartig, denn ich sah, wie er und sein Heer im großen Wasser elend ertranken.«

Ramses betrachtete den jungen Mann nun genauer, er schien nicht viel älter als er zu sein. Dann erkannte er ihn! Es war in der Tat Hori, ein junger Soldat, der einst unter dem Kommando seines Vaters stand.

»Hori? Du bist es wirklich?«

»Ja ich bin's. Aber nicht so laut. Man weiß nichts von meiner wahren Identität.«

»Aber was tust du hier? Und wieso bist du noch am Leben? Ich sah mit eigenen Augen, wie das Heer vom Wasser verschlungen wurde!«

»Also gibst du es zu, dass es nicht Amenmesse ist, der dich schickt?«

»Dazu kommen wir später. Erkennst du mich denn nicht? Ich bin es, Ramses, der Sohn deines einstigen Vorstehers! Du erzählst mir dein Geheimnis, dann erzähle ich dir meines.«

»Ramses? Wie um der Götter willen kommst du hierher? Ich dachte, du wärst bereits im Reiche Osiris! Bei Amun! Also, gut, ich werde dir erzählen, was mir widerfahren ist.« Der Junge räusperte sich und begann zu erzählen: »Als wir den Aperu folgten, begann das Wasser bereits anzusteigen. Ich hatte als junger Soldat die schlimmsten und unerfahrensten Pferde bekommen. Sie scheuten, und ich hatte meine Last, sie anzutreiben. Ich gebe zu, mir war es selber nicht geheuer, solch einen schmalen Weg mitten durch das große Wasser zu befahren. Plötzlich kam ein gewaltiger Sturm auf. Das Wasser wurde unruhig und eine riesige Welle erfasste uns. Die Tiere wurden panisch vor Angst. Ich verlor die Kontrolle und, obwohl der lehmige Boden sie hätte aufhalten müssen, rannten sie wie von Seth besessen zurück an Land, verfolgt von immer wilder werdenden Wellen. Mit letzter Kraft und viel Glück schafften wir es gerade noch rechtzeitig, das rettende Ufer zu erreichen. Ich sah, dass uns noch andere Soldaten gefolgt waren, doch sie hatten weniger Glück. Sie waren nicht schnell genug, und ihre Wagen blieben stecken. Es war fürchterlich! Nachts höre ich immer noch ihre todesängstlichen Schreie.«

»Warum bist du nicht nach Per-Ramesse zurückgekehrt? Was tust du hier?«

»In Per-Ramesse weiß man, dass ich mit dem Heer gezogen bin. Man würde sich fragen, warum ich denn als Einziger zurückkomme. Schnell würde man mich als Deserteur bezeichnen und zum Tode verurteilen. Hier wissen die Leute aber nicht, dass ich zu den Verfolgern Moses gehöre, hier bin ich sicher. Soviel ich weiß, will Setehimerienptah den Thron besteigen. Er hat sich bereits zum Mitregenten ernannt, da man nichts mehr von Amenmesse gehört hat. Lange Zeit wartete man auf einen Boten des Heeres, aber nichts geschah. Es gehen schon Gerüchte um, denen zufolge das Heer vom großen Wasser vernichtet wurde, aber noch wagt keiner, es zu glauben. Vielleicht kann ich mich wieder zurückwagen, wenn Setehimerienptah an der Macht ist, und mit etwas Glück nimmt man mich wieder im Heer auf.«

»Ich hätte da einen besseren Vorschlag. Aber erst einmal werde ich dir erzählen, was mir seit meiner Verbannung vom Hofe widerfahren ist.«

Hori hörte dem Jungen aufmerksam zu, und als sie sich trennten, taten sie dies als Verbündete. Sie hatten einen gut durchdachten Plan geschmiedet.

Daniel Mount erwartete sie bereits im renommierten französischen Restaurant, das nicht weit entfernt vom Hotel lag.

»Wo ist Edoardo?«, wunderte er sich, als er nur Maria, den Spürhund und Nirvin erblickte.

»Nun, ich nehme an, er wird bald kommen«, meinte Lex und kratzte sich verlegen die Stirn.

»Gab es Streit?« Sogar Daniel empfand es für ungewöhnlich, dass sein Sohn nicht gemeinsam mit dem Mädchen erschien.

»Ich vermute, Edoardo war ein wenig gekränkt«, erwiderte Maria vorsichtig.

»Gekränkt? Weshalb?«

»Na ja«, begann Nirvin zögernd, »wir waren im Hause Goggito. Dort wollten wir ein Bild zurückholen, auf welchem die Mutter Edoardos zu sehen ist. Er hing nämlich sehr daran. Aber leider hatte man das Bild bereits aussortiert, und das hat Ed nicht verkraftet.«

»Das also war der Grund, weshalb ich alles in Bewegung setzen musste, um euch vier ein Treffen mit Aurelia Goggito zu organisieren?«

Natürlich hatte Nirvins Version ziemlich unglaubwürdig geklungen, aber nichtsdestotrotz entsprach sie dennoch der halben Wahrheit.

»Ich weiß, es klingt dumm, aber Edoardo ist fast verzweifelt, als er in Rom nach dem Album suchte und es nicht finden konnte!«, erklärte Maria.

»Er hat doch so viele Bilder von seiner Mutter! Warum ausgerechnet dieses Bild?«

»Eds Mutter hat ihm oft von diesem Abend erzählt, und beim Betrachten dieses Fotos konnte er seiner Fantasie freien Lauf lassen und sich alles vorstellen. Es sind vielleicht Kleinigkeiten, aber doch sind es Fragmente unserer Erinnerungen und daher besonders wertvoll.« Nirvin musste beim letzten Satz schlucken.

»Daniel, du weißt, welches Bild gemeint war?«, wollte Maria wissen.

»Aber ja doch, natürlich. Wenn es schon so viele Erinnerungen in meinem Sohn erweckte, so ging es mir doch nicht anders. Ich habe den Abend schließlich persönlich erlebt, und es war einer der schönsten Abende meines Lebens!«

»Und trotzdem konntest du es übers Herz bringen und das Album fortgeben?«, fragte Maria empört.

»Aber nein, natürlich nicht. Schließlich wurde vereinbart, dass ich das gesamte Material zurückerhalte. Ich habe dieses Album nur ausgeliehen. Im Übrigen habe ich das Bild herausgenommen. Ich wollte es nicht riskieren, dass es eventuell verloren geht.«

»Was?!«, schoss es dreistimmig wie aus einem Munde.

»Hättet ihr mir vorher verraten, um was es geht, hättet ihr euch die Reise sparen können. Das Bild liegt in einer Akte auf meinem Schreibtisch in meinem Arbeitszimmer in Rom.«

Fassungslos schauten sich Maria, Lex und Nirvin an. Das konnte doch nicht wahr sein! Daniel blickte auf die Uhr.

»Also, mein Sohn könnte aber langsam mal erscheinen.«

»Ich sehe mal nach ihm! Es wird ihn sicherlich freuen, wenn er erfährt, dass das Bild nicht vernichtet wurde.« Nirvin strahlte und eilte davon.

Daniel schaute verwirrt auf Lex und Maria.

»Sagt mal, was läuft hier eigentlich? Ihr wollt mir doch nicht weismachen, dass ihr beiden zwei Jugendliche um den halben Erdball begleitet, nur damit sie mal eben ein Foto zurückholen, das sie verloren glaubten! Für wie dumm haltet ihr mich?«

Maria und Roby hatten ein sehr schlechtes Gewissen Daniel gegenüber. Die Frau biss sich nervös auf ihre Lippen und senkte verlegen den Blick. Auch der Spürhund suchte vergebens nach den richtigen Worten.

»Tja, also …« Er kratzte sich beschämt am Kopf. »Nun, wie soll ich dir das erklären?«

»Am besten mit einfachen Worten, Roby.« Daniel war sichtlich verärgert.

»Wir gehen Indizien nach. Nennen wir es eine Schatzsuche. Wir benötigen immer einen Teil des Puzzlestücks, um des Rätsels Lösung zu finden. Das Foto ist ein weiteres Indiz. Ohne dieses kommen wir nicht weiter.«

»Roby, könntest du dich mal deutlicher ausdrücken? Ich habe absolut nichts verstanden!«

»Daniel, bitte warte, bis dein Sohn und Nirvin zurück sind. Wir haben unser Wort gegeben, nichts zu verraten. Es wäre ihnen gegenüber unfair, ihr Geheimnis preiszugeben.«

Maria blickte ihren Mann flehend an. Er schüttelte den Kopf, winkte ab und gab auf.

»Also gut, meinetwegen«, seufzte er. »Warten wir auf die beiden.«

Nirvin kam hereingestürmt wie ein Wirbelwind und machte ihrem alten Spitznamen alle Ehre. Die entsetzten Blicke einiger empörter Restaurantgäste schien sie gar nicht erst zu beachten.

»Er ist weg! Jemand war da und muss ihn gekidnappt haben!«

Maria stieß vor Entsetzen ihr Glas Rotwein um.

»Nirvin, was redest du da?« Daniel sprang allarmiert auf, und auch Lex schreckte hoch.

»Seine Zimmertür stand offen und alles war durchwühlt. Man muss ihn verschleppt haben!«

So schnell, wie sie nur konnten, verließen sie das Restaurant und eilten ins Hotel zurück.

Es war, wie Nirvin gesagt hatte. Doch nicht nur Edoardos Zimmer fanden sie aufgesperrt und durchwühlt vor, auch die Zimmer von Nirvin, Daniel und dem Privatermittler waren nicht verschont geblieben. Jemand war hier gewesen und hatte nach etwas Bestimmten gesucht. Hatte diese Person Edoardo mitgenommen?

»Wir müssen unten an der Rezeption fragen, ob ihnen irgendetwas aufgefallen ist. Sie müssen erfahren, dass man unsere Zimmer aufgebrochen und durchsucht hat!« Mit diesen Worten war Lex auch schon verschwunden. Die anderen folgten ihm.

Die Dame an der Rezeption sah die vier sprachlos an, als sie ihr erklärten, dass vier Hotelzimmer aufgebrochen und durchsucht worden waren. So etwas hatte es hier noch nie gegeben!

»Der junge Mann aus Zimmer dreiundvierzig hat doch ausgecheckt. Er hat auch eine Nachricht an Mr. Mount hinterlassen.«

»Ausgecheckt, sagten Sie?«, fragte Maria ungläubig.

»Ja, er hatte einen Koffer dabei und hat sich ein Taxi bestellt.«

»Sie lassen einen Minderjährigen einfach so gehen?«, fragte Daniel verständnislos.

»Wenn die Rechnung beglichen wurde, so ist für uns alles geregelt. Außerdem habe ich den Jungen nie in Begleitung seiner Eltern gesehen, Sie haben lediglich das Hotelzimmer für ihn reserviert, Mr. Mount.«

»Was soll denn das schon wieder heißen?« Daniel schnaubte fassungslos. »Aber sonst ist ihnen keine verdächtige Person aufgefallen?«

»Nein. Oder, warten Sie, da war ein Mann, den ich gar nicht habe reinkommen sehen. Ich fand es eigenartig, denn er hatte es wohl ziemlich eilig zu verschwinden und wollte wohl auch nicht erkannt werden. Er trug eine dunkle Sonnenbrille, hatte schwarzes Haar und war ein dunkelhäutiger Typ.«

»Sie haben ihn nicht reinkommen sehen, sondern nur, wie er eilig das Hotel verließ?«

Die Frau nickte bestätigend dem Spürhund zu.

»War dies bevor oder nachdem der Junge das Hotel verlassen hat?«

»Kurze Zeit später.«

»Hm«, Roby kratzte sich grübelnd das Kinn. »Daniel, lass uns die Nachricht lesen.«

Mount ließ sich das nicht zweimal sagen. Er hatte bereits den Briefumschlag geöffnet und las laut vor:

»Bitte entschuldige, wenn ich ohne dir Bescheid zu geben abgereist bin. Momentan verspüre ich aber nicht den Wunsch, mich noch länger hier in den Staaten aufzuhalten. Das Datum des Rückflugtickets wurde offen gelassen, daher werde ich die erstmögliche Maschine nehmen, die mich nach Rom bringt. Ich möchte einige Zeit alleine verbringen, bitte mach dies auch den anderen verständlich. Ich werde daher aufs Land zu meinen Großeltern fahren. Habe Verständnis und sorge bitte dafür, dass keiner mich hier aufsucht! Bis bald, Edoardo.«

»Er ist noch immer sauer auf mich! Mit keiner bin ich wohl gemeint!« Nirvin schien untröstlich. Tränen standen in ihren Augen.

»Ach, Kleine. Nimm es dir doch nicht so zu Herzen. Mit keiner sind auch wir gemeint. Er will einfach ein wenig alleine sein, so geben wir ihm doch diese Möglichkeit. Er wird sich schon wieder einkriegen, und dann wird er sich schon wieder melden.« Maria nahm Nirvin in den Arm.

»Aber er muss doch erfahren, dass Daniel das Foto hat!«, meinte das Mädchen nervös.

»Wir werden ihn anrufen, sobald wir in Rom sind.«

»Daniel, heißt das, auch wir kehren zurück?«

»Ja Maria, gleich morgen früh. Und nun hör auf, deine Lippen so zu quälen!«

Edoardo saß gedankenversunken im Flugzeug. Ein wenig bereute er sein Verhalten. Er hatte mal wieder etwas überreagiert. Sicherlich hatte Nirvin es nicht böse gemeint. Aber gerade sie musste ihn doch verstehen! Nein, einige Tage in Torre Bruna, dem dunklen Turm, wie man die Gegend nannte, in der seine Großeltern ihr Landgut hatten, würden ihm guttun. Sicherlich würde er auf andere Gedanken kommen, ein wenig Abstand konnte nicht schaden.

Eine Sache beunruhigte ihn doch ein wenig. Vielleicht war es nur Zufall, trotzdem aber war es doch schon merkwürdig, dass ihm einer der Passagiere bereits schon auf dem Hinflug begegnet war. Ihm war dieser schwarzhaarige Mann mit Sonnenbrille und braungebrannter Haut, dessen Zigarettengeruch bis zu Edoardo drang, nicht ganz geheuer. Es war gewiss ratsam, ein Auge auf ihn zu haben und auf der Hut zu bleiben.

Der wundersame Junge wurde geehrt, als wäre er selbst eine Gottheit, und ohne sich ausweisen zu müssen, gelang er in die Stadt. Die Bewohner Per-Ramesses deuteten seinen Einzug als ein Zeichen der Götter. Nicht nur, dass Horus ihm vorausflog, es war unglaublich, wie der Junge sich von einem Pferd tragen ließ. Dies war freilich mehr als jede Zauberei! Viele Kostbarkeiten hatte er mitgebracht, und auch hier beschenkte man ihn reichlich und segnete ihn. Auch die königlichen Hauptfrauen Baketwerel und Tia waren dem Jungen entgegenkommend, hatte er doch die frohe Botschaft überbracht, dass der Pharao wohlauf war und somit allen Gerüchten, denen zufolge Amenmesse vom großen Wasser vernichtet wurde, ein Ende gesetzt. Nur Tausret missfiel diese Nachricht, hatte sie doch gehofft, dass ihr Gatte Setehimerienptah nun das Recht auf den alleinigen Herrschertitel beanspruchen konnte.

Diejenigen, die Ramses als den Sohn des verschollenen Wagenführers wiedererkannten, schwiegen, denn nur ungern wollten sie zugeben, dass man den Jungen vom Hofe gejagt, und ihn wie einen Aussätzigen behandelt hatte. Sie akzeptierten die Behauptung des Jungen, er hätte das Heer Amenmesses begleitet, denn wie sollte er auch sonst an den Armreif des Herrschers gekommen sein, wenn dieser keinen Kontakt zum Jungen gehabt hatte und vom großen Wasser vertilgt worden war? Wenn es der Wahrheit entsprach, dass Amenmesse noch am Leben war, würde man gut daran tun, Ramses Behauptungen Glauben zu schenken. Sicher war jedenfalls, dass er der Götter Wohlwollen genoss, denn dass ein Junge es schaffen konnte, gesund und unversehrt solch einen weiten Weg hinter sich zu bringen, ein Ross auf diese wundersame Weise zu bändigen und einen wilden Raubvogel, der als die Inkarnation Horus galt, zu zähmen, dies konnte wahrlich nur durch ein göttliches Wunder geschehen.

Im Übrigen hatte der Vorsteher der Pferde den weißen Hengst tatsächlich als Hedj wiedererkannt, der einst dem ehemaligen Wagenführer gedient hatte. Die Begründung des Jungen, dass er seinen Streitwagen zurückgelassen habe, als dieser brach und das zweite Pferd sich dabei unglücklicherweise ein Bein gebrochen hatte, kaufte man ihm ab.

Die Unstimmigkeiten am Hofe nahmen ihren Lauf, sodass sich bald zwei Parteien bildeten. Die einen wollten den Worten des Jungen keinen Glauben schenken und beharrten darauf, dass man Setehimerienptah an die Macht setzte. Diese Meinung vertraten hauptsächlich Tausret und der Schatzmeister Bay, aber auch mehrere Beamte und Priester schlossen sich ihnen an. Es war allgemein bekannt, dass Ramses vom Hofe gewiesen worden war. Wie war es ihm daher gelungen, mit dem Heer zu ziehen? Man konnte sich auch nicht vorstellen, dass Amenmesse seinen wertvollsten Armreif so einfach verschenkte. Dies geschah normalerweise nur in Ausnahmefällen, wenn der Pharao jemanden mit einer besonderen Auszeichnung ehren wollte. Doch auch dann war dies eigentlich recht unüblich, und Amenmesse war keineswegs jemand, der seinem Nächsten etwas anerkannte. Daher behaupteten böse Zungen bereits, dass der Junge, mit welcher List auch immer, den Armreif irgendwie gestohlen haben musste, wenngleich auch diese Vermutung recht unvorstellbar war.

Ramses mied es, eine zufriedenstellende Erklärung abzugeben. Er hatte lediglich angedeutet, dass er etwas sehr Wichtiges vollbracht habe, was Amenmesse zu schätzen gewusst hatte, wonach der Pharao ihn gebeten habe, dies als ein Geheimnis zu bewahren. Ramses wusste, dass Amenmesse noch nie beliebt war, doch nun, da dieser als Pharao amtierte, trat man ihm doch mit Respekt entgegen. Trotzdem gab es immer noch genug Menschen am Hofe, die es für einen Pharao unpassend fanden, sich an die Spitze des Heeres zu setzen und einen persönlichen Rachefeldzug auszuüben. Dies entsprach keineswegs dem Prinzip der Maat.

Es war im Allgemeinen bekannt, dass Amenmesse schon immer eifersüchtig auf Moses war, und mit der Zeit war dieses Gefühl in puren Hass mutiert. An dem Tag, an dem Amenmesse geboren wurde, wurde auch Moses gefunden und im königlichen Hause aufgenommen. Dies erregte so viel Aufsehen, dass die Geburt Amenmesses in den Hintergrund rutschte. Und dies galt auch für alles andere, denn beide wuchsen gemeinsam auf und erhielten die gleiche Schulung am Hofe. Moses erwies sich als sehr talentiert, während Amenmesse eher als unbegabt galt. Moses war der Liebling aller, der gute Zwilling, wie manch einer zu behaupten wagte, denn schließlich wurden auch die Geburtstage beider auf ein und denselben Tag gelegt. Dies und die kuriose Ähnlichkeit der Hieroglyphen, die ihre Namen bildeten, war das einzige, was sie gemeinsam hatten. Amenmesse war nun zwar amtierender Herrscher, doch im Hinterkopf der Menschen würde auf ewig dieses Bild des bösen Zwillings geprägt bleiben.

Ramses hatte nichtsdestotrotz viele Anhänger, die ihm Glauben schenkten, wenngleich ihnen das Schicksal Amenmesses ziemlich egal war. Denn sie wünschten sich doch vor allen Dingen, dass das Volk durch Ramses erneute Hoffnung auf göttlichen Beistand schöpfte und dass dadurch wieder Vertrauen und Zuversicht zurückkehren würden, wodurch die Maat wieder hergestellt werden konnte.

Den Kontroversen am Hofe wurde Einhalt geboten, als eines Morgens ein Streitwagen in Per-Ramesse einfuhr. Ein junger Soldat verkündete, dass das Heer wohlauf sei und dass Moses Tage bereits gezählt wären.

»Trotzdem ist es höchst seltsam, dass ein ganzes Heer, das sich mit schnellen Wagen fortbewegt, so lange braucht, um eine Horde halb toter Sklaven einzuholen, die sich zu Fuß fortbewegen«, bemerkte Bay.

»Nun, unterschätzt die Massen nicht. Es sind zwar nur einfache Leute, doch es sind unzählige. Es bedarf einer guten Taktik, um sie gefügig zu machen«, erklärte Hori.

»Als würde Amenmesse so etwas je bedenken! Aber gut.«
Tausret verließ die Anwesenden mit erhobenem Haupte.

An diesem Abend saßen Ramses und Hori bei einem gemeinsamen Mal, das Isis, die Schwester Horis, bereitet hatte. Obwohl die Vorratskammern fast leer waren, hatte Isis wunderbare Speisen aufgetischt. Sie hatte den Fisch und die Wachteln gekocht, die Ramses mitgebracht hatte. Außerdem hatte sie Ochsennieren vorbereitet, Brot und Käse serviert und gedünstete Feigen und Datteln aufgetischt. Keine Frage, dass dieses vorzügliche Mahl ein kleines Vermögen wert war. Ramses war kaum wiederzuerkennen. Er trug wie einst Leinen bester Qualität, und auch seine geschundenen Füße wurden von bequemen Sandalen geschützt. Seine von Sonne und Wind beanspruchte Haut war mithilfe von Salben und Ölen erneut geschmeidig. Auch trug er eine ordentliche Perücke, und seine Augen waren akkurat geschminkt.

Bisher war ihr Plan aufgegangen und sie berieten, wie sie weiterhin vorgehen würden.

»Ramses, da wäre noch etwas, das ich dir bisher verschwiegen habe.« Hori zögerte einen kurzen Moment, dann sprach er weiter: »Ich traf neulich einen Holzhändler, der aus dem Lande der Fenchu stammt. Nun, nach einigen Krügen Bier kamen wir ins Gespräch. Ich erzählte ihm von meiner Ausbildung als Soldat und erwähnte dabei deinen Vater. Der Mann stutzte, als er den Namen vernahm. Dann verriet er mir, dass er im Hause eines Bekannten einen Mann aus Kemet kennengelernt hatte, der den Namen deines Vaters trägt und einst den Wagentrupp unter Merenptah leitete. Dieser Offizier wurde angeblich hintergangen und schwer verletzt. Man hatte ihn wie einen elenden Hund im Dreck liegen lassen. Der Fenchu nahm sich seiner an und pflegte ihn gesund. Im Gegenzug erklärte der Mann ihm die Sitten und Gebräuche Kemets, lehrte ihm die Sprache und verriet ihm sogar einige Militärstrategien. Ramses, ich will dir keine falschen Hoffnungen machen, doch es könnte sich um deinen Vater handeln. Ich habe ein

Treffen mit dem Holzhändler für dich vereinbart. Du solltest mit ihm ziehen, sobald er in die Länder der Fenchu zurückkehrt.«

»Mein Vater lebt? Warum kam er nicht zurück? Hori, wenn das war ist, so haben wir den Mann, den wir für unser Vorhaben benötigen! Wann kann ich deinen Bekannten treffen?«

»Er ist Händler und hat noch Einiges zu erledigen. Doch zum Re-Harachte Fest wird er nach Per-Ramesse kommen.«

»Gut, bis dahin dauert es noch ein wenig, und ich habe genügend Zeit für alles Weitere. Außerdem will ich das Dorf meiner Familie aufsuchen. Ich habe die Hoffnung noch nicht aufgegeben, dass jemand von ihnen überlebt hat.«

Hori nickte und gab seinem Kameraden einen freundlichen Schlag auf die Schulter.

»Viel Glück, Ramses!«

»Dank dir, mein Freund.«

Dann aber erhob Hori sich von seiner Matte, beugte sich kurz über den kleinen Tisch, um sich nochmals die Hände in der Wasserschale abzuwaschen, und legte sich dann zur Ruhe, denn der Tag war für ihn anstrengend gewesen.

Ramses wollte gerade aufbrechen, als Isis sich zu ihm setzte und ihm noch eine Schale Bier anbot. In dieser heißen Jahreszeit hatten sie es sich auf dem Dach des Hauses bequem gemacht. Die hübsche Frau blickte ihn vergnügt an und meinte:

»Komm, lass uns ein wenig in den Garten gehen, so stören wir Horis Schlaf nicht.«

Der junge Soldat hatte es sich auf einer Matte bequem gemacht, denn hier oben war die Luft noch einigermaßen erträglich. Also gingen Ramses und Isis in das kleine Gärtchen, das einst hauptsächlich für den Anbau von Nahrungsmitteln gedacht war. Doch durch die schlimmen Ereignisse der letzten Zeit hatte man ihn aufgegeben und benutzte ihn nun als Aufenthaltsort, an dem man sich von den Anstrengungen des Tages erholen konnte. Der angenehme Duft von Akazien drang ihnen entgegen, als eine leichte Brise frischen Windes vorbeizog.

»Nun, was hecken du und mein Bruder gerade aus?«, fragte Isis, als sie es sich auf einer selbst gezimmerten Bank bequem gemacht hatten, die aus einfachen Mauersteinen und einem Holzbrett bestand. Verlegen suchte der Junge nach einer passenden Antwort. »Ach, lass gut sein.« Sie lächelte. »Trotzdem sollst du wissen, dass du dich mir anvertrauen kannst. Hori hat mir gestanden, was ihm tatsächlich widerfahren ist.«

»So?«

Der warme Blick Isis brachte Ramses durcheinander. Sie war eine hübsche Frau mit feinen Gesichtszügen, die trotz schlichter Bekleidung und einfacher Perücke etwas Bezauberndes ausstrahlte. Sie war durchaus nicht so akkurat geschminkt wie die feinen Frauen des Palastes, aber dennoch hätte Ramses schwören können, dass keine mit Isis exotischer Schönheit hätte konkurrieren können. Er war geblendet von so viel Anmut, und schließlich fing er an, ihr seine ganze Geschichte zu erzählen. Er fühlte sich in der Gegenwart Isis dermaßen wohl, dass er ihr schließlich von den Erscheinungen Seths, Nechbets und Wadjets berichtete, was er nicht einmal Hori anvertraut hatte.

»Was hast du nun vor? Willst du dich rächen?«

»Ich weiß es noch nicht genau. Einerseits will ich, dass die Maat wieder hergestellt wird, sodass es Kemet erneut wohl ergeht. Ich sah, wie die Menschen neue Hoffnung schöpfen, doch andererseits kann ich auch nicht vergessen, was man mir angetan hat.«

»Ich kann dich gut verstehen, Ramses.«

»Was meinst du damit?« Der Junge hatte die Tränen in den dunklen Augen Isis bemerkt.

Mit bebender Stimme begann sie, Ramses ihre Geschichte anzuvertrauen:

»Der Vater Horis verstarb im Kampfe und meine Mutter stand allein da. Sie fand Arbeit im goldenen Hause als Sängerin. Ihr Name war Habasillat, und sie stammt aus dem Gebiet Assurs. Seti, wie man Setehimerienptah auch nennt, fand Gefallen an ihr, und so kam es, dass sie erneut schwanger wurde. Doch Tausret bekam ein Gespräch zwischen ihrem Gemahl und meiner Mutter mit, in dem sie Seti von ihrer Schwangerschaft mitteilte. Da wurde Tausret sehr zornig, denn noch war sie kinderlos und befürchtete, meine Mutter könnte einen Jungen gebären, der ihren Nachfolgern den Thron streitig machen könnte. So veranlasste sie Seti, meine Mutter zu verleugnen und vom Hofe zu jagen, denn auch behauptete sie, dass es eine Lüge wäre, dass ihr Gemahl der Vater des Ungeborenen sei. Nicht nur, dass man meine Mutter vom Hofe vertrieb, auch wurde sie zum Gespött aller. Sie lebte in ständiger Angst, da sie befürchten musste, dass Tausret vielleicht jemanden beauftragt hatte, sie zu töten. Sie verstarb letztlich kurz nach meiner Geburt. Mein Onkel erzählte mir später, was ihr widerfahren war und wie meine Mutter ihn bis zu ihrem Tod angefleht hatte, gut auf mich aufzupassen, dass mir keiner nach dem Leben trachten würde. Am Ende hat mein Onkel das Gerücht in die Welt gesetzt, seine Schwester habe eine Todgeburt erlitten. Er ließ mich in einem fernen Ort von Verwandten großziehen und holte mich erst einige Jahre später zurück. Offiziell bin ich die Tochter einer Verwandten.«

Ramses bebte vor Wut. Er hatte seine Faust so fest geschlossen, dass sie weiß angelaufen war.

»Diese elenden Bestien! Verflucht sollen sie sein! Sie und ihre Nachkommen, dich natürlich ausgenommen!«

»Schon gut, Ramses.« Isis legte ihre Hand auf seinen Arm. »Fluche nicht, zur jetzigen Stunde könnte dies Konsequenzen haben, zumal die tote Sonne heute Nacht in ihrer völligen Macht erscheint.«

»Sie verdienen es nicht anders, Isis. Vielleicht sollte ich mich doch lieber Seth zuwenden und für Rache plädieren.«

»Nein Ramses, bitte nicht! Hass und Rache führen zu nichts Gutem. Die Götter werden dir beistehen, und am Ende wird die Maat wieder hergestellt werden, dessen bin ich mir sicher!«

»Was bist du nur für eine wunderbare Frau, Isis.« Ramses konnte seinen Blick nicht von ihr lösen. »Warte mal.«

Er holte den Armreif hervor, den Meritamun Moses übergeben hatte und den er stets mit sich trug. Isis betrachtete erstaunt das wertvolle Schmuckstück und erkannte das Symbol darauf.

»Das gehörte der Königsfamilie Achet-Atons! Wie ist es möglich, dass du es bei dir trägst? Bist du etwa ein Grabräuber?«

»Ich erwähnte doch den Armreif Meritamuns. Nun, er ist ein Erbstück. Er ist der einzige Gegenstand, der den Königinnen nicht mit in ihre Grabkammer gegeben wird, sondern er wird von Generation zu Generation vererbt.«

»Aber die Königsfamilie Achet-Atons hatte keine Erben.«

»Wer weiß. Ich wollte ihn eigentlich Meritamun zurückgeben, doch wie ich hörte, verstarb sie kurz nachdem Amenmesse aufbrach. In deinen Adern fließt königliches Blut, Isis! Keiner verdient diesen Armreif mehr als du, dessen bin ich mir sicher. Also, worauf wartest du? Leg ihn dir an!«

Die junge Frau zögerte, voller Ehrfurcht gegenüber dem wertvollen Schmuckstück. Da nahm Ramses ihre Hand, und andächtig legte er ihr den Armreif um. Liebevoll schaute er das Mädchen an, dann fügte er hinzu:

»Auch möchte ich, dass du dies hier für mich aufbewahrst.«

Ramses brachte das Kästchen zum Vorschein, in welchem er nun auch die Schriftrolle Moses untergebracht hatte, und Isis schaute ihn ungläubig an.

»Ist das etwa …«

»Ja, Isis. Ich wüsste nicht, wem ich es sonst anvertrauen könnte.«

»Ich fühle mich geehrt, Ramses. Du schenkst mir viel Vertrauen.«

»Ich werde bald aufbrechen, um nach meiner Familie zu sehen und um mir eine Vorstellung zu verschaffen, wie die Zustände außerhalb von Per-Ramesse sind. In der Stadt herrscht immer noch Chaos und es fehlt an Arbeitern. Die Kornspeicher und die Vorratskammern leeren sich, sieh doch nur euren Garten! Auch jetzt konnte nicht viel angebaut werden, und noch können größere Boote mit Proviant uns nicht erreichen.«

»Und du denkst, du könntest etwas ausrichten? Ein einziger Mann? Wieso überlässt du dies nicht Setehimerienptah?«

»Seti? Er befindet sich immer noch in Waset und ist allzu sehr damit beschäftigt, sich ein schönes Grab zu bauen. Außerdem handle ich schließlich im Auftrag Amenmesses.«

»Wie lange willst du dieses Spiel spielen? Was erhoffst du dir dabei? Glaubst du wahrhaftig, am Hofe wird man nicht bald misstrauisch werden?«

»Es bedarf an Zeit, aber mit der Hilfe deines Bruders werden wir in der Lage sein, Kemet zu helfen. Es besteht auch noch die Möglichkeit, dass mein Vater am Leben ist. Ich werde demnächst aufbrechen und mir Gewissheit verschaffen. Sollte ich ihn finden, dann stehen unsere Chancen gut. Und irgendwann wird es uns vielleicht auch gelingen, ein Heer aufzustellen.«

»Ihr spielt mit dem Feuer! Du strebst tatsächlich den Thron an, nicht wahr? Aber wie stellst du dir das vor, ohne die Anerkennung als legitimer Nachfolger?«

»Die Götter stehen mir bei, Isis, hab Vertraue. Und auch du wirst den Platz einnehmen, der dir gebührt. Das ist ein Versprechen. Und wenn …«

Doch weiter kam er nicht, denn Isis nahm liebevoll seinen Kopf in beide Hände und küsste ihn zärtlich.

»So, Edoardo, das war dein Vater. Ich musste ihm dreimal versichern, dass du wohlauf bist. Du sollst ihn sobald wie möglich zurückrufen. Er schien sehr besorgt.«

Der ältere Mann legte den altmodischen Hörer des beigen Telefons auf. Der Junge vermutete, dass der Apparat bereits einen gewissen Wert als Antiquität besaß, jedenfalls kannte er sonst niemanden, der im Besitz eines Telefons war, das noch ein drehbares Zifferblatt besaß.

»Ein Glück, Großvater, dass du dich niemals dazu hast verleiten lassen, dir ein schnurloses Telefon anzuschaffen. Danke auch dafür, dass du ihm gesagt hast, ich wäre nicht im Haus.«

»Das war aber nicht in Ordnung, Ed. Ich lüge nur ungerne, und wenn deine Großmutter das mitbekommen hätte, dann hätten wir beide mächtigen Ärger bekommen!«

»Ich weiß ja. Wichtig war, dass er weiß, dass es mir gut geht und wo ich bin. Hoffentlich tanzen sie nur nicht gleich an, sobald sie in Rom sind.«

»Sie sind bereits in Rom. Dein Vater hat vom Flughafen aus angerufen. Aber ich denke, sie werden es respektieren, dass du ein wenig Ruhe haben willst.«

»Sie sind bereits in Rom?«

Das hätte er sich denken können. Wahrscheinlich hatten sie die nächstmögliche Maschine genommen. Die Tür des Zimmers öffnete sich, und Elisabetta, die Großmutter Edoardos kam herein.

»So, mein Junge. Ich habe dir das Bett bezogen. Ich hoffe, es wird dir da oben nicht allzu heiß.«

Edoardo hatte das nie so ganz verstanden. Seine Großeltern hatten ein wunderschönes Haus, das auf einem kleinen Hügel mitten im Grünen lag. Gute drei Hektar Land umgaben sie, davon war Einiges mit Olivenbäumen bepflanzt, der Rest aber war wilde Natur. Lediglich um das Haus herum schmückten zahlreiche Pflanzen und ein gepflegter Rasen das Anwesen. Im Mai und auch im Juli kam ein benachbarter Bauer mit seinem Mähdrescher und schnitt das viele Wiesengras, das er als Heu verwendete und somit das Land des älteren Ehepaars gepflegt hielt, was im Sommer besonders wichtig war, da es des Öfteren zu Bränden kam und die trockenen Sträucher dann eine besondere Gefahr darstellten.

Jedenfalls nutzte man im ganzen Haus vorwiegend den unteren Raum, den man als Hobbyraum bezeichnete und der offiziell in den Bauplänen als Garage eingetragen war. In diesem offenen Raum befand sich ein langer Esstisch, der gerne von Freunden und Verwandten belagert wurde, wenn man gemeinsame Mahle organisierte. Außerdem war ein großer Kamin vorhanden, der den Raum im Winter wärmte. Im hinteren Teil des Raumes lag eine offene Küche, in die man einen direkten Einblick hatte, da es keine Trennwände gab. Ein Fernseher älteren Modells war so gestellt, dass man sowohl von der Küche als auch vom Esstisch aus auf den Bildschirm blicken konnte, sodass niemand etwas verpassen musste.

Das Schlimmste in diesem Erdloch, wie der Junge es gerne bezeichnete, war, dass es teils unterirdisch lag und es kaum natürliche Lichtquellen gab. Lediglich zwei kleine, schmale vergitterte Fenster, die man nicht einmal öffnen konnte, befanden sich in höherer Lage der jeweils östlichen und westlichen Hauswand. Eine weitere Lichtquelle kam von der südlichen Seite des Hauses, wo sich eigentlich das Garagentor hätte befinden müssen. In der Tat erinnerte der Eingang an das Tor einer Autowerkstatt, denn das Konzept war nicht weit entfernt davon. Zwei große eiserne Pforten, von denen die linke nochmals mit einer kleineren Tür versehen war, waren der Eingang zu diesem »Hobbyraum«.

Der obere Teil war mit lichtdurchlässigen Scheiben ausgestattet, die man jedoch keineswegs als Fenster bezeichnen konnte. Das Tor stand im Sommer die meiste Zeit offen, was dazu beitrug, dass ein wenig mehr Licht eindringen konnte, jedoch auch die Hitze eingelassen wurde. Seinen Großeltern schien das nichts auszumachen, verbrachten sie schließlich die meiste Zeit im Freien. Hauptsächlich im Sommer lebte man bis in die späten Stunden draußen, doch auch im Winter nutzte man schöne Sonnentage bis hin zur Dämmerung aus.

Die wenige Zeit, die man im Hause verbrachte, hielt man sich also in diesem großen Raum auf, obwohl es im ersten Stock einen gemütlichen Wohnraum gab, der aus Wohn- und Esszimmer bestand und der eine weitere Küche mit Vorratskammer, ein Schlafzimmer und zwei Badezimmer enthielt. Das Haus war bereits älter, seine Großeltern hatten es vor einigen Jahren restaurieren lassen, kurz nachdem sie es erworben hatten. Aber trotzdem war es nicht ordentlich isoliert worden, sodass die Räume im Sommer zu heiß und im Winter zu kalt waren. Edoardos Großmutter hatte sich nur schwer überreden lassen, ihn im Zimmer auf dem Dachboden unterzubringen.

Der Junge liebte dieses Zimmer. Eine rustikale Holztreppe führte hinauf auf dieses Dachgeschoss, das keine Trennwände besaß, wodurch es zu einem einzigen Raum wurde, von dem aus man nach unten in den Wohnbereich blicken konnte, wenn man sich an die Brüstung lehnte, die dem Ganzen eher den Eindruck einer Veranda verlieh. Das Geländer war schlicht wie auch der Boden, der aus großen unbearbeiteten Balken bestand, die hier und da knirschten. Und wenn man auf Strümpfen herumlief, konnte es passieren, dass man hängen blieb. Auch die Schräge war mit hellen Holzleisten bekleidet und verlieh dem Raum einen Eindruck von Gemütlichkeit, sodass Edoardo jedes Mal an eine Almhütte denken musste, wenn er hier hinauf kam, die Augen für einen kurzen Moment schloss und fasziniert den ihm wohlbekannten Holzgeruch einatmete.

Mit dem Rucksack auf den Schultern und seinem Koffer in der Rechten erreichte er den Dachboden, entledigte sich kurzerhand seines Gepäcks und ließ sich erschöpft auf das breite Bett fallen. Da er kurz nach seinem Eintreffen von seinen Großeltern mit allerlei Köstlichkeiten verwöhnt worden war, hatte er es vorgezogen, auf das Abendessen zu verzichten und stattdessen früh zu Bett zu gehen, war er doch von der Reise und der Zeitverschiebung komplett benommen. Müde schaute er aus dem kleinen Fenster. Sein Blick schweifte über die Felder und Hügel bis hin zur rotglühenden Sonne, die bereits zur Hälfte im Meer versunken war, welches man ganz schwach in der Ferne wahrnehmen konnte. Dann wechselte er die Position und schaute sich im Zimmer um. Dabei fiel ihm ein großes Schwarz-Weiß-Foto in Posterformat auf, das von einem silbernen Bilderrahmen umrandet war und direkt gegenüber von seinem Bett hing. Das Bild war ihm noch nie sonderlich aufgefallen, doch nun, da er es betrachtete, erinnerte es ihn an irgendetwas. Aber an was? Er grübelte und überlegte, doch ihm wollte einfach nicht einfallen, mit was er dieses Bild in Verbindung brachte.

Schließlich überkam ihn die Müdigkeit, seine Augen wurden schwerer und sein Kopf konnte schließlich keinen klaren Gedanken mehr fassen, denn längst war der Junge in die Welt der Träume abgetaucht.

Es war eine fremde Macht. Aber war sie wirklich fremd? Bedrohlich und sehr mächtig, das spürte er. Eine Macht ohne Alter, die nun zu ihm sprach:

»Edoardo, Junge, es ist nicht schön, sich so einsam zu fühlen! Aber du bist stark und dieses Mädchen verdient deine Freundschaft nicht. Keiner verdient dein Vertrauen. Alle haben sie dich enttäuscht. Sie sind doch eh alle gleich, diese Versager! Aber du, du wirst ein Gewinner sein! Mit meiner Hilfe wirst du bald erfolgreich, noch einflussreicher als dein Vater sein. Alle Welt wird dich lieben und bewundern. Das ist es doch, was du willst! Anerkennung, Liebe und Ruhm. Du bist bereits nahe am Ziel, das weiß ich. Also finde den Stein der Götter und verstecke ihn vor den Augen anderer. Du wirst einzig mich ehren und preisen, nur mir dein Herz und deine Seele schenken, und ich werde dich dafür belohnen!«

»Wer bist du?« Er fürchtete die Antwort auf diese Frage, denn im Unterbewusstsein erahnte er sie bereits.

»Wer ich bin? Du weißt es bereits! Ich bin sehr alt und ich besitze vielerlei Namen. Ich will sie wahrlich nicht alle auflisten müssen. Doch ich besitze die Macht, ich bin sogar in der Lage, deine Mutter erneut aus dem dunklen Reich zurückzuholen. Das ist es doch, was du willst. Du siehst, ich kenne deine Gedanken, deine unausgesprochenen Wünsche! Ich kann dich verstehen, und ich bin der Einzige, der dir helfen kann. Lass mich dein Freund sein, und ich werde alles für dich tun. Lediglich diesen einzigen Gefallen fordere ich, Edoardo: Finde den Stein und ehre mich, mich allein!«

Mit einem Schrei erwachte der Junge. Er war schweißgebadet und sein Herz raste wie wild. Erst langsam kam er zu sich, und es dauerte eine Weile, bis er sich orientiert hatte und erkannte, wo er sich überhaupt befand. Ein Hahn krähte ganz in der Nähe, und er schaute auf die Uhr. Kurz nach sechs. Es war noch früh am Morgen, und eigentlich hätte er noch eine Runde schlafen können, doch dieser seltsame Traum hatte ihn aufgewühlt. Das Pentakel! Irgendwer, oder besser gesagt irgendetwas verlangte von ihm, dass er es in seine Gewalt brachte und es den anderen verheimlichte.

Hatte es sich nur um einen bösen Traum gehandelt, oder war ER es tatsächlich gewesen, der zu ihm gesprochen hatte? Er verlangte nur, von ihm angebetet zu werden, und als Gegenleistung hätte er ihm alles ermöglicht. Alles, sogar seine Mutter hatte er ihm versprochen! Dafür hätte Edoardo in der Tat alles gegeben. Aber war es richtig? Gewiss nicht, doch die Versuchung war enorm.

Kurze Zeit später betrat Edoardo die Küche, aus welcher das

vertraute Geräusch einer Espressokanne kam. Der Geruch des kochenden Kaffees war verlockend, und er musste an seine Mutter denken, die konsequent die Meinung vertrat, dass der richtige Espressokaffee zu Hause mit dieser traditionellen Edelstahlkanne gekocht werden musste, da er auf diese Weise viel besser schmecken würde, als ein Kaffee aus einem modernen, multifunktionellen Kaffeevollautomaten.

»Edoardo, hast du schon ausgeschlafen?«

Seine Großmutter lächelte, als er die Küche betrat. Sie trug zwar noch einen Morgenmantel, doch ihr silbergraues Haar war sorgsam gekämmt. Aus dem Badezimmer vernahm der Junge das Geräusch der Waschmaschine. Keine Frage, seine Großeltern waren wie immer Frühaufsteher. Nun betrat auch sein Großvater die Küche.

»Edoardo, hast du gut geschlafen? Ich hoffe, es war heute Nacht nicht zu schwül da oben unter dem Dach!«

»Nein, Großvater. Es war in Ordnung. Ich habe tief und fest geschlafen.«

Der Mann nickte zufrieden, blickte den Jungen aber neugierig an, denn er merkte, dass sein Enkel etwas auf dem Herzen lag. Zögernd meinte der Junge:

»Mir ist da ein Bild aufgefallen. Es ist sehr beeindruckend. Ich meine, es bereits irgendwo gesehen zu haben, doch ich erinnere mich einfach nicht, wo.«

»Du meinst das Foto von Ostia Antica?«, fragte seine Großmutter, während sie den Kaffee einschenkte.

»Das große Schwarz-Weiß-Bild an der Wand neben dem Kleiderschrank. Es sind Ruinen darauf zu erkennen.«

»Ja, doch, das ist Ostia Antica«, bestätigte der Großvater. »Dieses Foto gehörte deiner Mutter. Wenn ich mich richtig entsinne, so hat dein Vater es irgendwann mal für sie bei einer Benefizveranstaltung ersteigert. Ist zwar ein schönes Bild, aber, wenn du mich fragst, viel zu teuer! Tja, man braucht nur einen guten Ruf zu haben, und schon kann man alles zu Geld machen!«

Edoardos Puls beschleunigte sich. Konnte das sein? Erwartungsvoll blickte er seinen Großvater an.

»Du meinst, dass dies ein Bild von Roman Goggito ist?«

Der Mann betrachtete seinen Enkel, zog eine Augenbraue hoch und schüttelte kritisch den Kopf:

»Du wirst doch nicht von einem alten Mann verlangen, dass er sich auch noch an den Namen eines Fotografen erinnert!«

Elisabetta blickte ihren Mann belustigt an, zwinkerte ihrem Enkel konspirativ zu und meinte:

»Das kannst du nun wirklich nicht von einem alten Kunstbanausen verlangen. Gut, dass dir wenigstens deine Großmutter bestätigen kann, dass dies in der Tat ein Bild vom berühmten Fotografen Roman Goggito ist.«

Edoardo konnte es nicht fassen! War es ihm in der Tat gelungen, rein zufällig auf des Rätsels Lösung zu stoßen? Wenn auf dem Foto, das sie die ganze Zeit gesucht hatten, nun tatsächlich der Moment der Übergabe des ersteigerten Werks Goggitos zu erkennen war, dann lag in diesem vermutlich die Lösung. Sehr wahrscheinlich würden die darauf abgebildeten Personen nicht von Bedeutung sein. Vielmehr aber lag der Schlüssel in diesem ersteigerten Foto. So musste es sein!

»Ostia Antica, sagtest du?«

»Wie bitte, mein Junge? Ach ja, das Foto ist eine Aufnahme von Ostia Antica. Das war einst die Hafenstadt der alten Römer. Anfangs kampierte dort lediglich das Militär, doch als man merkte, dass der Tiber nicht mehr ausreichend für den zunehmenden Schiffverkehr der vielen Handelsflotten war, wurde ein neuer Hafen gebaut, der durch einen Kanal mit dem Fluss verbunden wurde. Ostia wurde somit zum Handelszentrum, das hauptsächlich als Kornkammer für die Hauptstadt diente.«

»Die Flotten fuhren also von dort aus in die Welt.« Edoardo sah förmlich, wie sich die Teile zusammenfügten.

»Sehr richtig, Edoardo. Zu den Zeiten, als das römische Reich florierte, liefen Schiffe aus den verschiedensten Ländern ein und brachten fremde und wunderbare Dinge mit sich.«

»Oh, ja. Sicherlich brachten sie auch so manchen interessanten Gegenstand aus Ägypten!«

»Aber natürlich! Der Hafen wurde, soviel ich weiß, von Kaiser Claudius errichtet, doch bereits Cäsar plante den Bau. Und zu dieser Zeit hatte Rom schon reichlich Einfluss in Ägypten. Viele Flotten kamen aus Alexandrien, eine davon brachte sogar einen Obelisken mit. Das Schiff, das dafür eingesetzt wurde, füllte man dann mit Steinen und versank es, um somit eine Art Insel zu erschaffen, die als Basis eines Leuchtturms diente, der dem Leuchtturm Alexandriens sehr ähnelte.«

Edoardos Großvater war ganz in seinem Element. Wenn es um geschichtliche Themen ging, die das antike Rom betrafen, kannte er sich aus.

»Und um welche Ruinen handelt es sich genau auf dem Bild?«

»Tja, das kann ich dir so nicht sagen. Die antike Stadt Ostia war einst eine große Stadt und zählte Hunderttausende von Einwohnern. Außer Wohnhäusern gab es dort auch noch viele andere Gebäude, die der Verwaltung und Produktion dienten. Auch gab es Monumente, Tempel, Lokale, ein großes Theater, ja sogar eine Synagoge und natürlich die Nekropole. Es gibt daher einige bekannte Ruinen, die von den Touristen immer wieder gern fotografiert werden, doch was auf dem Bild dieses Künstlers zu sehen ist, kann ich dir nicht sagen.«

»Die antike Stadt umfasst also einen enormen Bezirk«, Edoardo blickte entmutigt auf seinen Großvater. Hatte er doch tatsächlich geglaubt, dass er bereits vor der Lösung stand.

»Oh ja, in der Tat.« Seine Großmutter schaute nachdenklich, dann fügte sie hinzu: »Dieser Fotograf hatte damals seine ganze Ausstellung den Resten der antiken Stadt gewidmet. Vorwiegend hat er jene Ruinen fotografiert, denen man normalerweise nicht allzu viel Beachtung schenkt. Diese Steinreste, die auf dem Foto zu sehen sind, sind also wie ein Sandkorn am Strand.«

»Na wunderbar«, Edoardo seufzte.

Er musste herausfinden, welche Ruine Goggito da fotografiert hatte, doch einfach würde dies nicht werden. Unter anderem handelte es sich auch noch um eine Gegenlichtaufnahme, die lediglich den Umriss der verbliebenen Mauern eines Gebäudes preisgab, während die restlichen Ruinen im Hintergrund bedeutungslos zu sein schienen. Er musste sich einen Reiseführer besorgen, oder noch besser, im Internet recherchieren, bevor man sich direkt vor Ort umsah.

»Edoardo?«

Der Junge schreckte aus seinen Gedanken.

»Oh, entschuldige. Was meintest du, Großmutter?«

»Wir wollten auf den Markt gehen und Einiges einkaufen. Was ist mit dir, kommst du mit?«

»Nein danke, ich ruhe mich noch ein wenig aus. Ihr habt nicht zufällig einen Reiseführer von Ostia Antica?«

Der Mann hatte beobachtet, wie das ältere Ehepaar das Haus verlassen hatte. Er hatte ein kurzes Telefonat geführt, um dann vorsichtig bis zum Haus zu schleichen und durch den Fensterladen zu spähen. Der Junge saß am Küchentisch und las in irgendeinem Buch. Der Mann warf die halb gerauchte Zigarette weg und entsicherte seine Waffe. Es war an der Zeit, sich ihm endlich einmal vorzustellen.

Irgendetwas stimmte nicht. Edoardo hatte ein ungutes Gefühl. Er legte das Buch beiseite und horchte. Es war still. Zu still.

»Ich störe ja nur ungerne.«

Der Junge fuhr herum und schaute in ein bekanntes Gesicht, dessen bös funkelnde Augen ihn mit einem bohrenden Blick trafen. Der Mann richtete eine Pistole auf ihn. Ein unangenehmer Zigarettengeruch drang Edoardo entgegen.

»Ich vermute, Al Halabi schickt Sie.«

Edoardo versuchte, die Ruhe zu bewahren.

»Richtig vermutet. Aber zum Plaudern habe ich nur wenig Zeit. Also, wo ist es?«

»Wo ist was?«

»Na, das Bild aus diesem Album, was ihr der Erbin des Fotografen gestohlen habt. Du hast es doch mitgenommen, oder weshalb bist du heimlich abgereist? Ein cleverer Plan, aber nicht clever genug.

Der Mann lächelte, doch das Entblößen seiner Zähne ähnelte eher der bedrohlichen Geste einer Bestie. Er wusste also von dem Bild, das sie suchten. Aber offensichtlich war er der Überzeugung, dass sie es gefunden hatten.

»Tut mir leid, Sie enttäuschen zu müssen, aber ich habe das Bild nicht.«

»Du lügst!«

Der Mann holte aus und verpasste Edoardo einen Schlag ins Gesicht, welcher ihn für einige Sekunden betäubte.

»Sie können mich meinetwegen totprügeln, aber das Bild werden sie trotzdem nicht finden«, antwortete der Junge wütend.

»Das werden wir ja sehen!«

Grob packte der Mann Edoardo am Arm, durchsuchte ihn kurz, ohne die Waffe von ihm zu richten.

»Das Bild muss hier sein! Du hast das Haus seit deiner Ankunft nicht verlassen. Ich habe alle Zimmer im Hotel durchsucht und nichts gefunden.«

Das war also der Grund, weshalb sein Vater so besorgt war. Der Typ hatte vermutlich die Zimmer auf den Kopf gestellt. Und als Edoardo auch noch verschwunden war, hatte man wohl mit dem Schlimmsten gerechnet.

»Auf die Idee, dass einer der anderen das Bild bei sich haben könnte, sind Sie wohl nicht gekommen. Oder lief es vielleicht doch ganz anders? Wäre ja auch möglich, dass bereits jemand vor uns im Hause Goggitos war, der uns zuvorgekommen ist. Dann hätte keiner von uns das Bild!«

»Quatsch! Du hast es! Und sicherlich nicht aus dem Grund, weil deine Mutter darauf zu sehen ist! Was ist das Geheimnis dieses Bildes?«

Er wusste bereits eine Menge, aber nicht das Wichtigste, stellte der Junge erleichtert fest. Edoardo musste sich schnellstens etwas einfallen lassen.

»Also gut, ich zeige Ihnen, wo das Bild ist.«

Der Mann blickte den Jungen misstrauisch an, dann wies er ihn mit einer kurzen Gestik der Waffe an, aufzustehen.

»Also, gehen wir. Und wehe du versuchst, mich auszutricksen. Jeden Moment müssten ein paar meiner Freunde eintreffen, die mich unterstützen, und außerdem habe ich kein Problem damit, hiervon Gebrauch zu machen.« Der Mann wies auf die Pistole.

Zögernd erhob Edoardo sich. Kurz blickte er auf seine Tasse, die am Rande des Tisches stand. Jetzt oder nie, dachte er, und unauffällig stieß er die Tasse um, die kurz rollte, ehe sie zu Boden fiel und zerbrach. Der Mann blickte verwirrt auf die Scherben, und Edoardo nutzte diesen kurzen Augenblick des Ablenkungsmanövers, griff blitzschnell zu der großen Kaffeekanne aus Edelstahl, drehte sich mit vollem Schwung und holte entschlossen aus.

Er traf das Handgelenk seines Gegners. Ein Schuss löste sich dabei und traf die Wand, doch als der Junge dem Mann nun einen festen Tritt zwischen die Beine verpasste, ließ dieser die Waffe zu Boden fallen. Erneut holte Edoardo entschlossen aus, und diesmal traf der Schlag den Kopf des Mannes. Benommen sank dieser zu Boden, und der Junge ergriff die Flucht. Er schnappte sich den Reiseführer und ein Mobiltelefon, um dann so schnell er nur konnte aus dem Haus zu rennen.

Ihm blieb wenig Zeit, die Verstärkung dieses Typen konnte jeden Moment eintreffen. Er entfernte sich vom Haus und schaltete das Handy ein, doch die Mühe war umsonst, denn auf dem Display erschien das Symbol, das Edoardo am wenigsten mochte: Kein Empfang! Dann vernahm er ein Motorengeräusch. Er schaffte es gerade noch, sich hinter einem Holzstapel zu verstecken. Wieso hatte er nicht die Pistole seines Angreifers anstelle des unnützen Mobiltelefons mitgenommen, ärgerte er sich. Ein Geländewagen hielt jetzt vor dem Haus, und er sah, wie drei Männer ausstiegen, die keineswegs vertrauenserweckend schienen. Die Komplizen waren also noch schneller als erwartet eingetroffen und hatten es irgendwie geschafft, das Eingangstor zur Auffahrt zu öffnen.

Kaum waren sie im Haus verschwunden, als Edoardo auch schon in geduckter Haltung in Richtung Wiese rannte. Er hätte es niemals geschafft, die entfernt liegende Straße zu erreichen, und es war unmöglich, über die hohe Umzäunung zu klettern, um Schutz bei einem der Nachbarn zu finden. Die Gräser aber waren hoch, und schnell gelang es ihm, die erste Reihe der höher gelegenen Olivenbäume zu erreichen. Er kauerte sich hinter einen größeren Stamm und beobachtete das Haus, aus dem nun wütendes Geschrei ertönte. Kurz darauf verließen zwei Männer das Haus und spähten nach allen Seiten. Edoardo vermutete, dass die anderen beiden das Haus auf den Kopf stellten.

Einer der Männer ging um das Haus herum, während der andere in Richtung Straße lief. Es dauerte eine ganze Weile, bis dass auch die anderen beiden Männer das Haus verließen. Sie wirkten höchst unzufrieden, diskutierten aufgebracht, wonach einer von ihnen in das Auto stieg und davonfuhr, während die anderen drei erneut Ausschau nach dem Jungen hielten.

Edoardo holte erneut das Handy bei. Das unbeliebte Symbol war verschwunden und zwei grüne Balken standen nun für eine geringe Empfangsbereitschaft. Er musste sich beeilen, denn auch der Akku war schwach! Nun aber konnte er es nicht riskieren, denn einer der Männer rückte näher. Aufmerksam durchstreifte er die Wiese. Edoardo duckte sich so tief er nur konnte, als der Mann nur noch wenige Meter von ihm entfernt war. Der Junge blieb wie angewurzelt, als plötzlich die schrille Melodie eines Handys erklang.

»Hallo?«

Edoardo atmete erleichtert auf. Es war das Telefon des Mannes.

»Ja, verdammt! Ich hatte keinen Empfang... Nein, der Bengel ist uns entwischt. Ibrahim ist davon überzeugt, dass er im Besitz des Bildes ist... Weiß der Teufel, wo er es versteckt hat, im Haus war jedenfalls nichts. Er hat ein Buch bei sich, wir nehmen an, dass er es dort versteckt hat... Ja, geht klar, wir suchen ihn weiter... Ich weiß. Sie sind dem Pentakel gefährlich nahe. Was hat Al Halabi vor?... Den Armreif finden und zerstören? Besser wär's wohl, das Pentakel zu finden!... Ja, ja, schon klar. Wir sollten endlich die Identität des letzten Wächters herausfinden. Er ist der Schlüssel zum Stein... Na ja, er muss wissen, was das Beste ist. Wir suchen jedenfalls weiter nach dem Jungen. Hör zu, ich habe hier einen sehr schlechten Empfang, ich rufe dich später zurück.«

Der Mann hatte sich bereits ein paar Schritte entfernt, als plötzlich ein kurzes Signal ertönte, das auf einen niedrigen Akkustand aufmerksam machte. Der Mann blieb abrupt stehen, schaute kurz auf sein Mobilgerät, dann blickte er sich aufmerksam um. Dumme Handys, dachte Edoardo verärgert, als er sein Telefon schnell ausschaltete. Hatte er ihn bemerkt? Der Mann kam näher und Edoardo kroch rückwärts.

»Komm heraus Junge, ich weiß, dass du hier bist!«

Edoardos Herz pochte schneller. Er ergriff einen Stein, und warf ihn entschlossen, so weit wie er nur konnte. Der Mann fuhr herum und lief geradewegs in die Richtung, in die der Stein aufgeprallt war. Edoardo nutzte die Gelegenheit und kroch weiter ins Dickicht, doch plötzlich rutschte er ins Bodenlose, und ehe er sich versah, hatte die Erde ihn verschluckt.

Paser betrat mit nachdenklicher Miene das weißgetünchte Haus, das ein wenig höher lag als die Häuser der Nachbarn, denn man hatte es vor Kurzem auf den Überresten des vorherigen Hauses Horis errichtet. Ramses, der im Wohnbereich mit seinem Sohn spielte, blickte gespannt auf den Mann, während Isis aus dem hinteren Teil des Hauses herbeikam, wo sie angesichts ihrer mit Mehl verstaubten Leinen offensichtlich am Mahlstein tätig gewesen war. Nun nahm sie das Kind auf den Arm und strich ihm liebevoll über die Seitenlocke. Der kleine Junge begann protestierend zu weinen, warf sein geschnitztes Holzpferd zu Boden und ließ sich nur schwer von der Mutter beruhigen.

»Nun?« ,fragte Ramses erwartungsvoll.

Auch Hori, der damit beschäftigt war, den Vorrat in Tonkrüge nachzufüllen und diese zu beschriften, hatte sich jetzt dazugesellt und wirkte sichtlich nervös, als Paser zu reden begann:

»Schlechte Neuigkeiten, Ramses. Sie haben gegen dich gestimmt. Seti hat es geschafft, auch noch diejenigen zu überzeugen, die den Worten Tausrets und Bays keinen Glauben schenken wollten. Man vernahm es bereits aus vielen verschiedenen Mündern, die felsenfest beteuerten, dass Amenmesse und das Heer damals im großen Wasser ertranken. Das Land braucht einen Herrscher! Jenseits der Grenzen Kemets macht man sich bereits lustig über uns. Daher hat man entschlossen, Seti während des bevorstehenden Opet-Festes zu krönen und Amenmesse offiziell für tot zu erklären. Spätestens dann wird klar sein, dass du allen eine riesige Lüge aufgetischt hast, denn wenn Amenmesse noch leben würde, so würde er spätestens jetzt erscheinen und allen Gerüchten ein Ende setzen.«

»Es ist aus, Ramses.«

Horis ernste Miene verriet, wie besorgt der treue Freund war. Dieser legte seine Hand auf die Schulter Pasers und meinte:

»Ich danke dir, mein Freund. Früher oder später wären all unsere Lügengeschichten sowieso aufgeflogen, aber wenigstens haben wir Zeit gewonnen.«

»Ich konnte als hoher Beamter nicht viel gegen die einflussreichen Berater Setis ausrichten. Allerdings konnte ich sie davon abhalten, dem Wunsch Tausrets nachzugeben und dich, Ramses, hinrichten zu lassen. Seitens der Priesterschaft hatte ich Rückendeckung. Sie sehen dich immer noch als ein Zeichen der Götter. Und auch das Volk steht nach wie vor auf deiner Seite, wenngleich man dich nun als Betrüger darstellen wird. Sicher ist, dass du das Land verlassen musst, ehe sie dich verbannen.«

Ramses schwieg einen längeren Moment und blickte nachdenklich ins Leere. Dann schaute er auf und nickte Paser zu.

»Na gut Hori, du wirst noch heute aufbrechen, um deine Schwester und meinen Sohn zu meiner Mutter zu bringen. Es war gut, dass sie nicht mehr zurück nach Per-Ramesse kehren wollte. So wird meine Familie an einem sicheren Ort sein, an dem sie keiner vermutet.«

Isis schaute ihren Mann mit gerunzelter Stirn an.

»Du schickst uns zu deiner Mutter? Und was ist mit dir?«

»Ich werde Airem aufsuchen.«

Ramses hatte Airem, den Holzhändler, bereits zweimal getroffen. Beim ersten Zusammentreffen, das nun schon einige Zeit zurücklag, hatte dieser dem jungen Mann versichert, dass sein Vater noch am Leben war. Diese frohe Botschaft hatte Ramses bereits seiner Mutter überbracht, die er wohlauf in einem kleinen Dorf, das einige Tagesmärsche von Per-Ramesse entfernt lag, wiedergefunden hatte. Dann war Airem in seine Heimat zurückgereist, und als er erneut in Per-Ramesse eintraf, hatte er Ramses ein zweites Mal getroffen, um ihm eine Botschaft von seinem Vater zu überbringen. Dieser war die ganze Zeit davon ausgegangen, dass seine Familie gestorben war, denn dies war die Nachricht, die er von seinen Quellen am Hofe erhalten hatte, noch bevor er das Land der Fenchu erreicht hatte. Er wollte nun so bald wie möglich zurückkommen, doch hatte er noch Einiges zu erledigen.

»Du willst deinen Vater aufsuchen, nicht wahr?«

»Genau, Hori. Das hatte ich schließlich schon lange vor, und immer kam etwas dazwischen. Es wird nun höchste Zeit.«

»Dann lass mich mitkommen!«

»Ich würde dich unnötigen Gefahren aussetzen. Du begleitest deine Schwester!«

»Aber Ramses! Ich kann mich sowieso nicht mehr auf die Straße wagen. Schließlich habe ich die ganze Zeit den Boten Amenmesses vorgetäuscht. Man wird mich hinrichten, sobald man mich zu fassen kriegt!«

»Ramses, wenn du gestattest, so würde ich Isis und den kleinen Ramses begleiten«, meinte Paser und blickte auf die Frau, die den Jungen noch immer auf dem Arm hielt. Der Kleine war mittlerweile eingeschlafen. »Ich werde mich sowieso nach Waset begeben. Auch Bakenchons, der Hohepriester, reist mit auf meinem Schiff. Er ist ein guter Mann, der sich ebenfalls für dich eingesetzt hat. Ich vertraue ihm. Wir kommen an dem Dorf deiner Mutter vorbei, es liegt auf halber Strecke. Mit einem guten Wind werden wir bereits in zwölf Tagen dort eintreffen. Es ist sicherlich schneller, aber auch bequemer und ungefährlicher, sich auf dem Wasser fortzubewegen. So kann Hori dich begleiten. Denn auch für dich wird es nicht ungefährlich sein, alleine zu reisen. Im Übrigen solltest du es meiden, dich auf dem Rücken dieses Pferdes fortzubewegen. Wenn ihr beide einen Streitwagen benutzt, so ist es allemal besser.«

Ramses überlegte kurz, doch schließlich stimmte er zu:

»Also schön, einverstanden. Mit dir und einem Hohepriester zu reisen wird Isis unangenehme Fragen an den Wachposten ersparen.«

»Ich werde sie als eine Verwandte ausgeben, sollte man mir Fragen stellen. Inzwischen werde ich in Waset Augen und Ohren aufhalten und dich über alles informieren.«

»Darum wollte ich dich bitten. Auch hier am Hofe habe ich Verbündete, die mich über alles unterrichten werden. Sobald ich mit meinem Vater zurückkehre, werden wir unsere Anhänger versammeln.«

Noch am selben Abend spendete Ramses den Göttern Opfer, um dann gemeinsam mit Hori die Stadt zu verlassen. Sie zogen am Fluss entlang und folgten dem Strom. Der treue Falke flog ihnen voraus und, obwohl man bereits den Befehl erteilt hatte, Ramses vor den neuen Herrscher des Landes zu führen, so hielt dennoch keiner sie auf. Selbst eine kleine Gruppe Soldaten, die ihnen auf einigem Abstand folgte, hatte nicht genügend Mut, sie daran zu hindern, weiterzuziehen.

Nur ein Hindernis stellte sich ihnen in den Weg, als urplötzlich ein gewaltiges Flusspferd aus den Büschen hervorkam und mit weit aufgerissenem Maul und fürchterlichem Gebrüll geradewegs auf sie zugerannt kam. Ramses aber reagierte in Sekundenschnelle. Er zog seinen Speer, zielte und stach entschlossen zu. Das Flusspferd aber prallte mit gewaltiger Wucht gegen seinen Streitwagen, und Ramses schaffte es gerade noch, abzuspringen. Das Tier brüllte fürchterlich, dann gab es einen unheimlichen Laut von sich, bevor es tot zu Boden fiel.

Hori, der die ganze Szene wie versteinert verfolgt hatte, fand noch immer nicht die Worte, riss den Mund auf und schüttelte nur ungläubig den Kopf. Endlich fing er sich wieder und stammelte leise:

»Was war das denn?«

Ramses hatte in der Zwischenzeit seine Pferde von dem befreit, was noch von dem Streitwagen übrig geblieben war, und hatte sich wie einst auf den Rücken seines treuen Hengstes geschwungen.

»Ramses, das war eben eine wahre Heldentat! Es gilt als die Mutprobe des Pharaos, ein Pferd Seths zu jagen und zu töten! Nur wenige Adelige wagen es außerdem, Jagd auf ein solches Tier zu machen. Jedoch handelt es sich dabei um erfahrene Jäger, die mit den besten Waffen ausgestattet sind und von ihren Männern begleitet werden!«

»Halb so schlimm, Hori. Das Pferd des Seth hat angegriffen, ich habe mich nur gewehrt, und mit etwas Glück habe ich es an einer empfindlichen Stelle getroffen. Solch eine große Heldentat war es also nicht«, winkte Ramses ab.

Nicht nur Hori war sichtlich beeindruckt, auch die Soldaten Setis, die ihnen auf Distanz gefolgt waren, hatten die Szene verfolgt, und nun hatten sie noch mehr Ehrfurcht vor Ramses.

»Wahrlich«, sprach einer der Soldaten, »Ihr seid eines Königs würdig! So ziehet davon, doch sei Euch versichert, dass Ihr in uns treue Männer finden werdet, die Euch niemals Feind sein werden.«

»Ihr seid Zeugen für ein weiteres Zeichen der Götter, Männer! Ramses hat soeben über Seth gesiegt und die Götter standen ihm bei! Eines Tages wird Ramses zurückkehren, und ihr werdet ihm dienen!«

»Hori!« Ramses griff seinen Freund beim Arm und gab ihm vergebens ein Zeichen, den Mund zu halten, denn schon fuhr er fort:.

»So kehret um, sucht die Tempel auf und spendet den Göttern Opfer, auf dass sie uns auf unserer Reise beistehen.«

Horis Worte waren allem Anschein nach so überzeugend, dass die Männer keinen Moment zögerten, sich ehrfürchtig verbeugten, um dann auf schnellstem Wege zurück in die Stadt zu eilen, wo sie vermutlich tatsächlich den Göttern Opfer spenden und das Ereignis ihren Freunden und Bekannten erzählen würden. Ramses schaute seinen Freund an, schüttelte den Kopf, gab ihm einen gutmütigen Hieb auf die Schulter und machte ihm Zeichen, weiterzuziehen.

»Was machen wir mit dem Pferd des Seth? Es enthält gutes Fleisch, und aus seiner Haut könnte man wunderbare Gurte machen.«

»Wir überlassen es dem Bauern dieses Feldes. Er wird sich

sicherlich darüber freuen, nicht zuletzt, da das Tier dabei war, seine Saat zu zertrampeln.«

»Du willst es einfach so zurücklassen?« Hori schien sichtlich enttäuscht.

»Ja, aber ich habe ihm diese hier entnommen.« Ramses öffnete seine Hand und offenbarte seinem Freund zwei gewaltige Zähne. Einen davon steckte er weg, während er den anderen Hori entgegen hielt. Dieser blickte ihn fragend an. »Nimm ihn. Als Talisman, Hori. Einen für dich, einen für mich. Die Zähne dieses Tieres haben magische Kräfte, das weißt du doch! Sie werden unser Amulett sein und uns beschützen. Und nun komm!«

Zügigen Schrittes machten sie sich auf. Wenn sie sich beeilten, würden sie Airem noch vor der Mündung des Flusses einholen. Der Händler hatte die Stadt erst vor kurzer Zeit verlassen, wo er erneute Aufträge erhalten hatte. Nun war er auf dem Heimweg, um eine neue Lieferung kostbaren Zedernholzes vorzubereiten.

Tatsächlich erspähte Hori bereits am folgenden Tag das prächtige Schiff des Händlers. Es lag an einem kleinen Ort geankert, und die beiden Freunde mussten nicht lange suchen, denn in der ersten Bierschenke des Hafens fanden sie Airem. Der vollbärtige Mann hatte bereits einen hochroten Kopf. Zufrieden strich er sich über seinen voluminösen Bauch und stieß geräuschvoll auf. Seine schmalen Augen blinzelten überrascht, als er die beiden bekannten Gesichter sah. Dann breitete sich ein freudiges Grinsen über sein rundliches Gesicht, und mit einer auffordernden Gestik seiner kleinen breiten Patschhand lud er seine Freunde ein, ihm Gesellschaft zu leisten.

Natürlich hatte er sich bereit erklärt, die jungen Männer zu begleiten. Er leerte einen letzten Krug billigen Dünnbieres, umarmte heftig die Wirtin, wobei er sich eine Ohrfeige einfing, und meinte: »Ich musste mich nur noch von meiner Tia verabschieden«. Er strich sein langes zerzaustes Haar zurück und flüsterte verschwörerisch: »In jedem Hafen habe ich eine Braut!«

Das Ta–mehet zu verlassen war mühsam, denn Sandbänke und die geringe Wasserhöhe erschwerten die Fahrt. Einige Händler, die ihnen entgegenkamen, luden ihre Ware auf kleinere Boote um. Doch Airems erfahrener Besatzung gelang es, das imposante Handelsschiff geschickt voranzusteuern, sodass es kurze Zeit später das große Wasser besegelte.

Anfangs glitt es ruhig daher, doch schon bald befanden sie sich auf hoher See. Wellen peitschten gegen den breiten Rumpf und brachten das Schiff zum Schaukeln, was Ramses, aber besonders Hori nicht geheuer erschien, zumal plötzlich kein Land mehr in Sicht war. Auf die Frage, wie Airem es denn schaffen wollte, den richtigen Kurs zu halten, erklärte dieser ihnen, wie er sich anhand des Sternenhimmels orientierte. Ramses war irritiert, denn in Kemet war es durchaus nicht üblich, sich bei Nacht über den Fluss fortzubewegen. Die Gefahren waren zu groß, denn durch geringe Sicht übersah man schnell so manche Sandbank oder geriet in eine Herde nachtaktiver Pferde des Seth.

Airem amüsierten die Ängste seiner sonst so tapferen Freunde. Er versicherte ihnen, dass er diese Route bereits unzählige Male gemeistert hatte, dass seine Männer genügend Erfahrung mit sich brachten und die Strömungen sie rasch ans Ziel befördern würden. Die Sorgen waren sehr schnell vergessen, denn beide Männer begannen, sich fürchterlich unwohl zu fühlen, sodass sie kaum mehr eine Speise zu sich nehmen konnten. Nach elf Tagen der Ungewissheit und der Qual kam eines Morgens die ersehnte Nachricht: Sie liefen im Hafen von Sydun ein, welches zwischen Tzor und Gubla lag.

Schon aus der Ferne bot sich ihnen ein eindrucksvolles Bild. Die Stadt lag auf den Hügeln der Küste, was sie noch mächtiger erscheinen ließ. Große Häuser und eine Mehrzahl von Türmen streckten sich gewaltig empor, während eine unregelmäßig wirkende Mauer die Stadt umfasste. Im Hafen herrschte reger Schiffsverkehr. Große und kleinere Handelsschiffe fuhren ein und aus, doch Airem winkte unbeeindruckt ab.

»Ach, es gibt noch weitere interessante Städte. Gubla, zum

Beispiel, aus der ich stamme, beliefert euer Land schon seit Zeiten, in denen diese Stadt hier noch nicht einmal existierte. Dann ist da noch Tzor, die voll und ganz vom großen Wasser umgeben ist. Starke Mauern und mächtige Türme schützen sie. Auch wird gerade ein zweiter Hafen erbaut, denn für die vielen Schiffe, die ein und ausfahren, ist schon jetzt kein Platz mehr. Ihr werdet zwar auch in Sydun viele Werkstätten und Betriebe finden, doch die bedeutendsten befinden sich in Tzor. Dafür werdet ihr hier wiederum mehr fremdes Gesindel finden als dort. Und jetzt bereitet euch vor, denn wir legen an!«

Ramses und Hori waren beeindruckt von der fremden Stadt. Im Hafenbereich beschäftigte man sich nicht nur mit dem Beladen der Handelsschiffe, sondern man zimmerte hier auch an einer Unmenge neuer Boote. Zwar gab es auch in Per-Ramesse eine Schiffbauanlage, doch war sie bei Weitem nicht so beeindruckend wie diese hier. Man bevorzugte es schließlich, mehr Platz für das Militär zu beanspruchen, das dort seine Pferde trainierte und einschiffen ließ, aber auch die Waffen des Heeres wurden dort hergestellt. In Sydun hingegen schien man nicht viel Wert darauf zu legen, zumal es keine Söldner gab und jeder Mann im Notfall als Soldat eingesetzt wurde. Auch vermisste Ramses die Wachposten, von denen es in Kemets Häfen und Flusspassagen nur so wimmelte.

Ein eifriges Treiben herrschte in den menschenüberfüllten Straßen. Viele Männer hatten Ähnlichkeit mit Airem, denn auch sie trugen Bärte und hatten längeres Haar, waren wohlbeleibt und ruhigen Gemüts. Auffällig waren die farbenfrohen Kleidungsstücke und Kopfbedeckungen der Leute hier, die es pflegten, ihren ganzen Körper zu bedecken. Fremde Gerüche, von denen einige recht unangenehm waren, strömten aus den lärmenden Werkstätten. Ramses fiel auf, dass im Vergleich zu Per-Ramesse wenig Ware auf den Straßen angeboten wurde, dafür aber viele Händler ihre Produkte in Richtung Hafen transportieren ließen. Kostbarer Schmuck, Figuren aus Ton und Bronze, metallene Gefäße, Olivenöl und Wein, wunderbare Schnitzereien aus wertvollem Holz und Elfenbein, Stoffe und Teppiche bester Qualität, sowie bunte gläserne Fläschchen, die edle Duftöle beinhalteten, verließen die Stadt, um dann in den Handelsvierteln der großen Städte Kemets verkauft oder direkt am Hofe abgegeben zu werden. Airem erklärte ihnen, dass man aus Kemet hingegen vorwiegend Getreide, Papyrus, Edelsteine und verschiedene Lebensmittel ins Land einführte.

Ramses hatte immer gedacht, dass es viele Einwohner fremder Länder in Kemet gab, doch in dieser Stadt schien der Andrang verschiedener Völker noch größer. Fremde Sprachen und kuriose Dialekte tönten aus allen Winkeln der Stadt. Einige Völkergruppen hatte Ramses noch nie zuvor gesehen. Airem hatte ihm erzählt, dass manche von ihnen aus fernen Ländern stammen. Einige kamen weither aus den Ländern der auferstehenden Sonne, andere hingegen hatten es gewagt, das große unbekannte Wasser zu überqueren. Manch tapferer einheimischer Händler hatte sich bereits mutig aufgemacht, die Länder und Inseln dieser fremden Völker aufzusuchen, denn dort wollten sie ihre Schiffe mit kostbaren Materialien beladen, die hierzulande selten, wenn gar fremd waren.

Ein eigenartiges, hochgelegenes Gebäude erweckte das Aufsehen der beiden Freunde. Dunkler Rauch hob sich empor und der Geruch verbrannten Fleisches war unverkennbar.

»Hier wird Baal Opfer gespendet«, sagte Airem und blickte dann die beiden Freunde verschwörerisch an und flüsterte: »Und nicht nur Tiere werden geopfert.« Erstaunt schauten Hori und Ramses den Händler an, der kurz schwieg, dann mit ernster Stimme erklärte: »Auch Kinder werden für die Götter verbrannt.«

Entsetzt blieben die Freunde stehen und schauten Airem ungläubig an.

»Ja, ja«, versicherte er. »Ist das denn so schwer zu verstehen? Die Götter wissen ein solch großes Opfer zu würdigen. In der schlimmsten Not hat man eben keine andere Wahl. Wenn man erwartet, dass die Götter einem beistehen, so muss man ihnen schon etwas Besonderes anbieten. Es ist nicht sonderlich schwer, ein Tier zu opfern. Sicher, es ist vielleicht ein materieller Verlust, den man aber leicht verschmerzen kann. Doch sein eigenes Kind zu spenden, das kostet Kraft und ist ein Zeichen der wahren Huldigung. Die Götter wissen dies sicherlich zu würdigen, und bis heute hat es sich in Notsituationen stets bewährt.«

Airem bemerkte, dass er nur auf Unverständnis traf, deshalb gab er es auf, die Kinderopfer seiner Leute zu rechtfertigen und erklärte weiter:

»Ihr werdet den Namen verschiedener Götter vernehmen, die in Kemet unbekannt sind. Vor allem wird »Die Göttin« verehrt. Es gibt jedoch auch verschiedene Tempel, die euren Göttern geweiht sind. Nicht weit von hier befinden sich die heiligen Häuser Isis und Osiris. Ich werde euch dorthin begleiten, damit ihr ihnen Opfer spenden könnt.«

Nachdem sie die Tempel ihrer Götter aufgesucht hatten, durchquerten sie weiterhin die geschäftigen Straßen, kamen an Schmieden, Schreinereien, Gerbereien und Webereien vorbei, die allem Anschein nach Familienbetriebe zu sein schienen, wo auch die Kinder fleißig das Handwerk ihrer Väter erlernten. Fern von den Häusern der Stadt zogen Hirten mit ihrem Vieh. Bauern waren an den Hängen und Hügeln mit Obst- und Weinanbau beschäftigt. Fasziniert bestaunten Ramses und Hori die stufenförmige Struktur der bepflanzten Felder. Olivenbäume ragten am Rande der Getreidefelder empor, und Airem machte die Freunde auf eine nahegelegene Bienenzucht aufmerksam.

Schließlich erreichten sie das Villenviertel und blieben vor einem gepflegten Anwesen stehen. Ein Diener eilte ihnen entgegen und begrüßte Airem, den er offensichtlich kannte. Neugierig musterte er die beiden Fremden, und als Airem ihm etwas in einer fremden Sprache erklärt hatte, eilte er aufgeregt davon. Es dauerte nur einen Augenblick, als er auch schon mit zwei weiteren Personen zurückkam.

»Ramses, Hori«, räusperte Airem sich feierlich, »darf ich vorstellen: Heradom, der Herr des Hauses, und Sethnacht, aber den kennt ihr ja.«

Ramses Herz tat einen Sprung. Er spürte, wie Tränen in seine Augen stießen. Dann hielt ihn nichts mehr zurück. Er stürzte sich in die Arme seines Vaters.

Ein stechender Schmerz durchfuhr sein Bein, als er erneut zu sich kam. Dunkelheit umgab ihn und ein sonderbarer Geruch, den er mit nasser Erde und Gestein in Verbindung brachte. Langsam tastete er um sich. Kalte, nasse Felsen und lange, knotige Wurzeln bekam er zu fassen. Und noch etwas fand er. Ein rechteckiges, glattes Objekt lag unweit von ihm. Das Telefon! Doch Edoardo wollte nicht riskieren, es einzuschalten, denn er war sich sicher, dass er hier unten keinen Empfang bekommen würde. Und die restliche Batterie so zu verschwenden war ihm zu schade. Er versuchte, sich aufzurichten, doch der feuchte Lehmboden hinderte ihn daran und zwang ihn erneut in die Knie. Erst jetzt merkte Edoardo, dass diese fürchterlich brannten, wie auch seine Ellbogen. Er musste sich die Haut aufgeschürft haben, doch den schlimmsten Schmerz verspürte er in seinem rechten Bein. Er tastete es ab und bewegte langsam den Fuß. Nein, gebrochen war wohl nichts, doch sicherlich hatte er sich eine Verstauchung zugezogen.

Er schaute empor und sah eine Öffnung, durch die Tageslicht strömte. Er musste durch dieses Loch gerutscht sein. Nun erinnerte er sich an die Worte seines Großvaters, der ihn jedes Mal zur Vorsicht ermahnt hatte, wenn der Enkel durch die Wiesen des Anwesens tollte: Gib Acht, und näher dich nicht allzu sehr den Olivenbäumen! Dort befindet sich eine Erdöffnung, die mit einer Grotte des nahegelegenen Wäldchens in Verbindung steht. Wenn du da hineinfällst, kannst du dir das Genick brechen. Edoardo hatte einige Male mit aller Vorsicht nach der Öffnung gesucht, die gut versteckt zwischen einem Strauch und einem Olivenbaum lag. Jedes Mal, wenn er hineinschaute, wurde ihm übel, denn das Loch ging tief in das Erdinnere hinein und ein Ende war nicht zu erkennen. Selbst wenn man einen Stein hineinwarf, vermochte man keinen Aufschlag zu hören.

Der Junge fand diese Öffnung unheimlich, er hatte sie sich stets als den Eingang in die Unterwelt vorgestellt, durch den man direkt in die Hölle gelangen würde. Nun, jetzt konnte er sich wirklich sicher sein, dass dies glücklicherweise nicht stimmte, trotzdem wusste er, dass er furchtbares Glück gehabt hatte, sich nicht sämtliche Knochen bei dem Sturz zu brechen.

Ob die Männer Al Halabis noch immer nach ihm suchten? Woher wusste dieser Typ überhaupt so vieles? Von welchem Armreif war die Rede? Ob er in Verbindung zum Pentakel stand? Und gab es tatsächlich noch einen Wächter? Ihre Gegner waren dem Geheimnis gefährlich nahe gekommen, was bedeutete, dass sie sich nun beeilen mussten, vor ihnen des Rätsels Lösung zu finden.

Erst einmal musste er aber hier herauskommen, doch wie? Den Schacht empor zu klettern, daran war gar nicht erst zu denken! Sollte er es wagen, durch den engen Gang entlang zu krabbeln, um so die Grotte zu erreichen? Das war die einzige Lösung, wenngleich sie reichlich gefährlich war, denn das Risiko, dass die Erde nachgeben würde und sie den Jungen verschüttete, war groß. Edoardo wusste, dass in diesem Gebiet einst die Rutuler lebten, die sich in verschiedenen Höhlen und unterirdischen Gängen versteckten. Womöglich war dies einer dieser Gänge.

Vorsichtig auf allen vieren kriechend und mit einem höllisch schmerzenden Bein begann er, den schmalen Gang zu erkunden. Das war in der Dunkelheit alles andere als einfach. Wurzeln und Steine erschwerten ihm das Vorankommen, die Feuchtigkeit fraß sich tief in die Knochen und der modrige Geruch schien immer stärker zu werden. Dann roch Edoardo noch etwas anderes. Es drang recht unangenehm in seine Nase. Plötzlich berührten seine Hände etwas eigenartiges. Teils war es weich, bestand aber auch aus verschiedenen harten Teilen, die Holzstücken ähnelten. Als dem Jungen bewusst wurde, um was es sich handelte, überkam ihn Übelkeit. Er hatte alle Mühe, sich zu überwinden und über den verwesenden Tierkadaver hinwegzukriechen.

Der Gang wurde immer enger und zwang Edoardo, sich ganz flach zu legen. Die Erde hatte im Laufe der Zeit nachgegeben und der Gang war größtenteils verschüttet. Die Arme nach vorn gestreckt zog der Junge sich, so gut er nur konnte, vorwärts, wobei er sich vorkam wie ein besonders dicker Regenwurm. Er kämpfte mit dem unangenehmen Gefühl, welches die Enge verursachte, und bemühte sich, nicht in Panik zu geraten, als die Platzangst immer größer wurde. Verdammt noch mal, konzentrier dich! Denk an Ostia Antica, an Nirvin und ihre Bestimmung!

Dann wurde es plötzlich heller, und eine Welle der Erleichterung überkam ihn, als er die schmale Öffnung erblickte. Sie war kaum größer als ein Tennisball. Behutsam begann der Junge, den Spalt zu erweitern, indem er Erde und Gestein entfernte. Absolute Vorsicht war geboten, denn die Erde konnte mit einem Mal nachgeben und den einzigen Ausweg für immer verschütten. Dann aber war das Loch breit genug, und mit aller Mühe und letzter Kraft zwängte sich Edoardo hindurch. Kaum war er draußen, vernahm er auch schon das Gepolter der nachgebenden Erde. Eine Staubwolke umhüllte ihn prompt und er musste husten. Nun war der Zugang wohl endgültig dicht! Erleichtert atmete der Junge auf und blickte sich um. Er war tatsächlich in der kleinen Grotte gelandet, die versteckt im anliegenden Wäldchen lag.

Nirvin erblickte ihn als erste. Ungläubig starrte sie auf die näherkommende Figur, bevor sie ohne einen einzigen Ton hervorzubringen Maria und Daniel am Arm packte. Dann brachte sie nur zwei Worte hervor:

»Da! Edoardo!«

Dann lief sie ihrem Freund entgegen und erreichte ihn, noch bevor die anderen überhaupt verstanden, was Sache war. Stürmisch fiel sie dem Jungen um den Hals, wobei es ihr völlig egal war, wie schmutzig er war, und riss ihn vor lauter Übermut zu Boden.

Edoardo war überrumpelt von so viel Wiedersehensfreude. Dann umarmte er das Mädchen seinerseits. Doch schnell fand er wieder die Fassung und verlegen wich er zurück.

»Selvaggia«, meinte der Junge, denn sie machte ihrem alten Spitzname erneute Ehre, »nicht so stürmisch! Ich mach dich noch ganz dreckig. Und pass auf mein Bein auf, ich denke, es ist verstaucht.«

»Oh«, Nirvin fing sich wieder ein und betrachtete erst betroffen das Bein, dann musterte sie ihren Freund neugierig.

»Was ist passiert? Und wie siehst du überhaupt aus? Wir dachten schon, man hätte dich entführt! Das Haus wurde auf den Kopf gestellt!«

Nun waren auch Daniel, Maria, Lex und die Großeltern Edoardos hinzugeeilt, und nachdem der Junge von jedem heftig gedrückt worden war, überfielen sie ihn auch schon mit tausend Fragen. Der Reihe nach begann Edoardo zu erzählen, was ihm zugestoßen war, wobei er nicht erwähnte, dass es die Männer Al Halabis waren, die ihn aufgesucht hatten.

»Ich weiß nicht, was sie suchten. Vielleicht haben sie das Haus beobachtet, und als sie dachten, es wäre keiner da, sind sie eingedrungen, wobei sie nicht mit mir gerechnet haben.«

Natürlich konnten sich Nirvin, Lex und Maria denken, was tatsächlich vorgefallen war, und auch Daniel schien zumindest einen Teil der Wahrheit zu erahnen, doch er stellte keine weiteren Fragen, sondern legte seinen Arm um Edoardos Schultern und meinte:

»Ich glaube, eine Dusche wird dir gut tun. Vielleicht sollte sich dann ein Arzt dein Bein ansehen.«

Nachdem Edoardo geduscht hatte, war Daniel mit seinem Sohn zum Röntgen ins Krankenhaus gefahren, wo man aber nur eine Verstauchung feststellte. Nun kam der Junge nicht daran vorbei, seinem Vater während der Autofahrt die ganze Wahrheit zu erzählen. Erstaunlicherweise reagierte Daniel Mount gelassen, stellte einige Fragen und hörte Edoardo geduldig zu, ohne ihn zu unterbrechen. Dann meinte er:

»Ich verstehe nicht, warum du nicht von Anfang an offen zu mir warst. Hast du immer noch so wenig Vertrauen zu mir?«

»Darum geht es nicht. Ich wollte lediglich nicht, dass du dir unnötige Sorgen machst. Auch sollte vermieden werden, dass zu viele Leute von der Sache in Kenntnis gesetzt werden.«

»Ich werde dir helfen, so gut ich kann, aber nehme es mir nicht übel, wenn ich mir trotzdem Sorgen mache.«

Edoardo dankte seinem Vater mit einem schelmischen Lächeln, worauf Daniel ihm einen freundschaftlichen Schubs gab. Der Junge war sichtlich erleichtert, seinen Vater endlich eingeweiht zu haben. Es war ein gutes Gefühl, als sei eine schwere Last von ihm gefallen. Sogar über das tätowierte Symbol, das Edoardo seinem Vater nun etwas unsicher offenbarte und das ihn als erster hoher Tilmid kennzeichnete, war Daniel glücklicherweise nicht bestürzt.

Zurück im Hause der Großeltern hatten Daniel, Maria und Lex sich beraten, um einige Vorkehrungen zu treffen, was die Sicherheit Nirvins und Edoardos betraf. Die beiden waren unterdessen hinausgegangen, denn der Junge wollte seiner Freundin das Loch zeigen, in welches er gefallen war. Sie ließen sich dann im hohen Gras nieder, und Edoardo nutzte die Gelegenheit, um sich mit Nirvin auszusprechen.

»Entschuldige, Nirvin. Ich habe mich unmöglich benommen und überreagiert. Das war alles nicht so gemeint. Es wird nicht wieder vorkommen. Du weißt, dass ich dich stets beschützen werde, koste es, was es wolle. Und das nicht nur, weil ich es versprochen oder geschworen habe. Du bedeutest mir sehr viel.«

Den letzten Satz hatte er fast geflüstert, denn dem Jungen fiel es nicht leicht, das, was er fühlte, in Worte zu fassen. Verlegen wandte er sich ab.

»Ich bin es, die sich entschuldigen muss, Ed. Meine Äußerung war dumm und taktlos. Selbst ein Trampeltier ist gefühlvoller als ich!«

Edoardo lachte bei dieser Bemerkung auf, und auch Nirvin

musste schmunzeln. Dann umarmte sie ihren treuen Freund. »Ach Ed, ich hab dich so lieb! Du weißt ja gar nicht, wie sehr ich dich vermisst habe!«

»Du hast mir auch gefehlt, meine kleine Selvaggia.« Er blickte sie liebevoll an und strich ihr sanft eine Locke aus dem Gesicht. Dann aber wich er abrupt zurück und erhob sich.

»Wir sollten besser zurückgehen. Maria und Lex wollen sicherlich wissen, was tatsächlich vorgefallen ist. Ach, und übrigens, ich bin der Sache näher gekommen!«

Auch Nirvin stand nun auf und meinte:

»Auch wir waren fleißig! Dein Vater war es nämlich, der das Bild aus dem Album entnommen hat. Es war die ganze Zeit in seinem Arbeitszimmer! Wir haben es unter die Lupe genommen und sind zum Entschluss gekommen, dass die Botschaft sich in dem versteigerten Foto des Künstlers verbergen muss, das auf dem Bild zu sehen ist. Es sind Ruinen darauf zu erkennen.«

»Was du nicht sagst! Stell dir vor, ich weiß sogar, wo dieses Bild sich befindet. Und nicht nur das!«

Edoardo zog den zerknitterten Reiseführer aus seiner hinteren Hosentasche und tippte mit dem Zeigefinger auf die Überschrift des Heftchens.

»Ostia Antica?« Nirvin runzelte die Stirn.

»Dort werden wir wohl ansetzen müssen. Komm, gehen wir zurück zum Haus, dann erkläre ich dir, was ich über die Ruinen dieser Stadt weiß. Und du erzählst mir genau, was seit meiner Abreise vorgefallen ist und was du in der Zwischenzeit geträumt hast.«

»Nun, Hori, wie ist die Situation in Kemet?«

»Die Lage verschlechtert sich von Tag zu Tag, Ramses. Du würdest dein Land nicht wiedererkennen. Es herrscht Gesetzlosigkeit und Plünderungen erfolgen tagtäglich. Die Menschen vertrauen ihren Göttern nicht und spenden auch keine Opfer mehr.«

Es waren seit ihrer Ankunft in Sydun einige Jahre vergangen, in denen man gewiss nicht untätig gewesen war. Sowie Sethnacht als auch sein Sohn Ramses hatten den Fenchu die Kunst des Schiffsbaus abgeschaut und einiges über die Seefahrt dazugelernt. Im Gegenzug hatten sie wichtige Militärtaktiken und Strategien preisgegeben, da die Leute hier nicht die Erfahrung eines Soldaten Kemets hatten. Auch versuchte Sethnacht Heradom die Schriftzeichen zu lehren, doch der Herr des Hauses fand diese ziemlich kompliziert und beschäftigte sich intensiv damit, eine neue Schreibweise zu entwickeln, womit er sich viele Stunden am Tag befasste. Anders als es in Kemet üblich war, benutzte er dazu eine Lehmtafel und ritzte die Symbole ein.

Hori war ihr Kontaktmann, der sie stets über alles Wissenswerte informierte und den Gemahlinnen Ramses und Sethnachts Botschaften ihrer Männer überbrachte.

In Kemet hatte sich vieles geändert. Seti hatte lediglich zwei Jahre regiert, bevor er verstarb. Man hatte demzufolge Siptah zum Pharao ernannt, der allerdings erst ein Kind war, das obendrein noch gesundheitliche Probleme hatte. Natürlich profitierte Tausret davon, denn die machtgierige Frau, deren Sohn bereits verstorben war, hatte sicherlich nicht tatenlos mit angesehen, wie ihr Stiefsohn den Thron bestieg. Als Fürstin Kemets übernahm sie mit der Hilfe Bays die Führung über das Land, und als der junge Herrscher sechs Jahre später verstarb, beanspruchte sie den Königstitel. Seitdem hatte sich die Lage Kemets zusehends verschlechtert. Erneut schienen die Götter das Land verlassen zu haben, erbost darüber, dass man ihnen nicht mehr huldigte. Durch Hori hatten Sethnacht und Ramses stets Kontakt zu Paser und einigen anderen, die empört darüber waren, dass Tausret so viel Dreistigkeit besaß und sich als Pharao ernannt hatte, wo sie doch eine Frau war, und nicht einmal königlichen Blutes. Die Probleme des Landes schienen sie nicht im Geringsten zu kümmern.

»Das Militär steht auf deiner Seite, Sethnacht. Paser wird es in Waset versammeln, sobald du den Befehl erteilst.«

»Gut. Auch hier habe ich bereits Männer, die mir Treue geschworen haben. Sie werden mit uns ziehen. Ich denke, wir sollten keine Zeit mehr verlieren!«

Am Vorabend ihres Aufbruchs hatte Ramses Heradom zu sich rufen lassen. Bei einem Krug guten Weines hatte er ihm das Geheimnis des Heka-Steins offenbart und von dem Brief Moses berichtet. Nun streifte er sich den Armreif ab, den einst Amenmesse getragen hatte.

»Hier, mein Freund. Ich möchte, dass du ihn für mich aufbewahrst. Es ist wichtig, dass es noch ein machtvolles Objekt außerhalb von Kemet gibt, das jemanden dazu berechtigt, über den Stein zu verfügen. Bisher gab es nur einen Armreif, der dies ermöglichte, doch auch dieses Schmuckstück hier enthält die Symbole des königlichen Hauses. Ich denke, dass es daher ebenfalls mächtig genug ist und eingesetzt werden kann, wenn es vonnöten wäre.«

Heradom schaute Ramses nachdenklich an.

»Gut, ich werden diesen Armreif für dich aufbewahren. Aber welches Interesse könnte ich am Wohlergehen Kemets haben? Im Grunde genommen geht es mich nichts an.«

»Eben drum. Dein Interesse wird es sein, dass dieser Armreif nicht verloren geht, denn sollte es notwendig sein, den Stein unschädlich zu machen, so wird dies nur jenem gelingen, der im Besitz eines königlichen Armreifs ist. Moses hatte eine Vision, die ihm offenbarte, dass der Stein einzig mit einem Gegenstand zerstört werden kann, welcher aus diesem Armreif geschmiedet wurde. Sowohl der königliche Armreif Amenmesses als auch der Armreif Meritamuns kommen dafür infrage. Einige der königlichen Gemahlinnen waren auch Wächterinnen und stammen von großen Herrschern ab. Dies macht diesen Armreif so besonders. Der königliche Armreif hingegen wurde bereits seit Generationen vererbt, sodass er gar mächtiger sein könnte als der erste. Wenn unsere Mission misslingt und der Heka-Stein erneut missbraucht wird, muss man ihn zerstören. Sollten wir also scheitern, so besteht durch dich immer noch die Möglichkeit, den Stein zu zerstören. Gerät der Stein in falsche Hände, so könnte es entweder zur Folge haben, dass Kemet ins Verderben stürzt, oder es könnte passieren, dass das Land mächtiger denn je wird und erbarmungslos über alle Völker regiert. So etwas kannst auch du nicht wollen.«

»Nun gut, Ramses. Doch eines will ich noch wissen. Für welche Gottheit hast du dich am Ende entschieden? Haben die schmeichlerischen Worte Seths dich überreden können, oder folgst du doch den weisen Worten der Schutzgöttinnen?«

»Ich gebe zu, Seths Worte waren verlockend, doch ich liebe mein Land zu sehr, als dass ich es ihm ausliefere.«

Heradom nickte zufrieden. »Wo befindet sich der Heka-Stein eigentlich?«

»An einem sicheren Ort. Fern vom goldenen Haus.«

Heradom verstand. Er nickte erneut und nahm den Armreif an sich. Er hatte schon eine Idee, wie er den Armreif am besten aufbewahren konnte.

Niemand hatte bemerkt, dass ein Bediensteter im Nebenraum das interessante Gespräch belauscht hatte. Dieser sagenhafte Stein Kemets existierte also! Es verlieh seinem Besitzer tatsächlich Macht und Ruhm. Er musste seinen Freunden davon berichten! Und diesen Armreif sollte er besser an sich nehmen, sobald sich die Gelegenheit dazu bot.

— ❖ —

Mit dem Heer auf seiner Seite und die Gunst der einflussreichen Beamten am Hofe war es für Sethnacht ein Kinderspiel gewesen, die Herrschaft zu übernehmen und seine Gegner zu bezwingen. Mit seinem Sohn Ramses an der Seite zog er ein, der Falke flog ihnen voraus, während das Volk sie bejubelte und sich vor ihnen niederkniete. Sethnacht, der sich als Auserwählter des Sonnengottes Re ernannte, brachte wieder Ordnung ins Land, sodass das Gleichgewicht der Maat erneut hergestellt wurde. Hori wurde zum Tjati berufen, während Paser zum Bürgermeister Wasets auserwählt wurde. Sowohl die Mutter Ramses als auch Isis zogen zurück nach Per-Ramesse, und mit ihnen gelang auch der Stein der Götter erneut ins goldene Haus. Bleibt zu erwähnen, dass jegliche Andenken an Tausret vernichtet wurden, und sowohl sie als auch Siptah wurden in der Herrscherliste ausgelassen. Leider verstarb Sethnacht schon bald, sodass sein Sohn Ramses der Dritte die Alleinherrschaft übernahm.

Es folgten drei Jahre des Friedens. Doch dann fielen die Libu in Kemet ein, denn durch ein Bündnis, das Osorkon und sein Bruder einst mit einer Gruppe Jungen, die den Mashuash angehörten, abgeschlossen hatte, waren die Tjehenu stark geworden, zumal sich auch die Seped ihnen angeschlossen hatten. Die beiden Brüder hatten noch eine Rechnung mit Ramses zu begleichen, denn sie wussten, dass dieser sie hintergangen hatte, um den Stein der Macht an sich zu nehmen. Sie waren in ihre Heimat zurückgekehrt und hatten sich zum Kampfe vorbereitet. So drangen sie in das westliche Ta-Mehet ein, doch mit einer solch starken Abwehr des Heeres hatten sie nicht gerechnet.

Nicht zuletzt verdankte Ramses seinen Erfolg den Kenntnissen der Fenchu, durch die er die Flotte mit einem neuen Typ von Kriegsschiffen ausgerüstet hatte, die von erfahrenen Männern besetzt waren, die er im Gegenzug von guter Bezahlung aus dem Lande der Fenchu hatte kommen lassen. Die Kriegsflotte bewehrte sich erneut, als auch Seevölker das Land bedrohten, die bereits schon andere Länder erobert hatten und die ebenfalls scharf auf den sagenhaften Heka-Stein waren, denn von einem ihrer Männer, der im Hause eines Fenchus tätig war und der einst ein interessantes Gespräch belauscht hatte, wussten sie von seiner Existenz. Natürlich trugen auch Ramses militärische Taktiken dazu bei, dass Kemet sich erfolgreich zur Wehr setzte. Überhaupt hatte der Pharao viele Neuheiten in die Militärstruktur integriert. Nicht nur Fenchu, sondern auch Söldner anderer Länder kämpften für ihn und verhalfen ihm zum Erfolg. Bei einem erneuten Versuch der Libu, durch das Ta-Meret einzudringen, wurden sie wiederum in die Flucht geschlagen.

Wenn es Ramses gelungen war, sich erfolgreich gegen seine Feinde zu behaupten, so wurde ihm jedoch eine Intrige seiner eigenen Familie zum Verhängnis. Nicht zuletzt war es dem Zorn Seths zuzuschreiben, der wieder einmal gegen Wadjet und Nechbet verloren hatte, denn Ramses hatte sich für das Gute entschieden und schenkte den schmeichelhaften Worten Seths kein Beachten mehr. Der hinterlistige Gott aber entdeckte sehr bald, wen er beeinflussen konnte: Teje, eine Nebenfrau Ramses königlichen Blutes, setzte alles daran, ihren Sohn an die Macht zu bringen, dem der Thron ihrer Meinung nach mehr zustand als dem Sohn Isis, der, wie sie meinte, aus einfachen Familienverhältnissen stammt und in einem ärmlichen Dorf aufgewachsen war. Als Seth ihr schließlich die Existenz des Steines der Macht offenbarte, hatte er die Frau endgültig in seiner Macht.

Natürlich weihte sie ihren Sohn ein. Pentawer, der Namenlose, wie man ihn später bezeichnen würde, war zwar noch jung an Jahren, doch keinen Deut besser als seine Mutter. Er setzte alle Hebel in Bewegung, um den jungen Ramses bloßzustellen. Er schikanierte ihn, wie er nur konnte, und versuchte anhand verlockender Versprechungen Verbündete zu gewinnen, die sich gegen den jungen Ramses und seinen Vater verschworen. Er musste diesen magischen Stein besitzen!

An jenem fatalen Abend hatte der Pharao mit seinem Sohn zusammengesessen, um eine geplante Expedition vorzubereiten, die von dem jungen Ramses geleitet werden sollte. Der Diener brachte ihnen einen Krug guten Weines und schenkte dem Vater und dem jungen Ramses ein. Der scheue Blick und die sichtbare Nervosität des Bediensteten entging dem Herrscher nicht, als er den ersten Schluck zu sich genommen hatte. Wie ein Blitz fuhr er hoch, als er auch schon die aufkommende Lähmung zu spüren bekam, die wie eine listige Schlange langsam von seinen Füßen aus durch seinen ganzen Körper emporzog und ihm dabei zunehmend die Kraft aussaugte. Er schaffte es gerade noch, seinem Sohn das Getränk zu entreißen, das dieser bereits zu Munde geführt hatte. In hohem Bogen flog die Schale samt Inhalt zu Boden. Eine rote Lache bildete sich und schien ein Zeichen böser Vorahnung.

»Vater, was ist denn los?«

Der junge Ramses war aufgesprungen und blickte verständnislos auf den Pharao. Dieser schwankte benommen und griff sich mit beiden Händen an den Hals.

»Gift«, gelang es ihm noch, mit letzter Kraft zu sagen.

Der Rachen kratze und brannte wie Feuer, und ein schreckliches Gefühl des Erstickens überkam ihn. Ihm war, als würde eine unsichtbare Macht ihm die Kehle zuschnüren. Übelkeit überkam ihn, alles schien sich zu drehen. Er versuchte, seinen Sohn anzusehen, der nun vor ihm stand und ihn verzweifelt an den Schultern gepackt hatte, doch er nahm ihn nur noch verschwommen wahr, bis sein Sehvermögen völlig schwand. Alle Kraft verließ seinen Körper, seine Knie wurden weich und er sackte zu Boden. Panisch rang er nach Luft, während sein Sohn verzweifelt nach dem Arzt rufen ließ. Dieser eilte herbei, doch alle Versuche, den Pharao zu retten, waren vergeblich. Der fürchterliche Schrei des Falken war im ganzen Palast zu vernehmen, als kurze Zeit später der letzte Hauch Lebens aus Ramses dem Dritten wich.

Rasend vor Wut stürzte sich der junge Ramses auf den verängstigten Bediensteten, der sofort gestand, von Teje und dessen Sohn zu dem Giftanschlag angestiftet worden zu sein. Als der Sohn Isis schließlich den Thron bestieg, wurden nicht nur Pentawer, Teje und der Bedienstete verurteilt. Der junge Ramses kannte sehr wohl die restlichen Verschwörer, die gegen ihn intrigiert hatten, und am Ende wurden auch sie zur Rechenschaft gezogen.

So regierte nun der junge Ramses, während seine Mutter Isis nicht nur das Schreiben Moses, sondern auch den Heka-Stein und den Armreif ihrer Vorfahren an die königliche Gemahlin Tentopet vermachte.

Ein weiterer bedeutender Armreif war im Besitz Heradoms. Seinem Bediensteten war es glücklicherweise nicht gelungen, das wertvolle Stück an sich zu nehmen, denn der Hausherr hatte den vermeintlichen Dieb rechtzeitig entlarvt, doch er wusste recht wohl, dass der Armreif in seinem Hause niemals sicher sein würde. Daher ließ er ihn in drei verschiedene Teile schmelzen, die er seinen drei Söhnen anvertraute. Er schickte sie los in die Ferne, damit jeder von ihnen seinen Teil des Armreifs an einen sicheren Ort brachte. Nur ihren Nachkommen sollten sie das geheime Versteck preisgeben, damit diese weiterhin über die jeweiligen Teile des Armreifs wachten und sie im Notfall hätten verlegen können.

Die Jahre vergingen, und der Stein der Götter wurde an die nächsten großen königlichen Gemahlinnen weitervererbt, während die Nachkommen Ramses den Thron bestiegen. Doch die nachfolgenden Pharaonen vernachlässigten das Land, denn die Sorge um das eigene Wohlergehen schien ihnen wichtiger. Vermehrt traten Streitigkeiten um den Thron auf, und die Maat geriet aus dem Gleichgewicht. Dies wiederum erzürnte die Götter, die Kemet verließen, während Aufruhen im ganzen Land herrschten. Nur Seth fand Gefallen an den chaotischen Zuständen. Der Pharao hatte alles Ansehen verloren. Es schien nur eine Frage der Zeit und Kemet würde untergehen. Sicherlich würden fremde Herrscher ihn, den Gott des Chaos, mehr zu schätzen wissen, als dieses undankbare Volk.

Gerade als es den Anschein hatte, dass doch wieder Ruhe in das Land kehren würde, gelang es dem Amunpriester Herithor, den Heka-Stein ausfindig zu machen. Der machtsüchtige Mann stammt aus dem Volke der Libu und war ein Nachfahre Osorkons. Mit Geduld und List hatten die Libu nicht locker gelassen. Wenn es ihnen schon nicht gelungen war, Kemet militärisch zu bezwingen, so hatten sie nun einen anderen Weg gefunden, denn sie hatten die Schwachstellen des Pharaos erkannt, der seiner Vorfahren nicht würdig war. Die Libu hatten verschiedene Ämter im Lande Kemets vertreten, durch die sie nach und nach an Macht und Einfluss gewonnen hatten. Als Militärführer oder Amunpriester hatten sie nun die Kontrolle des Landes. Herithor war besonders geschickt gewesen, denn ihm war es gelungen, Nodjmet, eine Schwester von Ramses XI, als Gemahlin zu nehmen. Das Schicksal wollte es, dass ausgerechnet sie die Hüterin des Heka-Steins war und Herithor mit List und Intrige dahinterkam. Sicherlich hatte auch Seth ihm dazu verholfen, in den Besitz des mächtigen Steins zu gelangen. Der Amunpriester war ein ehrgeiziger Mann, der sogleich die Macht des Steines zu nutzen wusste. Er strebte nach Ruhm, wurde zum Tjati ernannt und ließ seinen Namen in einer Kartusche verewigen. Die Priesterschaft Wasets, die ihm folgte, gewann großen Machteinfluss, was dazu führte, dass sein Enkel Psusennes schließlich zum Pharao gekrönt wurde. Mit der Thronbesteigung des aus Libu stammenden Scheschonq waren die Libu nun endgültig an der Macht.

Die einst so prächtige Hauptstadt Per-Ramesse war zu dieser Zeit bereits verlassen worden, denn auch Hapi hatte die Bewohner im Stich gelassen, und das Wasser des Flusses hatte sich einen anderen Weg gebahnt, fern von der einstigen Hauptstadt Ramses. Djanet war nun Hauptstadt der neuen Pharaonen. So schien sich das Schicksal der prachtvollsten Stadt dem Schicksal der gleichnamigen großen Herrscher zu vereinen.

Was nun folgte waren Jahre fremdländischer Besetzungen.

Sie waren zwar im Besitz des Heka-Steins, doch sie fürchteten sich vor seiner Macht, denn sie bangten, dass die Götter Kemets ihnen eher schaden konnten als ihnen beizustehen. Daher machten sie keinen Gebrauch von dem Stein und respektierten die Götter Kemets, huldigten ihnen sogar und spendeten Opfer. Dies stimmte die Götter des Landes zufrieden, und sie tolerierten die fremden Herrscher, zumal die Bewohner Kemets ihre Götter in den letzten Jahren vernachlässigt hatten.

Das Volk wiederum war verängstigt, denn man meinte, Seth wäre nun an die Macht gerückt. Dies führte dazu, dass sie erneut ihre Götter anbeteten und ihnen huldigten. Auch setzten die fremden Herrscher die Tradition fort, den Heka-Stein von einer Hüterin aufbewahren zu lassen, deren Identität geheim gehalten wurde. Somit war die Maat wieder ins Gleichgewicht gebracht, und das Volk Kemets hatte erneutes Vertrauen zu seinen Göttern, denn es sah, dass die fremden Herrscher gut waren für das Land.

Der Tag neigte sich bereits dem Ende zu, als vom Hause der Großeltern Edoardos ein Duft gegrillten Fleisches herzog. Man hatte beschlossen, gemeinsam Abend zu essen, um dann zurück in die Villa Mount zu fahren. Edoardo hatte auch Maria und Lex über die tatsächlichen Ereignisse unterrichtet, als seine Großeltern anderweitig beschäftig waren.

Der Spürhund und die Hauptkommissarin machten sich große Sorge, denn sie wussten, dass Al Halabi nicht aufgeben würde. Er ahnte sicherlich, dass des Rätsels Lösung auf dem Bild des Albums zu finden war. Nur gut, dass die Männer nicht wissen konnten, dass sie das Bild bereits gesehen hatten, als sie die Mansarde durchsucht hatten. Nun rätselte man aber, wo sich der Stein denn genau befand, denn die Ruinen, die man auf dem Bild sah, waren nicht sehr aufschlussreich. So beschloss man, dass man sich Ostia Antica noch am nächsten Tag ansehen würde.

Aufgrund der Anwesenheit der Großeltern Edoardos unterließen sie es aber, noch weiter über das Thema zu diskutieren. Es wurde ein heiterer Abend, man genoss die angenehme Abendluft im Freien, und die Aufregungen des Tages schienen bereits vergessen, als Elisabetta ihren Enkel mit einer unauffälligen Geste beiseite winkte. Edoardo schaute sie fragend an, erhob sich und folgte ihr ins Haus.

»Was ist?«

»Komm mit, gehen wir nach oben. Ich muss ungestört mit dir reden.«

Ohne weitere Fragen zu stellen, folgte der Junge der Großmutter ins Haus. Hier war die schwüle Luft beinahe unerträglich, doch unbeeindruckt davon stieg die Frau noch eine Etage höher und betrat die Mansarde, die einem Ofen glich.

»Ich weiß wirklich nicht, wie du es letzte Nacht hier oben ausgehalten hast.«

»Wieso sind wir hier oben, Großmutter?«

»Setz dich erst einmal. Unser Gespräch ist vertraulich, deswegen sind wir hier. Außerdem möchte ich, dass du dieses Bild mitnimmst.« Sie deutete auf das Foto Goggitos an der Wand. Edoardo runzelte unverständlich die Stirn. »Mein Junge, ich weiß, dass dieses Bild etwas Besonderes für dich darstellt. Ich denke, deine Mutter hat es absichtlich ersteigert. Sie wollte, dass du es bekommst.«

»Aber wieso?«

Die ältere Frau lächelte und strich dem Jungen liebevoll übers Haar.

»Weil sie die Wächterin des Heka-Steins war.«

Edoardo traf es wie ein Schlag. Hatte er richtig gehört? Verständnislos schaute er seine Großmutter an. »Woher …?«, stammelte er, doch es gelang ihm nicht, den Satz zu beenden.

»Woher ich von dem Pentakel weiß?« Sie lächelte ihren Enkel liebevoll an. »Ich war vor ihr die Wächterin, und du bist ihr Nachfolger.«

»Das kann doch nicht möglich sein!« Edoardo konnte es nicht fassen. Hatte er tatsächlich richtig gehört? Dann stammelte er weiter: »Wir? Du und Mutter? Ich? Wieso gerade wir?«

Doch Elisabetta beantwortete seine Fragen nicht, sondern stellte ihrerseits eine Frage:

»Ist er dir schon erschienen?«

Unverständlich schüttelte der Junge den Kopf.

»Wer?«

»Der obskure Herr des Bösen.«

»Du meinst doch nicht etwa Seth?«

Edoardo konnte das alles nicht fassen.

»Seth? Er hat viele Namen, mein Junge. Also, hat er mit dir Kontakt aufgenommen?«

Die Frage war Edoardo recht unangenehm, denn er hatte die Stimme, die in der vergangenen Nacht zu ihm gesprochen hatte, für einen bösen Albtraum gehalten und keinem davon erzählt. Er senkte den Kopf und nickte langsam.

»Ich denke, ja. Letzte Nacht sprach er zu mir.«

»Du darfst keinesfalls seinen Schmeicheleien nachgeben, hörst du!« Ernst blickte Elisabetta ihn an. »Er hat den günstigen Moment abgepasst, da du durcheinander warst. Er kennt deine Wünsche und schmeichelt dir. Doch traue ihm nicht! Er will nur an die Macht. Die Macht, die er durch den Stein bekommen kann, und mehr noch: Gibst du ihm nach, so verschenkst du deine Seele an ihn, was ihm Stärke verleiht.« Sie bemerkte, wie erschrocken der Junge sie anstarrte, daher lächelte sie und beruhigte ihn: »Keine Sorge. Ich weiß, dass du ihm nicht nachgegeben hast. Und nun, da du dich mit Nirvin versöhnt hast, hat er keine Chancen mehr.«

»Wo ist das Pentakel versteckt, und warum wurde es nicht gemeinsam mit dem Papyrus im Schrein aufbewahrt?«, fragte Edoardo nach einer Weile.

»Aus Gründen der Sicherheit wurden Stein und Schriftrolle getrennt voneinander aufbewahrt. Soviel ich weiß, hast du bereits einen Teil gefunden.«

»Die Schriftrolle, ja. Und auch den Schrein. Beides befindet sich am sichersten Ort der Villa Mount.«

»Sehr gut. Wo sich der Stein genau befindet, wirst du noch erfahren, wenn die Zeit reif ist. Ich vermute, du besitzt einen weiteren Papyrus, der von der Legende Al Kabiras berichtet. Wenn du die Schriftrolle genau durchgehst, wirst du am Ende auf einen Satz stoßen: *Die alten Götter werden sich dem wachenden Tilmid, der reinen Herzens ist, offenbaren und ihn leiten.*«

»Ja, den Satz habe ich gelesen. Doch ich habe ihn nie in Verbindung mit dem Pentakel gebracht.«

»Der wachende Tilmid ist etwas Besonderes. Für gewöhnlich wurde das Pentakel von Frauen verwahrt. Männliche Wächter waren äußerst selten. Der wachende Tilmid wird auch als erster Tilmid bezeichnet, demnach bist du das. Deine Mutter nannte dich nicht ohne Grund Edoardo. Dieser Name bedeutet ursprünglich so viel wie Wächter des Reichtums. Habe also Geduld, denn dein Herz wird dich zum Stein führen.«

»Du weißt, dass ich ein Tilmid bin?«

»Erster Hoher Tilmid. Ich weiß viel mehr, als du denkst. Ich weiß auch, dass die Männer Al Halabis heute hier waren.«

Edoardo war es peinlich, dass seine Großmutter wusste, dass er ihr die Wahrheit verschwiegen hatte. Die Frau schien seine Gedanken zu lesen und lächelte milde.

»Ed, es war richtig, dass du mir und deinem Großvater nichts erzählt hast. Du konntest ja nicht wissen, dass ich als einstige Wächterin über alles Bescheid weiß.«

»Weiß auch Großvater Bescheid?«

Elisabetta schüttelte den Kopf.

»Aber wenn du die Wächterin warst, dann könntest du mir doch verraten, wo sich der Stein befindet.«

»Nein, das kann ich nicht. Setz dich, Edoardo, das ist eine längere Geschichte.

»Eine Wächterin vergangener Zeiten erkannte, dass es zu riskant geworden war, den Heka-Stein und die Schriftrolle im Schrein aufzubewahren und zu hüten. Zu viele machtgierige Menschen wussten von der Existenz des Pentakels, und es gab ja bereits schon in der Vergangenheit etliche Versuche, dem Wächter den Stein abzunehmen. Diese junge Wächterin, die ich erwähnte, war auf der Flucht. Der Pharao hatte ihr vor seinem Tode befohlen, den Heka-Stein in Sicherheit zu bringen, fern von Ägypten. Sie sollte eine Priesterin aufsuchen, die ihr helfen würde. Der Stein durfte keinesfalls in die Hände der fremden Herrscher fallen, die das Land besetzt hatten.

Das Mädchen versteckte sich auf einem Schiff. Es betete zu ihren Göttern, und Wadjet und Nechbet legten ihre schützende Hand über sie. Ausgehungert und entkräftet erreichte es schließlich nach tagelanger Reise den Hafen von Ostia Antica. Unbemerkt verließ es das Schiff und irrte durch die Stadt. In einem Tempel fand das Mädchen schließlich die Priesterin namens Lykaonte, die sich ihrer annahm. Sie kannte bereits das Geheimnis des Steines und half der Hüterin. So trennten sie den Heka-Stein und die Schriftrolle und suchten für beide separate Verstecke.

Lykaonte war keine gewöhnliche Priesterin. Sie war von seltener Schönheit und stammte angeblich aus Mysien, doch man erzählte sich auch, sie wäre aus einem Stein in einer Felsenhöhle geboren. Sie wurde von den Göttern in der Gestalt einer Wölfin gesandt, um sich in Lykaonte zu verwandeln, deren Aufgabe es sein würde, über das Zwillingspaar einer ägyptischen Herrscherin zu wachen. Aber sie sollte nicht nur dafür sorgen, dass den königlichen Nachkommen kein Leid zugefügt würde, sondern es war auch ihre Bestimmung, der Hüterin des Pentakels beizustehen.

Was nun an dieser Legende tatsächlich wahr ist, kann keiner genau sagen. Jedenfalls verfügte die Frau über die Kenntnisse der Magie und Zauberei, und mit der Hilfe beider Schutzgöttinnen belegte sie den Stein mit einem Schutzzauber. Dieser bewirkte, dass nur der Wächter des Pentakels den Heka-Stein finden konnte und zwar nur dann, wenn er den Segen Nechbets und Wadjets erhielt. Auch eine weitere wichtige Schriftrolle wurde von ihnen verwahrt.«

»Aber das würde doch bedeuten, dass wir uns keine Sorge um das Pentakel machen müssen. Es ist demnach doch gut versteckt.«

»Das war es bis heute. Doch im Laufe der Jahre ist der Schutzzauber schwächer geworden. Das hängt damit zusammen, dass die Götter alter Zeiten in Vergessenheit geraten sind, wodurch sie an Stärke verloren haben. Seth hingegen wird jedoch immer noch verehrt. Er besitzt vielerlei Namen und Gesichter, letzten Endes jedoch steht er für das Böse. Bisher hat der Schutzzauber auch bewirkt, dass nicht einmal Seth das Pentakel ausfindig machen konnte. Doch er wird von Tag zu Tag mächtiger, und er ist dabei, eine Verbindung zu seiner im Stein enthaltenen Essenz aufzubauen. Es ist nur noch eine Frage der Zeit, bis er das Versteck des Pentakels aufspürt. Er wird es Al Halabi offenbaren, und dann wird das Böse nicht mehr aufzuhalten sein.«

»Woher weißt du das alles?«

»Wie gesagt, ich war eine Wächterin.«

»Eigentlich hatte ich vermutet, dass Nirvins Mutter die Wächterin war. Sie musste schließlich als Einzige von allen Verstecken und Teilen des Puzzles gewusst haben. Durch sie, Doc, Lupo und den Tilmidi haben wir die bisherigen Gegenstände ausfindig gemacht.«

»Ich weiß, Edoardo. Fatima, Nirvins Mutter, ist nicht zufällig nach Rom gekommen. Es stimmt schon, dass sie Angst vor der Familie ihres Mannes hatte, aber der wahre Grund der Flucht war nicht der, dass man von ihr verlangte, einen männlichen Erben zu gebären. Eine antike Legende prophezeite die Ankunft Al Kabiras, und es galt, diese in Sicherheit zu bringen. Warum aber kam Fatima gerade nach Rom?« Die Frau blickte ihren Enkel erwartungsvoll an. Edoardo zuckte mit den Schultern. »Sie war eine Seherin und wusste, dass sie die Wächterin des Heka-Steins in Rom finden würde. Mit der Hilfe von Christian oder Lupo, wie ihr ihn nennt, nahm sie Kontakt zu der Wächterin auf. Deine Mutter war zu dieser Zeit ja in den Vereinigten Staaten, also war ich für das Pentakel verantwortlich, denn wir teilten uns die Aufgabe. Fatima bat mich um Hilfe, denn sie bangte um Al Kabira, die ja der Legende nach die Auserwählte war. Wir mussten dafür sorgen, dass der Heka-Stein und andere wichtige Objekte nicht in falsche Hände fielen. Es existierte bereits eine kleine Gruppe, die für die Sicherheit einiger dieser Gegenstände zuständig war. Diese Gruppe wurde von Alexander geleitet. Ihr wisst sicherlich, dass er aus Deutschland stammt, doch ihr wisst nicht, dass auch er Vorfahren hat, die schon seit mehr als zweitausend Jahren ein weiteres Geheimnis hüten, das eng in Verbindung mit dem Pentakel steht. Mehr aber will ich hierzu nicht sagen. Wichtig ist, dass Fatima durch ihre seherischen Fähigkeiten nicht nur Lupo und mich ausfindig gemacht hat, sondern auch Alexander. So gründeten wir eine Schutzgruppe, die Tilmidi. Sie waren für die Sicherheit Al Kabiras verantwortlich und für die verschiedenen Dinge, die mit ihr und dem Heka-Stein im Zusammenhang standen. Einige dieser Objekte ließen wir an ihren sicheren Verstecken, andere hingegen wurden verlegt.«

»Lupo und Alexander haben das getan, nicht wahr?«

»Sie haben den größten Teil erledigt. Allein Fatima wusste jedoch über jedes Detail Bescheid. Jeder von uns hat einen Teil dazu beigetragen, doch aus Gründen der Sicherheit haben wir entschlossen, dass jeder seine Aufgabe hat, deren Details er den anderen nicht preisgibt. Nur so konnte man die verschiedenen Objekte in Sicherheit wissen. Es liegt nur an dir und Nirvin, jedes Teil ausfindig zu machen. Vor allem ist es wichtig, dass ihr beide zusammenhaltet. Lass es nicht zu, dass Seth Verwirrung stiftet und euch auseinanderbringt. Euer gemeinsames Wirken ist äußerst wichtig, nur so werdet ihr erfolgreich sein. Denk an meine Worte! Wenn ihr eine Einheit bildet, entfesselt ihr die Magie des Guten. So steht es in einer Wahrsagung geschrieben. Ich weiß, das klingt ein wenig merkwürdig und verworren, aber ich versuche es dir verständlich zu machen.«

»Du meinst, nur so helfen uns die Götter? Nur so beschützt uns Lupo, der Hund? Heute habe ich ihn nämlich vermisst, als Al Halabis Männer mich bedrohten.«

»Zum Beispiel, ja. Ich könnte dir erzählen, dass dieser Hund in Verbindung mit Osiris steht, der zwischen dem Reich der Lebenden und der Toten wacht und der es Christian ermöglicht, euch zu beschützen. Doch dies ist eine gewagte Theorie. Ich bevorzuge es, die Götter aus dem Spiel zu lassen. Edoardo, vertraue ganz einfach in deinen Gott. Ich denke, all diese Götter sind letzten Endes ein Teil von ihm, oder besser gesagt, er erscheint wie auch Seth in vielen verschiedenen Formen. Er ist das Gute, und das Gute wird immer mit dir sein, wenn du darauf vertraust. Hör auf dein Herz. Diese magische Union, von der ich hier spreche, ist notwendig, um eure Aufgabe, aber vor allem Nirvins Bestimmung zu erfüllen. Vertraue einfach diesen Worten. Du wirst sie schon bald verstehen. Was ich dir aber eigentlich erklären wollte, ist, dass du wissen musst, dass es zwecklos ist, nach dem Pentakel zu suchen, denn du wirst es erst finden, wenn die Zeit reif ist und die Götter sich dir offenbaren. So steht es geschrieben. Auch wollte ich dir das hier geben.« Elisabetta holte etwas aus ihrer Schürzentasche hervor und legte es ihrem Enkel in die Hand. »Dieses Amulett gehörte deiner Mutter. Es soll dich vor Seth schützen.«

Edoardo betrachtete den silbernen Anhänger, der an einem schwarzen, gummiartigen Band hing. Er war rundlich geformt und seine Extremitäten waren zackig, sodass er einer Sonnenscheibe glich. In seiner Mitte stach ein lapislazulifarbener, rundlicher Stein hervor, der in seinem Zentrum einen schwarzen Punkt aufwies, sodass er einem Auge glich.

»Soll dies das Udjat-Auge darstellen, Großmutter?«

»Ich nehme an, es soll das Auge des Re symbolisieren. Somit ist einer der mächtigsten Götter und das bedeutendste Schutzsymbol der alten Ägypter stets mit dir.« Als Edoardo sich die Kette umgelegt hatte, wechselte Elisabetta erneut das Thema. »Was das Bild betrifft, so solltest du es mitnehmen und dich mit ihm befassen. Es gibt noch eine weitere Aufgabe, die ihr zu erfüllen habt. Kümmert euch vor allem um diese.«

»Kannst du nicht genauer reden? Du bist ja noch schlimmer als Doc!« Edoardo war es leid, sich ständig verschleierte Botschaften anhören zu müssen.

»Ich würde dir gerne helfen, Edoardo, glaub mir, aber ich kann dir nicht mehr dazu sagen. Schließlich kann ich nicht hinter alles blicken! Du musst selber die Antworten finden. Und nun lass uns besser zu den anderen zurückgehen. Sie werden uns bereits vermissen. Und denk nachher an das Bild!«

Mit diesen Worten erhob sich die Frau, lächelte ihrem Enkel liebevoll zu und verließ das Zimmer. Edoardo aber blieb auf dem Bett sitzen und versuchte erst einmal, all diese Neuigkeiten zu verdauen. Es war total verrückt! Erst vor Kurzem hatte er es nicht einmal für wahr halten können, dass das Pentakel überhaupt existierte, und nun stellte sich sogar heraus, dass seine Mutter und seine Großmutter ihm die Aufgabe des Wächters des Heka-Steins vermacht hatten! Dass seine Großeltern Lupo gekannt hatten, wusste er, doch dass seine Großmutter nicht nur mit ihm, sondern ebenfalls mit Doc, ja sogar mit Nirvins Mutter befreundet war, das war echt unglaublich! Sie wusste viel mehr, als er je für möglich gehalten hätte. Was hatte sie ihm sagen wollen? Aufmerksam betrachtete er das Bild.

»Hier bist du also!«

Edoardo schreckte auf und fuhr herum.

»Deine Großmutter hat mir verraten, wo ich dich finde. Was tust du hier in dieser unerträglichen Hitze?«

»Nirvin! Musst du einen so erschrecken?«

Doch das Mädchen lächelte belustigt und Edoardo vergaß prompt, es ihr übel zu nehmen.

»Das ist das Bild, stimmt's?« Sie hatte erkannt, worauf Edoardo gestarrt hatte und setzte sich zu dem Jungen aufs Bett.

»Ja Nirvin. Du, ich muss dir etwas völlig Verrücktes erzählen!«

Edoardo berichtete ihr ausführlich, was ihm seine Großmutter offenbart hatte, und Nirvin schaute ihn ungläubig an. Das war selbst für sie unfassbar. Dann aber widmeten sie sich erneut dem Bild, denn eins stand nun fest. Hier musste die nächste Lösung zu finden sein.

»Können wir es nicht mal abhängen?«, fragte das Mädchen, nachdem sie einige Zeit lang ohne zu reden auf das Foto gestarrt hatten.

Edoardo stand auf und kam ihrer Bitte nach. Der Rahmen war schwer, sodass der Junge das Bild auf das Bett legte.

»Also, wenn ich das mitschleppen soll, dann brauche ich wohl eure Hilfe«, beschwerte er sich.

»Du solltest es vielleicht besser aus diesem Rahmen nehmen, das wäre vielleicht praktischer«, lachte Nirvin.

»Vielleicht hast du gar nicht mal so Unrecht.«

Edoardo betrachtete die hintere Deckplatte des Bildes und versuchte bereits, diese zu entfernen. Mit etwas Mühe gelang es ihm schließlich, die schützende Presspappe abzunehmen. Dann aber machte er große Augen, denn etwas Ungeheuerliches war zwischen dieser und der Rückseite des Bildes zum Vorschein gekommen. Behutsam entnahm Edoardo es und zeigte es Nirvin.

Auch das Mädchen war sichtlich überrascht. Das Original war gut aufbewahrt zwischen zwei speziell angefertigten hauchdünnen Glasplatten. Ein weiterer Brief war beigelegt worden, der offensichtlich die Übersetzung der antiken Schriftzeichen war. Nachdem Nirvin die ersten Zeilen davon gelesen hatte, meinte sie aufgeregt:

»Das ist das Schreiben Moses! Ich habe davon geträumt!«
Nirvins Stimme bebte vor Aufregung.

»Ja, das habe ich mir gedacht. Ob meine Großmutter das gemeint hat, als sie mir geraten hat, mich mit dem Bild zu befassen? Schließlich kann ich nicht hinter alles blicken, waren ihre Worte.«

»Wahrscheinlich.«

Behutsam gab Nirvin ihm die Schriftrolle zurück und Edoardo las die Botschaft Moses vor:

»Meritamun, der ich den Auszug aus Per-Ramesse zu verdanken habe, bat mich um einen Gefallen, den ich ihr nicht abschlagen wollte. Sie erzählte mir von der Legende eines machtvollen Steins, der einst ein Geschenk ihrer Götter an den Pharao war, doch dessen Magie äußerst gefährlich werden kann, sollte besagter Stein in falsche Hände geraten. So bat sie mich denn, die Schatulle, in der dieser magische Stein und der Papyrus mit der magischen Schrift aufbewahrt wird, aus Kemet zu befördern, in der Hoffnung, somit den Stein seiner Macht zu entrauben und ihn fern von machtbegierigen Händen zu wissen. Einmal fern von Kemet, so bat sie mich, sollte ich diese Gegenstände zerstören. Als jener, der nicht an die Götter Kemets glaubt, würde ich mich nicht fürchten, ein Geschenk der Götter zu vernichten. Ich, der ich voller Glauben an die Macht meines Gottes bin, fürchte mich auch nicht vor dem Zorn Seths.

Auch bat Meritamun mich, den Armreif ihrer Vorfahren zu tragen, die göttlichen Blutes waren wie sie. Dieser Armreif, so sagte sie, wäre ein Talisman und würde mir nicht nur Schutz, sondern auch die nötige Autorität verschaffen, die mich dazu berechtigt, den Heka-Stein zu zerstören. Schließlich ist es allgemein bekannt, dass nur ein Gott etwas vernichten kann, was er erschaffen hat. Da es sich jedoch um ein Geschenk an den Gott auf Erden handelt, so sind auch die Götter selbst nicht dazu berechtigt, den Stein zu zerstören. Und so wird es nur einem göttlichen Wesen aus Fleisch und Blut gelingen, die göttliche Gabe zu vernichten. Demnach kommt einzig der Pharao, der als Horus auf Erden angesehen wird, und dessen Nachkommen infrage.

Wenn es wahr ist, dass mein Gott mächtiger ist als jene Götter Kemets, so würde ich keine Probleme damit haben, dem Wunsch Meritamuns nachzugehen, und der Armreif würde dann überflüssig sein. Doch bat mich Meritamun trotz dessen, ihn vorsichtshalber zu tragen.

Auf meine Frage, weshalb sie nicht versucht habe, den Stein ihrerseits zu zerstören, erklärte sie mir, zu viel Ehrfurcht vor dem göttlichen Objekt zu haben. Selbst einem Pharao wäre es schwergefallen, denn wie die Götter darauf reagieren würden, war ungewiss. Vor allem Seth bereitete ihr Angst, und daher beschloss sie, den Stein außer Lande bringen zu lassen, um ihn somit seiner Energie zu berauben.

Ich schreibe diese Zeilen, da die Schatulle bei der Flucht durch das große Wasser verloren ging und mir lediglich der Armreif zurückblieb. Ich glaube nicht an die Kräfte des Steins, und wenn auch irgendetwas wahr an der Legende sein mag, so liegt die Schatulle nun wohl unschädlich auf dem Grund des großen Wassers, wo sie niemandem Leid zufügen kann und langsam von der Zeit vernichtet wird.

Es wäre wohl überflüssig gewesen, von alledem zu berichten,

hätte ich vergangene Nacht nicht diese beunruhigende Vision gehabt, in der mir offenbart wurde, auf welche Weise der magische Stein zu vernichten ist. Tatsächlich wird dies nur einer auserwählten Person gelingen, an welche ich diese Botschaft richte, denn das Schicksal hat es vorgesehen, dass ich für einen Moment eine erschreckende Zukunft zu Gesicht bekam und es in meine Hände gelegt wurde, dazu beizutragen, all dieses Grauen zu verhindern. Dort, wo Iunu sich prachtvoll gen Sonne erstreckt, liegt der Tempel der Götter. Hier, so wurde mir offenbart, wird man den Stein zerstören. Er muss vernichtet werden, will man diese schreckliche Zukunft verhindern. Der Armreif wird dazu beitragen, indem er in eine Waffe verwandelt wird. Vielleicht hat dieser Stein tatsächlich Macht und ist die Ursache all dieses Gräuels, das ich sah.

Meritamun würde Seth dafür verantwortlich machen, vielleicht jedoch ist es der Zorn meines Gottes gegen diejenigen, die die Götter Kemets verehren. Vielleicht aber liege ich falsch und das einzig Wichtige an dem Ganzen ist das Handeln der auserwählten Person, die durch die Macht der Liebe Hoffnung und Leben bringen wird. Es bedarf großen Mutes und wahrer Opferbereitschaft, um erneuten Frieden über die Menschen zu bringen und dem gnadenlosen Verlangen nach Macht, das Leid, Zerstörung und unnötiges Blutvergießen zur Folge hat, endgültig ein Ende zu setzen. Es wäre eine solch einfache, aber wunderbare Antwort, die eine Vision meines Herzens ist.«

Edoardo blieb eine Zeit lang sprachlos, dann blickte er Nirvin an.

»Du weißt, was das bedeutet? Die Auserwählte, das bist du! Wenn ich den Inhalt des Schreibens richtig deute, so musst du den Stein nach Iunu, also Heliopolis bringen und ihn dort in einem Tempel zerstören!«

»Erst einmal müssen wir das Pentakel ausfindig machen. Und wir brauchen diesen Armreif!«

»Der Armreif!« Edoardo schlug sich an die Stirn. »Natürlich!

Davon sprach der Mann heute am Mobiltelefon! Den Armreif finden und zerstören! Nirvin, ist dir klar, was das bedeutet?«

Das Mädchen nickte langsam und meinte:

»Sie wissen von dem Armreif! Bereits die Vorfahren Al Halabis wollten in den Besitz des Heka-Steins gelangen, sicherlich haben sie auch von dem Armreif erfahren und daher wissen sie auch, dass man den Stein ohne den Armreif nicht zerstören kann. Daher wollen sie diesen nun vernichten, um zu verhindern, dass wir das Pentakel unschädlich machen.«

Edoardo sprang aufgeregt auf.

»Wir müssen unbedingt diesen Armreif finden, bevor Al Halabi ihn findet und zerstört!«

»Ich glaube, erst einmal müssen wir unsere treuen Helfer einweihen«, meinte Nirvin und der Junge nickte zustimmend.

Cleopatra saß nachdenklich in ihrem Gemach. Ihre treuen Dienerinnen Charmion und Iras hatte sie hinausgeschickt, nachdem sie ein Bad genommen hatte und die Frauen sie von Kopf bis Fuß eingesalbt hatten. Umgeben von dem Duft teurer Öle saß die anmutige Königin nun vor ihrer Schminkkommode und betrachtete ihr Spiegelbild. Nein, eine Schönheit war sie vielleicht nicht gerade. Sie mochte ihre große Nase nicht sonderlich und auch ihr Kinn stach hervor. Die Unterlippe war zu dick, und sie war ständig bemüht, ihre großen Augen mit einem langen schwarzen Strich kleiner wirken zu lassen.

Sie setzte ihr königliches Diadem ab und begann gedankenversunken den Haarknoten zu lösen, um ihre langen schönen Haare frei auf ihre Schultern fallen zu lassen. Sowohl Gaius Julius Caesar als auch Marcus Antonius hatten es geliebt, wenn sie ihr lockiges Haar offen trug. Und auch ihren fülligen Körper hatten sie gemocht und sie mit einer Göttin gleichgesetzt. Schwermütig dachte sie an die glorreichen Zeiten zurück, in denen sie an der Seite der mächtigsten Männer Roms triumphiert hatte. War es wirklich Liebe gewesen? Ja, dachte sie. Die Liebe zu ihrem Land.

Natürlich hatte sie auch beide Männer gemocht. Cäsar hatte sie schnell für sich gewinnen können, und nicht zuletzt hatte seine Liebe zu ihr fatale Folgen für ihn gehabt. Nach seiner Ermordung hatte sie ihre Machtstellung in Rom zwar verloren und hatte sich bei dem römischen Volk unbeliebt gemacht. Nichts desto trotz war es ihr aber gelungen, den mächtigen Marcus Antonius für sich zu gewinnen. Mit ihm hatte sie viele Jahre verbracht und unbeschwerte Stunden erlebt. Sie hatten gemeinsam gescherzt und gelacht, wobei sie sogar vergessen hatte, was ihre eigentliche Mission war.

Die Mission! Schon das Orakel hatte es offenbart: Nur einer

mächtigen Frau würde es gelingen, die Macht, die das Land unterdrückt, zu besiegen und erneute Hoffnung zu bringen, auf dass das Gleichgewicht wieder hergestellt würde. Die Hoffnungen der Unterdrückten lagen in ihrer Hand. Mithilfe des Heka-Steins hatte sie gehofft, Ägypten erneute Macht zu verschaffen. Teils war es ihr auch geglückt, doch hatte sie nach immer größerem Ruhm gestrebt und hatte alles dafür getan, erneuten Einfluss in Rom zu gewinnen. Zwar war es ihr bisher gelungen, sich stets gegen das starke Rom durchzusetzen und ihren Thron zu behaupten, ja gar die Hilfe der mächtigsten Männer für ihre persönlichen Interessen zu beanspruchen, doch Octavian hatte sie nicht für sich gewinnen können. Und nun hatte sie ihr Land an Rom verloren.

Das Versprechen, das sie einst ihrem Vater gegeben hatte, Ägypten nicht an Rom auszuliefern, hatte sie wegen ihrer Machtbegierde nicht halten können. Sie hatte sich verschätzt. Dabei wäre es perfekt gewesen, hätte Antonius über Octavian triumphiert. Er wäre der stärkste Mann gewesen und sie die Frau an seiner Seite, wodurch sie an Einfluss auf Rom gewonnen hätte. Ihr Sohn Cäsarion wäre Herrscher der mächtigsten Länder gewesen, doch nun hatte er fliehen müssen. Die altkönigliche Blutlinie würde in Zukunft nicht mehr an der Macht stehen, dabei wäre es beinahe gelungen, dem Willen ihrer Mutter, die ägyptischer Abstammung war und in deren Adern das Blut der alten Herrscher floss, nachzukommen.

Dafür hatte sie den einzigen Mann verraten, der immer zu ihr gehalten hatte. Sie hatte Antonius die fälschliche Nachricht ihres Selbstmordes zukommen lassen, und er hatte genau das getan, womit sie gerechnet hatte. Mit seinem Schwert hatte er sich selbst gerichtet. Sie hatte dies als einzigen Ausweg in Betracht gezogen, um mit ihrem Feind Octavian zu einem Einverständnis zu kommen. Doch ihr Charme und ihre Redekunst hatten nichts bei ihm ausrichten können. Sie hatte ihren Geliebten umsonst geopfert und ihr Land verloren.

Dieses war jetzt eine römische Provinz, geführt von einem unbedeutenden Präfekten. Nun lebte sie wie eine Gefangene in ihrem Palast, fügte sich aus Trauer selbst Leid zu, hungerte und war das Leben leid. Die einstigen prunkvollen Feste, der Glanz, die politischen und militärischen Triumphe gehörten der Vergangenheit an, und je mehr sie daran dachte, desto schmerzhafter wurde es ihr im Herzen. Sie hätte auf die Schutzgöttinnen hören müssen, anstatt Seth Glauben zu schenken. Nun jedoch war es zu spät.

Doch ein wenig konnte sie gut machen. Den mächtigen Heka-Stein wollte sie keinesfalls den Römern überlassen. Sie wusste, dass Octavian ihn früher oder später finden würde, wenn sie ihn noch länger bei sich aufbewahren würde. Sie musste ihn einer Person anvertrauen, die kein zu großes Aufsehen erregte. Ihre beiden Zofen kamen keinesfalls in Frage, und auch keiner ihrer Vertrauten, da man diese streng im Auge behielt. Es wäre zu riskant gewesen.

In diesem Moment aber klopfte es plötzlich an der Tür, und ein Bauer erschien, begleitet von seiner Tochter, die einen großen Korb mit sich trug. Verwirrt betrachtete der Mann seine Königin und verlegen senkte er schnell den Blick, denn er hatte keineswegs damit gerechnet, Cleopatra in dieser Verfassung anzutreffen. Sie trug lediglich ein Unterkleid, war ungeschminkt, und auch hatte er sie noch nie mit offenem Haar zu Gesicht bekommen.

»Oh, verzeiht mir. Die Wachen ließen uns durch, ohne uns anzukündigen.«

Er wollte schnell wieder gehen.

»So wartet! Bitte, tretet ein, und verzeiht mir meine Aufmachung. Man kündigt mir keine Besucher mehr an, es sei denn, es handelt sich um wichtige Persönlichkeiten. Den Wachen bin ich egal, sie wurden lediglich von Octavian aufgestellt, damit ich mir nichts antue. Sie stehen also nicht zu meinen Diensten, sondern zu denen Octavians. Ich bin keine Königin mehr, sondern eine Gefangene.«

Ergriffen schaute der Mann kurz auf die einst so edle Frau, senkte aber erneut seinen Blick und entnahm seiner Tochter den Korb, entfernte das Tuch, das den Inhalt des Korbes verdeckte, und stolz präsentierte er ihn seiner Königin. Wunderschöne Feigen kamen zum Vorschein, und der Bauer meinte verlegen:

»Meine Königin, ihr solltet euch nicht so hängen lassen. Meine Frau schickt mich, ich soll euch diese frisch gepflückten Früchte geben. Sie werden euch gut tun und Kraft geben. Das Volk ist in Sorge um euch. Wir alle wissen, dass ihr alles für das Land getan habt, was in eurer Macht stand. Ihr solltet euch den Römern nicht so zeigen. Man erzählt sich, Octavian wird bald zurück nach Rom kehren und will euch mitnehmen. Er wird euch während seines Triumphzuges dem römischen Volk präsentieren, um euch zu erniedrigen. Das verdient ihr nicht!«

»Habt keine Angst, dazu wird es nicht kommen. Einen letzten Gefallen müsst ihr eurer Königin jedoch erweisen.«

»Ich bin einer solchen Ehre nicht würdig!«

Der Mann sank ehrfürchtig in die Knie, doch Cleopatra legte eine Hand auf seine Schulter und wies ihn an, sich zu erheben.

»Wie alt ist eure Tochter?«, fragte sie dann.

»Sie wird demnächst fünfzehn Jahre alt.«

»Gut. Dann ist sie alt genug, um eine wichtige Aufgabe auszuführen.« Cleopatra entfernte sich kurz, um dann mit der Schatulle wiederzukommen, die den Stein der Macht enthielt. »Wie heißt du?«, wandte sie sich dem Mädchen zu.

»Thebaia«, erwiderte sie schüchtern.

»Ein schöner Name. Ungewöhnlich. Thebaia, hör mir gut zu.«

Dann schilderte sie dem Mädchen die Legende des Steins und erläuterte ihr die bevorstehende Mission, die Thebaia zu erledigen hatte. Auch das Schreiben Moses händigte sie dem Mädchen aus. Sie hatte es neu verfasst, da das Original bereits unleserlich geworden war. Dann holte sie ein Amulett aus der kleinen Schmuckschatulle hervor und hängte es Thebaia um.

»Dies wird dich vor Seth beschützen. Die Kräfte des Sonnengottes werden mit dir sein.«

Thebaia betrachtete die silberne Sonnenscheibe, die ein lapislazulifarbenes Auge umgab. In dieser Form hatte sie das Auge des Gottes noch nie gesehen.

»Den königlichen Armreif habe ich bereits meiner Tochter Selene vermacht. Ich habe den treuen Alexas damit beauftragt, stets über sie und den Armreif zu wachen. Ihm kann ich vertrauen und auch dir. Du musst deinem Land diesen großen Gefallen tun. Ich weiß, ich verlange viel von dir, doch es ist äußerst wichtig, dass Rom nicht auch noch in den Besitz des Heka-Steins gelangt. Er muss außer Lande gebracht werden, fern von machtbegierigen Händen. Dieser Stein ist gefährlich. In Zukunft sollte er besser in Vergessenheit geraten. Als Hüterin hast du nun eine große Verantwortung. Geh, spende den Göttern Opfer, auf dass sie dir beistehen mögen, und dann verlasse das Land. Die Schutzgöttinnen werden dich leiten. Suche nach der Priesterin Lykaonte. Sie wird sich bald um die Zwillinge kümmern müssen, und dir wird sie weiterhelfen.«

Nachdem der Bauer und seine Tochter den Heka-Stein und das Schreiben Moses im Korb versteckt hatten und gegangen waren, spürte Cleopatra eine plötzliche Kälte. Die Kerzen erloschen und sie bemerkte die Anwesenheit des Bösen.

»Du kommst zu spät, Seth. Du hast mich und mein Land hintergangen, doch ich werde nicht zulassen, dass du Fremden auch noch den Stein der Götter zuspielen wirst. Auch du hast verloren, denn keiner von den kommenden Herrschern wird dich je verehren!«

Sie spürte, dass Seth wütend war. Er war keine Bedrohung mehr für die Frau, denn sie hatte sich damit abgefunden, alle Macht verloren zu haben, und fürchtete nicht einmal mehr den Tod, den sie sogar herbeisehnte.

»Ich habe in meinem Hochmut Fehler begangen, doch nun wende ich mich erneut Nechbet und Wadjet zu.«

Kaum hatte sie diese Worte ausgesprochen, als auch schon ein helles Licht das Gemach erleuchtete und alle Dunkelheit und Kälte vertrieb. Wadjet erschien und mit ihr zwei Aspisvipern.

»Cleopatra, du hast einen klugen Entschluss gefasst. Nechbet begleitet bereits die Hüterin und wacht über den Heka-Stein. Sie sorgt dafür, dass die Kleine vor Seth verborgen bleibt, sodass sie sicher ihr Ziel erreicht. Ich aber werde dir eine letzte Ehre erweisen. Ich weiß, dass du in das Reich Osiris eintreten möchtest, und ich werde dir helfen, diese Welt schmerzlos und schnell zu verlassen.«

Cleopatra lächelte müde, dankte der Göttin, schrieb einen Brief an Octavian, in dem sie ihre Wünsche hinsichtlich ihrer Bestattung äußerte, übergab das Schreiben einem Bediensteten und ließ nach ihren treuen Dienerinnen rufen. Dann zog sie ihr königliches Gewand über, setzte ihr Diadem auf, legte sich dann auf ihr goldverziertes Bett und schloss die Augen.

Als Iras und Charmion das Gemach betraten, war Wadjet gerade dabei, Cleopatra ihren Todeskuss zu geben. Entsetzt schrien die beiden Zofen auf und rannten zu ihrer Herrin, um ihr zu Hilfe zu kommen.

»Nein«, wies die Königin sie zurück. »Ihr wisst, es war längst meine Absicht, mein Leben aufzugeben, doch Octavian hätte es nie zugelassen. Ich habe mich bemüht, ihm meinen Lebenswillen vorzutäuschen, um eine strenge Bewachung zu meiden. Doch bin ich bereits mit Antonius gestorben, und ohne ihn will ich nicht mehr leben. Bisher hat Octavian mir gedroht, meinen Kindern etwas anzutun, wenn ich versuchen würde, mir das Leben zu nehmen. Cäsarion ist vorerst in Sicherheit. Lykaonte wird sich um die Zwillinge kümmern. Und wenn die Götter es wollen, so werden sie über meine Kinder wachen.«

Die Stimme der Frau wurde schwächer. Es fiel ihr nun sichtlich schwer, weiterzureden.

»Ich habe versagt, doch ich werde es nicht zulassen, dass man mich dem römischen Volke vorführt, um mich zum Gespött zu machen. In mir fließt das Blut großer Herrscher, ich bin die letzte ihrer Sippe. Ihnen, meiner Familie und meinem Volk bin ich es schuldig, mich nicht von Rom erniedrigen zu lassen. Wadjet hat mir einen großen Gefallen erwiesen und mir einen würdevollen Tod geschenkt.«

Die treuen Dienerinnen klagten verzweifelt und sanken auf die Knie, denn soeben hatte Cleopatra den letzten Atemzug ausgehaucht. Auch sie wollten nicht länger leben und flehten die Kobragöttin an, sie möge doch auch ihnen einen solch ehrenhaften Tod schenken, damit sie ihrer Herrin weiterhin im Reiche Osiris dienen könnten. Ihr Leben war nunmehr sinnlos ohne die Herrscherin. Da erbarmte sich die Kobragöttin abermals und als die alarmierten Boten Augustus in das Gemach Cleopatras eindrangen, lagen die beiden Zofen bereits im Sterben. Das Gift der göttlichen Kobra wirkte schnell und war so stark, dass, selbst nachdem man ihnen das Gift ausgesogen hatte, alle Hilfe zu spät kam.

Niemand konnte sich erklären, wie es denn möglich war, dass das Gift einer Schlange so rasch gewirkt hatte und die Frauen dem Anschein nach schmerzlos den Tod gefunden hatten. Sie schienen sanft eingeschlafen zu sein. Vergebens hatte man das Gemach nach einer Schlange durchsucht, und manch einer zweifelte daran, dass es sich bei den sichtbaren kleinen Einstichen am Arm der Regentin um einen Schlangenbiss handelte.

Auch nach dem Heka-Stein wurde gesucht, doch er war unauffindbar. Cleopatra musste ihn jemandem anvertraut haben. Es war naheliegend, dass sie es einem ihrer Erben vermacht hatte. Man befürchtete, dass Cäsarion in seinem Besitz war. Daher musste man ihn ausfindig machen, überführen und unschädlich machen. Seine Geschwister hingegen stellten bislang noch keine allzu große Gefahr dar. Es war deshalb ratsam, sie im Auge zu behalten und vorerst am Leben zu lassen. Sicherlich wussten sie, wer über den mächtigen Stein verfügte, und mit etwas Glück würde man ihn mit ihrer Hilfe finden.

Wadjet hatte sich zu diesem Zeitpunkt bereits Nechbet ange-schlossen, um erneut über den Stein und die Hüterin zu wachen.

Die Sonne war gerade erst aufgegangen, doch schon war klar, dass auch dieser Tag ein recht heißer werden würde. Kaum dass sie am Vorabend nach Hause gekommen waren, hatten Edoardo und Nirvin den anderen das bislang streng gehütete Geheimnis Elisabettas offenbart und ihnen den Brief Moses gezeigt. Natürlich war man sehr beeindruckt darüber, dass Edoardo zum Hüter des Pentakels erkoren worden war. Auch sah man ein, dass es wenig Sinn machte, sich in Ostia Antica umzusehen. Nun saßen sie gemeinsam am Frühstückstisch und, nachdem Nirvin von ihren Träumen berichtet hatte, überlegte man, wo der Armreif Moses zu finden war. Dem Traum Nirvins zufolge war er an Selene, der Tochter Cleopatras, weitergegeben worden.

Mit der Hilfe einiger Informationen aus dem Internet hatten sie herausgefunden, dass Selene, ihr Zwillingsbruder Alexander Helios sowie ihr jüngerer Bruder von Octavian nach Rom gebracht wurden, während Cäsarion hingerichtet worden war. Die Schwester Octavians hatte die Geschwister groß gezogen, und während der Verbleib beider Jungen unbekannt blieb, so war erwiesen, dass Selene mit dem numidischen Herrscher Juba vermählt und somit als Königin von Mauretania gekrönt wurde. Außer Ptolemaios gebar sie wahrscheinlich zwei Töchter, denen sie vermutlich den Armreif vermacht hatte.

»Wir brauchen weitere Informationen. Doc weiß doch sicherlich mehr!«

Edoardo war sichtlich nervös. Er wusste, dass sie sich beeilen mussten, denn Al Halabi schien weitaus mehr zu wissen als vermutet. Er wollte gerade Wüstenfuchs anschreiben, als Frank in der Türschwelle erschien und einen Gast ankündigte. Er hatte kaum ausgesprochen, als hinter ihm auch schon Alexander eintrat.

»Doc!«, rief Nirvin.

Auch Edoardo war ausgesprochen erleichtert, den deutschen Freund wiederzusehen, und auch Maria, Lex und Daniel empfingen den Mann herzlich.

»Wo um alles in der Welt hast du denn nur die ganze Zeit gesteckt?«, fragte der Junge vorwurfsvoll.

»Edoardo!« Daniel warf einen tadelnden Blick auf seinen Sohn, der lediglich die Schultern hob.

»Du kommst genau richtig!«, meinte Nirvin freudig.

»Wir müssen unbedingt herausfinden, wo sich dieser königliche Armreif befindet«, fügte Maria hinzu.

»Ja, der königliche Armreif.«

Doc seufzte tief und senkte den Blick. Er schaute benommen drein.

»Was ist?« Edoardo merkte sogleich, dass etwas nicht in Ordnung war.

»Wir kamen zu spät.«

»Was meinst du?« Lex runzelte die Stirn.

»Nun ...« Doc fuhr mit einer Hand durch seinen langen Bart, dann nahm er seine Brille ab und polierte sie mit seinem Hemd. »Es war nicht leicht herauszufinden, wo der Armreif verblieben war. Mit einigen Tilmidi bin ich nach Algerien gereist, um vor Ort zu recherchieren. Wir stießen dabei auf die Männer Al Halabis, die ebenfalls nach dem Armreif suchten und allem Anschein nach bereits über wichtige Informationen verfügten. So wie es scheint, war das Schmuckstück lange Zeit verschollen, bis es von Grabräubern ans Tageslicht gebracht wurde. Schließlich haben wir einen zwielichtigen Händler ausfindig machen können, der uns, nachdem er uns eine beachtliche Menge von Geldscheinen abkassierte, verriet, an wen er vor einigen Jahren den Armreif verkauft hat.«

»Und?«, fragten Nirvin und Edoardo wie aus einem Munde.

»Tja, leider kamen wir zu spät. Der Käufer des Armreifes, ein Sammler, war tot aufgefunden worden, und wir können von Glück reden, dass wir nicht ins Visier der Ermittler geraten sind.

Dies hätte unnötiges Aufsehen erregt und zu lästigen Fragen geführt. Natürlich war uns klar, wer hinter dem Mord steckt. Es gibt eindeutige Indizien dafür, dass Al Halabis Männer dafür verantwortlich sind. Unser Informant hat mir gestern die Nachricht zukommen lassen, dass Reda den Armreif bereits zerstört hat.«

Für einen Moment folgte entsetztes Schweigen, doch Doc unterbrach die Stille erneut:

»Uns bleibt wenig Zeit. Wir müssen das Schlimmste verhindern und dafür sorgen, dass Al Halabi nicht auch noch das Pentakel in die Hände fällt!«

»Wir können es nun aber nicht mehr zerstören«, meinte Edoardo aufgebracht.

»Mach dir darüber mal keine Gedanken«, beruhigte Alexander ihn voller Zuversicht. »Es gibt da noch eine weitere Lösung, doch erst einmal müsst ihr euch um den Stein kümmern.«

»Aber wie sollen wir ihn finden, wenn sich mir die Schutzgöttinnen nicht offenbaren?« Der Junge stöhnte verzweifelt.

Frank, der unbemerkt das Zimmer betreten hatte, räusperte sich und unterbrach vorsichtig das Gespräch:

»Edoardo, ich wollte euch doch noch etwas vor eurer Abreise nach Amerika erzählen.«

Der Junge schaute verwirrt auf den treuen Bediensteten. Erst jetzt erinnerte er sich, dass dieser ihm etwas mitteilen wollte, bevor sie in die Vereinigten Staaten gereist waren.

»Ach ja, Frank. Können wir das nicht später klären? Ich weiß nicht, ob dies nun der richtige Zeitpunkt ist.«

»Nun, ich denke schon. Ich sollte für Christian einen Brief verwahren, den ich euch zu gegebenem Zeitpunkt aushändigen sollte. Er erklärte mir, dass ihr vermutlich nach einem Bild suchen würdet. Das Schreiben solltet ihr im Zusammenhang damit erhalten. Erst eben, als ich das Zimmer betrat, ist mir das Bild aufgefallen.« Er deutete kurz auf das Foto, das Edoardo vom Hause seiner Großeltern mitgenommen hatte und das nun behutsam auf den Wohnzimmertisch gelegt worden war. »Ihr wart also erfolgreich.«

Fragend blickten nun alle auf den Butler. Es war ihm anzumerken, dass es ihm äußerst unangenehm war, dass nun alle Aufmerksamkeit auf ihn gerichtet war.

»Eigentlich wollte ich euch den Brief mitgeben, als ihr nach Amerika gereist seid. Ich dachte, ihr hättet ihn lesen können, sobald ihr das Bild dort gefunden hättet und ...«

»Frank, ist gut. Kannst du uns dieses Schreiben geben?«

»Oh, aber ja doch. Hier.«

Frank holte einen kleinen Briefumschlag herbei und übergab ihn dem Jungen. Gespannt öffnete dieser die Botschaft Lupos. Es waren nur wenige Zeilen.

Nicht alles ihr dem Bild entnehmt,
das Wort der Götter ihr ersehnt,
allein dem Hüter sie erscheine,
am großen Tor antiker Steine,
das Wasser es schon lang nicht leitet,
wo mancher Zug hinüber gleitet,
liegt tief verborgen unter der Erd,
geheimnisvoll und sehenswert,
ein mächtiger Ort aus alten Zeiten,
dorthin dich diese Worte leiten.

»Ich verstehe gar nichts.« Nirvin nahm Edoardo das Schreiben aus der Hand und las es erneut laut vor.

Maria hatte nervös ihre Lippe wund gekaut. Man merkte ihr an, dass ihr irgendetwas durch den Kopf ging. Mit einem Mal schnellte sie hoch, stieß dabei ihren Stuhl um, doch sie schien es gar nicht wahrgenommen zu haben. Ihre Augen leuchteten begeistert.

»Ich hab's!«, rief sie freudig, dann nahm sie auch schon Edoardo bei der Hand und zog ihn mit sich.

»Maria, würdest du uns vielleicht mal erklären, was das soll?«, rief ihr Daniel verwirrt hinterher, doch die junge Frau zwinkerte ihm heiter zu und rief kurz:

»Ich kenne diesen Ort. Aber nur der Hüter darf dorthin, und das ist allein Edoardo. Macht euch keine Sorgen«, rief sie und verließ gemeinsam mit dem Jungen die Villa Mount.

Schnell hatte Maria noch ein kurzes Telefonat getätigt, und dann, ohne dem Jungen zu erklären, was sie eigentlich im Sinn hatte, war sie mit ihm in die Stadt gefahren. Ihr alter Alfa schnurrte wie eine Raubkatze und gab sein Bestes. Obwohl am heutigen Tage recht wenig Stadtverkehr war, setzte die Hauptkommissarin dennoch das Blaulicht ein, um nicht an den Ampeln aufgehalten zu werden. Sie parkten in der Nähe des alten Aquädukts der Porta Maggiore. Maria stieg aus, doch als Edoardo ebenfalls das Auto verlassen wollte, wies die Frau ihn an, sitzen zu bleiben und auf sie zu warten. »Es dauert nur einen Moment«, erklärte sie und war verschwunden.

Der Junge beobachtete, wie sie eine Frau mittleren Alters traf, kurz mit ihr redete und etwas, was Edoardo nicht definieren konnte, entgegennahm und einsteckte. Dann verabschiedeten sich die Frauen und Maria gab ihm ein Zeichen auszusteigen.

»Maria, würdest du mir mal verraten, was das alles soll?«, fragte Edoardo, doch die Frau war bereits losgeeilt. Sie zog den Jungen hinter sich her und überquerte die Piazza Labicano, um kurze Zeit später an einer kurzen Mauer entlang zu laufen, die von Dreck und Smog gezeichnet war. Schließlich erreichten sie eine Tür, die sich in einer Nische der Stützmauer der Eisenbahnbrücke befand, die die Zuglinie nach Neapel und nach Pisa zum Hauptbahnhof Termini leitete. Vor dieser Tür blieben sie stehen.

»Maria, würdest du mir endlich mal erklären, was wir hier suchen?«

»Also schön, Ed, hör zu«, erklärte Maria. »Ich hatte hier mal einen Einsatz. Wir hatten die Vermutung, dass dies der Ort war, an dem Lösegelderpresser ihr Opfer gefangen hielten. Diese Tür hier führt zu einer unterirdischen Basilika, die der Öffentlichkeit nur während einer angemeldeten Führung wenige Male im Monat zugänglich ist. Und dies muss ebenfalls der Ort sein, der in Franks Botschaft beschrieben wird.«

»Du meinst, das ist der geheimnisvolle Ort, tief verborgen unter der Erde?« Der Junge überlegte, dann erhellte sich seine Miene. »Aber ja!«

»Das große Tor aus antiken Steinen, das Wasser schon lang nicht leitet, damit ist das alte Aquädukt, die Porta Maggiore gemeint«, erklärte Maria eifrig.

»Wo mancher Zug hinübergleitet, das bezieht sich auf die Eisenbahnbrücke. Maria, du bist genial!« Edoardo strahlte begeistert.

Maria lächelte triumphierend. »Die wenigsten kennen diesen Ort. Die unterirdische Basilika war damals ein ideales Versteck für die Kidnapper.«

»Sag bloß, du hast die Person damals gefunden, die entführt wurde.«

»Na ja, die Ermittlungen führten uns hierher. Die Frau, mit der ich mich vorhin getroffen habe, ist die Verantwortliche dieses Gebäudekomplexes. Bereits damals hat sie uns sehr geholfen.« Maria holte einen Schlüssel hervor. »Sie hat mir vieles über die Basilika berichtet. Allem Anschein nach wurde sie von Pythagoreern besucht, ein religiös-philosophischer, aber auch politisch aktiver Geheimbund.«

»Geheimbund?«

Doch Maria hatte die Tür schon aufgeschlossen und war bereits eingetreten. Edoardo blieb nichts anderes übrig, als ihr zu folgen.

Thebaia hatte ihre Tränen unterdrücken können und sich nichts anmerken lassen, solange ihr Gemahl noch im Hause war. Nun aber, da der römische Geschäftsmann das Anwesen verlassen hatte, ließ sie ihrer Verzweiflung freien Lauf. Alexander Helios, der Sohn ihrer einstigen Königin, war ermordet worden und auch Lykaonte war tot.

Die Priesterin Lykaonte, die sich ihrer angenommen hatte und der sie den Heka-Stein übergeben hatte, war am römischen Hofe tätig gewesen und hatte sich um die Zwillinge Cleopatras gekümmert, während der jüngere Bruder der beiden von der Schwester Octavians persönlich großgezogen wurde. Da die Priesterin Thebaia als ihre Tochter ausgegeben hatte, hatte das Mädchen die Kinder Cleopatras kennengelernt, und mit den Jahren hatte sie sich in Alexander verliebt. Lykaonte, die ihr geholfen hatte, den Stein der Götter zu verstecken, bevor sie diesen mit einem Schutzzauber belegt hatte, hatte sie sich auch anvertraut, als sie von Alexander schwanger wurde. »Es ist vollbracht. Das göttliche Blut wird weiterfließen«, so waren die unverständlichen Worte der Priesterin.

Sofort hatte sich die Frau darum bemüht, Thebaia mit einem wohlständigen Geschäftsmann zu vermählen, der schon länger ein Auge auf sie geworfen hatte. Das Kind, das Thebaia erwartete, sollte sie als das seine ausgeben. Nur so würde man den Enkel Cleopatras keiner unnötigen Gefahr aussetzen. Zu dieser Zeit war Selene, die Zwillingsschwester Alexanders, bereits vermählt worden und hatte Rom verlassen, während ihr Bruder immer wieder Schwierigkeiten bereitete. Er war dem Senat ein Dorn im Auge, sodass seine Mitglieder Octavian immer wieder gedrängt hatten, die Erben Cleopatras hinrichten zu lassen, damit diese keine Gefahr darstellen konnten.

Vergebens hatte man all die Jahre gehofft, durch die Kinder

Cleopatras an den Heka-Stein zu gelangen. Keiner hätte je vermutet, dass er sich zu diesem Zeitpunkt ganz in ihrer Nähe befand. Man hatte schließlich aufgegeben, danach zu suchen, doch je älter die Nachkommen der einstigen Herrscherin wurden, desto mehr befürchtete man, sie könnten mithilfe des verborgenen Steins eine Gefahr für Rom darstellen.

Dank der Schutzmagie Lykaontes jedoch hatte ihnen bisher niemand etwas zu Leide tun können. Vor allem die Zwillinge genossen einen speziellen Schutz. Oft wachte eine große Hündin, die eher einer Wölfin glich, über das Geschwisterpaar, wenn Lykaonte nicht anwesend war. Doch nun da Thebaia ein Kind von Alexander erwartete, war auch die Schutzmagie gebrochen. Die Wölfin ließ sich nicht mehr blicken, und die Priesterin war vom Hofe verbannt worden, denn man sagte ihr nach, sie würde die Männer durch ihre Magie verführen und sie beeinflussen können. Auch hatten sich bisher einige Staatsmänner vor diesem bizarren Bild gefürchtet, denn einem Zwillingspaar, das von einem wolfsähnlichen Tier behütet wurde, konnte man keinesfalls etwas zu Leide tun.

Nun aber, da die Wölfin verschwunden und auch die Priesterin nicht mehr am Hofe tätig war, hatten sich die Dinge geändert. Während von Selene, die man unter Kontrolle wusste, keine Gefahr ausging, so bereitete jetzt der rebellische Alexander Helios Sorge. Besonders in den letzten Tagen hatte er für einige Unannehmlichkeiten gesorgt. Nun hatte er die Konsequenzen dafür zahlen müssen. Man hatte ihn erstochen in einer düsteren Ecke eines zwielichtigen Stadtviertels aufgefunden.

Ein fürchterliches Geheul hatte sich kurz darauf über die ganze Stadt erhoben, unheimlich und schauderhaft, als wäre Anubis persönlich aus der Unterwelt gekommen, um Alexander in Empfang zu nehmen. Erst als der Vollmond dem Sonnenlicht gewichen war, hatte das unmenschliche Klagen ein Ende genommen. Niemand hatte die Wölfin gesehen, die sich in den Tempel der Götter zurückgezogen hatte. Nur der leblose Körper der Priesterin Lykaonte wurde am Tage darauf an diesem Ort aufgefunden.

Allein Thebaia kannte nun das Geheimnis des Heka-Steins und die wahre Herkunft ihres Sohnes. Es schmerzte sie sehr, dass Alexander nicht mehr erfahren hatte, welcher der wahre Grund der plötzlichen Heirat mit dem römischen Kaufmann war. Er hatte sich von ihr betrogen und verraten gefühlt, sodass sie im Streit auseinandergegangen waren. Hätte er von seinem Sohn erfahren, wäre er vielleicht noch am Leben. Es nützte nichts, sich jetzt noch Vorwürfe zu machen.

Zwar verschwieg sie ihrem Sohn seine wahre Herkunft, doch vertraute sie ihm die Aufgabe des Wächters an, wenngleich sie dem Jungen das Versteck des Steins nicht preisgeben konnte, da die Magie Lykaontes ihr diesbezüglich die Erinnerung genommen hatte. Allein Nechbet und Wadjet konnten sich dem Wächter offenbaren und ihn an den Ort geleiten, an dem der Heka-Stein verborgen lag. Thebaia verriet ihrem Sohn jedoch, wo sich der Papyrus mit der magischen Formel befand. Auch den Schrein und das Schreiben Moses vertraute sie ihm an, damit er beides gut aufbewahre. Dann legte sie ihm das Amulett um, das Cleopatra ihr einst geschenkt hatte.

Dies war der Anfang einer Tradition, die fortan von Generation zu Generation beibehalten wurde. Und während auch der jüngere Bruder der Zwillinge schon bald den Tod fand, wodurch man eine weitere potenzielle Bedrohung seitens der Nachkommen Cleopatras verhindert glaubte, so geriet auch der Heka-Stein mit der Zeit in Vergessenheit.

Zu dieser Zeit etwa gebar auch Alexander Helios Schwester Selene ihren Sohn Tolomäus. Den königlichen Armreif ihrer Mutter vererbte sie später ihrer Tochter, doch als diese starb, wurde er ihr mit ins Grab gegeben, wo er lange Zeit verborgen blieb.

Beide Kinder wurden römisch erzogen, und schon bald regierte Tolomäus gemeinsam mit seinem Vater über Mauretanien. Er erwies sich dem römischen Reich gegenüber loyal, doch einer Verschwörung war es geschuldet, dass man ihn bei einem Besuch in Rom gefangen nahm und kurz darauf hinrichtete. Nun, so glaubte man, war auch der letzte männliche Erbe Cleopatras beseitigt. Als dessen syrische Gemahlin Giulia Urania dies vernahm, bangte sie um ihr Leben und um ihre Tochter Drusilla, denn auch die Schwestern Tolomäus hatten auf mysteriöse Weise den Tod gefunden, als läge ein Fluch über den Nachkommen der einstigen ägyptischen Herrscherin.

Daraufhin fasste Giulia einen schweren Entschluss. Sie vertraute das kleine Mädchen ihrer treuen Dienerin an und befahl ihr, das Kind in Sicherheit zu bringen und niemandem die Herkunft der Kleinen zu verraten. Nur so würde das Kind eine Chance haben, und die Blutlinie der einst großen Herrscher würde weiterhin erhalten bleiben. Dies würde nicht ihr Ende sein, sondern der Anfang der Al Kabiri. Giulia Urania würde das Gerücht verbreiten, dass ihre Tochter schwer erkrankt war, sodass sie keiner mehr zu Gesicht bekommen würde und sie schließlich für tot erklären lassen.

Noch in derselben Nacht verließ die Zofe den Palast und kehrte mit dem Mädchen in ihre Heimat zurück. In das Land, aus dem auch die Vorfahren der kleinen Drusilla stammen, nach Ägypten.

Nirvin schreckte von der Couch hoch, auf der sie eingeschlafen war. Sie zitterte vor Aufregung. Ihr Herz pochte wie wild. Sie richtete sich auf, wischte sich eine Träne weg und ordnete ihre Gedanken. Wenn sie ihren Träumen Glauben schenken wollte, dann hatte sie soeben etwas Ungeheuerliches erfahren. Der Kreis hatte sich geschlossen, und sie musste an das viele Leiden ihrer Vorfahren denken. Ihre Vorfahren, die aber auch in Verbindung zu Edoardo standen, dem gegenwärtigen Wächter des Pentakels.

Während sie auf dem Weg nach Ostia Antica waren, erzählte Edoardo den anderen, was ihm wiederfahren war.

Nachdem er und Maria den Eingang passiert hatten, waren sie etwa sieben Meter hinabgestiegen und hatten die Vorhalle der unterirdischen Basilika erreicht. Dort war die Hauptkommissarin zurückgeblieben, und Edoardo hatte allein den Hauptbereich betreten. Der Junge war beeindruckt von dem riesigen dreischiffigen Bauwerk, das von sechs Säulen abgeteilt wurde. Die bogenförmigen Decken und Wände waren mit sagenhaften, mystischen Darstellungen verziert, aber auch Szenen aus dem Alltag waren zu erkennen. Edoardo aber verspürte, dass all diese Abbildungen viel tiefsinniger waren, als man auf den ersten Blick vermutete. Ihm war, als würden sie geheime Botschaften enthalten. Dieser Ort hatte etwas Geheimnisvolles und Mächtiges.

Mit einem Mal überkam Edoardo ein eigenartiges Gefühl. Er sank zu Boden und verfiel einen Moment später in einen tranceartigen Zustand. Alles um ihn herum schien sich zu drehen, die Darstellungen wirkten plötzlich lebendig. Er nahm sonderbare Gerüche wahr, die an geräucherte Harze erinnerten, er hörte Stimmen, die in einem Zeitwirbel gefangen zu sein schienen. Dann überkamen ihn die Visionen, erst undeutlich, in Bruchteilen, einzelne Fragmente, die sich wie ein Puzzle nach und nach zusammenfügten.

Erst sah er, wie ein Wolf eine Felsenhöhle verließ, dann erschienen ihm die einstigen Besucher des Tempels, die ihre Götter priesen und Opfer spendeten. Es war ursprünglich ein kleiner Tempel, in dem die Menschen die Göttin der Hoffnung »Spes« verehrten. Er erkannte die schwangere Thebaia in seiner Vision, die der Göttin huldigte und sie um Hilfe bat. Thebaias Gebete gingen aber nicht nur an die Göttin der Hoffnung. Der Junge erkannte, dass sie sich ebenso an die alten ägyptischen

Götter wendete. Schlagartig spürte der Junge die wahre Macht dieses Ortes. Dieser war der Gesamtheit der Götter gewidmet, und diese bildeten eine Einheit.

Edoardo erschrak, als Thebaia plötzlich in Flammen stand. Die junge Frau aber lächelte und verschwand im Feuer. War dieser Ort etwa eine Art Portal? An Stelle Thebaias erschien nun Lykaonte, mysteriös und schön, doch ihr Aussehen verwandelte sich urplötzlich in die Gestalt eines großen weißen Wolfes. In der Vision trabte das Tier davon, und Edoardo folgte ihm. Plötzlich veränderte sich der Wolf und wurde zu Stein, der zu Staub zerfiel. Der Staub formte sich nun zu einer sonderbaren Statue. War das ein Affe? Ja, die Figur ähnelte einem Pavian. Edoardo wusste, dass dieses Tier für die Magie Thots stehen musste. Lykaonte war von ihm gesandt worden, und er war es, der sie erneut in das Reich Osiris zurückgeholt hatte.

Nun begann die Statue zu vibrieren und zu glühen. Die Augen des sonderbaren Tierkopfes wurden feuerrot, und Edoardo musste den Blick abwenden, um an dem grellen Licht nicht zu erblinden. Dann vernahm er eine sonderbare Stimme, die zu ihm sprach. Nein, nicht nur eine, es waren tatsächlich zwei Stimmen. Er ordnete sie Wadjet zu, während er hinter der anderen Stimme Nechbet vermutete.

»Edoardo, es ist an der Zeit. Wir können den Heka-Stein nicht länger vor Seth schützen. Er gewinnt an Stärke. Du befindest dich hier an einem mächtigen Ort, an einem Mutterfelsen, auch bekannt als Petra Genetix, einem Ort der Hoffnung, aus dem die Wölfin entsprang. Dies war auch jener Ort, den Lykaonte aufsuchte, um mithilfe der Götter Kemets ihren Schutzzauber über den Heka-Stein zu legen. Auch Thebaia besuchte diesen Ort regelmäßig, denn abgesehen vom privaten Pantheon des Agrippa war kein anderer Tempel so mächtig wie dieser, und sie war bei Weitem nicht die einzige Besucherin. Die Stadt wurde zu dieser Zeit von vielen Fremden bewohnt. Unter ihnen befanden sich auch Kinder des Volke Kemets. Jene, die immer noch an ihre alten Götter glaubten, wurden magisch von diesem Ort angezogen. Vielleicht war es die Hoffnung, vielleicht aber auch die Kraft, welche die Einheit der Götter Kemets hier bestärkte. Hier konnte man mit ihnen in Kontakt treten. Längst waren Hieroglyphen in Vergessenheit geraten, doch die nachkommenden Generationen behielten ihre Traditionen bei und wollten weiterhin den Göttern ihrer Väter huldigen. Sie begannen diesen Ort zu vergrößern, da sie der Vielzahl ihrer Götter einen großen Tempel errichten wollten. Die Götter offenbarten sich ihnen und schenkten ihnen Visionen, welche an den Mauern des Tempels verbildlicht wurden. Rom erkannte die Macht dieses Ortes und fürchtete ihn. Schnell wurde der Tempel geschlossen und der Eingang versperrt, doch die Macht der Götter bestand noch lange Zeit. Wenngleich sie nun geschwächt ist und der Tempel einzustürzen droht, ist man an diesem heiligen Ort jedoch immer noch sicher vor Seth. Wie ein Schutzwall schirmen diese heiligen Mauern ab, sodass man vor ihm verborgen bleibt. Er wird folglich nicht mitbekommen, was wir dir nun offenbaren werden: Suche die antike Hafenstadt auf, deren Steine Zeugen der Vergangenheit sind. Finde das Gebäude, das man dem Gott der Sonne weihte, welches deine Vorfahren auf unseren Geheiß hin errichten ließen. Dort liegt der Heka-Stein verborgen, der die Zukunft verändern kann. Gemeinsam mit Al Kabira wirst du den Stein an dich nehmen und ihn hüten, bis die Zeit reif ist, um den nächsten Schritt zu gehen. Sobald die Blutlinien der alten Herrscher sich erneut vereinen, wird das Göttliche entfacht werden. Es ist von großer Wichtigkeit, dass ihr beide zusammenhaltet, denn nur so kann der Stein der Götter vor Seth geschützt werden. Nur so wird er euch nicht beeinflussen können.«

Aber wie finden wir das Pentakel? Die Frage hatte er zwar nur gedacht und nicht ausgesprochen, doch die Göttinnen antworteten ihm. Und so verließ der Junge kurze Zeit später den einstigen Tempel, noch ein wenig benommen, doch mit allen ihm nötigen Informationen.

»Wo müssen wir also suchen?«

Nirvins Neugier war kaum zu bändigen, doch Edoardo wollte vorerst keine genauen Informationen preisgeben.

Sie hatten die Kasse bereits erreicht, und der alte Mann, der ihnen die Eintrittskarten aushändigte, wunderte sich ein wenig über die späten Besucher. Schließlich neigte sich der Tag bereits dem Abend zu. Edoardo versicherte ihm, dass sie nicht lange bleiben würden, als er zahlte. Dann drehten er und Nirvin sich nochmals nach Daniel und Maria um, die im Auto auf sie warten wollten.

Doc und Lex waren nicht mitgekommen. Sie mussten dafür sorgen, dass ausreichend Tilmidi einsatzbereit waren, denn die Mission hatte ihren riskanten Höhepunkt erreicht. Heute musste alles einwandfrei verlaufen. Wenn sich der Stein erst einmal in Sicherheit befand und von Edoardo und Nirvin in seinem Schrein verschlossen würde, hätte man aufatmen können, um sich dann auf den nächsten Schritt zu konzentrieren.

»Was nun?« Nirvin sah den Jungen erwartungsvoll an, als sie den Eingang passiert hatten.

»Wir sollen Atum entgegengehen, bis wir auf ihn treffen. Er wird uns leiten. Also folgen wir diesem Weg hier, er führt Richtung Westen. Siehst du?« Edoardo deutete auf die bereits tief stehende Sonne, die Atum im alten Ägypten verkörperte.

»Bis wir auf ihn treffen?« Nirvin zog eine Augenbraue hoch, doch Edoardo war bereits losmarschiert.

Sie folgten der einstigen Hauptstraße, die an der Nekropole vorbeiführte. Edoardos Bein war zwar noch geschwollen, schmerzte aber dank Schmerzmitteln kaum noch. Obwohl es bereits Abend war und ein leichter Wind über die Gräser blies, war es noch immer heiß. Der Weg war uneben und staubig, die Luft unerträglich schwül, doch drang ein angenehmer Geruch der Pinienbäume zu ihnen herüber. Grillen zirpten und in der Ferne konnte man die Straße erkennen, auf welcher der Verkehr stillstand.

Es war Samstag und diejenigen, die noch nicht in den Urlaub gefahren waren, hatten den Tag an den nahegelegenen Badeorten verbracht und kehrten nun in die Stadt zurück, um sich auf das Nachtleben Roms vorzubereiten. Edoardo fragte sich immer, ob es den Leuten wirklich Spaß machte, sowohl morgens als auch abends im Stau zu stehen, um den Tag an einem menschenüberfüllten Badeort zu verbringen. War es denn nicht schlimm genug, schon die ganze Woche im Berufsverkehr stecken zu müssen? Natürlich konnte er sich glücklich schätzen, denn in der Villa Mount gab es ein Schwimmbad, auch konnten sie es sich leisten, an ferngelegene Badeorte zu reisen. Wäre dies nicht der Fall, so würde er vermutlich doch anders denken.

Verschwitzt erreichten sie die antike Stadtmauer. Die Sonne war nun ein feurig roter Ball, der kurz davorstand, unterzugehen. Der Mond leuchtete bereits blass und war erneut voll. Weiter folgten sie dem Weg, der nun die Porta Romana passierte und an verschiedenen Ruinen entlangführte. Sie kamen an antiken Gebäuden, Thermen und einem Theater vorbei und staunten darüber, wie riesig doch diese altertümliche Stadt einst gewesen sein musste. Sie begegneten überraschend wenigen Besuchern, denn das Gebiet war beeindruckend groß und die meisten Touristen waren bereits gegangen.

»Edoardo, ich habe dir noch gar nicht von meinem letzten Traum berichtet.«

So begann Nirvin, dem Jungen alle Einzelheiten ihres Traums zu erzählen. Edoardo staunte nicht schlecht.

»Nirvin, wenn das wahr ist, dann ...«

»Dann würde das bedeuten, dass wir vor langer Zeit dieselben Vorfahren hatten! Ich als Nachkomme des Stammes der Al Kabiri und du als Nachfahre des Sohnes Thebaias, denn die Aufgabe des Hüters des Pentakels wurde seither vererbt!«

Edoardo konnte es nicht fassen! Nun wurde ihm einiges klar. Nicht nur, dass er sowohl der Hüter des Pentakels als auch erster hoher Tilmid war und Nirvin die Auserwählte. Nein, da war etwas, das sie noch viel stärker miteinander verban. Und dieser Union war es zu verdanken, dass sie dafür bestimmt waren, das Pentakel ausfindig zu machen. Nirvin aber hatte dabei noch eine weitaus größere Aufgabe. Dies stand nun fest.

»Wie sehr, meinst du, sind deine Träume zutreffend?«, fragte er das Mädchen vorsichtig.

»Wie sehr vertraust du deiner Vision?«, konterte Nirvin.

»Ich meine, das klingt doch alles verrückt. Alte Götter, die sich offenbaren, magische Amulette, Schutzzauber, Visionen, sagenhafte Tiergestalten, die sich in Menschen verwandeln …«

»Ich weiß, Edoardo. In letzter Zeit ist so vieles passiert, wofür ich noch immer nach einer rationalen Antwort suche. Meine Träume sind ja schon etwas Unbegreifliches. Auch ist es mir ein Rätsel, wie Lupo immer wieder in Notsituationen so urplötzlich erscheinen und wieder verschwinden kann. Außerdem würde mich interessieren, was es mit dem Mann im Dominikanerkloster auf sich hat, der sich uns als Ipuwer vorstellte.«

»Was mir Unbehagen bereitet, ist die Erzählung meiner Großmutter. Ich hätte nie für möglich gehalten, dass es solch ein wahnsinniges Familiengeheimnis gibt. Vorher habe ich Lupo und Doc für ein wenig verrückt gehalten, doch jetzt, wo sogar meine Großmutter mit drinsteckt, und nun auch alle anderen die Sache so ernst nehmen, finde ich das alles schon ein wenig unheimlich.«

»Ja, geht mir genauso. Ich fände es aber großartig, wenn es wahr wäre, dass unsere Vorfahren ein und dieselben sind.«

Nirvin zwinkerte Edoardo munter zu, dann aber blieb sie mit einem Mal stehen und blickte erschrocken zu Boden. Sie griff den Jungen am Arm und deutete auf eine Viper, die vor ihnen daherschlängelte.

»Das ist der nächste Hinweis, Nirvin! Bis wir auf Atum treffen. Er wird uns leiten.«

»Bist du sicher, Ed? Das da ist eine Schlange!«

»Was hast du erwartet, Nirvin? Einen Mann mit Doppelkrone und Was-Zepter? Komm!«

»Das nicht, aber wieso eine Schlange?« Sie schüttelte den Kopf und eilte Edoardo hinterher.

Das Tier hatte nun den Hauptweg verlassen, um sich querfeldein auf ein längliches Bauwerk zuzubewegen, das im Touristenführer als »Mithräum der Schlangen« eingetragen war. An der östlichen und an der südlichen Innenwand der alten Mauern befanden sich die Abbildungen zweier Schlangen. Außerdem war auch eine menschliche Figur zu erkennen. Zwar war der Mithraskult keineswegs ein ägyptischer, doch, sofern es Edoardo bekannt war, wurde in dieser Mysterienreligion Mithras oft dem Sonnengott Helios gleichgesetzt. Desto erstaunter war er, als er im Touristenführer den Namen des dahinter liegenden Gebäudes las. Es war »Das Haus der Sonne«.

»Dort, wo Atum und Chepre zusammentreffen.«

»Was meinst du, Ed?«

»Ach, nichts. Ich bin nur am Überlegen. Hast du gesehen, wohin die Schlange verschwunden ist?«

Nirvin deutete auf einen unscheinbaren Spalt in der Erde, der sich unmittelbar vor dem ehemaligen Altar befand. Edoardo sah noch das Schwanzende des Tieres darin verschwinden. Es dauerte keinen Augenblick, als plötzlich ein anderes Tier aus der Öffnung krabbelte. Ein glänzender Mistkäfer kam zum Vorschein, und Edoardo hatte eine plötzliche Erleuchtung.

»Aber klar doch!« Begeistert blickte er auf Nirvin. Das Mädchen schien noch immer irritiert von dem plötzlichen Erscheinen des Käfers.

»Was ist?« fragte sie ungeduldig, ohne jedoch den Blick von dem Insekt abzuwenden.

»Atum, die untergehende Sonne, wird auf Chepre, die aufgehende Sonne treffen.«

»Ich verstehe nicht ganz. Was haben die Schlange und der Käfer damit zu tun? Steht die Schlange nicht für Wadjet?«

»Wadjet wird als Kobra dargestellt, doch diese Schlange hier verkörpert Atum. Diese Gottheit, die die untergehende Sonne symbolisiert, wird auch als Schlange dargestellt. Chepre jedoch steht für die aufgehende Sonne und wird von Cheper, oder besser gesagt von einem Skarabäus verkörpert. Verstehst du? Dort, wo Atum auf Chepre trifft, so sprachen die Schutzgöttinnen. Ich konnte mir nicht erklären, was damit gemeint sein könnte, aber das ist doch eindeutig!« Erneut deutete Edoardo auf den Spalt im Boden. Dort lag die Lösung verborgen. Dann wies er auf die verfallene Ruine im Hintergrund und fügte hinzu: »Dies ist das Haus der Sonne und Mithras, dem dieser Tempel hier geweiht ist. Er wurde als Sonnengott verehrt. Es gibt keinen Zweifel. Wir liegen richtig, Nirvin!«

»Moment mal, Ed. Wenn man diesem Touristenführer Glauben schenken mag, so wurde dieses Mithräum hier viel später erbaut als zu Lebzeiten Thebaias und Lykaontes. Warum hätten sie denn auch das Pentakel ausgerechnet im Tempel einer fremden Gottheit verstecken sollen? Das ergibt für mich keinen Sinn!«

»Es mag schon stimmen, dass das Mithräum erst viel später entstand, doch was sich hier in diesem Spalt befindet, das wurde bereits viel früher dort verwahrt.«

»Ja, schon möglich.« Nirvin betrachtete die Gemälde an der Wand. »Im Mithraskult war die Schlange das Erdsymbol. Aber ist dir diese menschliche Gestalt aufgefallen, auf die sich die Schlangen zubewegen? Der Reiseführer nennt diese Figur Genius Loci, der Geist des Ortes. Er ist so etwas wie ein Schutzgeist, von jenen geprägt, die sich einst hier aufhielten oder es immer noch tun.«

»Ein Schutzgeist, Nirvin? Das passt! Die Worte Wadjets waren: Vom Geist der Wächter behütet, bis dass der Letzte von ihnen den Stein erneut an sich nimmt. Das klingt doch gut, findest du nicht? Vermutlich haben die Generationen nachkommender Wächter diese Mauern errichtet, und mit ihrem Geiste geprägt. Weiter erklärten mir die Göttinnen: Wenngleich er hier auch anders genannt, so ist es des Sonnengottes heiliger Tempel, der über dem Heka-Stein wacht.«

»Dann gibt es also keine Zweifel!«

Nirvin ließ von ihrer Haarlocke ab, an der sie nervös herumgespielt hatte, und kniete sich vor die Erdspalte, die sich unmittelbar vor dem einstigen Altar befand. Dann begann sie auch schon, das Loch zu erweitern.

»Sei vorsichtig! Immerhin hat eine Viper sich darin verkrochen!«

Nirvin schaute Edoardo schelmisch an, grinste kurz und schüttelte den Kopf.

»Du bist ja immer noch ein Angsthase. Die Schlange wird uns gewiss nichts tun.«

Edoardo zögerte kurz, dann aber kniete auch er sich nieder und half dem Mädchen, die Öffnung zu erweitern. Plötzlich stießen sie auf Widerstand. Es handelte sich um die Reste einer alten Marmorplatte. Mit etwas Mühe gelang es den beiden, sie zu entfernen. Zum Vorschein kam nun ein antiker Mosaikboden, über den der Altar zu späterer Zeit errichtet worden war. Edoardo ertastete eine sonderbar geformte Einbuchtung. Der Umriss dieser kam ihm sofort bekannt vor und er musste nicht lange überlegen. Er nahm sein sonnenförmiges Amulett ab und versuchte, es in die Vertiefung zu fügen. Er musste es ein paar Mal hin- und herbewegen, bis die zackige Umrandung einrastete. Einen Augenblick später begann sich der vor ihnen liegende Steinsockel, der einst zum Altar gehörte, zu vibrieren, um dann zurückzuweichen.

»Wow!« Edoardo war höchst beeindruckt von diesem wundersamen Mechanismus.

Ein Hohlraum unter dem Sockel war nun freigelegt worden, in dem ein schwarz-weißes Mosaik zum Vorschein kam. Es stellte das Auge Res dar.

»Und nun?« Nirvin blickte erwartungsvoll auf den Jungen.

»Im Auge der Sonne liegt es verborgen, der Kern, er steht im Mittelpunkt. Dies waren die letzten Worte der Schutzköniginnen.«

»Aber das Auge des Horus symbolisiert doch den Mond!«

»Genau Nirvin. Dies hier ist jedoch das Auge des Re. Und sein Mittelpunkt dürfte demnach die Pupille sein.«

»Ja Ed, du könntest recht haben. Sieh nur! All diese Steine, die das Mosaik formen, ähneln kleinen Vierecken. Doch die Pupille besteht nur aus einem einzigen Stein, und dieser ist fünfkantig!«

»Stimmt! Sieh doch, der Stein ist auch nicht so glatt wie die restlichen, er verläuft spitz nach oben!«

»Ja, er gleicht einer fünfkantigen Pyramide!« meinte Nirvin aufgeregt.

»Warte, das haben wir gleich!«

Entschlossen versuchte Edoardo, den Stein zu entfernen, der die Pupille bildete. Doch kaum, dass er ihn berührt hatte, wich er mit schmerzverzerrtem Gesicht zurück.

»Was ist?«, fragte Nirvin und wollte gerade selbst versuchen, nach dem Stein zu greifen, doch Edoardo hielt sie zurück.

»Nicht! Warte, der Stein glüht, du verbrennst dich!«

Das Mädchen schaute besorgt auf Edoardo, der auf seine Hand pustete.

»Was sollen wir tun?«, fragte sie ratlos.

»Sobald die Blutlinien der alten Herrscher sich erneut vereinen, wird das Göttliche entfacht werden. Dies offenbarten mir die Schutzgöttinnen. Ich hatte bisher nicht ganz verstanden, was damit gemeint war, aber wenn es stimmt, dass wir ein und dieselben Vorfahren haben, könnte es einen Sinn ergeben. Nechbets und Wadjets Worte waren: Gemeinsam mit Al Kabira wirst du den Stein an dich nehmen. Vielleicht war dies wortwörtlich gemeint. Außerdem meinte meine Großmutter, dass unser gemeinsames Wirken wichtig ist, damit wir erfolgreich sind. Verstehst du? Gemeinsam!«

»Versuchen wir's!«

Nirvins Augen leuchteten aufgeregt, und während sie mit ihrer linken Hand nach Edoardos Hand griff, streckte sie vorsichtig die rechte in Richtung des Auges. Der Junge tat ihr gleich.

Die Sonne war in diesem Augenblick untergegangen. Sie blickten sich ein letztes Mal kurz in die Augen, dann packten sie entschlossen zu. Der Stein löste sich mit unerwarteter Leichtigkeit, ohne sie zu verbrennen.

Fasziniert betrachteten sie das, was sie nun in der Hand hielten. Der Heka-Stein war fünfkantig und ähnelte zwei an der Basis vereinten Pyramiden, denn auch die untere Hälfte, die sie aus dem Boden herausgezogen hatten, verlief spitz nach unten. Ein schwacher, grünlicher Schimmer wurde entfacht, und es schien beinahe, als wäre das Innere des schwarzen Steins lebendig. Er pulsierte regelrecht und war angenehm warm. Für den Bruchteil einer Sekunde konnten sie das Herz des Pentakels in Form einer Hieroglyphe wahrnehmen. Sie stellte Heka dar, die Schöpferkraft, die das Ka aktivierte, das Zeichen der Magie. Endlich hatten sie es geschafft! Das Pentakel war gefunden!

Aus seinem Rucksack zog Edoardo nun einen goldenen, sternförmigen Gegenstand.

»Was hast du da, das ist doch ...?« Nirvin runzelte die Stirn.

»Die Schutzhülle für den Stein. Es ist wichtig, dass die Energie des Steines geschützt wird. Ansonsten könnte der Stein die Aufmerksamkeit unerwünschter Menschen und Götter auf sich ziehen.«

»Woher hast du sie denn überhaupt?«

»Nachdem die Vision von Nechbet und Wadjet sich aufgelöst hatte, befand sich das Schutzbehältnis an ihrer Stelle vor mir auf dem Boden.«

Nirvin schaute ein wenig ungläubig, doch Edoardo schien sich nicht beirren zu lassen.

»Wieso war der Stein nicht darin verwahrt?«

»Nirvin, ich weiß es doch selbst nicht genau. Ich nehme an, es gehörte irgendwie zu meiner Aufgabe, den Stein wieder dort hineinzulegen. Schließlich lag über diesem Versteck hier bis heute der magische Schutz Lykaontes, schon vergessen?«

Behutsam öffnete er die goldene Schutzhülle, und mit aller

Ehrfurcht setzte er den Stein in die fünfeckige pyramidenförmige Vertiefung, in die ein Udjat-Auge eingraviert war. Er passte genau hinein. Ja, nun sah der Heka-Stein tatsächlich wie ein Pentakel aus!

Wenngleich Nirvin noch zahlreiche Fragen im Kopf herumschwirrten, beschloss sie, sich keine weiteren Gedanken darüber zu machen, und letzten Endes war es ihr auch egal. Die Freude darüber, ihre Mission nun erfolgreich abgeschlossen zu haben, war enorm. Erst jetzt wurde ihr bewusst, welch wichtige Aufgabe sie gemeistert hatten.

Es dunkelte bereits, als sie die Ruinen der antiken Stadt verließen. Die Schutzhülle mit ihrem wertvollen Inhalt hatte Edoardo sicher in seiner Schatulle verwahrt und diese dann in seinem Rucksack verstaut.

»Wir sind so ziemlich die letzten Besucher, scheint mir.«

»Nicht ganz. Da vorne habe ich eine Gestalt gesehen.«

»Ja, da hat sich etwas bewegt. Ed, was wenn…« Doch weiter kam Nirvin nicht, denn aus der Ferne her durchbrach eine wohlbekannte Stimme die Stille, um sie zu warnen:

»Nirvin, Edoardo! Vorsicht, Al Halabis Leute!«

Lex hatte seine Warnung kaum ausgesprochen, als auch schon zwei Gestalten hinter den Ruinen hervorsprangen.

»Ed, lauf! Ich halte sie auf!«, rief Nirvin dem Jungen mutig zu.

»Spinnst du? Wir ziehen das hier gemeinsam durch!«

»Nein! Bring das Pentakel in Sicherheit!«

Mit diesen Worten war Nirvin auch schon geradewegs auf die Angreifer losgerannt, wich ihnen in letzter Sekunde aus und flüchtete in den Schutz der alten Mauern. Einer der Männer jedoch ließ sich nicht beirren und ging auf Edoardo zu. Im gleichen Moment aber schoss eine weitere Gestalt aus den Ruinen hervor. Knurrend stürzte sie sich auf den überraschten Mann. Lupo!

Edoardo begann zu laufen. Nirvin hatte recht. Das Pentakel

in Sicherheit zu bringen hatte jetzt Vorrang. Er rannte, vergaß den Schmerz in seinem Bein, stolperte einige Male über die unebenen alten Pflastersteine, hielt jedoch an, als er auf eine kleine Gruppe kämpfender Gestalten stieß. Die Tilmidi waren rechtzeitig eingetroffen, und auch Lex und Doc waren unter ihnen.

»Lauf weg, Ed! Dein Vater und Maria sind startklar!«

Edoardo hielt kurz inne, dann rannte er weiter. Wo blieb nur Nirvin? Er hatte doch die Verantwortung für sie. Er konnte sie nicht im Stich lassen! Kurzerhand kehrte er um und lief in die Richtung, in die das Mädchen geflohen war. Dann sah er sie! Aber war dies wirklich Nirvin? Die Angreifer lagen am Boden, und eine Gestalt stand über ihnen. Sie glich einer Kriegerin, kräftig, schön und wild zugleich. Die sonst so warmen, katzenartigen Augen funkelten wütend wie die einer gefährlichen Raubkatze. Nein, das konnte unmöglich Nirvin sein!

Das Mädchen blickte ihn an, erst bedrohlich, doch dann wich plötzlich diese fremde Macht von ihr, und Edoardo atmete auf, als nun tatsächlich Nirvin vor ihm stand.

»Was ist passiert?«, fragte ihn das Mädchen. Hast du etwa die Typen hier k.o. geschlagen?«

Edoardo schüttelte langsam den Kopf. Er traute sich noch immer nicht so ganz, sich dem Mädchen zu nähern.

»Nein, Nirvin, das warst du, befürchte ich«, sagte er vorsichtig.

»Ich? Ich kann mich nicht so recht erinnern. Irgendwie habe ich so etwas wie einen Filmriss.«

»Nun, Nirvin, mir schien, als hättest du dich tatsächlich in Selvaggia, die Wilde, verwandelt.«

Die Situation war Nirvin sichtlich unangenehm. Edoardo bemerkte, wie durcheinander das Mädchen schien. Tröstend zog er sie nun an sich und umarmte sie.

»Schon gut, gehen wir!«

»Ed, bitte erzähl den anderen nichts davon. Ich weiß wirklich nicht, was in mich gefahren ist!«

»Gut, aber mir wäre es lieber, wenigstens Doc ins Vertrauen zu ziehen.«

Nirvin hob unschlüssig die Schultern, hielt nachdenklich inne, doch schließlich nickte sie kurz.

»Lass uns nun vorsichtig zum Ausgang gehen. Die Tilmidi scheinen die Situation unter Kontrolle zu haben, und auch Lupo war wieder in Aktion.«

»Lupo?«

Das Gesicht des Mädchens erhellte sich, und Edoardo verstand es, sie aufzuheitern, indem er ihr eine übertriebene Version von dem mutigen Einsatz des Hundes auftischte. Schließlich erreichten sie den Ausgang, und mit aller Achtsamkeit durchquerten sie den leeren Parkplatz, bis ein Auto vorfuhr und die Beifahrertür aufflog. Sie atmeten erleichtert auf, als sie Maria erkannten, die aus dem Wagen gesprungen war und ihnen mit besorgter Miene entgegen lief.

»Alles in Ordnung mit euch? Habt ihr es geschafft?« Zufrieden lächelte sie kurz, als beide nickten, dann aber gab sie mit auffordernder Geste ein Zeichen, sich zu beeilen. »Die Situation scheint unter Kontrolle. Trotzdem sollten wir schnellstens heimfahren!«

Sie sahen den Hund nicht mehr, der ihnen unauffällig bis zum Parkplatz gefolgt war und dem Auto nun aufmerksam hinterherblickte. Dann wandte sich das Tier zufrieden ab und trabte in die Dunkelheit.

Auf der schnellen Heimfahrt gab es keine weiteren unangenehmen Zwischenfälle mehr. Als Erstes wurde das Pentakel sicher aufbewahrt, dann wurde angespannt gewartet, dass Doc und Lex sich meldeten. Schließlich kam der erlösende Anruf. Noch einmal hatte man es geschafft, die Anhänger Al Halabis in die Flucht zu jagen. Desto erschrockener war man, als Lex schließlich das Haus mit einem vergipsten Arm betrat.

»Halb so schlimm«, winkte er ab. »Ich bin nur dumm über einige Steine gestolpert, als ich so eine halbe Portion vertrieben habe. Darum hat es auch so lange gedauert.«

Es wurde angeregt über die Ereignisse diskutiert, wobei Edoardo und Nirvin den unerklärlichen Vorfall nicht erwähnten. Sie kamen an diesem Abend auch nicht dazu, Doc ins Vertrauen zu ziehen.

»Wie geht es jetzt überhaupt weiter?«, wollte Maria wissen. Eigentlich sollte das Pentakel doch zerstört werden«.

»Das geht doch nicht«, erwiderte Daniel. »Der königliche Armreif wurde vernichtet.«

»Es gibt noch eine weitere Möglichkeit.« Alle Augen richteten sich überrascht auf Doc. »Der Armreif des Amenmesse.« Doc strich sich über seinen langen Bart. »Heradom hatte ihn aufbewahrt und in drei Teile geteilt. Diese Teile müssen erneut vereint werden.« Mit diesen Worten holte er eine Schriftrolle hervor, blickte über seine Brille hinweg und erklärte: »Diese hier wurde mir heute von dem Besten meiner Männer überbracht. Ach, wie wäre es, wenn wir ihn dazuholen?«

Mit diesen Worten war er bereits an der Tür, gab jemandem ein Zeichen, woraufhin der Bote auch schon eintrat. Wüstenfuchs grinste über beide Ohren, als er die erstaunten Blicke sah. Nirvin und Edoardo betrachteten ungläubig den Jungen, dann aber fielen sie ihm auch schon um den Hals. Nach den herzlichen Begrüßungen kam man schnell wieder auf die Schriftrolle zu sprechen.

»Doc, spann uns doch nicht so auf die Folter! Was steht drin?«

Alexander blickte lächelnd auf den Jungen, dann rollte er das Schriftstück feierlich auf und begann, es zu lesen:

»Drei Söhne hatte Heradom. So teilte er den Reif Amenmesses in drei Teile und jeder seiner Söhne erhielt ein Stück. Diese Teile vereine man erneut, indem man sie zu einem Dolch zerschmelze. Mit diesem teile man den Stein. Er wird in sieben Stücke zerfallen, davon man sechs an die einst von Seth geprägten Orte bringe, denn sie enthalten die Essenzen der guten Götter, die seine Macht somit unschädlich machen werden. Den siebten

Teil aber, der dunkler und kälter ist als alle anderen Teile, wird an den Ort des Ursprungs gebracht werden. Hier wird das letzte Fragment zerstört. Dieser Teil enthält allein die Essenz Seths. Genaueres werdet ihr in einem weiteren Schreiben erfahren.«

»Was für ein weiteres Schreiben denn? Woher stammt die Schriftrolle überhaupt?«, riefen die Zuhörer nun durcheinander, nachdem Doc fertiggelesen hatte. Er erhob die Hand und wartete geduldig, bis sich alle beruhigt hatten.

»Nun, dieses Schreiben wurde von einem Vorfahren Al Kabiras verfasst, der über seherische Kräfte verfügte und eine Vision hatte, woraufhin dieses Schreiben entstand. Ich erklärte ja bereits, dass es verschiedene Schriftrollen gibt, die von den Tilmidi streng gehütet werden. Auch dies ist eine davon. Wir sind bereits dabei, diese weitere Schriftrolle ausfindig zu machen. Leider wissen wir nicht genau, wo sie sich befindet. Nirvin, vielleicht werden wir auf deine Hilfe angewiesen sein.«

Das Mädchen schaute den Mann unverständlich an.

»Wie meinst du das?«

»Ich meine damit, dass deine seherischen Fähigkeiten bereits begonnen haben. Deine Träume waren eine, wie soll ich sagen, erste Phase. Mit der Zeit wird es dir gelingen, andere Dinge zu sehen, bis du eines Tages sogar in der Lage sein wirst, in die Zukunft blicken zu können.«

»Aha. Was aber ist, wenn es mir nicht gelingt, herauszufinden, wo dieses Papyrus versteckt ist?«

»Mach dir vorerst mal keine Gedanken darüber. Erst einmal müssen wir die drei Teile des Armreifs erneut vereinen.«

»Und wo sollen wir diese suchen?« Edoardo kratzte sich nachdenklich seinen wilden Lockenschopf.

»Bei den Nachfahren Heradoms«, erklärte Doc.

»Und wo befinden sich die?«, wollte nun Nirvin wissen.

»Na ja, einen habt ihr vor euch.«

»Was??«, schoss es wie aus einem Munde. Alle blickten erstaunt auf Doc.

»Du meinst …?«

»Ja, Edoardo. Nicht umsonst hänge ich in dieser ganzen Geschichte mit drin. Ich bin ein Nachfahre Heradoms. Meine Vorfahren stammen aus Griechenland. Mein Großvater zog nach Deutschland und so habe ich reichlich wenig vom griechischen Blut geerbt. Aber ein Drittel des Armreifs wurde mir überlassen.«

Docs Hand verschwand kurz in der Tasche seiner Weste, dann erschien sie wieder und öffnete sich. Etwas Goldenes glänzte darin. Wie gebannt schauten alle auf das Artefakt und kamen aus dem Staunen nicht mehr raus. Jeder begutachtete das antike Stück des Armreifs, das einst Amenmesse und Ramses getragen hatten.

»Doc, das ist wirklich unfassbar!«, rief Edoardo fasziniert. »Wo aber finden wir die anderen beiden Stücke?«

»Eines hat Christian aufbewahrt.«

»Was?« Nirvin und der Junge schauten sich ungläubig an.

»Wieso sollte Lupo einen Teil besitzen? Ich weiß davon gar nichts.«

»Das kannst du nicht wissen, Nirvin. Es war bis zum heutigen Tage unser Geheimnis. Was ihr auch nicht wissen könnt, ist, dass auch er Nachfahre Heradoms ist. Anders als meine Vorfahren zogen die Urahnen Christians nach Italien. Seine Mutter vermachte ihm das kostbare Erbstück.«

»Ich kann das alles nicht glauben!« Nirvin schüttelte den Kopf. »Und wo ist dieser zweite Teil?«

»Gut versteckt in den Bergen Sardiniens, und dort sollte es vorerst auch bleiben.«

»Warum?« Nirvin ließ nicht locker. »Und welcher unserer Freunde ist im Besitz des dritten Armreiffragments?«

»Das ist unser Problem! Wir haben vor langer Zeit den Kontakt zum dritten Mann verloren. Seine Spuren führen nach Moskau. Unsere Leute stellen bereits alle notwendigen Nachforschungen an. Deswegen ist es unnötig, den zweiten Teil auf Sardinien bereits jetzt zu holen und unnötige Risiken einzugehen. Das Stück ist gut versteckt, und sobald es erforderlich sein wird, wirst du es holen. Du wirst schon wissen, wo es zu finden ist.«

Nirvin schaute Doc verständnislos an. Sie konnte sich zwar denken, dass er erneut auf ihre zukünftigen seherischen Fähigkeiten andeutete, doch wollte sie nicht schon wieder darüber diskutieren. Edoardo schien dies weniger zu interessieren. Sichtlich enttäuscht fragte er:

»Wir wissen also nicht, wo der dritte Teil sich befindet?«

»Nein, mein Junge. Deswegen ist es auch nicht allzu schlimm, wenn wir das Versteck des zweiten Schreibens noch nicht ausfindig gemacht haben. Nun können wir jedoch die Dinge in Ruhe angehen. Es war wichtig, das Pentakel der Macht zu finden. Vorerst ist es sicher aufbewahrt. Die Macht des Wächters ist weitaus stärker als die antike Schutzmagie Lykaontes. Deshalb solltet ihr euch zu diesem Zeitpunkt keine unnötigen Gedanken über Armreiffragmente und Schriftrollen machen. Alles zu seiner Zeit. Und nun ist es erst einmal Zeit, den Rest der Ferien zu genießen und euch dann auf die Schule zu konzentrieren. Von den Männern Al Halabis droht vorerst keine Gefahr, und Lex hat mir bereits bestätigt, dass Daniel alle notwendigen Vorkehrungen getroffen hat. Ich werde mich gleich wieder auf den Weg machen und unsere Nachforschungen verfolgen.«

Bevor Alexander mit weiteren Fragen überfallen werden konnte, ergriff Daniel das Wort:

»Ich habe Wüstenfuchs übrigens eingeladen, ein paar Wochen hier zu verbringen, wenn euch das recht ist. Ich denke, die Vereinigten Staaten besichtigen wir ein anderes Mal in Ruhe.«

Nirvin und Edoardo waren begeistert. Nun hatten sie endlich einmal Zeit, den Cousin Nirvins besser kennenzulernen. Schließlich verabschiedete Alexander sich, während der Rest der Gruppe noch bis spät in die Nacht über die Ereignisse plauderte.

Den Rest der Ferien hatten sie entspannt verbringen können. Nirvin plagten keine Träume mehr, und alles fand erneut seinen gewohnten Lauf. Lex war abgereist, und Doc war sehr beschäftigt. Wo genau er sich aufhielt, hatte er nicht mitgeteilt.

Mit Wüstenfuchs hatten sie vieles besichtigt, aber manchmal auch nur den Tag im Stall oder im Schwimmbad der Villa Mount verbracht. Nun war der Junge wieder abgereist, und das letzte Wochenende vor dem Schulbeginn waren Nirvin und Edoardo bei den Großeltern des Jungen zu Gast.

Beide genossen es, durch die Felder und Wiesen zu ziehen. Auch wenn hier nicht besonders viel los war, langweilig wurde es nie. Am letzten Abend hatte man beschlossen, gemeinsam eine Pizza zu essen, und als Edoardos Großvater losgefahren war, um die Bestellung abzuholen, hatte sich die Großmutter zu den beiden Freunden gesellt, die unter einer großen schattenspendenden Pinie saßen und Karten spielten.

»Ach, ich gebe es auf, Nirvin! Dauernd gewinnst du!« Edoardo seufzte und legte seine Karten beiseite, während das Mädchen ihm triumphierend zulächelte. Elisabetta betrachtete die beiden amüsiert. Sie wirkten so unbeschwert und glücklich. Nirvin blickte nachdenklich auf die ältere Frau. Sie überlegte kurz, dann wandte sie sich an Edoardo:

»Vielleicht kann sie uns ja erklären, was an dem Abend mit mir geschehen ist?«

Der Junge brauchte nicht lange und verstand, was Nirvin damit meinte. Er hob die Schultern und nickte zustimmend. Erwartungsvoll schaute Elisabetta das Mädchen an. Einen Moment lang zögerte Nirvin noch, doch dann vertraute sie der Frau an, was ihr seit diesem besagten Abend keine Ruhe ließ, und Edoardo fügte am Ende hinzu:

»Sie kann sich an nichts erinnern. Es war, als würde sie von einer fremden Macht beherrscht. Sie wirkte wild und gefährlich, dann kam sie wieder zu sich.«

Die Großmutter betrachtete Nirvin nachdenklich. Dann nickte sie und sprach:

»Die Legende von Al Kabira, der Mächtigen, besagt, dass diese göttlicher Natur ist und sie ihre Gabe in jener Nacht erhalten wird, in der sie das Pentakel der Macht finden wird.«

»Göttlicher Natur?«

»Ja, Nirvin. Eure Vorfahren waren große Herrscher, die symbolisch als Kinder Res betrachtet wurden. So gesehen kann man auch euch als Kinder Res betrachten. An jenem Abend haben mehrere Faktoren dazu beigetragen, in dir, Nirvin, diese göttliche Natur tatsächlich herbeizurufen.«

»Aber warum nur Nirvin? Auch ich war anwesend, und allem Anschein nach haben wir dieselben Vorfahren.«

»Weil Nirvins Abstammung bedeutender ist. Nicht nur, dass sie die Sethanhänger seitens Al Halabi und die Horusanhänger seitens der Al Kabiri vereint. Ihre Blutlinie ist reiner, denn Drusilla, die Tochter Tolomäus, die in Ägypten aufwuchs, vermählte sich später mit einem Mann, dessen Blut ebenfalls von dem einstigen Herrscher des Landes stammt. Dies ist auch der Grund, weshalb Nirvin in den Prophezeiungen als die Auserwählte dargestellt wird. Nichts desto trotz wirst auch du deine Fähigkeiten entwickeln und ein entscheidender Teil der Mission sein.«

Elisabetta zwinkerte ihrem Enkel zu. Doch bevor dieser etwas erwidern konnte, stellte Nirvin auch schon die nächste Frage:

»Das Pentakel hat demnach diese Art innerliche Mutation in mir verursacht?«

»Nein, Nirvin, es liegt nicht nur an der Magie des Heka-Steins. Es war eine Vollmondnacht, und ihr befandet euch an einem Ort, dessen alte Seele von der antiken Macht der Götter beherrscht wird. Durch die Kraft des Mondes konnte somit der Geist alter Gottheiten erweckt werden.«

»Das Haus der Sonne.«

»Genau, Edoardo. Was ihr nicht wissen könnt, ist, dass lange Zeit bevor das Haus der Sonne und das Mithräum erbaut wurden, an dessen Stelle ein ägyptischer Tempel stand. Demnach huldigte man Re dort bereits schon viel früher. Das Mosaik, welches das Auge des Re darstellt, bezeugt dies. Dieses Mosaik war einst von großem Ausmaß und stammt aus dem Tempel des Sonnengottes. Als ihr das Auge des Re bei Vollmond freigelegt habt, wurde dein göttliches Wesen entfacht, Nirvin. Als Uräusschlange verkörpert Wadjet das Auge des Re. Das Mithräum der Schlangen ist den Göttern geweiht, die als Schlangen verehrt werden. Wadjet ist eine dieser Gottheiten. Doch das Auge des Re ist ebenso eng verbunden mit einer weiteren Gottheit, welche wiederum eng in Bezug zu Wadjet steht. Wisst ihr, von wem ich rede?« Elisabetta schaute die beiden erwartungsvoll an, doch Edoardo und Nirvin schüttelten ratlos die Köpfe. »Die wilde Löwengöttin Sachmet, die Mächtige. Auf ihrem Haupt trägt sie eine rote Sonnenscheibe, das Auge Res, um welches sich die Uräusschlange windet. Sachmet steht in Kontrast zu ihrer Schwester Bastet, der Katzengöttin. Man behauptet, die liebevolle Bastet kann sich in die blutrünstige Sachmet verwandeln, wenn es erforderlich ist.«

Edoardo begann zu verstehen, doch er konnte es nicht glauben. Sollte Nirvin sich tatsächlich in Sachmet verwandelt haben, um sich erfolgreich zur Wehr zu setzen? Elisabetta schien seinen Gedanken zu erraten und fügte hinzu:

»Ja, es sieht ganz so aus, als haben die Götter Nirvin die Fähigkeit verliehen, wahrhaftig in Selvaggia, die Wilde, zu mutieren, so wie Bastet sich in Sachmet, die Mächtige, verwandeln konnte.«

»Du willst doch nicht etwa sagen, ich sei Bastet oder noch schlimmer Sachmet!«

Nirvin schien entsetzt. Elisabetta lachte und schüttelte den Kopf.

»Keine Angst, Nirvin. Auch wenn dein Spitzname Selvaggia

ist und du Al Kabira, die Mächtige, bist. Aber ab und zu haben wir für so manche Dinge keine rationale Erklärung, und du warst zur richtigen Zeit am richtigen Ort. Es war ein magischer Moment, in dem dir Gott womöglich eine Gabe verliehen hat. Du kannst es sehen, wie du willst. Vielleicht wurdest du durch das Auge Res tatsächlich von der Essenz Sachmets, die im Heka-Stein verborgen liegt, berührt, und offen gesagt hat dein Wesen mich schon immer irgendwie ein wenig an Bastet erinnert. Womöglich stehst du ja doch mit diesen alten Gottheiten in Verbindung. Jedenfalls ist es eine Gabe Gottes, und das ist etwas Gutes, sei unbesorgt.«

Mit diesen Worten erhob Elisabetta sich und ließ die beiden allein. Sie saßen noch eine Weile schweigend da, jeder in seine Gedanken versunken. Dann nahm Edoardo Nirvin bei der Hand, stand auf und zog das Mädchen hinter sich her.

Sie erreichten einen etwas höher gelegenen Hügel, von dem aus man das Meer sehen konnte. Außer dem Gezirpe der Grillen, dem auffälligen hohlen Pfeifen der bunt gefiederten Bienenfresser, die durch die Lüfte glitten, um nach Insekten zu jagen, und dem entfernten Rauschen der Autos, die über die Pontina preschten, war es still. Die Sonne stand bereits tief und ein frischer Abendwind war aufgekommen.

»Glaubst du dem, was deine Großmutter erzählt hat?«, brach Nirvin die Stille.

Edoardo, der sich neben sie ins hohe Gras niedergelassen hatte, betrachtete das Mädchen eine Weile von der Seite, dann legte er einen Arm um sie und meinte:

»Nun, dass in dieser Nacht etwas Besonderes vorgefallen ist, kann man sicher nicht bestreiten. Ob ich aber tatsächlich Sachmet gesehen habe, wage ich zu bezweifeln. Vielleicht haben dir ja auch Nechbet und Wadjet beigestanden, schließlich versicherten sie, über uns zu wachen. Ich aber will glauben, dass du deinem Spitznamen alle Ehre gemacht hast, indem du dich unwahrscheinlich tapfer zur Wehr gesetzt hast, und dass Gott dir beigestanden hat. Ägyptische oder andere Gottheiten, sind sie am Ende nicht alle ein Teil Gottes, der sich in den verschiedensten Formen offenbart? So sehe ich das. Meine Mutter sagte mir einst, sie wäre immer bei mir. In jedem Atemzug, in alledem, was mich umgibt, sei es ein Tier, eine Pflanze, der Regen, der Wind oder einfach nur ein Stein. Alle diese Dinge enthalten eine göttliche Essenz. Warum kann diese Essenz dann nicht auch in dir stecken? Sieh nur! Wenn das nicht eine Offenbarung Gottes ist!«

Edoardo zeigte auf die feuerrote Sonne, die nun im Meer versank und einen goldenen Schein über dem Wasser bildete, sodass sich das Wasser in Feuer zu verwandeln schien, während ein Falke sich emporhob und dem brennenden Horizont entgegenflog.

ENDE

INIZIO MODULO

Kemet .... Ägypten, das schwarze Fruchtland
Waset .... Theben, Stadt des Was-Zepters
Ta-mehet .... Nildelta
Ta-schemau .... Oberägypten
Ta-mehu .... Ta-mehet oder Quebehu) Unterägypten
Ta-meri .... geliebtes Land
Taui .... Ober- und Unterägypten (beide Länder)
Achet.. .... Jahreszeit der Überschwemmung,
Neujahr (ca. 15. Juni bis 15.Oktober)
Nefer .... schön, gut
Tjati .... Wesir
Ba Ka Ach .... Im alten Ägypten glaubte man an
verschiedene Formen der Seele.
Ba, die Persönlichkeit und Energie
des Menschen bei Lebzeiten, die nach
dem Tode den Körper verließ, um
bei den Göttern zu wohnen und die
Sonnenbarke zu begleiten. Ka, die
Kopie des Menschen bei Lebzeiten,
die Lebenskraft und Schutz gibt und
nach dem Tod auf Ba wartet, um
somit das ewige Leben zu erhalten.
Nach dem Tod kehrt der Ka immer
wieder ins Grab zurück, um sich
von den Opfergaben zu nähren.
Der auferstandene Tote betrat als
Ach-Wesen die Unterwelt. Der Ach
besaß magische Kräfte und entfaltete
seine Stärke überwiegend im Jenseits.
Trotz dessen war er in der Lage, den
Lebenden zu erscheinen.

Maat	Gerechtigkeit/Wahrheit, Gleichgewicht der Weltordnung. Basis des Lebens. Die Ordnung, die für die umfassende Harmonie aller Dinge (Welt) verantwortlich ist. Der Pharao trägt die Verantwortung, dass Ordnung gegeben ist (Maat)
Sat-Nesut	Tochter des Königs
Sat-Re	Tochter des Re
Khol-Striche	Die alten Ägypter schminkten sich die Augen nicht nur zum Schutz vor böser Magie, sondern verwendeten die Schminke auch als Blendschutz und gegen Insekten, die Infektionen verursachen konnten. Die Schminke bestand aus antibakteriellen Substanzen.
Kanopenkrug	Ein Gefäß, in welchem man bei der Mumifizierung die Eingeweide separat aufbewahrte. Es wurde im Grabe des Toten verwahrt.
tote Sonne	der Mond
Hedj	weiß
Pferde des Seth	Hier: Nilpferde
Iteru (auch Gery)	Der einstige Name des Nils
Hapi	Der überschwemmende Nil in personifizierter Form
Djeser-djeseru	Deir el Bahari, die Nekropole
Ipet-Resut	Luxor Tempelbezirk
Neb-taui	Herr beider Länder
Men-nefer	Memphis, »es bleibt die Schönheit«
Ineb hedj	Name Memphis vor Men-nefer, »die weiße Mauer«
Peru-nefer	Hafenbereich von Memphis, »gute Ausfahrt«
Achet-Aton	Tell el-Amarna

Abedju .... Abydos
Per-Wadjet .... Buto
Hut-Waret .... Avaris, Auaris
Iunet .... Dendera
Behdet .... Edfu
Libu .... Berbervolk des antiken Libyen
Mashuash .... Stamm des antiken Libyen
Tjehenu .... Genereller Ausdruck der im antiken
Ägypten benutzt wurde, um die Völker
zu bezeichnen, die die libysche Wüste
bewohnten
Tzor .... Tyros
Gubla .... Byblos
Sydun .... Hier: Sidon
Necheb .... El-Kab
Djanet .... Tanis
Abu .... Elephantine
Iunu .... Heliopolis
Nechen .... Hierakonpolis
Iunit .... Esna
Djedu .... Busiris
Chaset .... Erde der Wüste, fremdes Land
Heqau-Chaswet .... Herrscher der fremden Länder (Hyksos)
Deschret .... Gegenteil von schwarzes Land
Remetju kemi .... Menschen der schwarzen Erde (Ägypter)
Chaestiu .... Nomaden der Wüste
Wawat .... Unternubien (Sudan)
Reich von Kusch .... Obernubien (nördlicher Sudan)
Reich Hatti .... Hethiter
Fenchu .... Die »Baumfäller«, so wurden die
Phönizier von den Ägyptern genannt
Assur .... Hier: Assyrien
Ysrjr .... Israeliten
Aper/Aperu .... Hier: Hebräer

Horeb	Berg Sinai
Punt	Süd-östlich von Ägypten, in der Nähe von Eritrea und Somalia
Reich von Naharain	Mitanni oder Mittani, war ein Staat in Nordsyrien
Baal	Eine der Hauptgottheiten in der Mythologie der Phönizier, die eine zentrale religiöse Rolle im antiken Ugarit (Syrien) vertrat
Mithraskult	Verehrung des Gottes Mithra(s) aus dem persischen Raum, übernommen vom griechisch-römischen Reich
Ta-Seti	Nubien

AMUN .... Einer der mächtigsten Götter im alten
Ägypten. Ein Wind- und Fruchtbarkeitsgott,
auch dargestellt als Widder.

ANUBIS.............. Der schakalköpfige Totengott wird auch
als liegender, schwarzer Hund dargestellt.
Er ist der Wächter zum Reich der Toten
und ist zuständig für die Totenriten und
die Einbalsamierung.

APOPHIS. .... Schlange der Unterwelt, die die Sonnenscheibe und somit Re bedroht. Einst bekämpfte
Seth sie, um Re zu beschützen, nun aber hat
er sich mit ihr verbündet.

ATON....... .... Verkörperte die Sonnenscheibe und wurde
unter Echnaton in Achet-Aton (Armana)
als Hauptgott verehrt. Dadurch verloren die
restlichen Götter an Stellenwert, doch nach
Echnatons Tod wendete man sich ihnen
erneut zu, während der Aton-Kult in
Vergessenheit geriet.

ATUM .... Der Licht- und Schöpfergott, die große
Urgottheit. Mit Harachte, der Mittagssonne,
und Chepre, der Morgensonne, verkörpert
er die untergehende Sonne und ist eine
der drei Erscheinungsformen Res. Er
entstand aus dem Urgewässer Nun und
erschuf auf dem Götterhügel (Heliopolis)
das erste Götterpaar Schu (die Luft) und
Tefnut (das Feuer). Durch diese entstanden
wiederum Geb (der Erdgott) und Nut (die
Himmelsgöttin), die Isis, Osiris, Nephthys
und Seth zeugten.

BASTET .... Die Göttin der Fruchtbarkeit und Liebe, die von einer Katze verkörpert wird. Sie ist Tochter des Re und im Gegensatz zu Sachmet, der Löwengöttin, eine gutmütige Schutzgöttin.

CHEPRE .... Dargestellt als Cheper, Skarabäus. Er symbolisiert die aufgehende Sonne und ist eine der drei Erscheinungsformen Res.

HAPI .... Ein Fruchtbarkeitsgott und Personifizierung des Nils.

HATHOR .... Göttin des Tanzes, der Musik und Liebe.

HORUS .... Der Falkengott, der für den Pharao steht, welcher als Gott auf Erden angesehen wird. Sein Erzfeind ist sein Onkel Seth, der seinen Vater Osiris tötete, worauf Horus dessen Tod rächte.

ISIS .... Die Gemahlin (und Schwester) Osiris. Dank ihrer magischen Kräfte vereinte sie die von Seth zerstückelten Teile des Leichnams ihres Gatten und erweckte ihn zu neuem Leben.

MAAT .... Göttin der Gerechtigkeit auf Erden, der Weltordnung, des Rechtes und der Wahrheit. Wie Sachmet steht auch sie für das Auge Res.

NECHBET .... Die Geiergöttin ist Landesgöttin von Oberägypten, mit Wadjet eine Schutzgöttin des Pharaos.

OSIRIS .... Der Fruchtbarkeitsgott der Unterwelt, durch den man auferstehen und zu ewigem Leben gelangen wird. Als Herrscher des Jenseits ist er Richter über die Toten. Er personifiziert auch den Pharao nach dem Tode. Mit den Totengöttern Ptah und Sokar bildete er eine Einheit.

PTAH .... Der mächtige Hauptschöpfergott, der als Erdgott den Menschen aus Ton formte. Daher ist er auch Schutzgott der Künstler und Handwerker. Nachdem er zunächst mit Sokar verschmolz, bildete er später auch mit Osiris eine Einheit.

RE .... Der Sonnengott. Er ist die Sonne selbst, die wiederum für das Leben steht. Er ist Herrscher und Erhalter der Welt. Tagsüber trägt er als Falke (Harachte, eine Horus-Erscheinung) die Sonnenscheibe, welche schützend von der feuerspeienden Uräusschlange (Wadjet) umschlungen wird, während er nachts als widderköpfiger Gott (Amun) auf seiner Barke durch die Unterwelt fährt, um seinen Ba zu erneuern. In der Gestalt eines Skarabäus (Chepre) wird er am Morgen erneut aufgehen und von kreischenden Pavianen (Thot) begrüßt. Vereint mit Amun steht er als der mächtigste aller Götter

SACHMET .... »Die Mächtige«, ist eine Löwengöttin, eine blutrünstige Kriegsgöttin, die auch als Schutz- und Heilgöttin angesehen wird. Ihr dienen die Ärzte. Sie stellt das Auge Res dar und bildet mit Ptah ein Paar. Sie kann bewirken, dass die um die Sonnenscheibe gewundene Uräusschlange (Wadjet) auf ihre Feinde Feuer speit.

SETH .... Gott der Verwirrung, der Wüste und der Stürme. Einst ein geliebter Gott, bis er in Verruf geriet, als man ihn mit dem Gott der fremden Herrscher (Hyksos) identifizierte, die in Ägypten eindrangen. Er ist der Erzfeind von Horus, dessen Vater Osiris er tötete. In »Destini« symbolisiert er das Böse.

SOBEK............... Der Krokodilgott, Herrscher des Wassers und Fruchtbarkeitsgottheit.

SOKAR .... Einst ein Fruchtbarkeitsgott, wurde jedoch später einzig zu einem Totengott, der als Falke dargestellt wurde. Er wurde von den Metallarbeitern verehrt und war genauso wie Ptah ein Erdgott. Diese gemeinsamen Eigenschaften führten zur Verschmelzung. Mit Osiris bildeten die drei Gottheiten eine Einheit.

THOT .... Der weise Mondgott, Herr der Magie und der Schreiber, Mathematiker und Astronomen, er ist Hüter des Wissens. Dargestellt wurde er mit einem Ibiskopf, als Ibis oder Pavian. Durch ihn entstanden Sprache und Schrift. Er vertritt das Gesetz und verteidigt die (Welt)Ordnung. Im Totengericht ist er der Schreiber des Osiris. Er stellt auch das Herz Res dar, was die alten Ägypter als den Sitz des Verstands betrachteten. Als Mondgott ist er Stellvertreter des Sonnengottes Re. Auch gilt er als Beschützer und Heiler, denn er heilte das verletzte Auge von Horus.

WADJET.............. Die goldene Uräusschlange (Kobra) stellt die Landesgöttin von Unterägypten dar und ist wie Nechbet eine Schutzgöttin des Königs. Diese Kobra leuchtet und vernichtet mit dem Gluthauch ihres Feueratems die »Mächte der Finsternis« und die Feinde Res.